NORA ROBERTS

La Llave del Valor

punto de lectura

Nora Roberts nació en Estados Unidos (1950) y es la menor de cinco hermanos. Después de estudiar algunos años en un colegio de monjas, se casó muy joven y fue a vivir a Keedysville, donde trabajó un tiempo como secretaria. Tras nacer sus dos hijos, decidió dedicarse a su familia. Empezó a escribir al quedarse sola con sus hijos de seis y tres años, y en 1981 la editorial Silhouette publicó su novela *Irish Thoroughbred*. En 1985 se casó con Bruce Wilder, a quien había conocido al encargarle una estantería para sus libros. Después de viajar por el mundo abrieron juntos una librería. Durante todo este tiempo Nora Roberts ha seguido escribiendo, cada vez con más éxito. En veinte años ha escrito 130 libros, de los que se han vendido ya más de 85 millones de copias. Es autora de numerosos *best sellers* con gran éxito en Estados Unidos, Inglaterra, Francia y Alemania.

www.noraroberts.com

NORA ROBERTS

La Llave del Valor

Traducción de Begoña Hernández Sala

Título: La Llave del Valor
Título original: *Key of Valor*
© 2004, Nora Roberts
Traducción: Begoña Hernández Sala
© De esta edición: septiembre 2007, Punto de Lectura, S. L.
Torrelaguna, 60. 28043 Madrid (España) www.puntodelectura.com

ISBN: 978-84-663-1969-0
Depósito legal: B-35.576-2007
Impreso en España – Printed in Spain

Diseño de portada: Pdl
Fotografía de portada: © Dynamic Graphics / Cover
Diseño de colección: Punto de Lectura

Impreso por Litografía Rosés, S.A.

*A mi madre, que fue lo bastante fuerte
para criar a sus cinco hijos*

«Coraje, el escabel de las virtudes,
sobre el que éstas se asientan.»

ROBERT LOUIS STEVENSON

1

Zoe McCourt tenía dieciséis años cuando conoció al chico que cambiaría su vida. Ella había crecido en las montañas del oeste de Virginia y era la mayor de cuatro hermanos. Cuando alcanzó la edad de doce años, su padre ya se había largado con la esposa de otro hombre.

A pesar de ser tan pequeña, Zoe no lo consideró una gran pérdida. Su padre era un hombre irritable y de humor cambiante que prefería beber cerveza con sus amigos y acostarse con la mujer del vecino a estar en casa con su propia esposa.

De todos modos fue duro, porque por lo menos la mayor parte de las semanas traía un sueldo a casa.

La madre de Zoe era una mujer delgada y nerviosa que fumaba demasiado. Ésta compensaba la deserción de su marido reemplazándolo con cierta regularidad por otros novios cortados con el mismo patrón que Bobby Lee McCourt. A corto plazo, la hacían feliz, pero a largo plazo la disgustaban y entristecían. Aun así, era incapaz de pasarse sin un hombre más de un mes.

Crystal McCourt criaba a sus retoños en una amplia caravana aparcada en un solar, en el Aparcamiento de Caravanas Hillside. Cuando su esposo la abandonó, Crystal, con cara de estar borracha, dejó a Zoe al cargo de los niños, se montó en su Camaro de segunda mano y se fue en busca de, según sus propias palabras, «ese traidor hijo de la gran puta y su zorra de mierda».

Estuvo fuera tres días. No logró encontrar a Bobby, pero al menos regresó sobria. La persecución le había hecho perder algo de su amor propio y su empleo en el salón de belleza de Debbie.

Bien es cierto que el salón de belleza de Debbie era poco más que una choza, pero sin ese trabajo sus ingresos regulares se redujeron a cero.

La experiencia fortaleció considerablemente a Crystal. Reunió a sus hijos y les explicó que la situación iba a ser inestable y difícil, pero que hallarían el modo de salir adelante.

Colgó su diploma de esteticista en la cocina de la caravana y abrió su propio salón de belleza.

Sus tarifas eran inferiores a las de Debbie, y además tenía talento para la peluquería.

Así salieron adelante. La caravana olía a peróxido, permanentes y vapor, pero salieron adelante.

Zoe lavaba la cabeza a las clientas, barría los pelos del suelo y se ocupaba de sus tres hermanos. Cuando demostró que tenía aptitudes para ello, Crystal le permitió que empezara a peinar y a cortar las puntas.

Zoe soñaba con algo mejor, con el mundo que había fuera de aquel aparcamiento de caravanas.

En la escuela le iba muy bien, especialmente en matemáticas. Gracias a su destreza con los números, comenzó a encargarse de llevar al día los libros de contabilidad de su madre y a estar pendiente de los plazos de los impuestos y las facturas.

Antes de su decimocuarto cumpleaños ya era adulta, pero la niña que habitaba en su interior ansiaba algo más.

No fue ninguna sorpresa que se sintiese deslumbrada por James Marshall. James era muy diferente de los chicos del pueblo. No sólo porque fuese un poco mayor (diecinueve años frente a los dieciséis de Zoe), sino también porque había estado por ahí y había visto mundo. ¡Dios, y era tan guapo!... Como un príncipe encantado salido de un libro de cuentos.

Quizá su bisabuelo hubiera trabajado en las minas de aquellas montañas, pero en James no quedaba ni una pizca de hollín de carbón. Las generaciones intermedias entre los dos habían ido sacudiéndoselo de encima por completo, y se habían añadido una capa de refinamiento y lustre.

La familia del muchacho tenía dinero, la clase de dinero con que podía comprarse clase, educación y viajes a Europa. Poseían la casa más grande del pueblo, tan blanca y vistosa como un vestido de novia, y James y su hermana pequeña iban a colegios privados.

A los Marshall les gustaba dar grandes fiestas: ostentosas, con música en directo y comida de primera calidad. La señora Marshall siempre llamaba a Crystal para que fuese a peinarla a su domicilio cuando había una fiesta, y a menudo también acudía Zoe y le hacía la manicura.

Ella soñaba con aquella casa, tan limpia y llena de flores y cosas bonitas. Era maravilloso saber que había gente que vivía así; que no todo el mundo vivía apretujado en una caravana que olía a productos químicos y humo de tabaco.

Se prometía a sí misma que algún día ella también viviría en una casa. No tenía que ser tan enorme y grandiosa como la de los Marshall, pero sí una casa de verdad con un pequeño jardín.

Y algún día viajaría a los lugares de los que hablaba la señora Marshall: Nueva York, París, Roma…

Para ese proyecto, iba ahorrando peniques de las propinas que recibía y de los extraños trabajos que aceptaba. Bueno, sólo el dinero que no necesitaba su madre para mantener alejada la penuria.

Zoe era hábil con el dinero. A los dieciséis años ya había reunido cuatrocientos catorce dólares, que tenía guardados en una cuenta de ahorros secreta.

En abril, cuando acababa de cumplir los dieciséis, ganó un poco de dinero extra ayudando a servir en una de las fiestas de los Marshall. Era bastante presentable, y estaba deseando trabajar.

En aquel entonces llevaba el pelo largo y se lo recogía detrás, de forma que un río liso y negro le bajaba por la espalda. Siempre había sido delgada, pero se había desarrollado de un modo que tenía a los chicos husmeando continuamente a su alrededor. Ella no disponía de tiempo para chicos, o no demasiado.

Zoe tenía unos ojos alargados de un color marrón dorado que siempre estaban mirando, observando, examinando con asombro, y una boca ancha y carnosa a la que le costaba sonreír. Sus rasgos eran afilados y angulosos, lo que añadía un toque exótico que contrastaba con su timidez innata.

Hizo lo que le dijeron que hiciera, y lo hizo bien. Mientras tanto mantuvo, tanto como le fue posible, una actitud reservada.

Quizá fuese la timidez, o los ojos soñadores, o su destreza silenciosa, lo que atrajo a James. El caso es que flirteó con ella, la puso nerviosa y por fin logró que se sintiese halagada. Después le pidió que se vieran de nuevo.

Se encontraban en secreto, lo que aumentaba la emoción. El puro romanticismo de contar con la atención de alguien como James resultaba embriagador. Él la escuchaba, de modo que su timidez se perdió en el camino y ella le confesó sus sueños y esperanzas.

James era muy tierno con Zoe, y siempre que ella podía escaparse se iban a dar largos paseos en coche o simplemente se sentaban a ver salir las estrellas y a hablar.

Por supuesto, no tardaron mucho en hacer algo más que hablar.

Él le dijo que la quería. Le dijo que la necesitaba.

En una tibia noche de junio, sobre una manta roja que habían extendido en el suelo de un bosque, Zoe perdió la inocencia con James, con el ansioso optimismo propio de la juventud.

Él siguió siendo tierno, siguió siendo atento, y le prometió que siempre estarían juntos. Zoe imaginó que el muchacho creía en lo que decía. Desde luego, ella sí lo creía.

Pero había que pagar un precio por ser jóvenes e insensatos. Zoe tuvo que pagarlo. Y pensaba que él también. Quizá él incluso hubiese pagado más, mucho más, que ella.

Porque mientras que ella perdió su inocencia, James perdió un tesoro mucho más valioso.

En ese instante miró hacia aquel tesoro: su hijo.

Si James le había cambiado la vida, Simon la había enderezado otra vez. De un modo nuevo, en un nuevo lugar. James le había dado a probar a Zoe por primera vez lo que era ser mujer. El niño la había convertido en mujer por completo.

Había conseguido tener su propia casa (su pequeña casita con un pequeño jardín), y lo había conseguido por sí misma. Puede que nunca hubiese viajado a todos aquellos fantásticos sitios con los que había soñado, pero había visto todas las maravillas del mundo en los ojos de su hijo.

Ahora, casi diez años después de haberlo sostenido en brazos por primera vez y haberle prometido que jamás lo decepcionaría, volvía a moverse hacia delante, con su hijo. Y Simon tendría aún más.

Zoe McCourt, la tímida muchacha de las montañas del oeste de Virginia, estaba a punto de abrir su propio negocio en el bonito pueblo de Pleasant Valley, Pensilvania, con dos mujeres que se habían convertido prácticamente en sus hermanas, además de amigas, en apenas dos meses.

ConSentidos. Le gustaba el nombre. Eso era lo que deseaba que sugiriese a los clientes y usuarios. Supondría mucho trabajo, trabajo duro, para ella y para sus amigas.

La galería de arte y artesanía de Malory ocuparía un lado de la planta baja de su adorable nueva casa. Al otro lado estaría la librería de Dana. Su salón de belleza se situaría en la planta superior.

«Sólo unas cuantas semanas más», pensó. Unas semanas más para remodelar, arreglar, instalar los suministros, los artículos y el equipamiento. Y luego abrirían las puertas.

Al pensar en eso, el estómago le dio un vuelco, pero no era sólo a causa del miedo. Algunos de esos vuelcos se debían simplemente a la emoción.

Sabía exactamente el aspecto que tendría todo cuando hubiese terminado. El salón principal estaría lleno de luz y color, que serían más tenues en las salas de tratamientos. Habría colocado velas por todas partes para que proporcionaran fragancia y una atmósfera especial, y de las paredes colgarían cuadros interesantes. Buena iluminación, favorecedora y relajante.

ConSentidos. Para la mente, el cuerpo y el espíritu. Tenían la intención de ofrecer a sus clientes un poco de las tres cosas.

Aquel atardecer estaba conduciendo desde el valle, en el que había construido su hogar y donde abriría su negocio, hasta lo alto de las montañas, donde se enfrentaría a su destino. Simon estaba un poco enfurruñado y miraba por la ventanilla. Zoe sabía que no se sentía muy feliz de que lo hubiese obligado a ponerse su traje.

Pero es que cuando te invitan a cenar en un lugar como el Risco del Guerrero debes arreglarte para la ocasión.

Distraídamente, se tiró de la falda del vestido. Lo había comprado en una liquidación a muy buen precio, y esperaba que fuese apropiado para el jersey de color púrpura intenso.

Se dijo que quizá debiera haber optado por algo negro, para lucir un aspecto más digno y sobrio. Pero le gustaba el color, y para el acontecimiento que se avecinaba necesitaba su apoyo para tener más confianza. Aquella velada sería una de las más significativas de su vida, de modo que podía ir vestida con cualquier cosa que la ayudase a sentirse bien.

Apretó los labios. Ahora que sus pensamientos habían acabado desembocando en el tema que había tratado de evitar, debía lidiar con él.

Pero se preguntó cómo iba a explicarle a un niño de nueve años lo que ella había estado haciendo…, y aún más, lo que estaba a punto de hacer.

—Supongo que será mejor que hablemos de la razón por la que vamos a cenar hoy allá arriba —empezó.

—Te apuesto lo que quieras a que nadie más llevará traje —replicó Simon entre dientes.

—Te apuesto lo que quieras a que te equivocas.

Él giró la cabeza y le lanzó una mirada.

—Un dólar.

—Un dólar —aceptó ella.

Zoe pensó que su hijo se le parecía muchísimo. A veces eso la impactaba con una especie de regocijo fiero y posesivo. ¿No resultaba curioso que en la cara del niño no hubiese ni el menor rastro de James? Tenía los mismos ojos que ella, su misma boca, su nariz, su barbilla, su cabello, y los rasgos estaban rematados por un levísimo toque personal que conformaba todo aquello en Simon.

—Bueno. —Se aclaró la garganta—. Te acordarás de que hace un par de meses recibí una invitación para ir al Risco, ¿verdad? Y de que allí conocí a Malory y a Dana.

—Sí, claro que me acuerdo, porque al día siguiente me compraste la PlayStation 2 y ni era mi cumpleaños ni nada.

—Los regalos de no cumpleaños son los mejores. —Había podido comprar lo que era el mayor deseo del niño gracias a los veinticinco mil dólares que había recibido por comprometerse a hacer… lo fantástico—. Conoces a Dana y Malory, y también a Flynn, Jordan y Bradley.

—Sí. Últimamente los vemos a menudo. Son guays. Para ser viejos —añadió, con una sonrisita que estaba seguro de que haría reír a su madre. Pero ella no se rió—. ¿Pasa algo malo con ellos? —preguntó el chaval enseguida.

—No, no. No pasa absolutamente nada malo. —Se mordió el labio inferior mientras trataba de encontrar las palabras apropiadas—. Hum, a veces las personas están conectadas de algún modo, sin saberlo siquiera. Verás, Dana y Flynn son hermanos…, bueno, hermanastros. Luego Dana se hizo amiga de Malory, y Malory conoció a Flynn, y antes de que te dieses cuenta, Malory y Flynn se habían enamorado.

—¿Esto va a ser una historia de amor sensiblera? Porque podría ponerme malo y tener ganas de vomitar.

—Si lo haces, asegúrate de sacar bien la cabeza por la ventanilla. Bueno, los mejores amigos de Flynn son Jordan y Bradley, y cuando eran más jóvenes Jordan y Dana… salían. —Era la palabra más neutra en la que una madre podía pensar—. Después Jordan y Bradley se marcharon del valle, y luego regresaron, en parte debido a esa conexión de la que estoy hablando. Jordan y Dana vuelven a estar juntos, y…

—Ahora los dos van a casarse, igual que Flynn y Malory. Es como una epidemia. —Entonces se giró hacia Zoe, y en su rostro se reflejaba una angustia preadolescente—. Si tenemos que ir a esas bodas, como a la de la tía Joleen, lo más probable es que también me obligues a llevar traje, ¿no?

—Sí, es uno de mis placeres secretos: atormentarte. Lo que estoy intentando demostrarte es que todos nosotros hemos resultado estar conectados de algún modo a los otros. Y a algo más. No te he dicho muchas cosas de las personas que viven en el Risco del Guerrero.

—Son gente mágica.

Las manos de Zoe se estremecieron sobre el volante. Lentamente, se acercó al arcén de la sinuosa carretera y detuvo el coche.

—¿Qué quieres decir con eso de «gente mágica»?

—Jo, mamá, os he oído hablar cuando tenéis vuestras reuniones y cenas. Entonces, ¿son como brujos o algo así? No lo he pillado del todo.

—No. Sí. No lo sé exactamente. —¿Cómo le explicaba la existencia de dioses antiguos a un crío?—. ¿Tú crees en la magia, Simon? No me refiero a eso de hacer trucos con las cartas, sino a la clase de magia sobre la que lees en libros como *Harry Potter* o *El hobbit*.

—Si no fuese real a veces, ¿cómo podría haber tantas historias, películas y cosas sobre ello?

—Buena respuesta —contestó tras pensárselo un momento—. Rowena y Pitte, la pareja que vive en el Risco, las personas a las que vamos a ver esta noche, son mágicas, como tú dices. Proceden de un lugar diferente, y están aquí porque necesitan nuestra ayuda.

—¿Para qué?

Zoe supo que había logrado captar su atención e interés. El mismo interés que lo llevaba a sumergirse en los libros de los que habían hablado, los cómics de *X-Men* y los videojuegos de rol, que a él le encantaban.

—Voy a contártelo. Sonará un poco como un cuento, pero no lo es. En cualquier caso, he de seguir conduciendo mientras te lo explico o llegaremos tarde.

—De acuerdo.

Zoe respiró despacio y profundamente mientras regresaba a la carretera.

—Hace mucho tiempo…, muchísimo, muchísimo tiempo, en un lugar situado detrás de lo que llaman la Cortina de los Sueños o Cortina del Poder, había un joven dios…

—¿Como Apolo?

—Más o menos. Sólo que éste no era griego, sino celta. Era el hijo del rey, y cuando tuvo la edad adecuada visitó nuestro mundo, donde conoció a una chica, de la que se enamoró.

Simon torció la boca.

—¿Cómo es que siempre acaba pasando lo mismo?

—¿Te importa si nos dedicamos a ese tema en otra ocasión? Ahora vamos un poco escasos de tiempo. Decía que los dos jóvenes se enamoraron, y, aunque en realidad eso no estaba permitido, los padres del dios aceptaron que llevase a la muchacha detrás de la Cortina de los Sueños para que pudiesen casarse. Eso les pareció bien a algunos dioses, pero muy mal a otros. Hubo combates y…

—Guay.

—Podría decirse que su mundo se dividió en dos reinos: uno del que se había convertido en rey el joven dios, que gobernaba con su esposa mortal, y otro dominado por un…, bueno, malvado hechicero.

—Tope guay.

—El joven rey tuvo tres hijas. Las denominaban semidiosas porque en parte eran humanas. Cada muchacha poseía un don: una, la música o el arte; otra, la escritura o la sabiduría; y la tercera, el coraje, supongo. El valor. —Al pensar en eso, sintió que se le secaba la boca, pero tragó saliva y continuó—: Era una especie de guerrera. Las tres estaban muy unidas entre sí, del modo en que todas las hermanas deberían estarlo, y sus padres las adoraban. Para mantenerlas a salvo mientras siguieran los problemas en el reino, tenían dos personas encargadas de protegerlas y educarlas: una maestra y un soldado. Entonces…, intenta no gruñir ahora…, el soldado y la maestra se enamoraron.

Simon echó la cabeza atrás y miró arriba.

—Lo sabía.

—Como no eran niños sarcásticos de nueve años, las hermanas se alegraron por ellos, y los encubrían cuando los dos se escabullían un rato para estar a solas. De modo que las jóvenes no estaban tan bien vigiladas como quizá debieran haberlo estado. El hechicero malvado se aprovechó de eso: se acercó a hurtadillas y lanzó un conjuro. El conjuro robó las almas de las chicas y las encerró en una urna de cristal, con tres cerraduras y tres llaves.

—Vaya, eso sería una faena para ellas.

—Desde luego que sí. Las almas están atrapadas allí, en la urna, de donde no podrán salir hasta que las llaves giren en las cerraduras, una tras otra, y sólo a manos de mortales, de seres humanos. —Sintió un hormigueo en los dedos, y se los frotó contra la falda del vestido—. Veras, como las muchachas son semihumanas, el hechicero se ocupó de que sólo alguien de nuestro mundo pudiese salvarlas; por la sencilla razón de que no creía que eso fuera a ocurrir. En cada generación hay que pedir a tres mujeres mortales, las tres humanas que son las únicas que pueden abrir la urna, que encuentren las llaves. Éstas permanecen escondidas y deben ser halladas como parte de la prueba, como parte del conjuro. Cada una de las elegidas cuenta con un turno y tiene sólo cuatro semanas para dar con la llave e introducirla en la cerradura.

—¡Guau! ¿Y tú eres una de las que tienen que encontrar una llave? ¿Cómo es que te escogieron a ti?

Zoe soltó un pequeño suspiro. Su hijo era un chaval espabilado y lógico.

—No lo sé exactamente. Nos parecemos…, Dana, Malory y yo, nos parecemos a las hermanas. Las llaman las Hijas de Cristal. Rowena es artista, y en el Risco tiene un cuadro de las chicas pintado por ella. Es una cuestión de conexiones, Simon. Hay algo que nos conecta entre nosotras, y también a las llaves y a las hermanas. Supongo que podría decirse que es cosa del destino.

—Si no encontráis las llaves, ¿las chicas se quedarán metidas en la urna?

—Se quedarán sus almas. Sus cuerpos están en ataúdes de cristal… Hum, como Blancanieves. Esperando.

—Rowena y Pitte son la maestra y el guerrero. —Asintió con la cabeza—. Y tú, Malory y Dana debéis localizar las llaves y arreglarlo todo.

—Más o menos. A Malory y Dana ya les ha tocado su turno, y ambas han hallado su respectiva llave. Ahora me toca a mí.

—La encontrarás. —Movió la cabeza con solemnidad—. Siempre encuentras las cosas cuando yo pierdo algo.

Zoe pensó que ojalá fuese tan sencillo como dar con el muñequito articulado favorito de su hijo.

—Voy a intentarlo tanto como pueda. He de decirte, Simon, que el hechicero…, se llama Kane, ha tratado de detenernos. Intentará detenerme a mí también. La verdad es que resulta espeluznante, pero tengo que intentarlo.

—Le darás una buena patada en el culo.

Zoe soltó una carcajada que deshizo algunos de los nudos que se le habían formado en el estómago.

—Ése es mi plan. No iba a contarte todo esto, pero luego no me pareció correcto ocultártelo.

—Porque somos un equipo.

—Sí, somos un equipo genial.

Se detuvo ante las verjas abiertas del Risco del Guerrero.

Las puertas de hierro estaban flanqueadas por dos guerreros de piedra, con las manos preparadas en la empuñadura de sus espadas. A Zoe le parecían muy fieros, formidables. «¿Conexiones?», pensó. ¿Qué conexiones podía tener alguien como ella con aquellos guerreros de la entrada?

Aun así, respiró hondo y condujo entre ellos.

—Madre mía —soltó Simon a su lado.

—Y que lo digas.

Entendía la reacción del niño ante la casa. La suya había sido igual la primera vez que había estado ante ella: se quedó mirándola con los ojos como platos y la mandíbula desencajada.

Aunque se figuraba que «casa» era una palabra demasiado corriente para el Risco. En parte castillo, en parte fortaleza, se alzaba sobre el valle, irguiéndose sobre las majestuosas colinas y dominándolas. Sus almenas y torres estaban hechas de piedra negra, con gárgolas colgadas en los aleros como si pudiesen saltar —no con intenciones de jugar— a su antojo. Era un lugar enorme rodeado por prados verdes que se transformaban en frondosos bosques que se habían vueltos umbrosos con el crepúsculo.

En lo alto de la torre más elevada ondeaba una bandera blanca con el emblema de una llave dorada.

El sol estaba poniéndose detrás de ellos, de modo que el lienzo del cielo estaba surcado de rojo y oro, lo que añadía un toque más de intensidad a la escena.

Zoe se dijo que pronto el cielo estaría negro, con sólo la más finísima luna. Al día siguiente sería la primera noche de la luna nueva, el inicio de su búsqueda.

—Por dentro también es algo especial. Como salido de una película. No toques nada.

—¡Mamá!

—Estoy nerviosa. Sé comprensivo. —Condujo despacio hacia la entrada—. Pero, en serio, no toques nada.

Detuvo el coche y esperó no ser la primera, ni la última, en llegar. Luego sacó un pintalabios para retocarse lo que, preocupada, se había ido comiendo desde que había salido de casa. Automáticamente, se toqueteó los extremos del rectísimo cabello, que llevaba más corto que su hijo.

—Tienes muy buena pinta, ¿vale? —aseguró él—. ¿Podemos salir?

—Quiero que tengamos una pinta excelente. —Lo cogió por la barbilla y usó el peine que había sacado del bolso para arreglarle el pelo, mientras lo miraba a los ojos—. Si no te gusta lo que nos sirvan para cenar, finge que te lo comes, pero no digas que no te gusta ni hagas esos ruidos de cuando algo te da asco. Ya te prepararé otra cosa cuando volvamos a casa.

—¿Podríamos ir a McDonald's?

—Ya veremos. Estamos estupendos. Vamos.

Guardó de nuevo el peine y se dispuso a abrir la puerta del conductor.

El anciano que recibía a los invitados y se encargaba de los coches estaba allí para abrirla por ella. Siempre daba un salto al verlo.

—¡Oh! Gracias.

—Es un placer, señorita. Buenas tardes.

Simon lo observó detenidamente.

—Hola.

—Hola, joven señor.

Complacido con el título, Simon le sonrió y se le acercó más.

—¿Usted es una de las personas mágicas?

Las arrugas del viejo rostro se acentuaron más y se contrajeron al desplegar una amplia sonrisa.

—Quizá lo sea. ¿Qué pensaría usted de eso?

—Que mola. Pero ¿cómo es usted tan viejo?

—¡Simon!

—Es una buena pregunta, señorita —afirmó el hombre, en respuesta al siseo horrorizado de Zoe—. Soy tan viejo porque he tenido el placer de vivir durante mucho tiempo. Le deseo al joven señor el mismo placer. —Se inclinó con un crujido de huesos hasta que su rostro estuvo a la altura del de Simon—. ¿Le gustaría saber una verdad?

—Claro.

—Todos somos personas mágicas, pero algunos lo saben y otros no. —Volvió a erguirse—. Me ocuparé de su coche, señorita. Que pasen una buena velada.

—Gracias.

Zoe cogió a Simon de la mano y fueron hacia el pórtico y las dos puertas de entrada. Éstas se abrieron antes de que pudiesen llamar, y allí estaba Rowena.

El cabello, de puntas llameantes, le caía deliciosamente por los hombros de un vestido largo y del mismo color verde que las sombras del bosque. Un colgante de plata descansaba entre sus pechos; en el centro, una piedra clara parpadeaba a la reluciente luz del vestíbulo principal.

Como siempre, la belleza de Rowena fue como una breve conmoción, una descarga eléctrica.

Tendió una mano para darle la bienvenida a Zoe, pero sus ojos —de un verde más vivo e intenso que el de su traje— estaban fijos en Simon.

—Bienvenidos. —En su voz sonaba un tono musical, como eco de las lejanas tierras que Zoe había anhelado conocer—. Me alegro de verte de nuevo. Y es un auténtico placer conocerte por fin, Simon.

—Simon, ésta es la señorita Rowena.

—Sólo Rowena, por favor, porque espero que nos hagamos amigos. Vamos, pasad. —Mantuvo agarrada la mano de Zoe y posó la otra en el hombro de Simon.

—Espero que no hayamos llegado los últimos.

—No, en absoluto. —Retrocedió, y luego los guió por el suelo de baldosas decorado con coloridos mosaicos—. La mayor parte de los otros ya está aquí, pero Malory y Flynn aún no han llegado. Estamos en el salón. Dime algo, Simon, ¿te gustan el hígado de ternera y las coles de Bruselas?

Él soltó unos ruidos de repugnancia antes de recordar las indicaciones que le había dado su madre, pero cuando se retuvo Zoe ya estaba colorada. La risa de Rowena los envolvió a ambos.

—Como yo opino exactamente lo mismo que tú, tenemos suerte de que no formen parte del menú de esta noche. Nuestros últimos recién llegados —anunció entrando al salón—. Pitte, ven a conocer al joven señor McCourt.

Simon desvió la vista hacia su madre y le dio un empujoncito con el codo.

—¡Joven señor! —repitió en voz baja con enorme satisfacción.

El aspecto de Rowena y el de su compañero casaban a la perfección. La impactante constitución de guerrero de Pitte estaba vestida con un elegante traje oscuro. Su negra melena enmarcaba un poderoso rostro en que los huesos parecían tallados debajo de la carne. Sus ojos, de un brillante color azul, examinaron a Simon mientras alzaba una elegante ceja y alargaba una mano.

—Buenas tardes, señor McCourt. ¿Qué puedo ofrecerle para beber?

—¿Podría tomar una Coca-Cola?

—Por supuesto.

—Por favor, siéntete como en casa. —Rowena hizo un gesto a su alrededor.

Dana ya se había levantado para cruzar la habitación.

—Eh, Simon, ¿cómo te va?

—Bien. Sólo que acabo de perder un dólar, porque ese hombre y Brad llevan traje.

—Mala suerte.

—Voy a hablar con Brad, ¿vale, mamá?

—De acuerdo, pero... —Suspiró cuando el niño salió disparado—. No toques nada —añadió bajando la voz.

—Estará bien. Y tú ¿qué tal?

—No lo sé. —Miró a su amiga, una de las personas en las que había llegado a confiar absolutamente. Aquellos ojos marrón oscuro le devolvían la mirada con esa comprensión que sólo otra persona más podía sentir—. Supongo que estoy un poco alterada. No pensemos en eso de momento. Te veo fantástica.

Era nada más que la verdad. El denso cabello castaño, lacio y reluciente, le caía en forma de campana oscilante hasta cinco centímetros por debajo de la potente barbilla. Era un peinado muy favorecedor para ella. Zoe, que era quien se lo había arreglado, volvió a comprobarlo.

Le alivió ver que Dana había elegido una chaqueta de color teja en vez del negro, más formal.

—Aún mejor —añadió—, te veo feliz. —Alzó una de las manos de Dana para admirar el anillo de compromiso con su rubí de talla cuadrada—. Jordan tiene un gusto exquisito en joyería, y en prometidas.

—No te llevaré la contraria en eso. —Dana se giró para mirar hacia el sofá, donde estaban hablando Pitte y Jordan. Pensó que se parecían mucho a los guerreros de piedra que flanqueaban la verja de la mansión—. Tengo un chico guapo y grandote.

Zoe se dijo que hacían muy buena pareja: Dana con su sexy constitución de amazona y Jordan con su estructura alta y musculosa. Ocurriera lo que ocurriese, Zoe se alegraba de que ambos se hubiesen encontrado de nuevo.

—He pensado que te gustaría un poco de champán. —Rowena se le acercó para ofrecerle un vino espumoso en una copa de cristal tallado.

—Gracias.

—Tu hijo es guapísimo.

Los nervios pasaron a un segundo plano, reemplazados por el orgullo.

—Sí, lo es. Es lo más hermoso de mi vida.

—Eso te convierte en una mujer rica. —Rowena le puso una mano sobre el brazo y sonrió—. Parece que Bradley y él se han hechos amigos con rapidez.

—Sí, han congeniado enseguida —admitió Zoe.

No sabía qué pensar al respecto; se le antojaba algo insólito. Pero allí estaban los dos, muy juntos en el otro extremo de la habitación, obviamente inmersos en la discusión de algún tema. El hombre del elegante traje gris pizarra y el niño del traje marrón oscuro que ya (¡Dios!) le quedaba una pizca pequeño.

Le resultaba extraño que Simon se sintiese tan cómodo con aquel hombre con el que ella se sentía tan incómoda. Su hijo y ella solían coincidir.

Entonces Brad alzó la vista, y sus ojos, casi del mismo color que su traje, se encontraron con los de Zoe.

Oh, sí, había una razón. De todas las personas que Simon y ella conocían, Brad era la única que lograba provocarle la sensación de tener murciélagos dando volteretas en el estómago con una simple mirada.

Era demasiado guapo, era demasiado rico, era demasiado... todo. «Está a años luz de tu posición, Zoe, y ya hemos pasado por eso una vez.»

Al lado de Bradley Charles Vane IV, James Marshall parecía un auténtico pueblerino en todos los sentidos. La fortuna de los Vane, construida con la madera, había extendido su negocio por todo el país con su prestigiosa cadena de establecimientos, Reyes de Casa, y convertía a Brad en un hombre poderoso y privilegiado.

Su aspecto —el cabello dorado oscuro, los ojos grises y la boca de hechicero— hacía de él, en opinión de Zoe, un tipo peligroso. Tenía una constitución armoniosa, alta y delgada, perfecta para aquellos trajes de diseño. Y unas largas piernas que ella imaginaba que podrían recorrer la distancia hasta la puerta en un abrir y cerrar de ojos.

Además, lo encontraba impredecible. Brad podía ser arrogante y frío en un minuto, irritable y autoritario al siguiente, y luego sorprendentemente encantador.

Zoe no confiaba en un hombre cuyo comportamiento no pudiese predecir.

Aun así, confiaba en él con relación a Simon, y eso suponía otro enigma. Brad jamás le haría daño a su hijo. Estaba segura de eso de manera instintiva, y tampoco podía negar que era bueno con Simon, bueno para Simon.

No obstante, cuando Brad se levantó y fue hacia ella no pudo evitar que se le tensaran todos los músculos del cuerpo.

—¿Cómo estás?

—Estoy bien.

—Así que le has contado a Simon lo que ocurre.

—Tiene derecho a saberlo. Y yo…

—Quizá sea mejor que te detengas antes de saltarme a la yugular, para que pueda decirte que estoy de acuerdo contigo. No es sólo que tenga derecho; además, Simon posee una mente lo bastante despierta y ágil para manejarse con toda esta historia.

—¡Oh! —Se quedó mirando la copa que sujetaba en la mano—. Lo lamento. Estoy un poco nerviosa.

—Tal vez te ayude recordar que no estás sola en esto.

Mientras hablaba, hubo un alboroto en el vestíbulo. Un instante después, *Moe*, el enorme y desastroso perro negro de Flynn, irrumpió en la habitación dando brincos. Soltó un ladrido de felicidad, y luego se abalanzó sobre una bandeja de canapés que había en una mesita.

Flynn y Malory aparecieron en el salón tras él, seguidos por una Rowena muerta de risa. Hubo gritos, más ladridos y un estrépito desafortunado.

—De hecho —añadió Brad mientras observaba el consiguiente caos—, tendrás suerte si con toda esta tropa encuentras cinco minutos para estar sola.

2

Al final fue Zoe quien hubo de fingir que comía, y no a causa de los platos, sino sencillamente porque era incapaz de relajarse. Le resultaba difícil tragar cuando tenía en el estómago un nudo prieto y enmarañado.

Zoe ya había cenado antes en aquel comedor, con sus techos altísimos y su rugiente fuego. Sabía lo bonito que resultaba todo bajo las luces de las arañas y las velas.

Pero en esta ocasión no tenía ninguna duda de cómo iba a terminar la velada. No era una cuestión de suerte. No dependía del azar de un sorteo, con Malory, Dana y ella misma metiendo la mano en una caja tallada para ver cuál de las tres sacaba el disco que llevaba inscrito el emblema de la llave.

Malory y Dana ya habían completado sus turnos, y habían triunfado contra algo que, como Zoe había acabado averiguando, era de proporciones desmesuradas. Las dos habían encontrado sus llaves. Lo habían conseguido, y ya se habían abierto dos de las cerraduras.

Ella las había ayudado. Era consciente de que había contribuido con ideas, apoyo e incluso consuelo. Sin embargo, llegado el momento de la verdad, sabía que habían sido ellas quienes habían cargado con todo el peso.

Al final, Malory y Dana habían tenido que llegar hasta lo más hondo de sí mismas para alcanzar la llave.

Ahora le tocaba a ella cargar con el peso, asumir el riesgo. Era su oportunidad.

Debía ser lo bastante valiente, lo bastante inteligente, lo bastante fuerte. De lo contrario, todo lo que habían logrado antes no serviría para nada.

Con todo aquello atascado en la garganta, resultaba difícil engullir incluso aquel asado de cerdo tan deliciosamente cocinado.

La conversación fluía en torno a la mesa, como si no fuese más que una cena normal entre amigos extrovertidos. Malory y Flynn estaban sentados justo enfrente de ella. Malory se había recogido el pelo en lo alto, de modo que sus rizos color oro viejo le caían por la espalda y dejaban despejado su rostro. Sus enormes ojos azules rebosaban de ilusión y alegría mientras hablaba del trabajo que estaban haciendo en ConSentidos.

De vez en cuando, Flynn la tocaba —el dorso de la mano, el brazo— de un modo natural que decía: «Me alegra que estés aquí y me alegra que seas mía», y eso reconfortaba a su amiga Zoe.

Para mantener la cabeza ocupada con asuntos más sencillos, Zoe decidió que intentaría convencer a Flynn de que le permitiese retocarle el cabello. Era de un precioso y cálido marrón, con reflejos castaños y muy espeso. Pero con unos tijeretazos aquí y allá, ella podía mejorarle el corte, sin que perdiera ese aspecto alborotado e informal que sentaba tan bien con sus rasgos delgados y la forma de sus ojos verde oscuro.

Se puso a divagar, cortando y peinando mentalmente a su antojo a los comensales.

Se sobresaltó cuando Brad le dio un toquecito con el pie por debajo de la mesa.

—¿Qué pasa?

—Te necesitamos en este planeta —respondió él.

—Sólo estaba pensando, eso es todo.

—Pero no estás comiendo —señaló.

Molesta, Zoe clavó el tenedor en un pedazo de cerdo.

—Sí que estoy comiendo.

Su voz estaba tensa, y tenía el cuerpo rígido. Brad no podía culparla por eso. Pero pensó que conocía un modo de relajarla un poco.

—Parece que Simon se lo está pasando de maravilla.

Zoe miró hacia su hijo. Rowena lo había sentado junto a ella, y ambos mantenían una conversación que aparentaba ser intensa y casi íntima, mientras el niño arrasaba con lo que había en su plato.

Con una sonrisa, Zoe pensó que no sería necesario pasarse por un McDonald's.

—Hace amigos con facilidad. Incluso con personas mágicas.

—¿Con personas mágicas? —repitió Brad.

—Así es como él los considera. Ha asimilado todo esto y piensa que es guay.

—Sí que lo es. No hay nada más guay para un chaval que la lucha entre el bien y el mal. Para ti es un poco más problemático.

Zoe pinchó otra porción de carne y la deslizó desde un extremo del plato al otro.

—Malory y Dana lo han logrado. Yo también puedo.

—De eso estoy seguro —afirmó él, y continuó comiendo mientras ella lo miraba frunciendo el entrecejo—. ¿Ya has encargado las ventanas nuevas para Con-Sentidos?

—Lo hice ayer.

Brad asintió con la cabeza, como si esa información fuese una novedad para él. Creía que a ella no le gustaría saber que había dado instrucciones en Reyes de Casa para que lo mantuviesen al tanto de las visitas de Zoe a la tienda y de los pedidos que realizara.

—Habrá que reemplazar parte de las molduras. Puedo acercarme por allí y ayudarte con eso.

—No tienes por qué molestarte. Yo puedo ponerlas.

—Me gusta trabajar con madera siempre que tengo la oportunidad. —Brad sonrió con despreocupación, de un modo natural y amistoso—. Lo llevo en la sangre. ¿Y qué hay de la iluminación? ¿Ya te has decidido?

Advirtió que había conseguido distraerla. Quizá a ella no le entusiasmara verse obligada a conversar con él, pero al menos ya no pensaba en la llave. Y estaba comiendo.

Brad estaba loco por Zoe. O quizá loco sin más, pues no podía decirse que ella lo animase precisamente. Desde que se habían conocido, dos meses atrás, se había mostrado quisquillosa y distante. Excepto en la única ocasión en que él había logrado pillarla con la guardia baja y la había besado.

Brad recordó que en aquel paréntesis no hubo nada de distante ni quisquilloso, y esperaba que ella se hubiese sentido tan sorprendida y turbada por la experiencia como él.

Incluso allí mismo, si se dejaba llevar, podía elaborar una fantasía muy entretenida sobre dedicarse a poco más que a pegar sus labios a la base de aquel cuello tan largo y adorable.

Además estaba el chaval. Simon había sido un premio adicional en su particular paquete de galletas de la suerte. Divertido, despierto, interesante, el chico era todo un placer. Incluso aunque no se hubiese sentido atraído por la madre, Brad habría pasado algún tiempo con el hijo.

El problema era que Simon estaba mucho más dispuesto que Zoe a pasar el rato con Brad. Muchísimo más dispuesto. Pero Bradley Charles Vane IV nunca había renunciado a nada que quisiera sin haber luchado por conseguirlo.

Tal como él lo veía, aún había unas cuantas batallas que entablar, y tenía la intención de tomar parte activa en todas ellas. Él estaba allí por Zoe, y ella tendría que acostumbrarse a eso. Estaba allí para ayudarla. Y estaba allí para tenerla.

Zoe arrugó la frente hasta que sus cejas se unieron, e interrumpió lo que estaba diciendo sobre instalaciones eléctricas y sistemas de iluminación.

—¿Por qué me estás mirando así?

—¿Así cómo?

Zoe se inclinó hacia él un poco —lo justo, según advirtió Brad, para que no la oyera el fino oído de su hijo.

—Como si estuvieses a punto de darme un mordisco a mí, en vez de a lo que te queda de patatas gratinadas.

Brad se inclinó también hacia ella, acercándose lo bastante para ver que se estremecía.

—Voy a darte un mordisco, Zoe. Sólo que no aquí ni en este momento.

—Ya tengo suficientes asuntos en los que pensar sin tener que preocuparme por ti.

—Pues tendrás que hacerme sitio. —Puso una mano sobre la de ella antes de que pudiera apartarla—. Y piensa en esto: Flynn formó parte de la búsqueda de Malory, y Jordan de la de Dana. Echa cuentas, Zoe. Tú y yo somos los únicos que quedamos.

—Yo soy muy buena en contabilidad. —Liberó la mano de un tirón, porque el contacto le producía un hormigueo—. Y según mis cuentas, la única que quedo soy yo.

—Supongo que muy pronto veremos cuál de los dos es mejor sumando y restando. —Decidió dejar el tema en ese punto y apuró su copa de vino.

De nuevo en el salón, donde encontraron café y pastel de manzana cortado en porciones tan grandes que a Simon se le salieron los ojos de las órbitas, Malory frotó la espalda de Zoe de forma reconfortante.

—¿Estás lista para esto?

—Debo estarlo, ¿no?

—Todos nosotros estamos contigo. Somos un buen equipo.

—El mejor. Sólo que pensaba que estaría preparada. He contado con más tiempo que nadie para prepararme. No creía que fuese a estar tan asustada.

—Para mí fue más fácil.

—¿Cómo puedes decir eso? —Desconcertada, Zoe sacudió la cabeza—. Tú te metiste en esto sin saber prácticamente nada.

—Exacto. Y tú tienes dándote vueltas en la cabeza todo lo que hemos aprendido y experimentado en los dos últimos meses. —Con una sonrisa comprensiva, Malory le apretó la mano—. Mucho de lo que sabemos es terrorífico. Y aún hay más: cuando empezamos, no estábamos tan involucradas entre nosotras, con Pitte y Rowena, ni con las hermanas. Ahora todo importa más de lo que importaba hace dos meses.

Zoe soltó un resoplido estremeciéndose.

—No estás consiguiendo que me sienta mejor.

—No lo pretendo. Has de cargar con un gran peso, Zoe, y a veces tendrás que hacerlo tú sola por mucho que queramos descargarte de él. —Malory alzó la vista, y se alegró al ver que Dana se les acercaba.

—¿Qué ocurre? —preguntó Dana.

—Sólo una breve charla para levantar la moral antes de empezar. —Malory volvió a coger la mano de Zoe—. Kane tratará de hacerte daño. Intentará engañarte. De hecho…, y he pensado mucho en esto, como éste es el último asalto, donde se pierde o se gana todo, estará más resuelto a detenerte que nunca.

Dana tomó la otra mano de Zoe.

—¿Qué? ¿Ya estás más animada?

—Yo también he pensado mucho en esto. Tengo miedo de Kane. —Zoe cuadró los hombros—. Creo que me estás diciendo que debería temerlo, que para estar preparada de verdad debería temerlo.

—Justamente.

—Entonces supongo que estoy todo lo preparada que puedo estar. Necesito hablar con Rowena antes de pasar a la estancia del cuadro. He de establecer una condición antes de dar el siguiente paso. —Miró a su alrededor, y al ver que Rowena ya estaba inmersa en una conversación con Brad, dijo entre dientes—: ¿Por qué Bradley estará siempre donde yo quiero estar?

—Buena pregunta. —Dana le dio una palmadita en la espalda.

Malory esperó hasta que Zoe estuvo cruzando el salón.

—Dana, yo también estoy asustada.

—Bien, pues entonces ya somos tres.

Zoe se detuvo frente a Rowena y carraspeó.

—Lamento interrumpir. Rowena, necesito hablar contigo un minuto antes de que comencemos con la próxima… cosa.

—Por supuesto. Imagino que está relacionado con lo que debatíamos Brad y yo.

—No lo creo. Es sobre Simon.

—Sí. —Rowena la invitó a sentarse con unos toquecitos al cojín que tenía al lado—. Exactamente. Bradley me ha insistido mucho en que haga algo palpable, algo específico para Simon.

—Kane no va a tocar al chico. —En el tono de Brad había acero, frío e inflexible—. No va a utilizarlo. Simon ha de quedar excluido del juego. Y eso no es negociable.

—¿Y ahora vas a fijar las condiciones para Zoe y su hijo? —preguntó Rowena.

—No —repuso Zoe rápidamente—. Yo puedo hablar por mí misma y por Simon. Pero gracias. —Miró a Brad—. Gracias por pensar en él.

—No sólo estoy pensando en él, y quiero dejar esto tan claro como el agua. Pitte y tú queréis la tercera llave —le dijo Brad a Rowena—. Queréis que Zoe triunfe. Kane quiere que ella fracase. Dijiste que había normas en contra de causar daño a mortales, derramar su sangre y arrebatarles la vida. Kane quebrantó esas normas la última vez, y habría acabado con Dana y Jordan si hubiese podido. No hay ninguna razón para creer que esta vez vaya a combatir con limpieza. De hecho, hay todo tipo de motivos para creer que jugará de un modo aún más sucio.

Los músculos que rodeaban el corazón de Zoe se contrajeron y la dejaron sin respiración.

—Kane no va a tocar a mi hijo. Tienes que prometerlo. Has de garantizarlo, o esto termina ahora mismo.

—Nuevas condiciones. —Rowena alzó una ceja—. ¿Y hasta un ultimátum?

—Digámoslo de otro modo... —Con una mirada cortante, Brad acalló a Zoe antes de que ella pudiese abrir la boca—. Si no haces algo para retirar a Simon del tablero, si no lo proteges de Kane, el niño podría ser utilizado contra Zoe y provocar que fracasara. Estás muy cerca, Rowena, demasiado cerca para permitir que una sola condición te bloquee el camino.

—Buena jugada, Bradley. —Rowena le dio unas palmaditas en la rodilla—. En ti, Simon tiene a un paladín formidable. Y en ti —le dijo a Zoe—. Pero eso ya está resuelto.

—¿Qué? —Zoe miró hacia Simon, que, a hurtadillas, estaba dándole a *Moe* un pedazo de corteza de su tarta.

—Está bajo protección, la más fuerte que he podido realizar. Lo hice mientras él dormía, la noche en que Dana encontró la segunda llave. Joven madre —dijo tiernamente mientras tocaba la mejilla de Zoe—, jamás te pediría que arriesgaras la vida de tu hijo; ni siquiera por las hijas de un dios.

—Entonces está a salvo. —Zoe cerró los ojos al sentir el aguijón de unas lágrimas de alivio—. ¿Kane no puede herirlo?

—Está tan a salvo como me ha sido posible. Kane tendría que enfrentarse a mí y a Pitte. Y puedo asegurarte que un ataque de ese tipo le costaría muy caro.

—Pero y si lo hiciese, ¿qué…?

—Entonces habría de vérselas con todos nosotros —terció Brad—. Con nosotros seis… y un perro enorme. Flynn y yo hemos estado hablando antes. Deberías llevarte a *Moe*, tenerlo contigo como hizo Dana. A modo de sistema de alerta precoz.

—¿Llevarme a *Moe*? ¿A mi casa? —¿Aquel perro grandote y patoso en su minúscula casita?—. Me gustaría que me hubieses consultado antes de tomar una decisión de ese tipo.

—Es una sugerencia, no una decisión. —Ladeó la cabeza, y, aunque su voz volvió a sonar afable, su rostro estaba inexpresivo—. Sólo es una sugerencia sensata y razonable. Además, un chaval de la edad de Simon debería tener un perro cerca.

—Cuando yo crea que Simon está listo para tener un perro…

—Vamos, vamos. —Sofocando una carcajada, Rowena dio más palmaditas a Brad en la rodilla, y luego a Zoe—. ¿No es absurdo que peleéis cuando los dos sólo pensáis en lo que es mejor para Simon?

—¿Podríamos empezar ya con lo que hemos venido a hacer? Estoy cada vez más nerviosa esperando que sea oficial.

—Por supuesto. Simon podría salir con *Moe* a dar una vuelta por los jardines. Estará vigilado —le aseguró a Zoe—. Estará seguro.

—De acuerdo.

—En ese caso, voy a ocuparme de ello y después pasaremos a la otra sala.

Zoe se encontró sentada en el sofá con Brad, y sin el amortiguador que era Rowena entre ellos. Entrelazó las manos sobre el regazo mientras Brad cogía su taza de café.

—Lo siento si te he parecido desagradecida y maleducada —empezó ella—. No soy desagradecida.

—¿Sólo maleducada?

—Quizá. —Al ser consciente de que lo había sido, notó que le ardía la cara—. Pero no lo pretendía. No estoy acostumbrada a que nadie...

—¿Te ayude? —apuntó—. ¿Se preocupe por ti? ¿Por Simon?

En su voz había algo mordaz, pero también había algo frío y brusco que hizo que Zoe se sintiese pequeña. Para contrarrestarlo, se giró y lo miró directamente a los ojos.

—Así es; no estoy acostumbrada a eso. Nadie me ha ayudado a criar a mi hijo, a alimentarlo ni a quererlo. Nadie me ha ayudado a levantar un techo sobre su cabeza. Lo he hecho todo yo sola, y creo que he realizado un trabajo decente.

—No has hecho un trabajo decente —la corrigió—, has hecho un trabajo extraordinario. Pero ¿acaso eso significa que hayas de rechazar las manos que te tiendan?

—No, en absoluto. Es que tú me confundes.

—Bueno, eso es un comienzo. —Le cogió la mano y se la llevó a los labios antes de que ella pudiese protestar—. Por que haya suerte.

—Oh, gracias. —Se puso en pie deprisa cuando vio regresar a Rowena.

—Si todos estamos preparados, deberíamos seguir la tradición de iniciar la búsqueda en la estancia contigua.

Brad mantuvo su atención en Zoe. Estaba un poco pálida, pero no perdió la compostura. Aun así, cuando empezaron a recorrer el amplio pasillo él se percató de cómo Malory y Dana avanzaban para flanquear a su amiga.

En el transcurso de los dos últimos meses, las tres se habían convertido en un equipo, una tríada, incluso una familia. Brad creía que ya nada cambiaría eso. Iban a necesitar esa unidad para lo que estaba por llegar.

El corazón le dio un vuelco cuando entró en la siguiente sala y observó el cuadro que la dominaba.

Representaba a las Hijas de Cristal momentos antes de que les arrebataran el alma; estaban muy juntas. Al igual que se hallaban muy juntas en ese momento las tres mujeres que compartían los rostros de aquellas trágicas semidiosas.

Venora, con los vívidos ojos azules de Malory, estaba sentada con un arpa en el regazo y una floreciente sonrisa en la cara. Niniane, con los fuertes rasgos de Dana y su espeso cabello castaño, se encontraba al lado de su hermana en un banco de mármol y sujetaba un pergamino enrollado y una pluma.

De pie, con una espada en el cinto y sosteniendo un perrito, Kyna lo miraba. Su pelo era una larga cascada de color tan negro como la tinta en vez del cabello corto, perfilado y sexy que lucía Zoe. Pero los ojos, aquellos ojos almendrados de color topacio, eran los mismos.

Tiraban de Brad como si le hubiesen clavado arpones en el corazón.

Las tres hermanas irradiaban belleza, alegría, inocencia, en un mundo suntuoso de color y luz. No obstante, una inspección más detallada revelaba señales de una oscuridad en ciernes.

En el denso verdor del bosque se veía una sombra con forma de hombre y sobre las brillantes baldosas se deslizaba la sinuosa silueta de una serpiente.

En una esquina, el cielo mostraba una tonalidad morada; se estaba fraguando una tormenta en la que las hermanas aún no habían reparado. Y los amantes que se abrazaban al fondo se hallaban demasiado embebidos en sí mismos para advertir el peligro que se cernía sobre las que debían proteger.

Si se miraba más de cerca todavía, podían verse tres llaves incluidas ingeniosamente en la escena. Una, disfrazada en la forma de un pájaro, parecía volar a través del cielo cerúleo. Otra se ocultaba en medio de la frondosa vegetación del bosque. La tercera se reflejaba en el fondo del estanque que había detrás de las hermanas, que compartían su último instante de paz e inocencia.

Brad había visto qué aspecto tenían tras el encantamiento. Pálidas e inmóviles como la muerte, en ataúdes de cristal, tal como las había pintado Rowena.

Él había adquirido ese cuadro, titulado *Después del hechizo*, incluso meses antes de regresar al valle y conocer aquella misión y a aquellas mujeres. Se había sentido impelido a comprarlo después de caer enamorado, fascinado u obsesionado (le pedía a Dios llegar a averiguarlo) ante el rostro de Zoe.

—Se han encontrado dos llaves —empezó Rowena—. Se han abierto dos cerraduras. Ahora no queda más que una. —A la vez que hablaba, avanzó hasta situarse debajo del retrato, mientras el fuego de la chimenea crepitaba con llamas rojas y doradas detrás de ella—. Vosotras aceptasteis realizar esta búsqueda porque teníais curiosidad y os hallabais en un punto en el que ciertos aspectos de vuestra vida resultaban inciertos e insatisfactorios. Y —añadió— porque se os pagó por ello. Pero habéis seguido adelante porque sois fuertes y sinceras. Nadie más, nadie en tres milenios, había llegado tan lejos.

—Habéis aprendido el poder del arte —prosiguió Pitte, y se reunió con Rowena—. Y el poder de la verdad. Los dos primeros pasos nos conducen al tercero.

—Os tenéis las unas a las otras —les dijo Rowena a las amigas—. Y tenéis a vuestros hombres. Juntos habéis creado una cadena. No debéis permitir que Kane la rompa. —Dio unos pasos adelante y se dirigió a Zoe como si estuviesen solas en la habitación—: Ahora es tu turno. Desde el principio eras tú quien debía finalizar la búsqueda.

—¿Yo? —Parecía que el pánico quería adueñarse de su garganta—. Si eso es cierto, ¿por qué en las otras ocasiones hubo que elegir entre Malory, Dana y yo?

—Siempre ha de haber una opción. El destino es la puerta, pero tú escoges atravesarla o darte la vuelta. ¿La atravesarás?

Zoe miró el cuadro y asintió con la cabeza.

—Entonces te daré tu mapa, tu pista hacia la llave, y deseo que te sirva de guía.

Se apartó, alzó un pergamino y comenzó a leer:

La belleza y la verdad están perdidas sin el coraje para conservarlas. Pero un par de manos puede apretar demasiado fuerte, de modo que lo que es valioso se escurra por entre los dedos. La pérdida y el dolor, la aflicción y la voluntad, iluminan el abrupto sendero que atraviesa el bosque. A lo largo del viaje hay sangre, y están la pérdida de la inocencia y los fantasmas de lo que podría haber sido.

Cada vez que el camino se bifurca, es la fe la que elige la dirección o la incertidumbre la que bloquea el paso. ¿Es desesperación o será dicha? ¿Puede haber realización sin riesgo o pérdida? ¿Será un final o un principio? ¿Irás hacia la luz o regresarás a la oscuridad?

Hay una a cada lado, con las manos tendidas. ¿Te inclinarás por una, por la otra, o cerrarás las manos apretando los puños para conservar lo que ya es tuyo hasta que se convierta en polvo?

El miedo está al acecho, y su flecha se clava en el corazón, la mente, el estómago. Sin cuidados, las heridas supuran, y las cicatrices desatendidas durante demasiado tiempo se transforman en corazas que se interponen entre los ojos y lo que más necesita ser visto.

¿Dónde se halla la diosa, con la espada en ristre, que desea intervenir en todas las batallas a su debido tiempo? Que también desea bajar la espada cuando llegue el momento de la paz. Encuéntrala, conoce su poder, su fe y su valiente corazón. Porque cuando por fin la mires, tendrás la llave con

que liberarla. Y la encontrarás en un camino en el que ninguna puerta volverá a cerrarse ante ti.

—Oh, vaya. —Zoe se apretó el estómago con una mano—. Puedo quedarme con el pergamino, ¿verdad? Jamás podré aprenderme todo eso.

—Por supuesto.

—Bien. —Hizo un gran esfuerzo para mantener la voz calmada y firme—: Ha sonado un poco…

—Violento —concluyó Dana.

—Sí, eso. —Zoe se sintió mejor, considerablemente mejor, cuando Dana le puso una mano sobre el hombro—. Pero, comparada con las otras, me ha parecido que esta pista es más bien un montón de preguntas.

Rowena le alargó el pergamino.

—Respóndelas —dijo sin darle importancia.

Cuando estuvieron solos, Pitte se situó al lado de Rowena y observó el cuadro.

—Kane irá tras Zoe enseguida —dijo Rowena—. ¿No lo crees así?

—Sí. Ha tenido más tiempo para estudiarla, para conocer sus debilidades, comprender sus miedos y sus necesidades. Utilizará todo eso contra ella.

—El niño estará a salvo. Hagamos lo que hagamos, nos cueste lo que nos cueste, debemos mantenerlo a salvo. Es un chaval encantador, Pitte.

Al percibir la desdicha y el anhelo en su voz, Pitte la atrajo hacia él.

—Estará a salvo. Cueste lo que cueste. —Presionó los labios contra su frente—. Kane no lo tocará.

Ella asintió y, volviendo la cabeza, miró hacia el fuego.

—Me pregunto si Zoe tendrá tanta confianza como yo en ti. ¿Podrá tenerla, con todo lo que ha habido antes y todo lo que está en juego?

—Cualquier cosa cae rendida ante el coraje de una mujer. —Alzó la cabeza de Rowena y le rozó la mandíbula con el pulgar—. Si ella posee apenas una pizca de tu valor, vencerá.

—Ella no te ha tenido a ti. No ha tenido a nadie. Todos me han llegado al corazón, Pitte. Nunca habría imaginado sentir este… —se llevó una mano al pecho—, este afecto. Pero por encima de todos me conmueve esta valerosa joven madre.

—Entonces confía en ella, en su batallón. Están… llenos de recursos y son listos. Para ser humanos.

Con eso logró hacerla reír y animarla de nuevo.

—Llevas tres mil años entre ellos y sigues considerándolos una curiosidad.

—Quizá. Pero, al contrario que Kane, yo he aprendido a respetarlos…, y a no subestimar jamás a una mujer. Venga —la rodeó con sus brazos—, vamos a la cama.

Mucho después de haber acostado a Simon, Zoe encontró montones de cosas en las que entretenerse. Mucho después de que Simon dejara de susurrarle a *Moe*, mucho después de que oyese cómo el perro saltaba a la cama y cómo el niño reía desesperadamente tapándose la boca, Zoe se puso a pasear por toda la casa en busca de algo con lo que ocupar las manos y el cerebro.

Su turno se iniciaba con la salida del sol, y ya se temía que estaría despierta para ver empezar el día.

No era, ni mucho menos, su primera noche de insomnio. En su cuenta personal eran imposibles de contar. Noches en que Simon había estado nervioso o enfermo. Noches que había pasado dando vueltas y más vueltas en la cama, preocupada por las facturas. Noches que había llenado con docenas de tareas sólo porque el día no había sido lo bastante largo para terminarlas.

Incluso había habido ocasiones en que había sido incapaz de dormir porque se sentía demasiado feliz para cerrar los ojos. Recordó que la primera noche en aquella casa la había empleado en pasarse horas recorriéndola, tocando las paredes, mirando por las ventanas, haciendo planes de todo el trabajo que quería realizar allí hasta convertirlo en un hogar para Simon.

Esa misma noche era otra gran ocasión, de modo que no tenía sentido lamentarse por perder algunas horas de sueño.

A medianoche seguía estando demasiado inquieta para acostarse, y decidió regalarse una ducha caliente y larga…, una ducha que no interrumpiría un chaval reclamando su atención.

Colgó su mejor camisón —de color rojo amapola— tras la puerta del baño y luego encendió una de las velas que ella misma había elaborado para que la habitación se llenase de fragancia además de vapor.

Zoe creía que los pequeños rituales marcaban la pauta para el sueño.

Se tranquilizó con el impulso del agua y el sedoso tacto del gel de flor de melocotonero que estaba considerando incluir entre los productos de su salón de belleza. Decidió que dejaría que la pista le diese vueltas en la cabeza, intentando verla primero como un todo. Después, como las piezas de un puzzle. Cada una de ellas debía explicarse a sí misma, de forma que iría tras su significado hasta..., hasta la siguiente.

Paso a paso, hasta que comenzase a ver con claridad. Para Malory había sido un cuadro, y un libro para Dana. ¿Qué le correspondería a ella? «¿Champú y crema facial?», se preguntó riéndose a medias. Ésa era la clase de cosas que ella conocía. Eso y que era importante en el mundo de un niño. También sabía cómo hacer cosas. Cómo realizarlas o transformarlas.

Se recordó que era buena con las manos, y las giró debajo del agua mientras las examinaba. Pero ¿qué tenía eso que ver con caminos en un bosque o una diosa con espada?

«Un viaje», pensó al cerrar el grifo de la ducha. Eso debía de ser algún tipo de símbolo, porque en la realidad ella jamás había estado en ningún sitio. Y no parecía que eso fuese a cambiar en un futuro inmediato.

Quizá tuviese relación con su traslado al valle, o con la apertura de su negocio junto a Malory y Dana. «O —reflexionó mientras se secaba con una toalla— tal vez no sea más que la vida.»

¿Su vida? ¿La de las tres hermanas? Se dijo que era algo que debía averiguar, mientras se extendía por la piel la loción con aroma a melocotón. En su propia vida no había nada muy interesante, pero quizá no tuviese por qué serlo. Se acordó de que Dana había tomado palabras concretas de su pista para trabajar sobre ellas. Tal vez debiese probar ese sistema.

La diosa con la espada…, eso era bastante fácil. Kyna llevaba la espada, y Kyna era su equivalente. Pero eso no explicaba cómo se suponía que iba a conocerla para hallar la llave que la liberaba.

Sacudiendo la cabeza, Zoe se volvió y miró hacia el espejo empañado que había sobre el lavamanos.

Su cabello era largo, un torrente negro que le caía por los hombros y hacía que su rostro pareciese muy, muy pálido. Sus ojos eran directos, intensos y dorados. Los vapores de la ducha caracoleaban entre Zoe y el espejo, y relucieron como una cortina cuando ella alzó una mano temblorosa para posarla sobre un reflejo que no era el suyo.

Durante un momento pareció que sus dedos iban a traspasar la cortina, el cristal, y tocar otra piel.

De pronto se encontró sola, en un cuarto de baño lleno de vapor, con la mano pegada al espejo empañado. Y mirando su propio rostro.

«Ya estás imaginando cosas», pensó, y bajó la mano. A eso lo llamaban proyección. Intentaba verse a sí misma en la joven diosa, y estaba lo bastante cansada y alterada para creer que podría. Se dijo que aquél era otro ángulo de vista que debía considerar; pero por la mañana, cuando tuviese el cerebro más despejado.

Se metió en la cama con sus papeles y se puso a revisar las listas de suministros. Para el salón de belleza, para la zona de spa que pensaba añadir más adelante, para el propio edificio.

Sopesó varias ideas nuevas, tomó algunas notas, trató de concentrarse.

Pero la llave y la pista continuaban dando vueltas al fondo de su mente.

Un bosque. Había muchos bosques en las Laurel Highlands de Pensilvania. ¿Se refería a un bosque literal, con árboles y todo eso, o era una metáfora?

A ella no se le daban muy bien las metáforas.

Sangre, ¿qué significaba la sangre? ¿Aludía a la sangre de Jordan, cuando resultó herido? ¿O era la de otra persona? ¿La de ella?

Desde luego, a lo largo de los años había sufrido muchos cortes y arañazos. Una vez, cuando tenía…, ¿cuántos años?, ¿once?, se cortó el pulgar. Estaba troceando tomates para hacer sándwiches. Sus dos hermanos pequeños empezaron a pegarse y uno de los críos chocó contra ella.

El cuchillo le rajó el pulgar, desde la punta hasta más abajo del nudillo, y del tajo empezó a salir sangre como de una fuente. Recordó que aún tenía la cicatriz mientras giraba el dedo y recorría con la vista la leve línea.

Pero esa cicatriz no era gran cosa, y desde luego no era ningún tipo de coraza. De modo que seguramente no se refería a ella.

Dolor y pérdida, sangre y desesperación. Dios, ¿por qué su pista tenía que ser tan deprimente?

Se dijo que debería hacer las cosas lo mejor que pudiese, sin más, y volvió a coger sus papeles. Parpadeó cuando empezó a ver borroso, y se quedó dormida con la luz encendida.

Soñó con su sangre, goteando rítmicamente sobre un espantoso suelo de linóleo marrón mientras unos niños gritaban a su alrededor.

3

A Zoe se le pegaron las sábanas. No podía acordarse de cuándo le había sucedido eso por última vez. Desde luego, no en la última década. En consecuencia, eran casi las diez cuando llegó a ConSentidos, con un niño y un perro a la zaga.

Aparcó junto a la acera, pues el sendero de acceso ya estaba ocupado por completo. El coche de Flynn, el de Jordan. Y uno de los de Brad. Tenía dos que ella supiera, y probablemente tendría más.

Se las arregló para enganchar la correa a *Moe* antes de que saltara del coche, y, con la habilidad de las madres para los juegos de manos, agarró el bolso y la pequeña nevera portátil, controló al perro y vigiló a su hijo con ojo de águila mientras cargaba con todo.

—Ten bien sujeto a *Moe* —le dijo a Simon pasándole la correa—. Ocúpate de que te haga caso. Hemos de averiguar qué quiere hacer hoy con él Flynn.

—Puede quedarse conmigo. Podemos entretenernos en la parte de atrás.

—Ya veremos. Ve para allá, pero quédate donde yo pueda verte desde la casa hasta que lo haya pensado.

Simon y *Moe* se alejaron saltando mientras ella iba hacia la casa.

Le encantaba observarla, aquella enorme casa vieja con todas sus posibilidades. Zoe y sus amigas ya habían dejado su huella sobre ella: habían pintado el porche delantero de un brillante azul festivo y habían dispuesto macetas de crisantemos a ambos lados de los escalones.

En cuanto sacase algo de tiempo, iría al rastrillo a comprar macetas viejas, que limpiaría y pintaría. Quizá buscase también medio barril de whisky, en el que podrían plantar flores de temporada.

Alzó la vista hacia la ventana que remataba la puerta principal. Malory había contratado a un artista especializado en cristal y le había encargado que, utilizando el diseño del logotipo de ConSentidos, realizase una vidriera para instalarla allí.

Ése era justamente el tipo de toque distintivo que convertiría su negocio en algo único.

Dejó la nevera en el suelo y abrió la puerta.

Oyó música. No estaba puesta a todo volumen, pero faltaba poco. A través de ella oyó serrar, martillazos, voces: el reconfortante ruido generado por el trabajo.

Permaneció un momento absorbiéndolo, mirando las escaleras que dividían limpiamente la planta baja. A un lado la librería de Dana, al otro la galería de Malory. «Con mi salón encima de las dos», pensó. La cocina común, al fondo, y después el agradable y pequeño patio donde esperaba que algún día colocarían mesas para que la clientela pudiese sentarse y tomar refrescos en la época de buen tiempo.

Aunque pasarían semanas antes de que ConSentidos pudiese abrir, para Zoe ya era un sueño hecho realidad.

—¡Eh! ¿Dónde está el resto de tu cuadrilla?

Zoe se dio la vuelta y vio a Dana entrando en el vestíbulo.

—Están en la parte de atrás. Lamento llegar tarde.

—Ya lo hemos descontado de tu salario. O lo haremos, en cuanto tengamos una máquina de fichar. Joder, Zoe, cambia ya esa cara de culpabilidad. Nadie ha fijado un número concreto de horas, y menos aún en sábado.

—Pretendía estar aquí hace una hora y media —dijo mientras se quitaba el abrigo—, pero anoche me dormí muy tarde. Y no me he despertado hasta casi las ocho.

—¡Las ocho! —exclamó Dana, horrorizada—. Eres un zorrón y una gandula.

—No sé cómo ha logrado Simon que el perro no hiciese ruido…, o viceversa; pero cuando me he levantado, estaban jugando en el jardín. Para cuando he conseguido tenerlos presentables y desayunados y me he arreglado yo, ya iba con retraso. Después he pasado por casa de Flynn, pensando dejar allí a *Moe;* pero no había nadie, lo cual a Simon le ha parecido de perlas. —Soltó un suspiro—. Dana, voy a acabar regalándole un perro. Lo sé.

Dana sonrió, y al hacerlo aparecieron unos hoyuelos en sus mejillas.

—Pobrecita desgraciada.

—Es la pura verdad. No sabía que hoy iba a venir todo el mundo.

—Hemos pensado que podríamos emplear el sábado en darle un buen empujón al trabajo.

—Eso está bien. —Lista para ponerse manos a la obra, Zoe se abrochó el cinturón de herramientas—. ¿Qué estás haciendo?

—Iba a dar la segunda capa de pulimento a mis suelos, pero Jordan asegura que no lo hago bien. De modo que la está dando él, con lo cual sólo me queda la opción de pintar la cocina, porque resulta que aquí existe la opinión unánime de que lo único para lo que sirvo es para pintar.

—Eres una pintora excelente —repuso Zoe con diplomacia.

—Hum. Malory y Flynn iban a pulimentar su galería, pero allí es ella la que asegura que él no lo hace bien, y por eso lo ha enviado arriba, a trabajar con Brad.

—¿Arriba? ¿En mi espacio? ¿Qué está haciendo Bradley ahí?

—Creo que iba a… —Dana decidió ahorrar saliva al ver que Zoe salía disparada escaleras arriba para averiguarlo por sí misma.

Zoe ya había pintado personalmente las paredes del salón de belleza. Eran de un rosa profundo que tiraba a púrpura. Opinaba que era un color cálido, femenino, pero no tanto como para que produjese rechazo en los hombres.

Para contrastar, en las molduras y los muebles auxiliares que había empezado a hacer se había decantado por un verde vivo, y pensaba utilizar los mismos colores, pero en tonalidades más suaves, para las áreas de tratamiento.

La madera de los suelos ya estaba pulida y sellada —tarea de la que se había encargado ella misma—, y luego protegida por una capa de cera.

Zoe tenía planes para los expositores, y ya había escogido la tela para elaborar fundas para un sofá de segunda mano y un par de sillas que le estaban reservando.

Ya se había decidido por el tipo de iluminación, por las mesas de tratamiento, incluso por el color de las toallas que usaría. En su salón todo tendría su toque personal, reflejaría su visión y estaría creado por sus propias manos.

Sin embargo, allí estaba Bradley Charles Vane IV ocupado en serrar el tablero de uno de sus muebles modulares.

—¿Qué estás haciendo?

Nadie la oyó, por supuesto. Era imposible con el zumbido de la sierra de Brad, los golpes de la pistola de clavos de Flynn y la música a toda pastilla.

Era como si ella no estuviese allí. Bien, pues iba a solucionar eso de inmediato.

Avanzó hasta que su sombra se proyectó sobre el tablero y la plantilla que estaba siguiendo Brad. Él alzó la vista y le hizo un gesto con la cabeza para indicarle que le tapaba la luz.

Zoe no se movió ni un milímetro.

—Quiero saber qué estás haciendo.

—Espera un minuto —respondió él casi a gritos, y acabó de cortar el tablero. Apagó la sierra y se levantó las gafas protectoras—. Han traído tu contrachapado.

—Quiero… ¿Mi contrachapado? —Llena de emoción, se giró hacia donde Brad apuntaba. Y allí estaba, de un maravilloso verde vivo—. Es perfecto. Sabía que sería perfecto. Pero se suponía que no iba a llegar hasta la semana que viene.

—Pues se ha adelantado. —Él mismo se había encargado de acelerar las cosas—. Hoy deberíamos poder hacer un par de módulos.

—Yo no espero que…

—Hola, Zoe. —Flynn dejó la pistola de clavos y le sonrió—. ¿Qué te parece?

—Me parece que es muy amable de vuestra parte que me echéis una mano de esta manera. Que renunciéis a vuestro sábado y todo eso. Pero yo puedo encargarme de esto si vosotros queréis… hacer otra cosa.

—Hemos empezado bien. —Flynn miró por encima del hombro de Zoe—. ¿Dónde están el perrazo y el chiquillo?

—Fuera, en la parte de atrás. No sabía qué hacer con ellos.

—Ahí fuera tienen mucho espacio para corretear. Iré a echarles un vistazo. —Se puso en pie—. ¿Queréis que os traiga café cuando vuelva?

—Sólo si no lo preparas tú —respondió Brad.

—Desagradecido. —Flynn le guiñó un ojo a Zoe y los dejó solos.

—No quiero que tú… —empezó ella.

—Has escogido un buen diseño —la interrumpió Brad—. Para los módulos. Nítido y sencillo. Resulta fácil seguir tus planes, captar lo que tienes en mente.

Zoe se cruzó de brazos.

—No pensaba que nadie tuviese que seguirlos.

—Has hecho un buen trabajo. —Se detuvo un segundo mientras ella lo miraba sin parpadear—. Una planificación meticulosa, una buena selección, talento para el diseño. ¿Hay alguna razón por la que tengas que hacerlo todo sola?

—No. Sólo que no deberías sentirte obligado. Eso es todo.

Brad alzó una ceja.

—Desagradecida.

Derrotada, Zoe soltó una breve carcajada.

—Quizá sea más que yo sé cómo trabajo, pero ignoro si tú eres bueno. —Rodeó la base del mueble que él estaba terminando—. Bueno, parece que no lo haces mal.

—Mi abuelo estaría muy orgulloso si oyera eso.

Con la madera entre los dos, Zoe le sonrió.

—Quiero cortar el contrachapado yo misma. Quiero poder...

—Mirarlo cuando esté acabado, mirarlo un año después de que esté acabado, y decir: «Eh, eso lo he hecho yo».

—Sí. Exactamente. No creía que fueras a entenderlo.

Él desplazó su peso, se quedó con una cadera adelantada y ladeó la cabeza.

—¿Sabes por qué he regresado al valle?

—Supongo que no. En realidad no.

—Pregúntamelo algún día. ¿Quieres encargarte de la pistola de clavos? Acabaremos con esto.

Zoe tuvo que admitir que trabajaban bien juntos, y que Brad no la trataba como si fuese incapaz de manejar herramientas, tal como ella se había figurado que haría. Al contrario, daba por supuesto que era muy capaz.

Brad tendía a ser mandón sobre algunas cosas. Si Zoe empezaba a levantar algo que él consideraba demasiado pesado, le ordenaba de sopetón que lo dejara. E insistió en bajar a recoger su nevera portátil.

Pero ella lo pasó por alto ante la emoción de extender la cola para el contrachapado de su primer módulo.

Incluso con las ventanas abiertas para disfrutar de una buena ventilación, las emanaciones eran fuertes.

—Menos mal que estamos trabajando en pequeñas sesiones —apuntó Brad—. Si hiciéramos esto en períodos largos sin un ventilador siquiera, estaríamos colocados antes de terminar.

—Hace un par de años, me entusiasmé reformando las encimeras de mi cocina. Me mareé tanto como un bebedor de sábado por la noche, y tuve que salir y tumbarme sobre el césped.

Brad la observó y advirtió que, aunque estaba algo sonrojada, bellamente sonrojada, sus ojos seguían nítidos.

—Si empiezas a sentirte así, dímelo.

—Estoy bien. —Tocó la cola con la punta del dedo—. Esto ya casi está.

—Qué lástima. No me habría importado verte mareada.

Zoe dirigió la vista hacia él mientras se incorporaba.

—Aquí hay mucho aire fresco.

—Pues estás un poco colorada. —Le deslizó un dedo por la mejilla—. Tienes una piel de lo más increíble.

—Es, ah, como un anuncio. —No sabía si antes estaba colorada de verdad, pero en ese instante sintió cómo le subía la sangre a la cara—. Utilizo muchos de los productos que voy a encargar. Hay un sérum maravilloso que logra detener el tiempo.

—¿En serio? —Curvó un poco los labios mientras le bajaba el dedo por la garganta—. Pues parece que funciona.

—No quiero emplear ningún producto en el que no crea.

—¿Qué es lo que haces con tu boca?

Al oír esa pregunta, a Zoe se le desencajó la mandíbula.

—¿Qué?

—¿Qué usas? Tus labios son suaves. —Los rozó con la yema del pulgar—. Tersos. Tentadores.

—Hay un bálsamo labial que… No lo hagas.

—¿Que no haga qué?

—No me beses. No puedo complicarme de ese modo. Y tenemos que trabajar.

—En eso te doy la razón. Pero el trabajo ha de parar alguna vez. La cola ya debe de haber reposado lo suficiente. ¿Estás lista?

Zoe asintió. Con aire fresco o sin él, notó que estaba algo aturdida. Y podía afirmar que el único responsable de eso era Brad. Se imaginaba que él ya lo sabía, sabía cómo aquellas miradas prolongadas e intensas, aquel contacto supuestamente accidental, afectaban a una mujer.

De manera que tendría que ser firme antes de que la metiesen en problemas.

Alzaron el contrachapado entre los dos. Era un proceso exigente, que requería trabajo en equipo y precisión para crear una superficie lisa. En cuanto la cola de un lado entrara en contacto con la del otro no habría vuelta atrás.

Cuando estuvo colocado, redondearon los bordes, y las abrazaderas tensaron la superficie para mantenerla en su lugar mientras se secaba la cola, Zoe dio unos pasos atrás.

Sí, estaba bien; había tenido razón al curvar los extremos, en darle aquel sutil movimiento. Sencillo, práctico, pero con una fluidez que le proporcionaba un toque de distinción.

La clientela podría no reparar en los detalles, pero percibiría el efecto.

—Es un buen diseño —dijo Brad a su lado—. Muy ingenioso lo de hacer orificios para meter los cables de esos artilugios que utilizáis en peluquería.

—Se llaman secadores y tenacillas.

—Eso. Del modo que lo has ideado, los cables no estarán estorbando por todas partes ni se enredarán. Y da un aspecto muy despejado.

—Quiero que parezca distinguido pero informal.

—¿Y qué es lo que piensas hacerles a los clientes en las otras habitaciones?

—Oh, rituales secretos. —Le dedicó un ademán displicente que le provocó la risa—. Cuando haya ganado lo bastante para reinvertir dinero en el negocio, quiero instalar una ducha sueca y una bañera de hidroterapia en el cuarto de baño. Lo convertiré en una especie de spa. Sin embargo, aún falta mucho para eso. De momento, lo que tengo planeado es hacer el segundo módulo.

Brad pensó que Zoe trabajaba muy duramente. No sólo porque sabía lo que quería y cómo obtenerlo, ni siquiera por su buena disposición a sudar para conseguirlo.

Debajo de todo ello subyacía la convicción de que debía actuar así.

Zoe paró de trabajar sólo para asegurarse de que su hijo había comido y se encontraba bien.

Cuando estaban preparando el contrachapado del segundo mueble modular, los otros se disponían a dar la jornada por concluida.

Malory subió las escaleras y se puso en jarras.

—¡Guau! Cada vez que entro aquí hay algo nuevo. Zoe, esto tiene un aspecto magnífico. Los colores son absolutamente fabulosos. Éstos son los módulos, ¿verdad? —Se acercó a examinar el que ya estaba terminado—. No puedo creer que lo hayas hecho tú misma.

—He tenido ayuda con eso. —Absorta, movió los hombros entumecidos y se acercó a Malory—. Sí que es verdad que tiene una pinta fabulosa, ¿verdad? Soy consciente de que podría haber comprado algo prácticamente por el mismo precio, pero no me habría sentido tan a gusto. ¿Cómo van las cosas por ahí abajo?

—Los suelos están acabados, y la cocina, pintada. —Como si hubiese recordado de pronto que aún lo llevaba, Malory se quitó el pañuelo que se había puesto para protegerse el cabello—. Hemos dado la primera capa a los armarios y hemos frotado tanto los apliques que han perdido un centímetro de grosor.

—Yo me he metido tan de lleno en los módulos… Debería haberos echado una mano a ti y a Dana en la cocina.

—Hemos tenido manos de sobra, gracias. —Hundió los dedos entre sus rizos de color dorado oscuro para ahuecarlos—. Vamos a ir a casa a comer pollo frito. ¿Ya estás lista para venirte?

—Lo cierto es que me gustaría rematar esto. Dile a Simon que venga aquí y ya nos reuniremos con vosotros un poco más tarde.

—¿Por qué no me lo llevo yo? Ya está fuera jugando con Flynn y *Moe*.

—Oh, bueno. No quería…

—Simon estará bien, Zoe. Ven a casa en cuanto hayas acabado. Intentaré guardarte un muslo de pollo frito. Y a ti también, Brad.

—Oh, tú no tienes por qué quedarte… —Mientras Zoe se giraba, Malory le guiñó un ojo a Brad y se encaminó a las escaleras.

—Quieres terminar este mueble, ¿no?

—Sí, pero no pretendía complicarte la vida.

—Cuando me compliques la vida, ya te avisaré. ¿Estás preparada para encolar esto?

Para ahorrar tiempo, Zoe no discutió.

Acabaron y fijaron el segundo módulo, y lo colocaron junto al primero antes de recoger y guardar las herramientas. Dejaron las ventanas abiertas unos centímetros.

Antes de que ella pudiese reaccionar, Brad ya había cogido su pequeña nevera portátil.

—Ya basta por hoy.

—Gracias por la ayuda, en serio. Si quieres irte, deja la nevera en el porche. Yo voy un momento a ver cómo han quedado los suelos y la cocina, y a comprobar que todo esté bien cerrado antes de irme.

—Esperaré. A mí también me gustaría echar un vistazo a lo que han hecho.

Zoe empezó a bajar las escaleras. Luego se detuvo y se volvió hacia Brad.

—¿Estás cuidando de mí? ¿Es eso? Porque yo puedo cuidar de mí misma.

Brad se cambió la nevera de mano.

—Sí, estoy cuidando de ti. Aunque no me cabe ninguna duda de que eres capaz de cuidar de ti misma, de tu hijo, de tus amigos y de perfectos desconocidos.

—Pues si resulta que soy tan capaz, no necesito que me vigiles. Así que ¿por qué lo haces?

—Porque disfruto con ello. Además, disfruto cada vez que te miro, sin más; porque eres una mujer hermosa y me siento muy atraído por ti. Como tú no me has dado muestras de ser corta ni lenta de mente, estoy seguro de que ya estás al tanto de que me atraes. Pero si en tu cabeza aún queda alguna duda, podrías acabar de bajar estas jodidas escaleras para que yo pueda dejar la nevera en el suelo y demostrártelo.

—Te he hecho una pregunta muy sencilla —repuso Zoe—. No te he pedido ninguna demostración.

Descendió los peldaños que quedaban, y ya había girado de forma brusca hacia la cocina cuando oyó el ruido de la nevera al chocar contra el suelo.

No tuvo tiempo de reaccionar, no cuando sus pies se alzaron del suelo y volvieron a tocarlo de golpe mientras Brad le daba la vuelta y la aprisionaba contra la pared.

Zoe percibió la furia en los ojos de Brad, una furia que los tornaba ardientes y casi negros. Verlo le produjo un hormigueo en la garganta igual de ardiente, compuesto de temor y rabia, y con la dosis justa de excitación para confundir la mezcla.

—Cuida de ti misma —la desafió él—. Y luego pasaremos a la demostración.

Zoe se quedó mirándolo, esperando hasta que él se hubo calmado una pizca. Luego alzó una rodilla en medio de las dos piernas de Brad, veloz como el rayo, y frenó justo un milímetro antes de causar un grave daño.

Brad parpadeó, lo cual le resultó a Zoe inmensamente satisfactorio.

—De acuerdo. En primer lugar, permíteme que alabe tu control: exquisito de verdad. —No se movió. Los dos sabían que bastaría con un único y rápido ademán para que cayese arrodillado—. En segundo lugar, quiero agradecerte, con toda sinceridad, que utilices ese control en este caso.

—No soy ninguna pueblerina indefensa.

—Nunca te he considerado ni pueblerina ni indefensa. —De pronto, la situación, y su posición en ella, se le antojaron ridículamente divertidas. Empezó a sonreír, y después a reírse a carcajadas mientras doblaba la frente hacia la de Zoe—. No sé cómo te las arreglas para cabrearme, pero lo consigues. —Aflojó los dedos con que la sujetaba por los hombros, y al final la soltó del todo para apoyar las manos en la pared, a ambos lados de la cabeza de Zoe—. ¿Te importaría bajar esa rodilla? Al menos unos centímetros. Me está poniendo nervioso.

—Ésa es la idea. —Pero accedió a su petición—. No sé por qué te parece tan divertido esto.

—Yo tampoco. Joder, Zoe, de un modo u otro acabas picándome. Respóndeme a esto: ¿acaso no debería encontrarte hermosa? ¿Se supone que no debería sentirme atraído por ti?

—¿Y cómo crees que he de contestar a eso?

—Es un misterio, ¿verdad? —Recorrió su rostro con la mirada, descendiendo hacia la boca—. Intenta ponerte en mi lugar.

—Apártate un poco. —Le dio unos golpecitos en el pecho, porque el aire no le salía de los pulmones—. Así no puedo hablar contigo.

—De acuerdo. Sólo un segundo.

Y le rozó los labios con los suyos, en una especie de promesa susurrada que originó un revoloteo en el estómago de Zoe.

Después de eso, retrocedió.

—Sería fácil dejarte. —No del todo segura de poder mantener el equilibrio, siguió apoyada contra la pared—. Abandonarme yo misma. También tengo necesidades, necesidades normales, como cualquiera. Y no he estado con un hombre desde hace más de un año…, casi dos en realidad.

—No me importaría que hubieses estado con un hombre ayer mismo. A mí me interesa el ahora.

—Bueno, pero el caso es que no he estado con nadie en todo ese tiempo. Hay razones para ello.

—Simon.

Zoe asintió con la cabeza.

—Él es la gran razón. No permitiré que entre en mi vida ningún hombre que no quiera que Simon entre en la suya.

—Sabes que yo sería incapaz de hacerle daño. —La furia regresó a su rostro—. Es de lo más ofensivo que insinúes lo contrario.

—Sé de sobra que no le harías daño, así que no vale la pena que te alteres por ese motivo. Pero yo también existo, y tengo derecho a ser precavida conmigo misma. Tú no estás buscando sólo cogerme de la mano ni darme un par de besos tiernos a la luz de la luna, Bradley.

—Sería un comienzo.

—Que no acabaría ahí, y los dos lo sabemos. No le veo sentido a empezar algo sin saber si puedo terminarlo. No sé si acostarme contigo sería bueno para mí. No sé si acostarme contigo y que tú me desees se debe a esas necesidades normales o a lo que está sucediendo a nuestro alrededor.

—¿Crees que me siento atraído por ti a causa de la llave?

—¿Y si fuese así? —Alzó las manos con las palmas hacia arriba—. ¿Cómo te sentirías por ser utilizado de ese modo? El hecho es, Bradley, que tú y yo no estaríamos aquí si no fuera por la llave. No procedemos del mismo lugar. Y no me refiero al valle.

—No.

—No tenemos nada en común, excepto la llave.

—La llave —coincidió él—. Amigos que nos importan a ambos, un lugar en el que se hunden mis raíces y en el que tú has plantado las tuyas. La necesidad de construir algo por nosotros mismos. Y luego hay un chaval. Resulta que te pertenece a ti, pero me ha atrapado. Contigo o sin ti, me habría atrapado. ¿Entendido? —Ella sólo pudo afirmar con la cabeza—. Hay más, pero de momento añadamos sólo la química sexual. Suma todo eso y a mí me parece que obtendrás una base común bastante sólida.

—La mitad de las veces no sé qué decirte ni cómo decírtelo.

—Quizá no deberías pensar tanto en eso. —Le tendió una mano—. Echémosle un vistazo a la cocina. Si no salimos pronto de aquí, lo único que quedará del pollo frito serán los huesos.

Zoe agradeció que Brad hubiese abandonado el tema. Ella era incapaz de separar en áreas independientes pensamientos y emociones, inquietudes y necesidades. Al menos en aquel preciso momento.

También agradeció que el tiempo que pasaron en casa de Flynn transcurriese entre pollo frito y relax, sin centrarse en la llave.

Aún no tenía nada que ofrecer, y había demasiada información, demasiadas preguntas rodando en su cerebro para organizarlas en una conversación inteligente.

Habrían de celebrar pronto una reunión, todos ellos, pero primero necesitaba algo de tiempo para revisarlo todo.

Tanto a Malory como a Dana se les habían ocurrido teorías enseguida. Esas teorías habían sido perfeccionadas, redirigidas y cambiadas a lo largo de las cuatro semanas de plazo, pero habían constituido un fundamento.

Zoe pensó que ella, en cambio, aún no tenía nada.

De modo que dedicaría la noche a pensar sobre la pista y todas sus notas, repasando, paso por paso, las dos búsquedas previas. En algún lugar habría respuestas.

En cuanto Simon y *Moe* estuvieron acostados y la casa, felizmente, en silencio, se sentó a la mesa de la cocina. Había notas, documentos y libros dispuestos en montones. Zoe decidió que ya había rebasado la dosis diaria de café, de forma que preparó una tetera.

Dando sorbos a la primera taza de té, releyó la pista de nuevo y apuntó en una página en blanco de su cuaderno las que pensaba que podrían ser palabras importantes.

> *Belleza, verdad, coraje.*
> *Pérdida, dolor.*
> *Bosque.*
> *Sendero.*
> *Viaje.*
> *Sangre y muerte.*
> *Fantasmas.*
> *Fe.*
> *Miedo.*
> *Diosa.*
> *Valiente.*

Probablemente se le escapaba algo, pero la lista le proporcionaba un principio. *Belleza* para Malory, *verdad* para Dana. *Coraje* para ella.

Pérdida y *dolor.* ¿Aludía a las hermanas o a ella misma? Si consideraba la segunda opción, ¿cuál era su pérdida y cuál su dolor? En el pasado más reciente, había perdido su empleo. Zoe reflexionó y lo anotó. Pero eso al final había resultado ser una oportunidad para ella.

¿Bosques? Eran abundantes, pero para ella algunos significaban más que otros. Había bosques en el Risco del Guerrero. Había bosques en el lugar donde había nacido y crecido. Había bosques en los márgenes del río que pasaba junto a la casa de Brad. Pero si el bosque era simbólico, podía aludir a no verlo a causa de los árboles. A no tener la perspectiva completa de algo por estar demasiado absorta preocupándose de los detalles individuales.

A ella le ocurría a veces, eso era cierto. Pero, caramba, había muchísimos detalles, y ¿quién iba a preocuparse por ellos si no lo hacía ella?

Tenía que acudir a una reunión de padres y profesores dentro de poco. Simon necesitaba zapatos nuevos y un abrigo de invierno. La lavadora había comenzado a chirriar. Y aún no se había puesto a limpiar los canalones.

Debía comprar toallas para el salón de belleza y también una máquina lavadora y secadora. Eso significaba que la lavadora de su casa tendría que seguir chirriando un tiempo.

Apoyó la mano en un puño y cerró los ojos sólo un minuto.

Lograría hacerlo todo; ésa era su tarea. Pero cualquier día de ésos iba a tumbarse a la sombra durante una tarde entera, sin nada más que un libro y una jarra de limonada fría como el hielo.

La hamaca se balancearía con la delicadeza de una cuna y el libro descansaría, olvidado y sin leer, sobre el estómago de Zoe. Ya sentía en la lengua el sabor ácido de la limonada.

Tenía los ojos cerrados detrás de unas gafas oscuras y podía notar cómo la brisa soplaba suavemente sobre su rostro.

No sabía cuándo era la última vez que había estado tan relajada. Con la mente y el cuerpo en completo reposo. No había nada que hacer, excepto deleitarse en el silencio y la paz.

Se abandonó con un suspiro de auténtica satisfacción.

De pronto se encontró en la caravana, sudando en medio de un calor espantoso. Mientras barría cabello cortado hasta formar un montón, Zoe pensó que era como vivir dentro de un cubo.

Podía oír pelear a su hermano y su hermana pequeños; sus voces se colaban a través de las ventanas mugrientas. Agudas, tensas y enfadadas. Allí todo el mundo parecía siempre muy enfadado.

Ese pensamiento hizo que le latiese el corazón con violencia.

Fue hacia la puerta, la abrió de golpe y les espetó a gritos a sus hermanos:

—¡Callaos! Por el amor de Dios, callaos cinco putos minutos y dadme un poco de paz.

Luego se encontró deambulando por un bosque, con una gruesa capa de nieve invernal bajo los pies. El viento aullaba entre los árboles y sacudía las ramas hacia un cielo de color pétreo.

Zoe estaba helada, perdida, asustada.

Echó a andar a duras penas, encorvándose para protegerse de la ventisca, y pasó un brazo por debajo de su vientre hinchado para sujetar al bebé que llevaba dentro.

Éste pesaba mucho, y ella estaba exhausta.

Quería detenerse, descansar. ¿Qué sentido tenía proseguir? ¿De qué servía? Jamás hallaría la salida.

El dolor le retorció el vientre y la impresión la dobló por la mitad. Notó algo húmedo entre las piernas, miró hacia abajo y, horrorizada, vio la sangre que se derramaba sobre la nieve.

Aterrorizada, abrió la boca para gritar, y se encontró de nuevo en la hamaca, a la sombra, saboreando otra vez la limonada.

«Elige.»

Se irguió de repente sentada ante la mesa de su propia cocina, temblando, mientras a su lado *Moe* gruñía al aire.

4

A Zoe le resultó mucho más peliagudo de lo que
había esperado convencer a Simon de que pasara el día
en casa de uno de sus amigos del colegio en vez de ir a
colaborar con ella a ConSentidos.

Y es que a Simon le gustaba de verdad estar con aquel
grupo de adultos. Dijo que quería jugar con *Moe*. Que podía ayudar haciendo cosas. Que no se pondría por medio.

Al final Zoe recurrió al ardid maternal más efectivo
de todos: el soborno. Le prometió que, de camino, harían
un alto en el videoclub para alquilar un par de juegos y
una película.

Y cuando *Moe* fue invitado a formar parte de la reunión y a corretear en el patio trasero de Chuck con su
perro labrador de color canela, Simon no se sintió sólo
satisfecho, sino en el paraíso.

Eso alivió gran parte de la culpabilidad y la preocupación de Zoe, y le dio la oportunidad de explorar su
primera teoría.

Si el viaje de la pista era suyo, y si el bosque era una
especie de símbolo, quizá se refiriesen a su vida en Pleasant Valley. A los caminos que ella había tomado en el sitio en que había construido su hogar.

Zoe había sido atraída hasta allí, hasta aquel precioso y pequeño pueblo del valle, y supo que aquél era su sitio en cuanto condujo a través de sus calles casi cuatro años antes.

Había tenido que trabajar, luchar y sacrificarse para hallar la alegría y la realización de sus proyectos. Había tenido que escoger sendas, direcciones y metas.

Estaba reconociendo el lugar de nuevo, conduciendo por aquellas calles que tan bien conocía. «Calles tranquilas —pensó—, a esta hora temprana de una mañana de domingo.» Atravesó los barrios, como había hecho años atrás, cuando tenía la mente puesta en encontrar una casa para ella y para Simon. Recordó que eso era lo primero que había hecho para darse tiempo de hallar el ritmo del pueblo, para ver qué impresión le causaban los edificios, qué sentía ante las personas que observaba caminar o conducir.

Había sido en primavera, a finales de la estación. Había admirado los jardines, los patios, el carácter organizado del municipio.

Había descubierto el cartel de «Se vende» en el patio delantero lleno de maleza de una casita marrón. Con una especie de «clic» interno de reconocimiento, había sabido que aquello era lo que buscaba. Se volvió a detener junto a la acera, al igual que había hecho la primera vez, y observó lo que ya era suyo tratando de verlo como había sido en el pasado.

Recordó que las viviendas que había a ambos lados también eran pequeñas, pero estaban bien cuidadas. Había árboles que proporcionaban una sombra agradable. Una niña iba en bicicleta por la acera y, calle abajo, un adolescente lavaba su coche con la música a todo volumen.

Rememoró el hormigueo de anticipación que había burbujeado en su interior mientras anotaba el nombre y la dirección de la agencia inmobiliaria que aparecía en el cartel de venta.

Y allí era adonde había ido de inmediato. De modo que siguió la misma ruta. El precio inicial de venta resultaba demasiado alto, pero eso no la desanimó. Sabía que probablemente parecería una pardilla, con su ropa y sus zapatos de poco valor. Probablemente también sonara como una pardilla, con aquel acento rural del oeste de Virginia que caracterizaba su pronunciación.

«Pero no fui una pardilla», pensó Zoe con satisfacción.

Aparcó, como había aparcado entonces, y salió del coche para continuar a pie.

Había concertado una cita para ver la casa —casa por la que enseguida se iba a poner a regatear de forma implacable—, y había recorrido aquella calle del centro urbano, derecha hacia el salón de belleza para ver si necesitaban una empleada.

La agencia inmobiliaria estaba cerrada los domingos, al igual que el salón de belleza, pero Zoe fue andando hasta los dos, repitiendo el camino como había sido.

«Rebosante de nervios e ilusión, pero poniendo cara impasible», recordó. Había logrado el puesto de trabajo…, quizá demasiado rápido, con más facilidad de la que debería. ¿Sería otra de esas cosas que habían de suceder así? ¿O fue tan sólo cuestión de tomar el camino adecuado en el momento oportuno?

Plantada ante el escaparate del establecimiento con las manos en las caderas, Zoe reflexionó. Había pasado más de tres años allí. Había realizado un buen trabajo. Mejor que el de la bruja de la propietaria, Carly, y eso había sido parte del problema.

Demasiadas clientas empezaron a pedir que las atendiese Zoe, de modo que sus propinas eran cada vez más sustanciosas. A Carly no le gustaba nada eso, no le gustaba que una de sus chicas se llevara los laureles en su propio local. Así que comenzó a ponerle las cosas difíciles… Reducía las horas de Zoe o las sobrecargaba. Se quejaba de que hablase demasiado con la clientela o de que no hablase lo bastante. Cualquier cosa que sirviera para desmoralizarla o rebajarle el orgullo.

Zoe lo había tolerado, no se había defendido. «¿Debería haberlo hecho?», se preguntó. Necesitaba el trabajo, las clientas asiduas y el sueldo regular, además de las propinas. Si hubiese replicado, Carly la habría despedido mucho antes.

Aun así, resultaba desalentador haber soportado tal cantidad de mierda a cambio de un sueldo miserable.

No. Respiró hondo y alejó la rabia y la vergüenza. No; lo había aguantado por su hogar, su hijo, su vida. No era una batalla que pudiera haber ganado. Al final, la habrían echado en cualquier caso. Eso había ocurrido cuando llegó el momento de que la echaran, y ahí se encontró en otro cruce de caminos.

¿Acaso no habían sido esa rabia, esa vergüenza, la desesperación e incluso el pánico que había sentido al salir por última vez del salón de Carly los que la habían empujado hacia ConSentidos? ¿Habría empezado a montar su propio negocio si aún estuviera ganando un sueldo, mientras pagaba las facturas y la casa estaba a salvo?

«No», admitió. Habría soñado con esa idea, pero no la habría llevado a cabo. No habría encontrado el valor suficiente. Le había hecho falta una patada en el trasero para correr el riesgo e internarse por el siguiente camino.

Giró sobre sí misma y se quedó observando aquel pueblo que había llegado a conocer tan bien como su propia sala de estar. La ruta que llevaba a la tienda de ultramarinos; doblando la esquina iba hasta la oficina de correos; a la izquierda pasaba ante un pequeño parque; y recto y a la derecha conducía hasta la escuela de Simon.

Calle arriba se llegaba al Main Street Diner y sus batidos de leche, que Simon adoraba. Saliendo en línea recta del pueblo, se cogía la carretera que ascendía por las montañas hasta el Risco del Guerrero.

Desde donde estaba, Zoe podía encontrar con los ojos tapados el camino hasta el apartamento de Dana, a la casa en que vivían Flynn y Malory. A la biblioteca, al quiosco de periódicos, a la farmacia, a la pizzería.

Podía seguir el río hasta la casa de Brad.

«Diferentes senderos», pensó mientras regresaba a su coche. Diferentes elecciones, diferentes destinos. Pero eran parte de un todo. Ahora todo era parte de ella.

Si la llave estaba allí, en alguna parte de lo que era su hogar, la encontraría.

Se montó en el coche y, siguiendo un itinerario serpenteante, el camino más largo, se dirigió a ConSentidos.

Zoe no les dijo nada a sus amigos en toda la mañana. Primero necesitaba trabajar, no sólo física sino también mentalmente, para cavilar sobre su teoría y descifrar qué le había ocurrido con exactitud la noche anterior.

No podía hablar de eso hasta que lo tuviese bien ordenado en la cabeza. Además, tenía que admitir que la dinámica era distinta cuando había hombres alrededor. Había cosas que podía decir, incluso la manera de decirlas, cuando estaba a solas con Malory y Dana que no servían igual si se añadían hombres al público.

Incluso aunque fueran hombres en los que había llegado a confiar plenamente.

Zoe dejó la carpintería en manos de Brad y dedicó la mañana del domingo a aplicar cemento blanco a las baldosas del cuarto de baño. Ésa era la clase de trabajo que le dejaba la mente libre para pensar en lo que le había sucedido y en qué podría significar.

¿Era extraño que su experiencia no hubiese sido como las vividas por Malory y Dana en sus primeros encuentros con Kane? ¿O era significativo?

«Elige», le había dicho él. Eso, al menos, seguía un patrón. Sus dos amigas habían tenido que hacer una elección. Y, al parecer, el riesgo aumentaba con cada llave.

En realidad Kane no le había hecho daño. Estaba ese momento de dolor en medio de la ventisca, pero ella los había sufrido peores. ¿Por qué le habría mostrado tres escenas distintas, sin darle apenas tiempo de adaptarse a una ilusión antes de empujarla a la siguiente?

La primera había sido una pequeña fantasía inofensiva, nada tremendo ni vital. La segunda, más tediosa y familiar. Y la tercera…

«La tercera —pensó mientras extendía cemento blanco por el suelo—, la tercera era escalofriante.» Estaba hecha a propósito para asustarla, en plan: «Estás sola, estás perdida, estás embarazada».

«Yo ya he pasado por eso», reflexionó.

Después, el dolor, la sangre. Como si hubiese sufrido un aborto, como si hubiese perdido al bebé. Pero Zoe no había perdido a su hijo, y él estaba protegido.

¿Y si Kane no lo sabía? Impactada, se sentó sobre los talones. ¿Y si Kane no sabía que Simon estaba protegido? En ese caso, ¿su primera amenaza a Zoe no giraría en torno a lo más valioso de su vida, la única cosa por la que ella moriría para mantenerla a salvo?

—Zoe.

La esponja que estaba utilizando para extender el cemento cayó sobre las baldosas con un «plaf».

—Perdona. No pretendía asustarte.

Brad estaba en la entrada del cuarto de baño, con un hombro apoyado en la jamba de la puerta; llevaba varios minutos en esa posición, observando a Zoe.

Sabía que había muchas cosas dando vueltas dentro de su cabeza. Las había visto pasar por su semblante.

—No; no hay problema. —Se inclinó de nuevo para seguir trabajando—. Ya casi he terminado aquí.

—El resto de la tropa está a punto de parar para comer.

—De acuerdo. Bajaré en cuanto haya acabado. Así el cemento tendrá tiempo de secarse.

Brad esperó hasta que ella estuvo con medio cuerpo fuera de la estancia. Entonces se puso en cuclillas.

—¿Vas a contarme qué te ha ocurrido?

La mano de Zoe vaciló, y después recuperó el ritmo de nuevo.

—¿A qué te refieres?

—He pasado bastante tiempo observándote como para saber cuándo te guardas algo. Dime qué ha pasado desde ayer, Zoe.

—Lo haré. —Metió la esponja en el cubo que había dejado junto a la puerta—. Pero no sólo a ti.

—¿Kane te ha hecho daño? —Le cogió la mano, y usó la que le quedaba libre para girarle el rostro.

—No. Suéltame. Tengo las manos llenas de cemento blanco.

—Pero te ha hecho algo. —Su tono se había enfriado, como siempre que trataba de controlar su furia—. ¿Por qué no has dicho nada?

—Sólo quería un poco de tiempo para pensar, para llegar a alguna conclusión; eso es todo. Me sería mucho más fácil contároslo a todos de una vez —añadió. La mano de Brad seguía sobre su mejilla, y la cara de él estaba muy cerca de la suya—. También me sería mucho más fácil si no me tocases de ese modo ahora.

—¿Ahora? —Deslizó los dedos hasta su nuca—. ¿O nunca?

Zoe habría querido desperezarse debajo de aquellas manos y ronronear.

—Dejémoslo en «ahora» de momento.

Se dispuso a levantarse, pero Brad ya estaba en pie y tiró de la mano de Zoe que aún sujetaba para ayudarla a incorporarse.

—Dime sólo una cosa: ¿Simon está bien?

83

Zoe podía luchar contra la atracción. Incluso podía luchar contra el deseo sexual. Pero le costaría mucho luchar contra la preocupación evidente y profunda que Brad mostraba por su hijo.

—Sí. Está bien. La verdad es que quería venir hoy. Le gusta estar contigo…, con todos vosotros —añadió rápidamente—. Pero a mí no me apetecía hablaros de esto delante de él. Al menos por ahora.

—Pues bajemos a hablar del asunto, y yo me pasaré por tu casa un día de la semana que viene para ver a Simon.

—No tienes que…

—A mí también me gusta estar con él. Con vosotros dos. —Le rozó un lado de la garganta, el hombro—. A lo mejor podías invitarme a cenar otra vez.

—Bueno, yo…

—¿Mañana? ¿Qué tal mañana?

—¿Mañana? Pero si vamos a tomar espaguetis.

—Estupendo. Yo llevaré el vino. —Dando el tema por resuelto, tiró de Zoe—. Será mejor que vayamos a lavarnos.

Zoe no estaba segura de cuándo había patinado, ni de por qué le había resultado imposible negarse. Mientras se restregaba las manos con jabón antes de comer, cayó en la cuenta de que Brad la había enredado. De eso no había la menor duda, pero lo había hecho con tal habilidad que ella se había comprometido antes de poder advertirlo.

«De todas formas, eso será mañana.» Ya tenía demasiadas cosas de las que preocuparse ese mismo día para hacerse mala sangre por un plato de espaguetis.

Aunque todavía quedaba trabajo por hacer allí, la cocina era el mejor lugar de reunión. Un tablero de contrachapado dispuesto sobre dos caballetes servía de mesa, y había cubos y escaleras de mano para sentarse.

Dana se acomodó sobre un cubo al lado de Zoe.

—¿Es de mantequilla de cacahuete y jalea? —preguntó, contemplando el sándwich que Zoe acababa de desenvolver—. ¿De mantequilla de cacahuete con trozos y jalea de uva?

—Ajá. —Zoe había empezado a alzar una mitad triangular para llevársela a la boca, y advirtió que Dana estaba prácticamente salivando—. ¿Lo quieres?

—Hace muchísimo que no me como un buen sándwich de ésos. Medio del tuyo por medio del mío; es de jamón y queso suizo, con pan de centeno.

Hicieron el intercambio, y Dana dio un mordisco para probar.

—Excelente —dijo con la boca llena—. Nadie prepara estos sándwiches como una madre. Bueno, ¿vas a contarnos lo que está pasando o prefieres comer primero?

Zoe levantó la vista, y la paseó en torno a la mesa. Todos la estaban mirando, a la espera.

—¿Acaso lo llevo escrito en la frente?

—Daría lo mismo. —Malory metió una cuchara en su yogur—. Al llegar esta mañana parecías disgustada o, mejor dicho, como si intentaras no parecer disgustada. Y luego has subido corriendo al primer piso. Además, no has dicho nada sobre lo que opinas de la cocina ahora que está pintada.

—Oh, ha quedado preciosa. Pensaba decíroslo. —Incómoda como siempre que era el centro de la atención, Zoe partió en dos el medio sándwich—. Y quería esperar hasta que todos hiciésemos una pausa antes de contaros lo que sucedió anoche.

—Ahora estamos haciendo una pausa. —Dana frotó con afecto el muslo de Zoe—. ¿Qué pasó?

Zoe se tomó su tiempo en contarlo, pues quería ser clara, quería asegurarse de que no olvidaba ningún detalle.

—Fue diferente de lo que vivisteis vosotras. Diferente de las experiencias que los que estamos aquí hemos tenido con Kane antes. Incluso diferente de lo que nos ocurrió en esta casa el primer mes.

—¿Sabías que era Kane? —le preguntó Jordan.

—Ésa es la cuestión. No estuve en ninguno de los tres…, los tres… lugares —dijo, pues suponía que debería llamarlos así— lo bastante para percibirlo. Tampoco creo que yo misma me transportara de uno a otro del modo que os ocurrió a algunos de vosotros. No hubo tiempo para eso. Fue más como estar tumbada en una hamaca, cerrar los ojos un segundo y aparecer de pronto en otro sitio distinto.

—Vayamos por partes. —Flynn ya había sacado un cuaderno—. «Tumbada en una hamaca.» —Dio unos golpecitos a la página—. ¿Estabas en tu jardín?

—No. No tengo ninguna hamaca. La verdad es que jamás he estado tumbada en una hamaca a la sombra con una jarra de limonada y un libro. ¿Quién tiene tiempo para algo así? Sería agradable, y yo estaba pensando en que no iba a contar con mucho tiempo libre en las próximas semanas cuando de pronto, paf, estoy balanceándome en una hamaca y bebiendo limonada. —Frunció el entrecejo y no reparó en la mirada de extrañeza que le dirigía Brad—. No sé dónde estaba. Tampoco creo que importe; ésa es la conclusión a la que he llegado después de darle muchas vueltas. No importa nada dónde estuviese esa ridícula hamaca; no era más que el símbolo de no tener nada que hacer en toda una tarde. O, supongo, durante el tiempo que yo quisiera no tener nada que hacer.

—Me parece que tienes razón —coincidió Malory—. Kane pulsa el botón de las fantasías y nos deja echarles una ojeada, experimentarlas. La mía era ser una gran artista y estar casada con Flynn. Con la casa perfecta y la vida perfecta. —Hizo un gesto señalando por encima de la mesa—. La de Dana era estar sola en una isla tropical sin preocuparse del mundo. Y la tuya, una tarde holgazaneando.

—Vaya fantasía más lamentable comparada con las vuestras. —Pero Zoe sonrió, aliviada al ver que su conclusión parecía válida.

—Pero Kane te arrancó de ella, en vez de darte tiempo para regodearte —apuntó Jordan—. Quizá no quería que tuvieses la oportunidad de ver que era falsa. Te permitió probarla apenas, y después la cambió. Una nueva estrategia.

—Creo que eso es en parte lo que quiere. Pero, bueno, pasemos a la segunda escena. Transcurría en la caravana de mi madre, y Dios sabe la cantidad de pelos que he barrido allí. Reconocí el sitio por su aspecto, por cómo olía y el modo en que mis hermanos se peleaban fuera. Pero no sé qué edad tenía yo. ¿Era como soy ahora? ¿Era una niña? ¿Algo intermedio? —Pensativa, sacudió la cabeza—. Lo que quiero decir es que no tuve ninguna percepción de mí misma, sólo del calor, el agotamiento y lo irritante de aquella vida. Mi sensación podría resumirse en algo así como: «Esto es lo único que hago, limpiar el remolque y cuidar de los niños, y estoy cansada de ello». Podría decirse que me sentía particularmente utilizada y víctima. Creo que eso también tiene algo de simbólico.

—Atrapada en una espiral —resumió Brad—. Haciendo siempre lo que debe hacerse y para otras personas, sin vislumbrar una salida.

—Sí. Mi madre hizo todo lo que pudo, y necesitaba que yo la ayudase. Pero terminas por sentirte atrapada, es cierto; tanto que piensas que, hagas lo que hagas, jamás va a mejorar.

—De modo que puedes balancearte en una hamaca y disfrutar de la vida o puedes sudar y recorrer la misma espiral una y otra vez. —Dana frunció los labios—. Pero ésas no son las únicas opciones. Las cosas no son sólo blancas o negras. Tú misma lo has demostrado.

—Algunas personas podrían mirar mi vida y opinar que ahora sólo estoy recorriendo una espiral diferente. Yo no lo siento así, pero podría parecerlo. Y luego está la tercera parte.

—Kane quería atemorizarte —dijo Malory.

—Oh, sí, y, caramba, misión cumplida. Hacía frío y yo estaba sola. No era una de esas nevadas perfectas y maravillosas. Era violenta y despiadada, de esas que matan. Y yo estaba exhausta, el bebé pesaba tanto dentro de mí... Sólo deseaba echarme en algún sitio y descansar, pero sabía que no podía. Si lo hacía, moriría, y si yo moría, el bebé también moriría. —De forma inconsciente, se apretó el estómago con una mano, como para proteger lo que había crecido allí—. Después llegaron las contracciones. Yo sabía lo que eran; es algo que recuerdas de inmediato. Pero aquello era un retroceso, no un avance, que es lo que son los dolores del parto. Era un final, un final con toda aquella sangre sobre la nieve.

—Kane quería amenazarte a través de Simon. —El rostro de Flynn se endureció—. Pero eso no va a ocurrir. No se lo permitiremos.

—Creo que eso es parte de lo que pretendía. Intentar asustarme, utilizando para ello a Simon. Y creo que es una de las razones por las que también me sacó de esa tercera escena y me dijo que escogiese. Os tengo que confesar que en cuanto volví en mí y me encontré a *Moe* al lado gruñendo, subí como una bala a la habitación de Simon. —Lo recordó temblando como una hoja—. Pero él estaba todo despatarrado, como suele, con una pierna colgando fuera de la cama y las mantas enrolladas en la otra. Os juro que ese niño no puede quedarse quieto ni cuando duerme.

—Kane estaba usando a Simon como otro símbolo. —Brad sirvió más café, y como Zoe aún no lo había probado le tendió una taza.

Sus miradas se encontraron, y ella asintió mientras el miedo le revoloteaba en la garganta.

—Ésa es la misma conclusión a la que he llegado yo.

—¿Un símbolo de qué? —preguntó Dana—. ¿De tu vida, Zoe?

—De su vida, sí —respondió Brad—. Y de su alma. Le dio a elegir: comodidad, tedio o la pérdida de todo lo que es. Le arrojó el guante.

—Así es. Pero yo creo… Me pregunto si Kane sabe que Simon está a salvo. Quizá no pueda ver que está protegido y que no le servirá de nada tratar de amenazarme de esa manera.

—Tal vez tengas razón —repuso Brad—. Pero yo opino que lo averiguará pronto, y que entonces buscará otra cosa que utilizar en tu contra.

—Mientras no sea mi hijo… Por otro lado, lo sucedido me empujó a pensar más a fondo en la pista. Me cabreó —añadió con una breve carcajada—. Así que pasé cierto tiempo analizándola. Se me ocurrió la idea de que quizá el valle sea como mi bosque y que las distintas cosas que he hecho o escogido sean como sus senderos.

—No está mal —aprobó Dana.

—Era algo sobre lo que trabajar. Esta mañana temprano he empleado una hora en conducir por el pueblo, en una especie de viaje por los caminos de la memoria. He intentado verme cuando llegué por primera vez y descubrir cómo han cambiado las cosas para mí.

—O cómo las has cambiado tú —terció Brad.

—Sí. —Complacida, le dedicó una de sus raras sonrisas—. No sé si es la dirección correcta, pero estoy agrupando lugares y, bueno, digamos acontecimientos que considero importantes personalmente. Si los reúno en mi cabeza, quizá uno de ellos sobresalga. Si eso me lleva a adentrarme por el camino adecuado, supongo que a Kane no le gustará. Entonces lo sabré.

Le resultaba difícil imaginarse a sí misma enzarzada en una batalla campal con alguien, y más aún contra un hechicero. Pero no iba a echarse atrás al primer puñetazo. Zoe se dijo que si había algo que sabía hacer era cómo resistir.

Quizá no encontrara la llave, pero no sería por no haberla buscado.

Pasó la noche del domingo buceando entre sus notas, hojeando los libros que habían reunido sobre mitología celta, entrando de vez en cuando en Internet con el ordenador portátil que Flynn le había prestado.

No estaba segura de si había aprendido algo nuevo, pero el ejercicio la ayudó a ordenar lo que sí sabía.

La llave, dondequiera que estuviese, sería algo personal para ella. Estaría relacionada con su vida, o con lo que quería en la vida. Y al final se reduciría a una elección. Aunque sus amigos, alguno de ellos o todos, pudieran estar conectados con la llave, ella sería la única capaz de hacer la elección.

De modo que mientras se preparaba para irse a la cama, Zoe se preguntó qué era lo que quería. ¿Una tarde en una hamaca? En ocasiones era tan sencillo como eso. ¿Saber que había logrado cruzar la puerta de aquella caravana para alejarse de allí? No había dudas respecto a eso. Tampoco respecto a que había conseguido hallar el camino de salida de aquel terrorífico bosque, y le había dado a su hijo no sólo una vida, sino una buena vida.

Necesitaba saber esas cosas, y saber que continuaría construyendo esa vida para Simon y para ella misma. Necesitaba que ConSentidos fuese un éxito. Eso se debía en parte a una cuestión de orgullo.

Su madre siempre le decía que era demasiado orgullosa.

Tal vez lo fuera, y quizá ese orgullo fuera la causa de que las cosas resultasen más duras de lo que deberían haber sido. Pero también la había impulsado en los momentos difíciles.

No había obtenido todo lo que había soñado, pero lo que tenía estaba bien.

Apagó la luz. Aunque sintiera una punzada por no tener en medio de la oscuridad a nadie al lado hacia quien volverse, contaba con la satisfacción, incluso el orgullo, de saber que siempre podría confiar en sí misma.

Al día siguiente, Zoe estaba trabajando en el primer piso de ConSentidos. Se encontraba atornillando el equipamiento de los módulos acabados, cuando oyó gritos en la planta baja. Enseguida notó que eran gritos de emoción, no de angustia. De modo que terminó con el mueble que tenía entre manos antes de ir a ver cuál era la causa de aquel revuelo.

Siguiendo las voces, entró en la sección de Dana, y entonces fue Zoe quien soltó un grito cuando se encontró con un exhibidor de libros situado junto a una pared y dos enormes cajas de cartón en medio de la habitación.

—¡Han llegado! ¡Tus estanterías están aquí! ¡Oh, son fabulosas! Has hecho bien en elegir éstas. Van de maravilla con tus colores.

—¿Verdad que sí? Tengo el diagrama que me dibujé, el que cambié seis docenas de veces. Pero ahora me pregunto si debería intercambiar la sección infantil con la de ficción.

—¿Por qué no te limitas a abrir las otras cajas, colocar todo donde habías planeado y ver después cómo queda? —propuso Malory mientras empuñaba un cúter.

El repartidor entró arrastrando un nuevo embalaje.

—Señora, ¿dónde quiere que le ponga esto?

—Oh, Dios —fue todo lo que pudo contestar Dana.

—Déjelo ahí mismo —indicó Zoe—. Ya lo colocaremos nosotras. ¿Cuántas estanterías has encargado? —le preguntó a Dana.

—Muchas. Quizá demasiadas, pero quería estar segura de poder exponerlo todo del modo que tenía en la cabeza. Pero ahora… Joder, el corazón me va a mil. ¿Es emoción? ¿Es pavor? Juzgad vosotras.

—Es emoción. —Alegremente, Malory abrió en canal otra caja—. Venga, vamos a colocar ésta también. Coloquémoslas todas, y así verás lo magníficas que quedan.

—Esto es real —murmuró Dana mientras llegaba un paquete más—. Es auténticamente real. Ahora ya no será más un montón de habitaciones vacías.

—Estanterías, libros, mesas, sillas. —Zoe retiró el cartón—. Dentro de unas semanas nos sentaremos aquí a tomarnos nuestra primera taza de té.

—Sí. —Recobrándose, Dana las ayudó a trasladar el mueble a su lugar—. Después nos daremos una vuelta y admiraremos todas las cosas bonitas de la galería de Malory.

—Y acabaremos con un paseo por el salón de belleza de Zoe. —Malory retrocedió—. Mirad todo lo que hemos trabajado ya. ¿Podéis asimilar todo lo que ya hemos hecho?

Zoe contempló cómo entraba otra caja más y dijo:

—Ahora mismo, yo ni siquiera puedo asimilar lo que estamos a punto de hacer. Sigue dándole al cúter, Malory. Tenemos mucho trabajo por delante.

Continuaban arrastrando estanterías cuando otra furgoneta se detuvo junto a la acera.

—Es de Reyes de Casa. —Malory se volvió hacia sus amigas desde la ventana—. ¿Hoy esperábamos alguna entrega de Reyes de Casa?

—Tenemos encargadas algunas cosas —respondió Zoe—. No pensaba que pudieran estar ya. Iré a ver.

Se dirigió a la puerta principal, y se encontró con el conductor de la furgoneta en el porche.

—¿Esto es ConSentidos? —preguntó el hombre.

Oír cómo otra persona pronunciaba ese nombre hizo que Zoe se sintiese muy bien.

—Lo será.

—Le traigo unas ventanas. —Le tendió la factura para que se lo confirmara—. Y aquí tengo una lista, la de las ventanas que hay que reemplazar. Si está todo en orden, nos podremos manos a la obra. Hoy mismo las tendrán colocadas.

—¿Colocadas? No hemos encargado la instalación, sólo las ventanas.

—La instalación va incluida. Tengo una nota...
—hurgó en el bolsillo— del señor Vane para la señorita McCourt.

—Yo soy la señorita McCourt.

Con el entrecejo fruncido, cogió el sobre y lo abrió. Dentro había una hoja con membrete, con un mensaje de una sola línea:

No discutas.

Zoe abrió la boca, la cerró de nuevo, y después miró al conductor. Vio que de la furgoneta salían dos hombres más y se apoyaban en el capó.

—El señor Vane ha dicho que usted debía llamarlo si había algún problema. ¿Quiere que empecemos o tenemos que esperar?

—No, no. Adelante, pasen y comiencen. Gracias.

Volvió al interior frotándose la nuca y vio cómo Dana y Malory ponían otra estantería en su sitio.

—Han llegado las ventanas nuevas.

—Eso es fantástico. Tal vez deberíamos ladear ésta —sugirió Dana.

—Ha venido un grupo de operarios a instalarlas —continuó Zoe—. Bradley..., Reyes de Casa incluye la instalación.

—Brad es un encanto de hombre —afirmó Malory.

—Es una ventaja conocer al dueño. —Dana dio un paso atrás y sacudió la cabeza—. No; mejor la dejamos alineada.

Incómoda, Zoe empujó con el pie una lámina de cartón.

—¿No creéis que deberíamos pagárselo?

—Zoe, a caballo regalado… —Resoplando un poco, Dana devolvió a pulso la estantería a su posición inicial—. Al que, por cierto, yo preferiría besar en la boca antes que examinarle la dentadura. —Giró la cabeza, y su mirada se tornó lasciva—. Aunque, claro, este caballo en particular preferiría que fueses tú la encargada del besuqueo.

—Esta noche cena en casa.

—Bien. Pues dale uno grande y húmedo.

—Tengo miedo.

Malory dejó el cúter.

—¿De Brad?

—Sí. De él y de mí. —Se pasó un puño entre los pechos, como si algo le doliese allí dentro—. De lo que va a ocurrir.

—Oh, tesoro.

—No sé qué hacer ni qué pensar. Una cosa sería que fuera tan sólo por diversión, por entretenimiento. Pero yo no estoy buscando diversión ni entretenimiento. No de esa clase.

—¿Y crees que él sí?

—No lo sé. Bueno, sí, claro que sí. Es un hombre al fin y al cabo. No se lo tengo en cuenta. Quizá esté atrapado por el romanticismo de toda esta historia, como se supone que hemos de unirnos para dar muerte al dragón… Pero, mirad, he de pensar en lo que ocurrirá después de eso.

—A él no le tienen sin cuidado las personas. —Con semblante serio, Dana negó con la cabeza—. Lo conozco prácticamente de toda la vida. Brad es un buen hombre, Zoe.

—Creo que lo es. Puedo ver que lo es. Pero no es mi hombre, no es probable que lo sea. Aun así, si sigue cruzándose en mi camino del mismo modo acabará por ganarme la partida. Temo que si eso sucede empezaré a desear algo que no puedo tener.

—Pues yo no pienso que exista nada que no puedas tener —replicó Malory—. No seríamos dueñas de este lugar si no fuese por ti.

—Eso es una tontería. Sólo porque yo encontré la casa…

—No es sólo la casa, Zoe: es la idea, la visión, la fe. —Con cierta impaciencia, Malory le puso una mano sobre el hombro y la sacudió un poco—. Tú iniciaste esto. Así que creo que cuando averigües qué es lo que de verdad deseas hallarás la manera de obtenerlo.

Para mantener las manos ocupadas, Zoe cogió el cúter y empezó a abrir la siguiente caja.

—¿Tú has estado enamorada alguna vez, enamorada de verdad, antes de conocer a Flynn?

—No. He sentido pasión, he estado encaprichada y he tenido inclinaciones muy intensas. Pero nunca he amado a nadie del modo en que amo a Flynn.

Zoe asintió.

—Y para ti, Dana, siempre ha sido Jordan.

—Tanto si quiero como si no, así es.

—Yo he estado enamorada. —Habló en voz baja mientras trabajaba—. Yo quería al padre de Simon. Lo quería con todo lo que tenía. Alguien podría decir que a los dieciséis años no tienes muchas cosas, pero yo tenía mucho amor que dar. Y se lo entregué todo a él. No pensé, no dudé; se lo di sin más. —Tiró del cartón y lo dejó caer al suelo—. Desde entonces he conocido a otros hombres. Algunos eran buenos, otros resultaron no serlo tanto. Pero ninguno de ellos se acercó ni remotamente a conmoverme de la forma en que me conmovió aquel muchacho cuando yo tenía dieciséis años. Yo lo deseaba, Malory, casi más de lo que deseaba vivir.

—Pero él no permaneció a tu lado —replicó.

—No, no lo hizo. Él me amaba, eso lo creo, pero no lo bastante para quedarse conmigo. No lo bastante para elegir estar conmigo, ni siquiera para reconocer lo que habíamos hecho entre los dos. Se alejó de mí y continuó viviendo su vida, mientras la mía se rompía en mil pedazos. —Para desahogar parte de aquella rabia antigua, empezó a hundir la cuchilla en el cartón—. Se comprometió con una chica hace unos pocos meses. Mi hermana me envió el recorte del periódico. Está organizando una gran boda para la primavera. Me enfurecí al leerlo. Me enfurecí porque está organizando una boda suntuosa para la primavera y ni siquiera le ha puesto los ojos encima a su hijo.

—Él se lo ha perdido.

—Sí, cierto: él se lo ha perdido. Pero, aun así, yo lo amé y lo deseé. No pude tenerlo, y eso casi me parte en dos. —Con un suspiro, apoyó la cabeza en el lateral de la estantería—. No voy a volver a desear lo que no pueda tener. Por eso me da miedo Bradley, porque es el único hombre de los que he conocido en diez años que ha hecho que recuerde, sólo un poco, cómo era tener dieciséis años.

5

Sobre todo no debía olvidar que era una mujer adulta, y que las mujeres adultas a menudo invitan a hombres a cenar en casa sin desmoronarse por ello, ni enamorarse.

No iba a suponer más que un leve cambio en su rutina de los lunes.

Significaba que compraría algún tipo especial de pan e ingredientes nuevos para la ensalada de camino a casa. Y haría más salsa. Tenía que conseguir que Simon empezara los deberes más pronto de lo habitual, y eso iba a ser toda una batalla, incluso con el aliciente de que su buen amigo Brad fuese a cenar con ellos.

Debía lavarse, cambiarse de ropa dos veces y retocarse el maquillaje. Después tenía que lavar a Simon, lo que implicaría otra batalla, y luego habría de encender velas aromáticas para que la casa tuviese un bonito aspecto y el aire no estuviese impregnado de *eau* de *Moe*.

Había que preparar la ensalada, poner la mesa, revisar la aritmética y la ortografía de Simon y dar de comer al perro.

Todo eso tenía que acabarlo entre las 15.35 y las 18.30.

«Lo más probable es que Brad no esté acostumbrado a cenar tan temprano», pensó Zoe mientras removía la salsa. Cuanto más rica era la gente, más tarde cenaba. Sin embargo, Simon debía estar en la cama a las nueve en punto si al día siguiente había colegio. Ésas eran las normas de la casa, de modo que Bradley Vane tendría que adaptarse a ellas o irse a comer espaguetis a cualquier otro sitio.

Zoe resopló entre dientes. «¡Basta ya!», se riñó a sí misma. Brad no se había quejado, ¿verdad? Era ella la que estaba generando todo el problema.

—Simon, tienes que acabar eso de una vez.

—Odio las fracciones. —Golpeó la pata de la silla con los talones y miró con mala cara los deberes de matemáticas—. Las fracciones van soltando trozos por todos lados.

—Algunas cosas no se presentan en una unidad. Necesitas conocer las piezas que las conforman.

—¿Para qué?

Zoe sacó las servilletas de tela que ella misma había hecho en un santiamén en la máquina de coser.

—Para que puedas ponerlas juntas o separadas y comprender cómo funcionan.

—¿Para qué?

Ella dobló las servilletas en forma triangular.

—¿Tratas de enfadarme o lo tuyo es un don de la naturaleza?

—No lo sé. ¿Por qué vamos a usar esos trapos?

—Porque tenemos compañía.

—Pero si es Brad…

—Ya sé quién es. Simon, sólo te quedan tres problemas. Acábalos para que pueda terminar de poner la mesa.

—¿Por qué no puedo hacerlos después de la cena? ¿Por qué siempre tengo que hacer deberes? ¿Por qué no puedo llevarme a *Moe* a la calle y jugar un rato con él?

—Porque quiero que los hagas ahora. Porque es tu obligación. Porque lo digo yo.

Se cruzaron unas miradas repletas de vehemencia y fastidio.

—No es justo.

—Comunicado para Simon: «La vida no siempre es justa». Ahora acaba esos ejercicios o esta noche perderás el privilegio de una hora de televisión y videojuegos. ¡Y para ya de darle golpes a la silla! —añadió. Sacó la tabla de cortar y empezó a trocear las verduras para la ensalada—. Tú sigue poniendo caras cuando no te miro —dijo, con voz fría esa vez—, y perderás los privilegios de toda la semana.

Simon ignoraba cómo sabía su madre lo que él hacía si estaba de espaldas, pero la cuestión es que siempre lo sabía. Como una pequeña rebelión, empleó el triple del tiempo que necesitaba en resolver el siguiente problema.

Los deberes eran una mierda. Alzó la vista rápidamente, por si su madre podía también oírle los pensamientos; pero ella continuó cortando aquella porquería para la estúpida ensalada.

A Simon no le disgustaba la escuela. A veces incluso le gustaba. Sin embargo no veía por qué el colegio tenía que seguirlo hasta su casa todas las tardes. Pensó en golpear la silla de nuevo, sólo para poner a prueba a su madre, pero entonces entró *Moe* saltando y se distrajo.

—¡Eh, *Moe*! Eh, colega, ¿qué llevas ahí?

Zoe giró la cabeza y dejó caer el cuchillo.

—Oh, Dios mío.

Moe se detuvo, sin dejar de mover la cola y sacudir todo el cuerpo, con los restos de un rollo de papel higiénico entre los dientes.

Cuando Zoe se abalanzó sobre él, el cerebro de *Moe* lo interpretó como la señal que daba inicio al juego. La esquivó y se fue a la izquierda, rodeó la mesa como una bala y salió disparado de la cocina.

—¡Para! Maldición. Simon, ayúdame a atrapar a ese perro.

Moe ya había hecho su parte: por todo el suelo había esparcidos pedacitos y tiras de papel destrozado. Como si fuera nieve. Zoe lo persiguió por la sala de estar mientras el perro gruñía juguetonamente, sin soltar el maltrecho rollo de papel. Muerto de la risa y encantado, Simon pasó deprisa junto a su madre y se abalanzó sobre *Moe*.

El niño y el perro rodaron por la alfombra.

—¡Simon, esto no es ningún juego!

Zoe se interpuso entre los dos y logró agarrar el rollo mojado. Sin embargo, cuanto más tiraba de él más brillantes se volvían los ojos del perro, que tiraba a su vez gruñendo de alegría.

—*Moe* sí cree que es un juego. Piensa que estás jugando con él. Le encanta.

Exasperada, Zoe miró a su hijo. Estaba arrodillado junto al perro, con un brazo sobre el lomo del animal. Algunos trocitos de papel se habían quedado adheridos a los pantalones limpios de Simon y al pelo de *Moe*.

Los dos la miraban alegres.

—Pues yo no estoy jugando. —exclamó, pero las palabras salieron de su boca mezcladas con una carcajada—. De verdad que no. Eres un perro malo. —Le dio unos toquecitos en la nariz con un dedo—. Un perro muy, pero que muy malo.

Moe se sentó sobre los cuartos traseros, alzó una pata para chocársela y después dejó caer el rollo de papel a los pies de Zoe.

—Quiere que se lo lances para ir a recogerlo.

—Ah, sí, eso es justo lo que voy a hacer. —Atrapó el rollo y se lo puso a la espalda—. Simon, ve a buscar el aspirador. *Moe* y yo vamos a tener una pequeña charla.

—No está enfadada de verdad —le susurró el niño a *Moe*—. Cuando está enfadada de verdad, los ojos se le ponen oscuros y terroríficos. —Dicho esto, salió de la habitación a saltitos.

Con un movimiento veloz, Zoe sujetó a *Moe* del collar antes de que pudiese seguir al niño.

—Oh, no, tú no. Mira el desastre que has formado. ¿Qué tienes que decir en tu defensa?

El perro se tumbó y rodó sobre su cuerpo hasta ponerse panza arriba.

—Eso sólo va a funcionar si sabes manejar un aspirador.

Soltó un leve suspiro cuando oyó que llamaban a la puerta. Simon gritó:

—¡Ya abro yo!

—Perfecto. Más perfecto, imposible.

Se quedó mirando al perro, que salió corriendo como una centella, y oyó la voz entusiasmada de Simon, que le contaba a Brad la última aventura de *Moe*.

—Ha corrido por toda la casa, y ha armado un buen follón.

—Sí, ya lo veo. —Brad entró en la sala de estar, donde Zoe estaba rodeada de pedazos de papel higiénico—. La diversión nunca se acaba, ¿eh?

—*Moe* debe de haber metido las narices en el armario de la ropa blanca. Tengo que limpiar todo esto.

—¿Por qué no te encargas de estas cosas? —Cruzó la sala hasta ella, y le tendió una botella de vino y una docena de rosas amarillas—. Simon y yo podemos limpiarlo.

—No, de verdad, tú no puedes…

—Por supuesto que sí. ¿Tenéis aspirador? —le preguntó a Simon.

—Ahora iba a traerlo. —Y salió disparado.

—En serio, no tienes que molestarte, Bradley. Yo… lo haré más tarde.

—Ya me ocupo yo de eso. ¿No te gustan las rosas?

—Sí, me gustan. Son preciosas. —Zoe fue a cogerlas, y entonces reparó en su mano y en el rollo de papel mojado que aún tenía agarrado—. Oh —exclamó con un largo suspiro—, vaya.

—Te lo cambio. —Brad se lo quitó de la mano antes de que ella pudiese oponerse, y le entregó las flores—. También querrás esto, supongo. —Le pasó la botella de Chianti—. Podrías ir a abrirla, para que el vino respire. —Se dio la vuelta cuando Simon entró arrastrando el aspirador—. Enchúfalo, Simon, y arreglemos esto, porque en algún sitio hay algo que huele muy bien.

—La salsa para los espaguetis. Mamá hace la mejor del mundo. Lo malo es que antes hay que comerse la ensalada.

—Vaya. Siempre tiene que haber gato encerrado. —Sonrió a Zoe mientras se enrollaba las mangas de su camisa azul oscuro—. Nosotros ordenaremos aquí.

—De acuerdo. Bien. Gracias.

Sin saber qué más hacer, se llevó las rosas y el vino a la cocina. Oyó a Simon, que seguía parloteando, y después el rugir del aspirador, seguido de inmediato por los ladridos de loco de *Moe*.

Había olvidado que *Moe* consideraba al aspirador un enemigo mortal. Debería volver y sacarlo de allí. En ese momento oyó las carcajadas de Simon, las de Brad —más profundas, pero igualmente encantadas— y los ladridos cada vez más frenéticos del perro. Eso significaba que el niño y el hombre estaban provocando a *Moe* para que perdiera la chaveta.

No; estaban bien. Debería dejarlos solos.

Eso le brindó la oportunidad de enterrar el rostro en las flores. Nadie le había regalado jamás rosas amarillas; eran luminosas como el sol y muy elegantes. Después de cavilar un rato, decidió colocarlas en una esbelta urna de cobre que había rescatado de la oscuridad de un rastrillo. Con el lustre que ella misma le había dado, era un hogar lo bastante brillante y adecuado para unas rosas amarillas.

Las arregló un poco y abrió el vino. Después de poner al fuego una cazuela con agua para cocer la pasta, prosiguió con la ensalada.

Todo iba a salir bien, iba a ser agradable. Debía recordar que Brad no era más que un hombre. Un amigo. Un amigo que había ido a cenar a casa.

—Todo ha vuelto a la normalidad —dijo Brad mientras entraba en la cocina. Reparó en cómo habían quedado las flores que Zoe había colocado sobre la encimera—. Qué bonito.

—Son preciosas, de verdad. Gracias. Simon, ¿por qué no sacas ahora a *Moe* al patio? Tú puedes llevarte los deberes a la otra habitación y acabar ese par de problemas que te quedan por hacer. Después cenaremos.

—¿Qué clase de problemas? —preguntó Brad al tiempo que miraba hacia los libros de Simon.

—Estúpidas fracciones. —Simon abrió la puerta trasera a *Moe* y dirigió a su madre una mirada sufrida—. ¿No puedo hacerlos más tarde?

—Claro; si quieres emplear así tu hora de después de la cena.

La boca de Simon se frunció en lo que su madre reconocía como el inicio de una buena pataleta.

—Las fracciones son un asco. Todo eso es un asco. Tenemos calculadoras, ordenadores y un montón de aparatos, así que ¿por qué tengo que hacer esto?

—Porque…

—Sí, con las calculadoras resulta más fácil. —Brad habló con un tono tranquilo que contrastaba con el acaloramiento de Zoe. Luego deslizó un dedo sobre la hoja de ejercicios de Simon—. Probablemente estas preguntas sean demasiado difíciles para que tú solo puedas resolverlas.

—No, no lo son.

—No sé, a mí me parecen bastante difíciles. Tienes que coger este tres y tres cuartos y sumárselo a dos y cinco octavos. ¡Menudo lío!

—Sólo tienes que cambiar los cuartos a octavos; eso es todo. —Simon agarró el lápiz y, con la lengua entre los dientes apretados, realizó la operación—. Ya está, ¿lo ves? Ahora puedes sumar los seis octavos que te da con los cinco octavos de antes, y después vuelves a reducir la fracción y sale uno y tres octavos, más todo el rollo ese de los otros números. Así que en total te da seis y tres octavos. ¿Ves? La respuesta es seis y tres octavos.

—Ah. ¿Qué te parece?

—¿Eso ha sido una trampa? —preguntó Simon con desconfianza.

—No sé de qué me estás hablando. —Le revolvió el pelo—. Haz el último, chico listo.

—Vaya.

Zoe observó cómo Brad se inclinaba sobre el hombro de su hijo y sintió que todo su organismo empezaba a derretirse cuando él alzó la vista y la miró sonriendo.

No. Temía que no sólo fuese un hombre, no sólo un amigo que había ido a cenar a casa.

—¡Ya está! —Simon cerró el libro de un manotazo—. ¿Me concede la libertad provisional, señor alcaide?

—De momento puedes estar fuera de chirona. Ve a guardar esos libros y lávate las manos. —Zoe sirvió dos copas de vino mientras Simon salía disparado—. Eres muy bueno con chavales testarudos.

—Seguramente se deba a que yo era igual. —Cogió la copa que ella le tendía—. Simon es rápido con los números.

—Sí que lo es. En la escuela le va muy bien. Sólo que no soporta los deberes.

—Es lo lógico en un niño, ¿no? ¿Qué te has puesto?

—Yo… —Descolocada de nuevo, se miró el jersey azul marino.

—No me refiero a la ropa, sino al perfume. Siempre hueles de maravilla, pero nunca a lo mismo.

—Estoy probando muchos productos distintos. Jabones, lociones… —Al advertir cierto brillo en los ojos de Brad, se llevó la copa a los labios antes de que él pudiese inclinarse y tomarlos por su cuenta—. Esencias.

—Es curioso. Muchas mujeres tienen un aroma predilecto, como una firma que puede obsesionar a un hombre. Tú haces que un hombre se pregunte a qué olerás cada vez, de modo que le sea imposible dejar de pensar en ti.

Zoe habría retrocedido, pero en la cocina no había suficiente espacio para hacerlo sin que resultase demasiado obvio.

—Yo no me perfumo para los hombres.

—Ya lo sé. Por eso resulta más seductor todavía.

Brad percibió la mirada de pánico que Zoe dirigió hacia la puerta cuando oyeron regresar a Simon.

—¿Vamos a cenar ya? —preguntó el niño.

—Acabo de poner a hervir los espaguetis. Ve a sentarte. Empezaremos con la ensalada.

Brad se dijo que Zoe disponía la mesa de forma muy bonita. Platos coloridos, cuencos festivos, mantel con un estampado alegre. Había velas encendidas, y como Simon no hizo ningún comentario al respecto supuso que no debían de ser algo excepcional en la mesa de los McCourt.

Pensó que Zoe se estaba relajando de forma gradual. El mayor responsable de ello por supuesto que era el niño. Rebosaba comentarios, preguntas, opiniones, todo lo cual lograba exponer incluso comiendo como un estibador.

No es que Brad fuese a culparlo por eso. La madre de Simon hacía unos espaguetis excelentes.

Él mismo repitió.

—Me gustan tus cuadros del salón —le dijo a Zoe.

—¿Los de las postales? Colecciono las que me manda gente conocida que viaja.

—Nosotros mismos hacemos los marcos —intervino Simon—. Mamá tiene una caja de ingletes. A lo mejor algún día viajaremos nosotros y mandaremos postales a la gente, ¿verdad, mamá?

—¿Adónde quieres ir?

—No lo sé. —Absorta, Zoe enrolló la pasta en el tenedor—. A algún sitio.

—Un día iremos a Italia y comeremos espaguetis. —Con una gran sonrisa, Simon se metió más en la boca.

—Pues no los preparan mejor que tu madre.

—¿Tú has estado en Italia?

—Sí. ¿Te acuerdas de la foto que tenéis del puente de Florencia? Yo he estado en ese puente.

—¿Y es guay de verdad? —quiso saber Simon.

—Es guay de verdad.

—En ese país hay un sitio que tiene agua por las calles.

—Venecia, Simon —le recordó Zoe—. Son canales. ¿Conoces Venecia? —le preguntó a Brad.

—Sí, es una ciudad preciosa. Vas a todas partes en barca —explicó girándose hacia Simon—. O caminando. Hay taxis y autobuses acuáticos.

—¡Anda ya!

—En serio. En Venecia no hay coches, ni carreteras por las que puedan circular. Tengo fotografías en alguna parte. Ya las buscaré para enseñártelas. —Traspasó su atención a Zoe—. ¿Cómo va el trabajo?

—Hoy han llegado las estanterías de Dana. Hemos dejado todo lo demás y las hemos colocado. Ha sido todo un acontecimiento para nosotras. También hemos recibido las ventanas. —Se aclaró la garganta—. Quiero darte las gracias por la instalación. Ha sido muy generoso por tu parte.

—Ajá. Te han entregado mi nota.

Zoe enrolló en el tenedor lo que le quedaba de pasta.

—Sí. Sin embargo, a pesar de la nota, has sido muy generoso.

Brad tuvo que reírse.

—Piénsalo de este modo: ConSentidos ha supuesto un considerable negocio para Reyes de Casa en las últimas semanas. Ésa ha sido nuestra manera de agradeceros que seáis tan buenas clientas. Entonces, ¿están instaladas todas las ventanas?

—Imagino que ya conoces la respuesta. —Zoe estaba segura de que Brad era un hombre que sabía que se haría lo que él ordenaba, fuera lo que fuese.

Él asintió con una inclinación de la copa.

—Los operarios me han dicho que han quedado muy bien…, y que a cambio han recibido galletas y café.

Divertida, Zoe miró hacia los platos.

—Pues parece que lo que tú has recibido a cambio son dos raciones de espaguetis.

Brad sonrió y alzó la botella para servir más vino.

—Estoy lleno —anunció Simon—. ¿Ahora podemos ir a jugar con la consola? ¿Brad y yo?

—Claro.

Simon se levantó de un salto, y Brad vio cómo recogía sus platos y cubiertos y los dejaba en la encimera, junto al fregadero.

—¿Puedo dejar entrar a *Moe*?

Zoe le clavó un dedo en la barriga.

—Mantenlo alejado de mis armarios.

—Vale.

—Yo voy a echarle una mano a tu madre con los platos antes —dijo Brad.

—No tienes que ayudarme, de verdad —protestó ella, aunque Brad recogió sus cosas igual que Simon—. Yo tengo mi manera de hacer las cosas. Además, Simon se ha pasado todo el día esperando el momento de jugar contigo a la consola. Sólo dispone de una hora antes de irse a la cama.

—Vamos, vamos. —Simon agarró a Brad de la mano y tiró de él—. A mamá no le importa. ¿A que no, mamá?

—No, no me importa. Todo el mundo fuera de mi cocina, y eso incluye al perro.

—Volveré para ayudarte a secar los platos en cuanto haya ganado al enano este —le dijo Brad—. No me costará mucho.

—En tus sueños —exclamó Simon mientras sacaba a Brad de la cocina a tirones.

A Zoe le hizo feliz oír a su hijo disfrutando mientras ella se dedicaba a la rutina de ordenar la cocina. Simon nunca había tenido cerca a un hombre adulto que se interesase sinceramente por él. Ahora, con Flynn, Jordan y Bradley tenía a tres.

Sin embargo, Zoe debía admitir que Bradley era el preferido del niño. Entre ellos dos se había producido algún tipo de conexión, alguna misteriosa clase de química masculina. Era algo que ella no sólo debía aceptar, sino que también debía fomentarlo.

Aunque antes de eso tenía que asegurarse de que Brad entendiera que, pasara lo que pasase entre él y ella —si es que llegaba a pasar algo—, no tendría que afectar a Simon.

Acabó con la cocina, y luego preparó una cafetera y dispuso una bandeja con el café y un plato con galletas de chocolate.

Cuando lo llevó a la sala de estar, vio a Brad en el suelo junto a Simon, sentado con las piernas cruzadas. El perro roncaba con la cabeza apoyada en la rodilla de Brad.

La habitación reverberaba con los sonidos y las imágenes del juego de lucha libre Smackdown.

—¡Picadillo, te he hecho picadillo! —exclamó Simon mientras manejaba con furia los mandos.

—Todavía no, colega. ¡Chúpate ésa!

Zoe vio cómo un enorme luchador rubio derribaba a su colosal oponente y le castigaba dejando caer encima todo el peso de su cuerpo.

Lo que siguió fue una serie de forcejeos, gruñidos y gritos espantosos que no procedían sólo de los altavoces.

Finalmente Simon cayó de espaldas, con los brazos abiertos y la boca jadeante.

—Derrotado —gimió—. He saboreado la derrota.

—Sí. Ve acostumbrándote. —Brad alargó una mano y tamborileó con ella el estómago de Simon—. Has encontrado al maestro, y ahora conoces su grandeza.

—La próxima vez morirás.

—Nunca podrás conmigo al Smackdown.

—Ah, ¿no? Aquí tienes un adelanto de lo que te espera.

Se dio la vuelta y, con un aullido, saltó sobre la espalda de Brad.

Hubo más forcejeos, más gruñidos, más gritos, de la clase que enternecía a Zoe. Ella ni siquiera pestañeó cuando Brad volteó a Simon por encima de su cabeza y lo inmovilizó contra la alfombra.

—Ríndete, pequeño y patético rival.

—¡Jamás! —soltó Simon entre carcajadas, desternillándose de risa por las cosquillas que le hacía Brad al tiempo que intentaba apartar la cara de los lametazos de *Moe*—. Mi feroz perro te hará pedazos.

—Oh, sí. Estoy temblando de miedo. ¿Te rindes?

Sin aliento y llorando de risa, Simon continuó retorciéndose diez segundos más.

—Vale, vale. No me hagas más cosquillas o vomitaré.

—En mi alfombra no —protestó Zoe.

Al oír su voz, Brad giró la cabeza y Simon se revolvió; la punta de su codo golpeó contra la boca de Brad.

—¡Uy! —exclamó el niño, y se le escapó una risita.

Brad se tocó la pequeña herida con el dorso de la mano.

—Vas a pagar por esto —lo amenazó, y los dedos de Zoe se tensaron debajo de la bandeja.

En medio de una nebulosa vio cómo Brad se ponía en pie, y un relámpago de espanto se le encendió en el cerebro. Ya había abierto la boca para gritar, ya estaba adelantándose para proteger a su hijo, cuando Brad agarró a Simon, lo puso boca abajo y lo hizo aullar de risa de nuevo.

Como las rodillas se le habían aflojado y los músculos de los brazos empezaron a temblarle, Zoe dejó la bandeja con un tintineo de platillos.

—¡Mira, mamá! ¡Estoy boca abajo!

—Ya lo veo, pero tendrás que ponerte boca arriba e ir a lavarte los dientes.

—Pero ¿no puedo...? —Se interrumpió cuando *Moe* comenzó a lamerle la cara.

—Mañana hay colegio, Simon. Anda, prepárate para acostarte. Después puedes venir a darle las buenas noches a Brad.

Aunque no dejó de mirar a Zoe, Brad giró a Simon hasta que sus pies tocaron el suelo.

—Anda, ve. Pronto te daré la oportunidad de tomarte la revancha.

—Genial. ¿Cuándo?

—¿Qué tal el viernes por la noche? Puedes venir a mi casa y traerte a tu madre. Primero cenaremos y luego nos instalaremos en la sala de juegos.

—¡Vale! ¿Podemos, mamá? —Anticipando su respuesta, le rodeó la cintura con los brazos—. No digas que ya veremos. Sólo di que sí. ¡Por favor!

Las rodillas de Zoe seguían temblando.

—Sí. De acuerdo.

—Gracias. —Le dio un fuerte abrazo. Luego llamó al perro con un silbido y salió de la habitación.

—Has pensado que iba a pegarle. —Brad lo dijo con un asombro tan genuino que Zoe sintió que el estómago le daba un vuelco.

—Yo sólo... Tus palabras sonaban tan... Lo lamento, de verdad.

—No tengo la costumbre de ir pegando a los niños.

—Por supuesto que no. Ha sido una reacción instintiva.

—¿Alguien le ha hecho daño alguna vez? ¿Has estado con alguien que lo golpeara?

—No. No —repitió, tratando de calmarse—. Nunca ha habido nadie que le prestase la suficiente atención ni para eso. Además, me gustaría ver a alguien que intentara levantarle la mano estando yo cerca…

Aparentemente satisfecho con la respuesta, Brad asintió.

—De acuerdo. Puedes estar segura de que yo no seré esa persona.

—Te he ofendido. No me gusta ofender a nadie…, bueno, no por error, claro. Es que todo ha pasado tan rápido y tú parecías tan furioso, y… Te sangra el labio.

—Sólo estaba jugando con Simon. Recuerdo que mi madre solía decir que cuando empiezas a hacer el burro alguien acaba saliendo herido. —Se tocó el labio afectado—. Vosotras, las madres, siempre tenéis razón, ¿eh?

—Ahora estás intentando que me sienta mejor. —Siguiendo sus instintos, cogió una servilleta de la bandeja. Sin pensar, la humedeció con la punta de la lengua y la aplicó sobre el corte—. Entrar aquí y veros a los dos juntos ha sido muy bonito. Además, también podrías haberle dejado ganar, pero no lo has hecho. Y eso está bien, porque no quiero que crezca pensando que en la vida siempre se gana. También hay que saber perder, y… —Se detuvo y miró con cierto horror la servilleta que tenía en la mano. Por todos los santos, la había mojado con su propia saliva—. ¡Dios! —Estrujó la servilleta—. Esto ha sido una estupidez.

—No. —Ridículamente conmovido, Brad le cogió la mano—. Ha sido muy tierno. Igual que tú.

—No, en realidad no, pero al menos ha dejado de sangrar. Quizá te escueza durante un rato.

—Se te ha olvidado un paso. —Le puso una mano en la cintura y la deslizó hasta la base de su columna vertebral—. ¿No se supone que tienes que darle un beso para que se cure?

—No tiene tan mala pinta. —Lo cierto es que tenía una pinta estupenda: la boca de Brad era preciosa.

—Me duele —murmuró él.

—Bueno, si vas a comportarte como un crío por eso...

Se inclinó hacia delante con la intención de rozar levemente aquella preciosa boca. Un roce amistoso, informal. Le dio un beso y trató de pasar por alto la agitación que se le formó en el estómago.

Él no la atrajo más, no intentó prolongar el contacto, pero la mantuvo donde estaba, con sus ojos clavados en los de ella.

—Aún me duele —insistió—. ¿Puedes darme otro?

Empezaron a sonar sirenas de alarma, pero Zoe las obvió.

—Supongo que sí.

Volvió a colocar sus labios sobre los de él, cálidos y firmes.

Con un pequeño quejido, se abandonó a la agitación y dibujó aquellos labios con la lengua, hundiéndole los dedos en el cabello.

Aun así, Brad esperó. Zoe pudo percibir que la tensión le endurecía el cuerpo, que contenía la respiración, pero él esperó.

De modo que ella lo estrechó con fuerza y se sumergió en aquella calidez, aquella firmeza, aquella seducción lenta y progresiva.

Era fantástico cabalgar sobre aquella ola larga y húmeda, con todos sus sabores y texturas. La forma de su boca, la sensación de una lengua deslizándose sobre la otra, la presión de un cuerpo contra otro cuerpo.

En el interior de Zoe, muchas sensaciones que había mantenido encerradas sin piedad comenzaron a revivir con ardor.

—Oh, Dios —gimió, y prácticamente se derritió contra él.

Brad habría jurado que sentía cómo el suelo se estaba abriendo bajo sus pies. Estaba casi seguro de que el mundo se había inclinado y lo había dejado tambaleándose. La boca de Zoe había pasado de delicada y tierna a ardiente e insaciable en un vacilante segundo.

Desesperado por obtener más, cambió el ángulo del beso, y después le mordisqueó impacientemente el labio inferior hasta que ella emitió un gemido gutural.

Cuando le recorrió el cuerpo con las manos, Zoe se estiró debajo de ellas como alguien que despertase de un largo sueño.

Después se separó sobresaltada y miró con ojos turbios hacia la puerta.

—Simon —dijo a duras penas, y se pasó las manos por el pelo.

Dio otro paso atrás justo cuando su hijo y *Moe* entraban a saltos.

Brad vio que el niño llevaba un pijama de X-Men. También olía a pasta de dientes.

—¿Todo listo? —Zoe dirigió una brillante sonrisa a su hijo. La sangre seguía rugiéndole en la cabeza—. Ah, Brad y yo íbamos a tomar café.

—Puaj. —El niño fue hacia ella y alzó la cara para su beso de buenas noches.

—Enseguida subo a verte.

—Vale. Buenas noches —le dijo a Brad—. Tendré mi revancha, ¿verdad?

—Desde luego que sí. Espera un minuto, por favor. Quiero tu opinión sobre algo.

Antes de que Zoe intuyera sus propósitos, Brad la estrechó entre sus brazos y la besó. Fue un beso comedido, comparado con el anterior, y ella se quedó rígida como una estatua, pero fue un beso al fin y al cabo.

Luego Brad se separó, aunque la mantuvo cogida por la cintura con firmeza, y miró a Simon alzando una ceja.

—¿Y bien? —le preguntó.

Los ojos del muchacho eran alargados como los de su madre, dorados como los de su madre, y albergaban un mundo de especulaciones. Tras cinco largos segundos, puso los ojos bizcos, se metió un dedo en la boca e hizo como si vomitara.

—Ajá —dijo Brad—. Y aparte de vomitar, ¿te supone algún problema que bese a tu madre?

—No, si es que vosotros queréis hacer algo tan repugnante. Chuck asegura que a su hermano Nate le gusta meter la lengua en la boca de las chicas. Aunque eso no puede ser verdad, ¿o sí?

Con lo que Brad consideró una capacidad de auto-control heroica, logró mostrar una expresión seria.

—Bueno, hay gente para todo.

—Ya imagino. Me llevo a *Moe* a mi habitación para que no tenga que veros si se os ocurre hacer algo asqueroso otra vez.

—Nos vemos, chaval. —Cuando Simon y *Moe* salieron, Brad se giró hacia Zoe con una gran sonrisa—. ¿Quieres hacer algo asqueroso?

—Creo que nos limitaremos a tomar café.

6

Reuniones, estudios de mercado y los planes para la expansión mantuvieron a Brad atado a Reyes de Casa durante los dos días siguientes. No podía quejarse, ya que había sido idea suya regresar a Pleasant Valley y convertir esa población en su base de operaciones mientras supervisaba el cuadrante noreste del negocio familiar, ponía al día la tienda del valle y la ampliaba en mil quinientos metros cuadrados.

Eso acarreaba trámites burocráticos, conferencias telefónicas, modificaciones en el personal y los procedimientos, asesoramiento de arquitectos y consultas con constructores, regatear con o ser perseguido por los proveedores...

Podía manejar la situación. Lo habían educado para ello, y se había pasado los últimos siete años en las oficinas de Nueva York aprendiendo los entresijos y pormenores de las tareas de un alto ejecutivo en una de las cadenas de venta al detalle más importantes del país.

Él era un Vane, la cuarta generación de los Vane de Reyes de Casa. No tenía la intención de errar el disparo. En realidad, tenía la intención de acertar en el centro de la diana y transformar la primera tienda de Reyes de

Casa en la más grande, la de mayor prestigio y la más rentable del sistema nacional.

A su padre no le había entusiasmado esa decisión. B. C. Vane creía que estaba basada en los sentimientos. «Y así es», pensó Brad. ¿Por qué no? Su abuelo había heredado una humilde ferretería, y luego lo había arriesgado todo para que sobresaliera. El resultado fue que la pequeña tienda se convirtió en un punto de venta de gran éxito entre los consumidores gracias a sus suministros de materiales con los que hacer mejoras en el hogar; todo un punto de referencia en las Laurel Highlands.

Dejándose guiar por su instinto, su astucia y su visión comercial, abrió una segunda tienda, y luego una tercera, y después más. Al final llegó a ser todo un símbolo del emprendedor estadounidense y su rostro apareció en la portada de la revista *Time* antes de su quincuagésimo cumpleaños.

«De modo que es una cuestión de sentimientos», pensó Brad, aunque eso se aligeraba con una buena dosis del instinto, la astucia y la visión de los Vane.

Observaba su pueblo natal mientras iba conduciendo por el centro urbano. Pleasant Valley estaba prosperando a su manera firme y tranquila. En aquel condado, el mercado inmobiliario era muy sólido, porque cuando alguien compraba una casa allí la tendencia era a instalarse y permanecer en la localidad. Las ventas al detalle aumentaban, y se mantenían por encima de la media nacional. Además, los dólares que dejaban los turistas iban a un saludable manantial que alimentaba la economía local.

En el valle se valoraba mucho su ambiente de pueblo pequeño, aunque el hecho de estar a sólo una hora de Pittsburgh le añadía una pátina de sofisticación.

Quienes iban de vacaciones podían hacer excursionismo, esquiar, navegar, pescar y disfrutar de alojamientos encantadores y buenos restaurantes, además de encontrarse en plena naturaleza. Todo ello a una corta distancia del bullicio de la ciudad.

Era un buen lugar para vivir, y para los negocios.

Brad pretendía hacer las dos cosas.

Lo que no se había propuesto era estar tan presionado, pero es que jamás se habría imaginado que a su regreso iba a verse involucrado en la búsqueda de unas llaves mágicas. Tampoco se había esperado que fuera a quedarse prendado de una cautelosa madre soltera y su irresistible hijo.

De todos modos, de lo que se trataba era de fijarse unos objetivos, establecer las prioridades y ocuparse de los detalles.

Aparcó el coche y entró en *El Correo del Valle* para encargarse de algunos de esos detalles.

Se regodeó con la idea de que su amigo dirigiese el diario local. Quizá Flynn no proyectara la imagen de ser un hombre capaz de vigilar al personal y conseguir publicar un periódico todos los días dentro del plazo previsto, ni la de interesarse por la publicidad, los contenidos y el precio del papel. «Ésa —concluyó Brad mientras se encaminaba hacia la sala de redacción y el despacho de Flynn— es la razón de que mi viejo amigo sea tan bueno en su trabajo.»

Flynn tenía una peculiar forma de inducir a los demás a hacer cosas, y a que las hicieran como él quería, sin dejar que se notase su influencia.

Brad serpenteó entre mesas y redactores, a través de la cacofonía de teléfonos, teclados y voces. Olió a café, a bollería recién horneada y a una loción para después del afeitado con aroma a pino.

Allí estaba Flynn, tras las paredes de cristal del despacho del editor jefe, sentado en la esquina del escritorio con una camisa a rayas, vaqueros y unas Nike destrozadas.

Acogiéndose al privilegio que otorga una amistad de treinta años, Brad se dirigió hacia la oficina y traspasó la puerta abierta.

—Yo mismo cubriré esa reunión personalmente, señor Mayor. —Flynn hizo un gesto con la cabeza hacia el teléfono que había sobre la mesa con la luz del altavoz encendida.

Sonriendo, Brad se metió las manos en los bolsillos y esperó mientras Flynn acababa de hablar.

—Lo siento, no me había dado cuenta de que estabas hablando por teléfono.

—Vaya, ¿qué está haciendo un ejecutivo experimentado como tú en mi humilde oficina esta mañana? —preguntó Flynn.

—Me he pasado para traer el diseño del encarte de la semana que viene.

—Pues llevas una ropa muy elegante para ser el chico de los recados. —Toqueteó la manga del traje de Brad.

—Después tengo que ir a Pittsburgh, por asuntos de negocios. —Dejó los papeles sobre el escritorio de Flynn—. Tenía que hablar contigo porque quiero editar diez páginas a todo color y sacarlas en tu periódico la semana del Día de Acción de Gracias. Voy a pegar fuerte el *viernes negro*, el día en que empieza la temporada de rebajas en Estados Unidos.

—Yo soy tu hombre. Lo que necesitas es que tu gente hable con la mía. Me gusta decir eso —añadió Flynn—, suena muy a Hollywood.

—Ésa es la idea. Estoy lanzando esta campaña publicitaria en el ámbito local más que en el nacional. Se trata de un folleto específico para la tienda del valle, y lo quiero con estilo y que resulte práctico. Una publicación que el consumidor pueda meter y sacar del bolso o el bolsillo, y llevarla consigo mientras compra. Además quiero que aparezca en *El Correo* un día sola, sin ningún otro encarte, folleto ni tríptico publicitario.

—Hay montañas de encartes contratados para la semana del Día de Acción de Gracias, porque, como ya sabes, coincide con el inicio de la temporada de rebajas —apuntó Flynn.

—Exacto. No quiero que mi suplemento se pierda en medio de la confusión. Debe salir solo.

Flynn se frotó las manos.

—Eso va a costarte un montón de dinero, acaparador.

—¿Cuánto?

—Hablaré con los de publicidad y te daremos un precio. ¿Diez páginas a todo color? —preguntó Flynn mientras tomaba nota—. Te daré la respuesta mañana.

—Estupendo.

—Guau. Míranos: aquí estamos haciendo negocios. ¿Quieres un café para celebrarlo?

Brad miró la hora y calculó el tiempo que tenía.

—Sí. Hay algo más de lo que me gustaría hablar contigo. ¿Puedo cerrar la puerta?

Flynn alzó un hombro con indiferencia.

—Claro. —Sirvió el café y volvió a sentarse en la mesa—. ¿Es sobre la llave?

—No he sabido nada al respecto en estos dos días. La última vez que vi a Zoe me dio la impresión de que no quería hablar sobre el tema. Al menos no conmigo.

—De modo que te estás preguntado si Zoe me ha contado algo, mejor dicho, si se lo ha contado a Malory y ella me lo ha comentado. Por ahora no —respondió Flynn—. Malory cree que Zoe está esperando a que ocurra algo más, y que tiene los nervios a flor de piel ante la incertidumbre de no saber cuándo hará Kane el siguiente movimiento.

—He estado pensando sobre la pista que le dio Rowena. Del modo en que yo lo interpreto, es Zoe quien ha de hacer el siguiente movimiento. He quedado en verla el viernes por la noche, pero quizá deberíamos reunirnos todos antes para poner nuestras ideas en común.

—¿El viernes por la noche? —Flynn bebió un sorbo de café—. ¿Es un acontecimiento social?

—Simon vendrá a casa a jugar. —Impaciente, Brad se paseó por la oficina mientras hablaba—. Llevará a su madre con él.

—Muy hábil.

—Se hace lo que se puede. Es un chaval fantástico, y no tan complicado como su madre.

—Mi impresión es que Zoe ha tenido que recorrer un camino muy difícil, y se ha abierto paso ella sola. Eso nos conduce de nuevo al tema de la pista.

—Es una mujer increíble.

—¿Estás muy colgado de ella?

—Colgado del todo. —Tratando de tranquilizarse, Brad se apoyó en el alféizar de la ventana—. El problema es que ella no confía en mí, aunque estoy haciendo progresos. Al menos últimamente no se queda paralizada ni se pone a la defensiva cada vez que la veo. Sin embargo, a veces me mira como si yo hubiera llegado de otro planeta y no viniese en son de paz.

—Lleva mucha carga a la espalda. Las mujeres que se encuentran en esa situación deben ser más cuidadosas, si son listas. Y Zoe lo es.

—El chiquillo me tiene loco: cuanto más tiempo paso con él, más quiero. Me gustaría conocer la historia de su padre.

Flynn sacudió la cabeza ante la mirada inquisidora de Brad.

—Lo lamento, pero mis fuentes de información no sueltan prenda sobre ese tema. Podrías probar un acercamiento directo y preguntárselo a Zoe tú mismo.

Brad asintió.

—Una cosa más, y después tendré que irme: ¿vas a escribir la historia?

—«Las Hijas de Cristal» —dijo Flynn mientras miraba al vacío como si estuviera leyendo el título de un artículo impreso en el aire—. *Pleasant Valley (Pensilvania). Dos dioses celtas han visitado la pintoresca región de las Laurel Highlands y han desafiado a tres mujeres del pueblo para que localicen las llaves de la legendaria Urna de las Almas.* —Se rió un poco y alzó de nuevo la taza de café—. Sería una historia tremenda: aventura, intriga, amor, dinero, riesgo personal, triunfo profesional, y el poder de los dioses. Todo ello aquí mismo, en nuestro tranquilo pueblo natal. Sí, he pensado en escribirlo, y en hacerlo bien. Cuando me enteré por primera vez de esta historia pensé: «Dios. ¡Dios! Podría ser el artículo del siglo». Claro que también podrían haberme encerrado en una habitación acolchada, aunque eso no me habría detenido.

—Entonces, ¿qué fue lo que te detuvo?

—Habría puesto en apuros a las chicas, ¿no te parece? Otra vez. Algunas personas las creerían, otras muchas no. En cualquier caso, todo el mundo les haría preguntas y las machacaría buscando respuestas y declaraciones. Ellas…, bueno, en realidad ninguno de nosotros podría volver a llevar una vida normal después de eso. —Bajó la vista hacia el café y volvió a encogerse de hombros—. En el fondo se trata de eso, de que todos nosotros podamos vivir del modo que queramos, porque tenemos ese derecho. Sería diferente si la historia la escribiera Jordan, si la convirtiera en una novela. Entonces sería ficción. En fin, que yo no la escribiré para publicarla en el periódico.

—Siempre has sido el mejor de los tres.

Flynn se quedó con la taza a medio camino de la boca.

—¿Eh?

—El más lúcido y el de mejor corazón. Por eso has permanecido en el valle, en el periódico, cuando lo que deseabas era marcharte. Quizá por eso Jordan y yo pudimos irnos, porque sabíamos que tú estarías aquí cuando regresáramos.

Era insólito que Flynn se quedase sin palabras, pero eso fue lo que sucedió en ese momento.

—Bueno… —Eso fue todo lo que logró decir.

—He de salir para Pittsburgh. —Brad dejó su taza de café y se incorporó—. Llámame al móvil si ocurre algo mientras estoy fuera.

Sin poder hablar todavía, Flynn se limitó a asentir con la cabeza.

Zoe midió y mezcló el tinte de la señora Hanson. A su vecina le gustaba el color castaño con reflejos de un rojo intenso. Zoe le había propuesto una combinación de tonalidades que les gustaba a las dos, y ya llevaba tres años ocupándose del corte y el color del pelo de la señora Hanson una vez al mes.

Era la única clienta a la que Zoe atendía en casa. El recuerdo de haber crecido con cabello por el suelo y el olor de productos químicos en el aire era la causa de que hubiese jurado no convertir jamás su hogar en un negocio.

Sin embargo el caso de la señora Hanson era diferente, y la hora al mes que Zoe pasaba arreglándole el pelo en la cocina tenía más de visita que de trabajo.

Aún se acordaba del día en que se había mudado a la casa, y de cómo la señora Hanson —cuyo cabello era entonces de un desafortunado negro betún— se había acercado a darles la bienvenida al barrio a ella y a Simon.

La mujer les había llevado galletas con tropezones de chocolate, y después de lanzar una buena ojeada a Simon había hecho un gesto de aprobación con la cabeza. Luego le había ofrecido sus servicios como canguro oficial, y le había explicado que desde que sus hijos se habían hecho mayores echaba de menos tener un niño en casa.

Había sido la primera amistad de Zoe en el valle, y se había convertido no sólo en una abuela suplente para Simon, sino también en una madre para ella misma.

—La otra noche vi llegar a tu joven hombre. —La señora Hanson estaba sentada en el taburete de la cocina; al hablar, sus ojos azules centellearon en su bonito rostro.

—Yo no tengo ningún hombre, ni joven ni viejo. —Zoe le hizo una raya en el pelo y aplicó tinte a las raíces grises.

—Un joven muy guapo —continuó la mujer sin inmutarse—. Se parece un poco a su padre, al que conocí algo cuando tenía su misma edad. Esas rosas que te trajo se conservan muy bien. Mira, se han abierto de un modo precioso.

Zoe miró hacia la mesa.

—Les he recortado el tallo y les cambio el agua con frecuencia para que se mantengan frescas.

—Es como tener un rayo de sol en la mesa. Las rosas amarillas van muy bien contigo. Hay que ser un hombre listo para verlo. Simon se pasa el día que si Brad esto, que si Brad aquello. De eso deduzco que es bueno con él.

—Lo es. La verdad es que se llevan muy bien. Están a partir un piñón. —Mientras trabajaba, Zoe frunció el entrecejo—. Parece que a Brad le gusta mucho Simon.

—Imagino que también le gustará mucho la madre de Simon.

—Somos amigos…, o al menos eso estoy intentando. Lo cierto es que me pone nerviosa.

La señora Hanson soltó una carcajada.

—Los hombres son así; se supone que han de poner nerviosas a las mujeres.

—No de ese modo. Bueno, sí, de ese modo. —Zoe se rió y volvió a mojar el pincel en la mezcla de color—. Nerviosa en general.

—¿Ya te ha besado? —Ante el largo silencio de Zoe, la señora Hanson cacareó complacida—. Bien. No me dio la impresión de ser un tipo lento. ¿Cómo fue?

—Cuando acabó tuve que comprobar que mi cabeza seguía en su sitio, porque sentí como si me hubiese estallado.

—Ya era hora, caramba. Estaba un poco preocupada por ti, tesoro. Me parecía que trabajabas día y noche y no te tomabas jamás un rato para ti misma. En cambio últimamente veo a esas chicas tan simpáticas con las que has empezado a juntarte y a Brad Vane viniendo por aquí, y eso me reconforta. —Echó la mano hacia atrás para dar una palmadita en la de Zoe—. Todavía trabajas día y noche, especialmente ahora que estás montando tu propio negocio, pero te veo bien.

—No podría abrir ese negocio si muchas tardes tú no te ocuparas de Simon cuando sale de la escuela.

La señora Hanson le quitó importancia con un ruidito y rechazó las palabras de Zoe con un ademán.

—Sabes de sobra que me encanta tener al chico conmigo. Es como si fuera mío. Con Deke en California, casi no veo a mis nietos desde que Jack se trasladó a Baltimore. No sé qué haría sin Simon. Me alegra la existencia.

—A ti y a tu marido, Simon os considera sus abuelos. Eso me quita un peso de encima.

—Cuéntame cómo van las cosas en el salón de belleza. Casi no puedo esperar a que lo abras, y a que saques de quicio a esa estirada de Carly cuando comiences a robarle la clientela. Sara Bennett me ha asegurado que la chica nueva que ha contratado Carly para sustituirte no está a la altura que requiere el negocio.

—Es una lástima. —Lo dijo con una risita—. No le deseo mala suerte a Carly, excepto por el modo en que me despidió, acusándome de haberle quitado dinero de la caja registradora —continuó, mientras iba acalorándose—, llamándome ladrona.

—Cálmate.

—Oh, lo siento. —Zoe se disculpó al advertir que le había dado un tirón de pelo—. Cuando pienso en aquello, empiezo a verlo todo rojo. Yo hacía un buen trabajo en su local.

—Demasiado bueno. Por eso tantas clientas de las habituales querían que les arreglases el pelo tú en vez de ella. La devoraron los celos, eso es lo que ocurrió.

—¿Te acuerdas de Marcie, la encargada de las manicuras en el salón de Carly? La llamé hace un par de días, sólo para tantearla. Pues va a trabajar para mí.

—No me digas.

—Hemos de mantenerlo en secreto hasta que tenga todo preparado. No quiero que Carly la despida, que la deje sin empleo antes de que yo haya abierto. Sin embargo, está preparada para anunciárselo en cuanto la avise. Además es amiga de una estilista que trabaja en el centro comercial de las afueras. Esa chica va a casarse a principios de año y quiere encontrar algo más cerca del pueblo. Así que yo le dije: «¿Y qué tal en el mismo pueblo?».

Marcie va a hablar con ella para que vaya a verme. Dice que es muy buena.

—Sí que lo estás organizando todo…

—¿Sabes? Tengo buenas vibraciones. Cuento con Chris para hacer los masajes y algunos de los tratamientos corporales. ¿Te acuerdas de mi amiga Dana? Ha contratado a una mujer para que atienda en su librería, y esa mujer tiene una amiga que acaba de regresar al valle y que trabajaba en un spa de Colorado. También voy a hablar con ella. Es tan emocionante…, siempre y cuando no piense en las nóminas.

—Vas a hacerlo bien. Mejor que bien.

—Hoy ha estado el fontanero colocando la grifería de las pilas para lavar el pelo. Tengo las luces instaladas y voy a seguir trabajando con los módulos. A veces me quedo mirando a mi alrededor y pienso: «Esto tiene que ser un sueño».

—Los sueños no has de ganártelos, Zoe, y tú te has ganado esto.

Más tarde, mientras limpiaba el bol y el pincel del tinte, Zoe pensó que sí, que se lo había ganado. O al menos estaba ganándoselo. Aun así, mucho de aquello era como un regalo. Se prometió a sí misma que jamás lo infravaloraría.

Haría un buen trabajo. Sería una buena socia y una buena jefa. Ya sabía lo que era trabajar para alguien más interesado en llenar todas las horas del libro de reservas que en las necesidades básicas de sus empleados, para alguien que ha olvidado cómo era estar plantada hora tras hora hasta que los pies te ardían, hasta que tenías un dolor de riñones tan insoportable como un dolor de muelas.

En cambio ella no lo olvidaría.

Quizá aquél no fuese el camino que habría deseado tomar muchos años atrás, cuando era una chiquilla que imaginaba que iba a tener cosas bonitas y una vida tranquila que se habría forjado ella misma usando el cerebro.

Sin embargo, era el camino que había tomado, y se iba a encargar de que fuese el correcto.

—Podrías volver atrás y cambiarlo todo.

Zoe se giró desde el fregadero y miró a Kane. La sorpresa, la conmoción e incluso el miedo se hallaban enterrados bajo gruesas capas de niebla. Ella sabía que esas emociones estaban allí, pero apenas podía sentirlas.

Kane era muy guapo, de una belleza oscura. Pelo negro y ojos profundos, huesos afilados, esculpidos bajo una piel blanquísima. No de complexión fuerte como Pitte, sino con un cuerpo grácil y elegante que Zoe imaginaba que podría moverse con la misma rapidez que una serpiente.

—Me preguntaba cuándo vendrías. —Su voz sonó apagada, como si se hubiera formado en su mente más que en su boca.

—Te he estado observando. Ha sido un pasatiempo muy placentero. —Se acercó más y le rozó la mejilla con los dedos—. Eres adorable. Demasiado adorable para trabajar tanto. Demasiado para pasarte la vida ocupándote del aspecto de los demás. Tú siempre has querido más. Nadie lo ha entendido.

—No. Eso disgustaba mucho a mi madre. Hirió sus sentimientos.

—Nunca te ha conocido. Te utilizó como una esclava.

—Necesitaba ayuda. Ella hacía lo que podía.

—Sin embargo, cuando fuiste tú quien necesitó ayuda, ¿qué? —Su voz era amable, su rostro estaba lleno de comprensión—. Pobrecita de ti. Utilizada, traicionada, rechazada. Además, toda una vida para pagar un solo acto de imprudencia. ¿Y si nunca hubiese sucedido? Tu vida habría sido muy distinta. ¿No te lo has planteado nunca?

—No, yo…

—Mira. —Alzó una bola de cristal—. Mira lo que podría haber sido.

Incapaz de hacer lo contrario, Zoe observó la bola, y se introdujo en la escena.

Entonces se giró sentada en una mullida silla de cuero hacia la enorme ventana de la esquina para mirar las agujas y las torres de una gran ciudad. Sujetaba el auricular de un teléfono junto a la oreja y en su rostro había una expresión satisfecha.

—No, no puedo. Me marcho a Roma esta noche. Algo de negocios y mucho placer. —Examinó el fino reloj de oro que llevaba en la muñeca—. El placer es una pequeña recompensa de los de arriba por haber conseguido la cuenta de Quatermain. Una semana en el Hastler. Por supuesto que te enviaré una postal. —Rió y se giró de nuevo en la silla hacia el escritorio. Su ayudante entró en la oficina con una taza de porcelana, delicada y alta—. Hablaré contigo cuando regrese. *Ciao*.

—Su café con leche, señorita McCourt. Su coche estará aquí dentro de quince minutos.

—Gracias. ¿Y el informe Modesto?

—Ya está en su maletín.

—Eres la mejor. Tú sabes cómo encontrarme, pero hasta el martes estoy ilocalizable. Así que, a menos que sea algo grave, finge que me he marchado a Venus y que es imposible dar conmigo.

—Puede contar con ello. Nadie se merece unas vacaciones más que usted. Páselo muy bien en Roma.

—Eso pienso hacer.

Sorbiendo su café con leche, se volvió hacia el ordenador y abrió un documento para revisar los detalles finales.

Le encantaba su trabajo. Algunas personas dirían que sólo se trataba de números, contabilidad, déficit o superávit presupuestario. En cambio para Zoe era un desafío, incluso una aventura. Se ocupaba de las finanzas de algunas de las corporaciones más grandes y complejas del mundo, y lo hacía muy bien.

«Un largo camino desde los libros de cuentas de mi madre», reflexionó. Un camino muy largo.

Zoe había estudiado mucho para obtener una beca que le permitiera entrar en la universidad y luego había trabajado duro para conseguir la licenciatura y asegurarse el acceso a una de las firmas bancarias de Nueva York más prestigiosas internacionalmente.

Desde entonces no había dejado de subir peldaños. Hasta un despacho en la esquina del piso quince, con su propia plantilla, y antes de cumplir treinta años.

Tenía un apartamento precioso, una vida emocionante, una profesión en la que le encantaba zambullirse día tras día. Había viajado a todos esos lugares que se había imaginado cuando era una niña y salía a hurtadillas a pasear de noche por los bosques.

Tenía todo lo que nunca había podido explicar a su familia que necesitaba. Tenía el respeto de los demás.

Satisfecha, apagó el ordenador y apuró la taza de café. Se levantó, cogió su maletín y se colgó el abrigo del brazo.

Roma la esperaba.

El trabajo sería lo primero, pero después llegaría la diversión. Estaba planeando sacar tiempo para ir de compras. Algo de piel, algo de oro. Una escapada a Armani o Versace. ¿Y por qué no a los dos? ¿Quién se lo merecía más que ella?

Se encaminó hacia la puerta, pero luego se detuvo y se volvió. Tenía una sensación apremiante, algo que tiraba en el fondo de su mente. Se olvidaba de algo. Algo importante.

—Su coche ha llegado, señorita McCourt.

—Sí, ya voy.

Se dirigió a la puerta de nuevo. Pero no. No, no podía irse sin más.

—Simon. —Giró la cabeza con tal violencia que tuvo que apoyarse en la pared—. ¿Dónde está Simon?

Cruzó la puerta a toda prisa, llamándolo a gritos. Atravesó el cristal y cayó en el suelo de su cocina.

—No sentí miedo —les contó Zoe a Dana y Malory—. Ni siquiera cuando aterricé en el suelo. Fue más como: «Hum, ¿qué te parece?».

—¿Kane no te dijo nada más? —preguntó Dana.

—No. Fue muy delicado —respondió Zoe mientras fijaba los módulos de su salón de belleza a la pared—. Muy comprensivo. Nada temible.

—Porque estaba intentando seducirte —concluyó Malory.

—Así es como lo veo yo también. —Zoe sacudió el mueble para comprobar si estaba bien firme—. «¿No te gustaría que las cosas fueran de este modo, en vez de como han acabado siendo?» Hizo que pareciese como si fuera una simple cuestión de tomar un camino en vez de otro.

—La bifurcación en el sendero. —Dana se puso en jarras.

—Exactamente. —Zoe señaló dónde debía ir el último tornillo y luego perforó el agujero—. Aquí te presento la oportunidad de tener una profesión de altos vuelos, una vida de fábula, viajar a Roma para pasar una semana allí. Lo único que has de hacer es una cosita sin importancia: no quedarte embarazada a los dieciséis años. Debe de haber averiguado que no puede amenazarme a través de Simon, así que ¿por qué no eliminarlo sin más de la ecuación?

—Te está subestimando.

Zoe alzó la vista hacia Malory.

—Oh, sí, claro que sí, porque en aquella bola de cristal no había nada que se acercara a lo que tengo con Simon. ¿Sabéis qué? Ni siquiera se acercaba a lo que estoy haciendo aquí con vosotras dos. —Sonrió y se puso de pie—. Aunque llevaba unos zapatos realmente fantásticos. Creo que eran de Manolo Blahnik, como esos que usa… ¿Cómo se llama? Sarah Jessica Parker.

—Hum: unos magníficos zapatos sexys o un niño de nueve años. —Dana se dio unos golpecitos en la barbilla—. Difícil decisión.

—Creo que de momento seguiré siendo fiel a los zapatos de la firma Payless. —Retrocedió para observar el módulo ya instalado—. Kane no me asusta. —Soltó una carcajada, y luego dejó el taladro—. Estaba segura de que me iba a asustar, pero no fue así.

—No bajes la guardia —la previno Malory—. Él no aceptará un simple «no, gracias» por respuesta.

—Pues es la única respuesta que va a recibir. De cualquier modo, consiguió que volviera a pensar en la pista. Elecciones. El momento de la verdad, como tú, Malory, lo llamaste en los cuadros. Supongo que yo tuve uno la noche en que fue concebido Simon, o cuando decidí tenerlo. A pesar de eso, creo que para mí hay otro momento de la verdad relacionado con una elección que ya he hecho o que debo hacer.

—Redactemos una lista —propuso Malory, y Dana se echó a reír.

—¿Cómo es que yo ya sabía que ibas a proponer eso?

—Una lista —continuó Malory al tiempo que lanzaba una mirada desabrida a su amiga— de acontecimientos y decisiones importantes que Zoe haya tomado, y de otros menores pero con consecuencias importantes. Del mismo modo que cuando ella misma pensó en el valle como en un bosque atravesado por senderos. Esta vez su vida será el bosque. Buscaremos intersecciones, conexiones, determinar cómo una elección llevó a otras, y si alguna de ellas concierne a la llave…

—Yo ya he estado dándole vueltas a eso, y estaba pensando… —Zoe colocó el siguiente módulo, sacó la cinta métrica y luego volvió a dejarla—. Las decisiones que vosotras dos tomasteis, los hechos que os condujeron a vuestras llaves, implicaron a Flynn y Jordan. Brad y yo somos los únicos que quedamos, de lo que deduzco que mi llave lo implicará a él. Eso lo coloca en primera línea, junto a mí.

—Brad puede cuidar de sí mismo.

—De eso estoy convencida. Y yo también puedo cuidarme sola. De lo que no estoy segura es de si puedo preocuparme por él. No puedo permitirme cometer ningún error; por la llave, pero también por Simon y por mí misma.

—¿Te preocupa que estar más cerca de Brad, iniciar una relación personal con él, pueda significar cometer un error? —preguntó Malory.

—En realidad lo que está empezando a preocuparme es que el error consista en no estar más cerca de él. Eso me está dificultando ser práctica.

—Vas a ir a su casa esta noche —dijo Malory—. ¿Por qué no sigues el ejemplo de Simon, aunque sólo sea por una vez, y disfrutas de estar con alguien a quien, obviamente, le gusta estar contigo?

—Voy a intentarlo. —Volvió a coger la cinta métrica—. Me ayuda saber que llevo una carabina. Dos, para ser más exacta, si contamos a *Moe*.

—Antes o después, por mucho que aprecie a Simon, Brad querrá verte a solas.

Zoe le pasó la cinta a Dana y empuñó el taladro.

—Entonces me preocuparé por eso antes o después.

«Antes, después y en este mismo momento», pensó Zoe cuando estuvo sola de nuevo.

Sabía de sobra que, con una atracción física tan intensa, era cuestión de tiempo que acabaran juntos y a solas. Sin embargo ella podía, y lo haría, decidir el momento, el lugar y el tono. Establecer las normas. Deberían seguir unas normas, al igual que tendría que haber entendimiento entre ambos antes de dar un paso tan íntimo.

Si Bradley Vane iba a ser uno de sus desvíos en el camino, era de vital importancia asegurarse de que ninguno de los dos terminara perdido, solo y sangrando al final del sendero.

7

La entusiasta llamada de Simon interrumpió el debate interno de Zoe sobre qué pendientes elegir. ¿Debía optar por los grandes aros de plata, algo así como sexy y desenfadado, o por las pequeñas lágrimas de marcasita en las que había derrochado tanto dinero el verano anterior, con un estilo más discreto y sofisticado?

Ésos eran los detalles que definían el estado de ánimo de una mujer, sus perspectivas, sus intenciones en un acontecimiento. Mientras se llevaba a cada oreja un pendiente distinto, pensó que quizá un hombre no reparara en esos detalles, pero que una mujer sabía por qué se había puesto un par de pendientes en particular. O unos zapatos. O por qué había escogido un sujetador en concreto y no otro.

Ésos eran los ladrillos con que se construía el ritual propio de una cita. Dejó los pendientes y se apretó el estómago con una mano. Dios, tenía una cita.

—¡Mamá! ¡Ven enseguida! Tienes que ver esto.

—Un minuto.

—¡Date prisa! Corre, está aparcando en la entrada. ¡Caray! Oh, ¡caray! ¡Vamos, mamá, ven!

—¿Qué ocurre? —Descalza, salió disparada hacia la sala de estar. No podía decidir qué zapatos llevar mientras no hubiera elegido unos pendientes—. Por el amor de Dios, Simon, tenemos que marcharnos dentro de unos minutos y todavía no he...

Se le desencajó la mandíbula, igual que a su hijo, cuando miró por la ventana y vio una limusina negra y alargada que se detenía al lado de su viejo automóvil de cinco puertas.

—Es el coche más grande que he visto en toda mi vida.

—Lo mismo digo —repuso Zoe—. Debe de haberse perdido.

—¿Puedo salir a verlo? —Le agarró la mano y tiró de ella, como hacía cuando estaba especialmente nervioso—. ¡Por favor, por favor, por favor! ¿Puedo ir a tocarlo?

—Creo que no deberías tocarlo.

—Está saliendo un hombre. —La voz de Simon se convirtió en un susurro reverente—. Parece un soldado.

—Es un chófer. —Posó una mano sobre el hombro de Simon mientras ambos espiaban juntos por la ventana—. Así es como se llaman las personas que conducen limusinas.

—Viene hacia la puerta.

—Querrá que le indiquemos alguna dirección.

—¿Puedo salir y mirar el coche mientras tú le dices cómo llegar a donde sea? No lo tocaré ni nada.

—Se lo preguntaremos.

Cogió a su hijo de la mano y fueron hacia la puerta.

Cuando abrió, Zoe pensó que Simon tenía razón. Aquel hombre parecía un soldado: alto y erguido, con porte militar en su uniforme negro y su gorra.

—¿Puedo ayudarle a encontrar a alguien? —preguntó.

—¿La señora Zoe McCourt? ¿El señor Simon McCourt?

—Ah. —Zoe atrajo un poco más hacia sí al niño—. Sí.

—Buenas tardes. Soy Bigaloe. Me han encargado llevarlos a la residencia del señor Vane.

—¿Vamos a ir en ese coche? —Los ojos de Simon se volvieron tan grandes y relucientes como dos soles—. ¿Dentro?

—Sí, señor. —Bigaloe le guiñó un ojo—. En el asiento que a usted más le guste.

—¡Genial! —Dio un puñetazo al aire, soltó una risotada, y habría salido corriendo hacia la limusina si Zoe no lo hubiese sujetado para detenerlo.

—Es que nosotros tenemos coche. Y un perro.

—Sí, señora. El señor Vane le envía esto.

Zoe se quedó mirando la nota que Bigaloe le tendía y reconoció el papel de carta.

—Simon, no te muevas —ordenó mientras lo soltaba para abrir el sobre.

Una sola hoja con membrete rezaba:

No discutas tampoco esta vez.

—La verdad es que no veo por qué… —Enmudeció, desarmada y vencida por el ruego desesperado que le lanzaban los ojos de Simon—. Saldremos dentro de un minuto, señor Bigaloe.

En cuanto cerró la puerta, Simon la abrazó por la cintura.

—¡Esto es formidable!

—Sí, formidable.

—¿Podemos irnos ya? ¿Podemos?

—Vale, de acuerdo. Coge tu chaqueta y el regalo que hemos preparado para Brad. Necesito mi bolso.

«Y mis zapatos», pensó. Parecía que aquélla iba a ser una noche apropiada para los pendientes de marcasita.

En cuanto estuvieron fuera, Simon corrió derechito al coche, pero se detuvo con un patinazo para saludar enérgicamente a los Hanson, que se hallaban sentados en el porche de su casa.

—¡Vamos a ir en limusina!

—¡Qué maravilla! —Con una gran sonrisa, la señora Hanson le devolvió el saludo—. Igual que una estrella de rock. Quiero que mañana me lo cuentes todo.

—Vale. Éste es el señor Bigaloe —anunció el niño cuando el conductor le abrió la puerta—. Va a llevarnos a casa de Brad. Ésos son el señor y la señora Hanson, los vecinos de al lado.

—Encantado de conocerlos. —Bigaloe se tocó la gorra, y después le ofreció su mano a Zoe—. El perro puede ir delante conmigo, si eso le parece bien.

—Oh, bueno, si no le molesta…

—Mira eso, John —la señora Hanson apretó la mano de su marido—, igual que Cenicienta. Sólo espero que nuestra chica sea lo bastante lista para no salir corriendo cuando el reloj dé las doce.

Junto a las ventanillas con cristales negros había unos pequeños jarrones de cristal con flores frescas. También luces diminutas, como mágicas, a lo largo de todo el suelo y el techo.

Había un televisor y un equipo de música, y botones para manejarlo todo en un panel situado sobre sus cabezas.

Olía a cuero y azucenas.

Simon ya se había deslizado por los largos asientos laterales para meter la cabeza por la abertura que comunicaba con la cabina de la limusina y estaba acribillando a Bigaloe con montones de preguntas.

Zoe no juntó ánimos para detenerlo. Eso le dio un momento para tratar de adaptarse a la situación.

En un instante se rindió: necesitaría todo un año para acostumbrarse.

Simon regresó a su lado deslizándose por el cuero.

—A *Moe* le gusta ir ahí delante; el señor Bigaloe le deja que saque la cabeza por la ventanilla. Además, el señor Bigaloe dice que puedo tocarlo todo, porque yo soy el jefe. Y que puedo coger una gaseosa de la nevera si a ti te parece bien, porque tú eres mi jefa. ¡Ah, y que puedo ver la tele! Aquí en el coche. ¿Puedo?

Zoe observó el rostro de su hijo, resplandeciente y deslumbrado. Siguiendo un impulso, le cogió la cara y le dio un fuerte y sonoro beso en la boca.

—Sí, puedes beberte una gaseosa. Sí, puedes ver la tele en el coche. Y mira, mira aquí arriba. Puedes encender y apagar las luces. También hay un teléfono.

—Llamemos a alguien.

—Hazlo tú. —Alzó el auricular y se lo ofreció—. Llama a la señora Hanson. ¿No crees que le gustaría?

—Vale. Voy a tomarme una gaseosa, encenderé la tele y luego llamaré a la señora Hanson para contárselo.

Zoe rió con Simon. Después también jugó con los controles y se bebió un ginger-ale sólo para poder contar que lo había hecho.

Cuando llegaron a casa de Brad, cogió la mano de Simon antes de que éste abriese la puerta de la limusina.

—Se supone que el señor Bigaloe ha de venir a abrir —susurró—. Eso forma parte de su trabajo.

—De acuerdo. —Cuando la puerta se abrió, Simon salió de un salto y miró a Bigaloe—. Ha sido estupendo. Muchas gracias por traernos.

—Ha sido un placer.

—Imagino que habrá adivinado que era nuestro primer viaje en limusina —le dijo Zoe cuando él la ayudó a apearse.

—No recuerdo haber disfrutado tanto anteriormente conduciéndola. Estoy deseando llevarles de vuelta cuando estén listos.

—Gracias.

—Espera a que se lo cuente a los chicos. —Simon agarró la correa de *Moe* y dejó que el perro tirara de él hacia la puerta—. No se lo van a creer.

Antes de que Zoe pudiese decirle que llamara a la puerta, el niño ya la había abierto de un empujón y llamaba a gritos a Brad.

—¡Brad! Hemos visto la tele en el coche, hemos bebido gaseosas y hemos llamado a la señora Hanson. Y *Moe* ha ido delante.

—Parece que ha sido un viaje muy entretenido.

—Simon, deberías haber llamado a la puerta. *¡Moe!*

El perro ya se había dirigido como una centella al salón principal y había encontrado el sofá.

—No pasa nada —le dijo Brad cuando *Moe* saltó sobre los cojines y se estiró como si fuese un sultán peludo—. Aquí ya estamos acostumbrándonos a él.

—Te hemos traído un regalo. —Dando saltitos, Simon dejó un paquete en las manos de Brad—. Lo hemos hecho mamá y yo.

—¿En serio? Vamos a la cocina a abrirlo, pero primero dadme vuestros abrigos.

—Puedo hacerlo yo. Ya sé dónde hay que ponerlos. —Simon se quitó la chaqueta de un tirón y se quedó brincando de puntillas hasta que Zoe le entregó la suya—. No lo abráis hasta que yo llegue.

—De acuerdo.

—Quiero darte las gracias por haber enviado el coche —empezó ella mientras se dirigía a la cocina—. Simon no lo olvidará jamás. Para él ha sido de lo más emocionante.

—Y tú ¿has disfrutado del trayecto?

—¿Estás de broma? —Soltó una carcajada que aún estaba teñida de asombro—. Ha sido como ser una princesa durante veinte minutos. Aunque la verdad es que hemos estado jugueteando con todos los botones y el televisor, así que supongo que se habrá parecido más a ser una niña durante veinte minutos. No tenías por qué haberte tomado tantas molestias.

—No ha sido ninguna molestia. Quería hacerlo. Sabía que Simon se entusiasmaría con el coche, y además no quería preocuparme por que tuvieses que regresar a casa de noche. Y también —añadió mientras sacaba una botella de una cubitera de plata— quería que pudieses relajarte y disfrutar de este exquisito champán.

—¡Oh! Incluso aunque no me hubieras enviado esa nota, habría sido muy difícil discutirte todo eso.

—Bien.

Brad destapó la botella con un alegre «pum», y ya estaba llenando la segunda copa de champán cuando Simon llegó corriendo con *Moe* a la zaga.

—Ahora tienes que abrir el regalo. Es un regalo para la casa, de «inaguración».

—Inauguración —lo corrigió Zoe, y le pasó un brazo por el hombro, como hacía a menudo—. Aunque con cierto retraso, es para darte la bienvenida de nuevo al valle, y por volver a instalarte en esta casa.

—Veamos qué tenemos aquí.

Brad deshizo el nudo sintiéndose un poco tonto, pues ya sabía que iba a conservar la cinta de encaje blanco y el ramito de diminutas flores rojas que Zoe había prendido en él. También había estampado, con un sello o una plantilla, la silueta de esas mismas flores sobre la sencilla caja de cartón marrón y había alojado el obsequio en un lecho de tela blanca salpicada de purpurina.

—Desde luego, sabes cómo envolver un regalo.

—Si obsequias a alguien, debes tomarte un tiempo para presentárselo bonito.

Brad sacó del paquete una jarrita transparente con una vela tricolor.

—Es genial —la olfateó—, y huele de maravilla. ¿La habéis hecho vosotros?

—Nos gusta hacer cosas así, ¿verdad, mamá? Tienes que mezclar la cera y después añadir el perfume y todo lo demás. Yo elegí los olores.

—Es para las fiestas —explicó Zoe—. La parte superior huele a tarta de manzana; la del medio, a tarta de arándanos; y la última, a árbol de Navidad. En la caja hay un azulejo para que coloques encima la jarra con la vela, porque se calienta.

Brad sacó un azulejo blanco con arándanos pintados en las esquinas.

—Mamá le ha pintado los arándanos y yo lo he vidriado.

—Es magnífico. —Dejó el azulejo y la vela sobre la encimera. Después se agachó para abrazar a Simon. Cuando se incorporó, le dedicó una sonrisa—. A lo mejor deberías mirar hacia otro lado.

—¿Y eso por qué?

—Porque voy a besar a tu madre.

—Puaj.

Aunque Simon se cubrió la cara con las manos, sintió una oleada de calidez en el estómago.

—Gracias. —Brad le dio un leve beso en los labios a Zoe—. Ya está, chaval.

—¿Vas a estrenar el regalo? —preguntó el niño.

—Por supuesto. —Brad sacó del cajón un encendedor fino y largo y prendió con él la mecha—. Es estupendo. ¿Dónde aprendisteis a hacer velas?

—Es una idea que pesqué por ahí, y después he estado experimentando. Espero acabar siendo lo bastante buena para ofrecer una línea de velas y objetos de ese tipo en el salón de belleza.

—Algo así podríamos venderlo en Reyes de Casa.

Zoe se quedó mirando la vela.

—¿En serio?

—Después de la ampliación vamos a tener más artículos, como velas decorativas. Tendrás que enseñarme algunas más que tengas hechas y hablaremos del asunto.

—¿Puedo ir a la sala de juegos? —preguntó Simon—. Me he traído el Smackdown para echarte la revancha.

—Desde luego. Hay otro videojuego cargado. Échale un vistazo si quieres.

—¿Vas a venir a jugar ahora?

—Tengo que empezar a preparar la cena, pero tú puedes ir abriendo boca. Quiero que estés muerto de hambre. Me han enviado por avión ancas de rana especiales para esta noche.

—¡Oh, oh!

—Ancas de rana gigante. De África.

—No me creo nada.

—También podemos comer chuletas.

—¡Chuletas de rana!

—Naturalmente.

Con un aullido burlón, Simon salió disparado de la cocina.

—Te portas increíblemente bien con él —dijo Zoe.

—Es fácil. ¿Por qué no te sientas y...? —Se interrumpió al oír que Simon gritaba: «¡Madre mía!» desde la sala de juegos—. Ya ha visto el nuevo videojuego.

—Bradley.

—¿Hum?

—Tengo que pedirte que me prometas algo. Y no digas que sí todavía —se le adelantó mientras giraba la copa agarrándola por el pie y miraba a Brad a través de ella—. Es algo importante, y si te tomas el tiempo necesario para pensar antes de responder creeré que vas a mantener tu palabra.

—¿Qué quieres que te prometa, Zoe?

—Simon… te tiene mucho afecto. Nunca alguien como tú le había prestado atención, no de este modo. Ahora resulta que ha empezado a depender de que le prestes esa atención. Necesito que me prometas que, pase lo que pase entre tú y yo, vaya como vaya nuestra relación, no te olvidarás de Simon. No estoy hablando de ir en limusinas, lo que te estoy pidiendo es que me prometas que no dejarás de ser amigo suyo.

—Él no es el único que siente afecto, Zoe. Puedo prometerte lo que me pides. —Le tendió la mano—. Te doy mi palabra.

Ella le tomó la mano y se la estrechó, y la tensión que se había acumulado en su interior mientras realizaba aquella petición se fue disolviendo.

—De acuerdo. Bien. —Miró a su alrededor—. ¿Qué puedo hacer?

—Puedes sentarte y beber tu copa de champán.

—Debería ayudarte con esas ancas de rana africana.

Brad la cogió por la nuca y volvió a besarla, pero esta vez no tan leve ni despreocupadamente como cuando estaba Simon en la cocina.

—Siéntate y bébete el champán —insistió mientras le pasaba un dedo por el lóbulo de la oreja—. Bonitos pendientes.

Zoe soltó una carcajada breve y confundida.

—Gracias. —Aunque seguía pensando que debería ayudar, se acomodó en uno de los taburetes que había junto a la barra—. ¿De verdad vas a cocinar?

—Voy a asar a la parrilla, lo que es completamente distinto. Todos los varones Vane lo hacen. Si no lo hiciese así, me expulsarían de la familia.

—¿Vas a asar a la parrilla? ¿En noviembre?

—Los Vane asamos durante todo el año, incluso si hemos de enfrentarnos al hielo, las duras ventiscas o el riesgo de congelación. De todos modos, da la casualidad de que yo tengo esta cosa tan práctica justo aquí en la cocina.

—He visto esos aparatos en las revistas. —Zoe observó cómo Brad encendía la parrilla empotrada que había sobre los fogones—. También en la televisión, en algunos de esos programas de cocina.

Brad colocó alrededor de las llamas unas patatas envueltas en papel de aluminio.

—Sobre todo, no le cuentes a mi padre que he utilizado este artilugio en vez de preparar la parrilla ahí fuera, aguantando como un hombre.

—Mis labios están sellados. —Bebió un sorbo de champán mientras Brad iba hacia la nevera y sacaba una bandeja con entremeses—. ¿Esto lo has preparado tú?

Él caviló un momento mientras dejaba la bandeja sobre la encimera, delante de Zoe.

—Podría mentirte e impresionarte de verdad, pero en vez de eso voy a deslumbrarte con mi sinceridad: todo esto es de Luciano's, igual que las bombas de chocolate que hay de postre y las colas de langosta.

—¿Colas de langosta? ¿De Luciano's? —Escogió uno de los canapés, dejó que se deslizara entre sus labios y gimió cuando los distintos sabores se mezclaron en la lengua.

—¿Está bueno?

—Fantástico. Todo es fantástico. Estoy tratando de comprender cómo es que Zoe McCourt ha llegado a estar sentada aquí bebiendo champán y comiendo canapés de Luciano's. Intentas impresionarme, Bradley, y lo estás consiguiendo.

—Me gusta verte sonreír. ¿Sabes cuándo fue la primera vez que me sonreíste de verdad? Cuando te regalé la escalera de mano.

—Antes de eso ya te había sonreído.

—No, no de corazón. Dios sabe cuánto lo deseaba, pero tú parecías empeñada en malinterpretarme y te sentías ofendida en cuanto te dirigía dos palabras seguidas.

—Eso es… —se detuvo, y rápidamente soltó una carcajada—… probablemente cierto.

—Sin embargo yo te gané sutilmente, o al menos empecé a ganarte, cuando te regalé una escalera de mano de fibra de vidrio.

—No sabía que aquello era una artimaña. Pensaba que era una muestra de consideración.

—Era una artimaña considerada. Quieres más champán.

Zoe debatió consigo misma mientras Brad iba a por la botella.

—Me intimidabas.

—¿Cómo dices?

—Me intimidabas, Bradley, y aún me intimidas un poco. También me intimidó esta casa la primera vez que vine a buscar a Malory y te vi. Entré en una casa tan grande y maravillosa, y ahí estaba el cuadro que habías comprado.

—*Después del hechizo*.

—Sí. Verlo me causó una auténtica conmoción, igual que estar aquí. La cabeza me daba vueltas. Yo mencioné algo sobre que debía regresar a casa por Simon, por mi hijo, y tú me miraste la mano y te diste cuenta de que no llevaba alianza.

—Zoe…

Ella sacudió la cabeza.

—Entonces vi una expresión en tu cara… Me sentó fatal.

—Al parecer, empezaste a malinterpretarme desde el primer momento. —Para darse tiempo, apuró la copa de champán—. Voy a contarte algo sobre el cuadro. Eso te proporcionará una ventaja grandísima en esta relación que estamos iniciando.

Cita. Relación. La cabeza de Zoe iba a ponerse a dar vueltas de nuevo.

—No sé a qué te refieres.

—Enseguida lo sabrás. Cuando vi aquella pintura por primera vez…, bueno, fue algo apabullante. Allí estaba Dana, la hermana pequeña de mi mejor amigo, una mujer a la que apreciaba muchísimo. —Se apoyó en la barra, elegante de un modo informal con el jersey negro que llevaba puesto, con la vela artesanal que le había regalado Zoe parpadeando entre los dos—. Después estaba Malory. Por supuesto, yo no la conocía aún, pero había algo que me impulsó a pararme y pensar, que provocó que mirara el cuadro con más atención y detenimiento. —Hizo una pausa y puso dos dedos debajo de la barbilla de Zoe—. Y luego estaba esta cara, este increíble rostro. Apenas pude respirar mientras lo admiraba. Me quedé rendido ante él. Tenía que poseer ese cuadro. Habría pagado cualquier cantidad por ser su dueño.

—Es parte de la conexión. —Tenía la garganta seca, pero era incapaz de alzar la copa para beber—. Estabas destinado a poseerlo.

—Eso puede que sea cierto, de hecho he llegado a creer que lo es. Sin embargo, no es de eso de lo que estoy hablando. Yo debía tener ese cuadro porque tenía que poder mirar esa cara: tu cara. Me aprendí de memoria todos sus ángulos, la forma de los ojos, de la boca. Pasé mucho tiempo estudiando ese semblante. Luego tú entraste en el salón aquel día, y yo me quedé atónito. Ella había despertado, había salido del cuadro y estaba aquí.

—Pero yo no soy la mujer del cuadro.

—¡Chist! No podía ni pensar. Durante un minuto ni siquiera pude oír nada aparte de los latidos de mi corazón. Todo el mundo siguió hablando mientras yo intentaba recuperar el control sobre mí mismo, mientras procuraba no acercarme a ti y tocarte para convencerme de que no ibas a desvanecerte como el humo. Debía dirigirte la palabra, fingir que todo era normal, aunque el destino me hubiera lanzado un revés inesperado. No puedes imaginarte lo que sucedía en mi interior.

—No. Supongo que no —logró responder.

—Tú dijiste que tenías que volver a casa por tu hijo, y fue lo mismo que si me hubieras cortado la garganta. ¿Cómo podía ella pertenecer a otro antes de que yo tuviese una oportunidad? Luego bajé la vista hacia tu mano, vi que no llevabas ninguna alianza y pensé: «Gracias, Dios, ella no pertenece a otro».

—Sin embargo, entonces ni siquiera me conocías.

—Ahora sí. —Se inclinó y le cubrió los labios con los suyos.

—¡Jolín! ¿Ahora vais a estar siempre haciendo eso?

Brad se irguió, rozó la frente de Zoe con un suave beso y luego se giró hacia Simon.

—Sí, pero no quiero que te sientas excluido, así que también te besaré a ti.

Simon empezó a hacer como si escupiera y, de un brinco, se puso a salvo tras el taburete de su madre.

—Bésala a ella, si es que tienes que besar a alguien. ¿Vamos a cenar pronto? Estoy muerto de hambre.

—Estoy a punto de poner unas chuletas gordas y jugosas en el fuego. Así que, chaval, ¿cómo te gusta la rana?

Después de la cena y la partida de revancha, después de que a Simon, despatarrado en el suelo de la sala de juegos, se le cerraran los ojos, Zoe se permitió deslizarse entre los brazos de Brad. Se permitió flotar entre besos.

Pensó que había magia en el mundo, y que esa noche le había tocado una parte a ella.

—He de llevarme a Simon a casa.

—Quedaos. —Le frotó la mejilla con la suya—. Quedaos, los dos.

—Ése es un paso muy grande para mí. —Apoyó la cabeza sobre el hombro de Brad. Sabía que sería muy fácil quedarse, dejar que las cosas siguieran adelante. Pero los grandes pasos no deberían ser fáciles—. No estoy jugando contigo, pero he de pensar en lo que es correcto.

—«Para todos nosotros», añadió para sus adentros—. Hablaba en serio cuando he dicho que no comprendía cómo he acabado llegando aquí. Tengo que estar segura con lo que vaya a pasar más tarde.

—No voy a hacerte daño. No voy a haceros daño a ninguno de los dos.

—Eso no me da miedo. No, no es cierto. Sí hay algo de eso que me da miedo: que yo pueda herirte. No te he contado lo que ocurrió ayer. No quería comentarlo delante de Simon.

—¿Qué pasó?

—¿Podemos ir a la otra habitación? Sólo por si Simon se despierta.

—Se trata de Kane —afirmó Brad mientras se dirigían al salón principal.

—Sí.

Y se lo contó todo.

—¿Es eso lo que querías, Zoe? ¿Vivir en Nueva York y tener una profesión de alto nivel?

—Oh, no sé si en Nueva York. Podría haber sido igual en Chicago o Los Ángeles, cualquier lugar que pareciese importante. Cualquier lugar que no fuese donde yo estaba.

—¿Porque eras desdichada o porque había cosas que deseabas hacer?

Zoe comenzó a responder, y luego se detuvo.

—Por las dos cosas —dijo, comprendiéndolo de pronto—. No recuerdo que pensara que era desdichada, pero supongo que la mayor parte del tiempo sí lo era. El mundo resultaba tan pequeño y estático donde vivíamos… Y el modo en que vivíamos. —Miró por las ventanas, más allá del prado, hasta la cinta negra del río—. En cambio el mundo no es pequeño, y no está inmóvil. Yo solía pensar en eso, me hacía preguntas al respecto. Sobre las personas y los lugares que había fuera de allí. —Sorprendida de sí misma, se giró hacia Brad y lo vio observándola, firme y en silencio—. De todas formas, eso ya ha quedado atrás.

—Yo no lo creo así. ¿Qué te hacía feliz?

—Oh, muchas cosas. No querría dar la impresión de que estaba triste todo el tiempo. No era así. Me gustaba la escuela. Era una buena estudiante. Me gustaba aprender cosas, averiguar cosas. Era especialmente buena con los números. Yo me encargaba de los libros de cuentas y los impuestos de mi madre. Me encantaba hacerlo. Pensaba que a lo mejor sería contable o economista. O que trabajaría en un banco. Quería ir a la universidad, conseguir un empleo importante y trasladarme a la ciudad. Tener cosas. Tener más, eso es todo; como que la gente me respetara, incluso que me admirara porque yo supiera cómo hacer las cosas. —Se encogió levemente de hombros y se acercó a la chimenea—. Eso solía irritar a mi madre: la manera en que yo hablaba de todo ello y lo quisquillosa que me ponía con mis pertenencias, porque quería mantenerlas bonitas. Ella decía que yo pensaba que era mejor que los demás, pero que no era cierto. —Se quedó mirando el fuego con el entrecejo fruncido—. No era cierto en absoluto. Yo sólo deseaba ser mejor de lo que era. Suponía que si era lo bastante lista, podría obtener ese gran trabajo y mudarme a la ciudad, y entonces nadie me miraría pensando: «Ahí está esa escoria de las caravanas salida de un agujero».

—Zoe.

Ella sacudió la cabeza.

—La gente pensaba así, Bradley. Y pensaba así porque se acercaba bastante a la verdad. Mi padre bebía demasiado, se largó con la mujer de otro hombre y dejó a mi madre sola con cuatro hijos, un montón de deudas y una caravana de vivienda. La mayor parte de la ropa que yo usaba nos la había dado alguien por compasión. No tienes ni idea de cómo es eso.

—No, no la tengo.

—Algunas personas te dan cosas por bondad, pero muchas lo hacen para sentirse superiores. Así, muy pagadas de sí mismas, pueden decir: «Mirad lo que he hecho por esa pobre mujer y sus hijos». Eso lo ves en sus caras. —Se volvió hacia Brad con las mejillas coloradas y ardientes por una mezcla de orgullo y vergüenza—. Es odioso. Yo no quería que nadie me diese nada. Quería conseguirlo por mí misma. Así que trabajé, fui ahorrando dinero e hice grandes planes. Después me quedé embarazada. —Se giró hacia la entrada para asegurarse de que Simon no podía oírla—. No me di cuenta hasta que habían pasado dos meses. Pensaba que tendría la gripe o algo así, pero no me encontraba mejor y por eso fui al médico, y me lo dijeron. Ya estaba de nueve semanas. Dios, nueve semanas y había sido tan idiota que no me había dado cuenta.

—Eras una niña. —De la que él se compadecía—. No eras idiota, sino una niña.

—Lo bastante mayor para quedarme embarazada. Lo bastante adulta para saber lo que eso significaba. Me asusté mucho. No sabía qué iba a ocurrir. No se lo conté a mi madre, no de inmediato. Fui a hablar con el chico. Él también se asustó, y puede que se enfadase un poco. De todas formas me dijo que haría lo adecuado. Después de eso, me sentí mejor. Me sentí más tranquila. Así que me fui a casa y se lo conté a mi madre. —Respiró hondo y apretó los dedos contra las sienes. No pretendía hablar de todo aquello, pero, una vez que había empezado, terminaría la historia—. Oh, aún puedo verla, sentada frente a la mesa, con el ventilador girando. Hacía calor, un calor espantoso. Se quedó mirándome, se inclinó hacia delante y me abofeteó. No la culpo por eso —se apresuró a aclarar cuando oyó maldecir a Brad—. No la culpé entonces, y no la culpo ahora. Yo había estado escapándome a sus espaldas para estar con aquel chico, y debía pagar por eso. No la culpo por esa bofetada, Bradley; me la merecía. Por lo que sí la culpo es por lo que siguió, por que la satisficiera enterarse de que me había metido en problemas, como le había ocurrido antes a ella conmigo; por dejarme claro que yo no era mejor que ella; por todas mis ideas y planes. La culpo por hacer que me sintiese vil, por comparar al niño que llevaba dentro con un castigo.

—Estaba equivocada. —Brad lo dijo como si tal cosa, en un tono tal que Zoe se quedó sin aire—. ¿Qué sucedió con el padre?

—Bueno, no hizo lo adecuado, como había prometido. Ahora mismo no quiero hablar de eso. Tengo que profundizar en mi pista, en las bifurcaciones del sendero. Entonces elegí qué dirección tomar. Dejé la escuela y me puse a trabajar. Obtuve el bachillerato con el examen por libre para adultos y el diploma de esteticista, y me marché de casa.

—Espera. —Brad alzó una mano—. ¿Te fuiste por tu cuenta? ¿Tú sola, a los dieciséis años? Y embarazada. Tu madre…

—No tenía nada que opinar —lo interrumpió. Se volvió hacia él, con el fuego crepitando detrás de ella—. Me marché embarazada de seis meses porque no pensaba criar a mi hijo en aquel maldito remolque. Tomé una dirección, y quizá esa decisión fue lo que me puso en camino hacia el valle, hacia el Risco del Guerrero y todo esto.

Pensó que a lo mejor tenía que contar aquello. Tal vez necesitaba volver atrás, paso a paso, para poder verlo en su totalidad.

Y para que también él pudiera verlo.

—No estaría aquí si hubiese escogido otra opción, si no hubiese amado a un chico y concebido un hijo con él. No estaría aquí si hubiese ido a la universidad y obtenido ese magnífico trabajo con el que poder ir a Roma una semana. He de averiguar qué significa todo eso, cómo se relaciona con la llave; porque he dado mi palabra de que intentaría encontrarla. Y tengo que averiguar también si ésa es la razón de que yo esté aquí, contigo. Porque bien sabe Dios que, si no es por eso, para mí no tiene ningún sentido.

—Lo que te haya traído hasta aquí tiene todo el sentido del mundo.

—¿Me has escuchado? —preguntó Zoe—. ¿Has oído una sola palabra de lo que he dicho sobre el lugar del que procedo?

—Todas las palabras. —Cruzó la habitación hacia ella—. Eres la mujer más asombrosa que he conocido jamás.

Zoe se quedó mirándolo y después levantó las manos, exasperada.

—No te entiendo. Quizá se supone que no debo entenderte. Sin embargo hay algo que los dos hemos de considerar, porque el mundo no es pequeño ni está inmóvil. Además, Bradley, para nosotros no hay sólo un mundo por el que preocuparse.

—Hay otro que da vueltas en torno a éste —repuso asintiendo con la cabeza—. Y ambos se cruzan.

—Pues, teniendo eso en cuenta, ¿eres tú la opción que debo tomar o de la que debo alejarme?

Brad sonrió, pero de forma brusca y fiera.

—Tú intenta alejarte.

Zoe sacudió la cabeza.

—Supón que voy hacia ti y empieza algo entre nosotros, algo real. ¿Qué ocurre entonces si he de elegir otra vez?

Brad le colocó las manos en los hombros y luego las deslizó hacia arriba, hasta enmarcarle el rostro.

—Zoe, ya ha empezado algo entre nosotros, y es muy real.

Ella deseaba poder estar igual de segura.

Cuando volvió a casa con Simon a través de la noche bañada por la luz de un cuarto de luna, a Zoe casi nada le parecía real.

8

—Champán, langosta y limusina. ¡Oh, caramba! —exclamó Dana mientras colocaban en la cocina la estantería de hierro forjado que habían comprado.

—Tiene mucha clase —coincidió Malory—. A lo mejor Brad podía darle lecciones a Flynn sobre cómo preparar una cena a una mujer.

—Ésa es una parte del problema. Yo soy más bien una mujer de cerveza, hamburguesa y furgoneta. Fue maravilloso, absolutamente maravilloso, pero como lo es un sueño fantástico.

—¿Qué hay de malo en eso? —preguntó Dana.

—Nada —Zoe hinchó los carrillos y luego soltó el aire poco a poco—, pero estoy comenzando a tener sentimientos serios hacia Brad.

—Repito: ¿qué hay de malo en eso?

—Veamos, ¿por dónde empiezo? Apenas pertenecemos al mismo planeta. Yo estoy tratando de abrir un negocio que va a absorber todos los minutos que pueda sacarle al día, y eso está después de criar a Simon, lo que me llevará unos diez años. Me quedan tres semanas para encontrar la última llave de la Urna de las Almas, y si la búsqueda fuera como el juego de frío o caliente, ahora mismo yo tendría el culo congelado.

—¿Sabes? Nunca he oído hablar de nadie a quien se le haya congelado el culo —repuso Dana—. Me preguntó por qué. —Escogió una de las latas de té de calidad que había decidido comprar y la colocó en una balda de la estantería. Ladeó la cabeza en un ángulo y en otro para someter la posición a un juicio crítico.

—Hablemos más en serio. —Con un gesto seco, Malory puso en un estante una pieza de su nuevo material, un cuenco modelado artesanalmente—. Ni el negocio ni Simon son ninguna razón para que no tengas un hombre en tu vida, si ese hombre te atrae; si crees que es un buen hombre.

—Por supuesto que me atrae. Una mujer en coma se sentiría atraída por él. Y es bueno. Yo no quería creerlo, pero es muy buen hombre. —Zoe dejó una de sus velas perfumadas en la estantería—. Sería menos complicado si no lo fuera. En ese caso podría ceder a la tentación lo bastante como para tener un lío tórrido y húmedo, y después los dos seguiríamos nuestro camino sin arrepentimientos.

—¿Por qué estás pensando ya en separaciones y arrepentimientos? —preguntó Malory.

—He tenido una única constante en mi vida, y es Simon. Ahora tengo otra, con vosotras dos. Ambas cosas son como milagros. No voy a confiar en tener una tercera.

—Y la gente me llama pesimista a mí —reflexionó Dana—. Vale, te doy una idea. —Depositó otra latita en la balda—. Considera a Brad como un hombre adulto, de modo que si decidís tener ese lío tórrido y húmedo ambos seréis responsables del resultado. Ah, y no olvides ponernos al corriente de todos los detalles. Además recuerda que, aunque en esta fase de la búsqueda tú tengas la pelota en las manos, las tres seguimos siendo un equipo, lo que significa que no eres la única que se expone a acabar con el culo congelado.

—Bien apuntado —terció Malory mientras dejaba una fuente pintada a mano; luego asintió de forma aprobatoria ante el frasco de boticario con crema para las manos que añadió Zoe—. Creo que es hora de celebrar una reunión oficial. Juntaremos seis buenas cabezas y veremos qué clase de ideas podemos aportar.

—Quizá eso sirva para acabar con mi bloqueo mental.

Zoe colocó una bandeja de elegantes jabones y otra vela, y luego retrocedió mientras Malory disponía un jarrón alto y fino y un par de candeleros de porcelana blanca.

—No hay tal bloqueo —la contradijo Dana—. Estás buscando teorías, indagando cosas, organizándolas y examinándolas mentalmente. Todo eso está tomando forma, como esta estantería. Un poco aquí, un poco allá, y después te apartas un paso y observas el conjunto, ves qué necesitas añadir o ajustar.

—Eso espero. Necesita libros —repuso Zoe señalando la estantería con la cabeza.

—Llegará la primera remesa la semana que viene. —Dana se acercó a Zoe y le puso un codo sobre el hombro—. Dios, ya sé que no es más que una estantería de cocina, pero, joder, tiene una pinta fantástica.

—Se parece a nosotras. —Complacida, Malory pasó un brazo alrededor de la cintura de Zoe—. ¿Sabéis cuándo nos parecerá más fantástico aún? Cuando la gente empiece a comprar.

En el piso de arriba, Zoe se había encaramado a la escalera de mano y estaba colgando unos pequeños armarios para almacenar productos sobre las pilas de lavar el pelo. Mientras trabajaba, fue repasando las tareas que se había fijado para esa semana.

Necesitaba pasar más tiempo con el ordenador. No sólo para continuar investigando, sino también para hacer pruebas con el diseño de la lista de servicios para el salón de belleza y el spa.

Se preguntaba si podría conseguir papel de un color parecido al de las molduras de la pared. Algo distintivo.

Además tendría que decidir, de una vez por todas, qué precios poner. ¿Reducía unos dólares las tarifas de su competidora en el pueblo, o las aumentaba un poco y obtenía un beneficio razonable?

Iba a utilizar productos que proporcionaban resultados muchos mejores que los del otro establecimiento local, y que costaban más dinero. Además, iba a ofrecer a los usuarios una atmósfera mucho más atractiva.

Y el otro salón no servía a los clientes… «Clientela», se corrigió, clientela sonaba más sofisticado. En el otro salón no servían a la clientela agua mineral con hielo e infusiones, tal como ella planeaba hacer. Tampoco les ponían un reposacuellos caliente relleno de hierbas relajantes mientras les arreglaban las uñas.

Zoe acabó de colgar el armario, se pasó el antebrazo por la frente y empezó a bajarse de la escalera.

—Qué color tan maravilloso.

Pillada por sorpresa, Zoe se agarró a la escalera y miró hacia abajo, hacia Rowena.

—No te he oído… —«¿… surgir del aire como si nada?», acabó la frase mentalmente.

—Perdona. —Los ojos de Rowena danzaron como si hubiesen adivinado los pensamientos de Zoe—. Malory y Dana me han dicho que subiera. He estado con ellas admirando todo lo que habéis hecho entre las tres. Me apetecía ver vuestro espacio. Y repito: los colores son maravillosos.

—Quería que fuesen divertidos.

—Pues lo has logrado. ¿Qué he interrumpido?

—Oh, acababa de terminar. Armarios de almacenaje, para guardar champús, acondicionadores del cabello y esa clase de cosas. Las pilas para lavar el pelo irán justo debajo.

—Ah.

—Y, bueno, los muebles modulares para las estilistas. —Señaló con la mano—. Los secadores de pie ahí, el mostrador de recepción, la zona de espera… Voy a colocar un sofá, un par de sillas y un banco acolchado. Y esa zona que hace esquina…, ésa es para arreglar las uñas. He encargado un sillón masajeador para lo que llamaré «pedicura ConSentidos». La pedicura normal será buena, pero esta otra va a ser formidable. Incluirá… Seguramente no te interesa.

—Al contrario. —Rowena se acercó para examinar aquel espacio, y después pasó a la habitación contigua—. ¿Y ésta?

—Una de las salas de tratamientos; faciales o masajes. Al otro lado del pasillo aplicaremos vendas reductoras, y ofreceré una especialidad para eliminar toxinas y un trabajo absolutamente magnífico con parafina. El cuarto de baño grande lo quiero usar para tratamientos exfoliantes.

—Es muy ambicioso.

—Lo he estado planeando durante muchísimo tiempo. Es difícil creer que esté ocurriendo de verdad. Tenemos previsto abrir a principios de diciembre. Rowena, no he descuidado la llave. Es sólo que aún no he averiguado dónde está.

—Si fuera algo fácil, no sería importante. Ya lo sabes —añadió, dándole una palmadita distraída en el hombro antes de regresar al salón principal—. Nada de esto ha sido fácil.

—No, pero esto es trabajo. Paso a paso. —Sonrió un poco cuando Rowena se volvió hacia ella y alzó una ceja—. De acuerdo, ya lo he captado: paso a paso.

—Dime, ¿cómo está tu hijo?

—Simon se encuentra bien. Hoy está con un amigo. Anoche fuimos a cenar a casa de Bradley.

—¿En serio? Estoy segura de que disfrutasteis mucho.

—Sé que hay cosas que no puedes decirme, pero voy a preguntarte de todas maneras. No te pregunto por mí. No me da miedo llevarme mis golpes.

—No, imagino que no te da miedo. Ya te has llevado muchos.

—No más de los que me corresponden. Yo acepté este reto, al igual que Malory y Dana, pero Bradley no. Quiero saber si algo está provocando que él tenga ciertos sentimientos por mí, sentimientos que se supone que yo he de usar para encontrar la llave.

Rowena se detuvo ante un espejo y se toqueteó el cabello con un gesto femenino imperecedero.

—¿Por qué piensas eso?

—Porque Bradley está encaprichado con el retrato, con el rostro de Kyna, y resulta que yo me parezco a ella.

Rowena sacó una botella de champú de una caja de cartón y la examinó.

—¿Tan pobre opinión tienes de ti misma?

—No; no digo que Bradley no pueda estar, que no esté, interesado por mí. Por quien yo misma soy. Sin embargo, para él el cuadro fue el principio de ese interés.

—Él compró esa pintura, escogió un sendero. El sendero lo llevó hasta ti. —Dejó la botella en su sitio—. Muy interesante, ¿verdad?

—Necesito saber si la elección fue suya.

—No soy yo la persona a quien debes preguntar. Y, Zoe, tú no estás preparada para creer a Brad, en caso de que él te responda. —Cogió otro frasco y lo abrió para olerlo—. Tú deseas que yo te prometa que él no saldrá herido. No puedo hacer eso. Y creo que Brad se sentiría insultado si supiera que me has pedido tal cosa.

—Pues entonces tendrá que sentirse insultado, porque yo tenía que pedírtelo. —Zoe levantó las manos, y las dejó caer de nuevo—. Probablemente no importe. Kane apenas se ha molestado conmigo. Pensábamos que iba a sacar toda la artillería, pero no me ha dado más que un golpecito, como haría con una mosca. No parece muy preocupado por que yo pueda encontrar la llave.

—Así que ninguneándote de ese modo Kane erosiona tu seguridad en ti misma. Se lo pones muy fácil.

A Zoe le sorprendió el tono desdeñoso de Rowena.

—Yo no he dicho que vaya a abandonar… —empezó. Luego se interrumpió y soltó un resoplido—. Dios, Kane me ha calado mejor de lo que yo había advertido. Está jugando conmigo. Durante la mayor parte de mi vida, la gente me ha ninguneado o me ha dicho que yo no sería capaz de llevar a cabo lo que más quería.

—Tú les has demostrado que se equivocaban, ¿no es así? Demuéstrale ahora a Kane que también se equivoca él.

A pocos kilómetros de allí, en el Main Street Diner, Brad se movió un poco para que Flynn pudiera acomodarse junto a él en el reservado. Al otro lado de la mesa Jordan, con sus largas piernas estiradas, examinaba ya la carta plastificada.

—Colega, aquí no ha cambiado el menú en los últimos sesenta años —señaló Flynn—. Ya deberías sabértelo de memoria. Sujétalo en alto para que pueda verlo —añadió, y como Brad ya tenía un café delante se lo cogió para tomar un sorbo.

—¿Cómo es que siempre te sientas a mi lado y te bebes mi café? ¿Por qué nunca te sientas con Jordan y te bebes el suyo?

—Soy un gorrón por costumbre. —Sonrió a la camarera, que se había acercado con una taza y la cafetera—. Hola, Luce. Yo voy a tomar el sándwich de rollo de ternera.

Ella asintió y lo anotó.

—He oído que esta mañana has estado en el pleno del Ayuntamiento. ¿Ha habido alguna novedad?

—Sólo la palabrería habitual.

Luce soltó una risita burlona y miró a Jordan.

—¿Y a ti qué te traigo, chicarrón?

Cuando la camarera se marchó con los pedidos, Flynn se recostó y giró la cabeza hacia Jordan.

—¿Has oído que el señor Pez Gordo Vane, aquí presente, mandó anoche una limusina de un kilómetro de largo a que recogiera a su chica para cenar?

—¿No lo dices de coña? ¡Menudo fantasma!

—Sólo medía medio kilómetro, y ¿cómo carajo te has enterado?

—Tengo olfato para las noticias. —Flynn se dio unos golpecitos en un lado de la nariz—. De todos modos, mis fuentes han sido incapaces de confirmar si dicha fantasmada dio sus frutos.

—Gané al chaval en Smackdown, pero él me dio una paliza en Grand Theft Auto.

—Estás loco por la madre —concluyó Jordan—. Apuesto que para el crío fue todo un regalo montar en la limusina.

—Así es. Y también para Zoe. ¿Oísteis lo que dijo el otro día? ¿Lo de que nunca se había tumbado en una hamaca? —Se le ensombreció el rostro mientras le quitaba a Flynn el café de las manos—. ¿Cómo puede alguien haberse pasado toda la vida sin probar lo que es descansar en una hamaca?

—Y ahora tú quieres comprarle una para que pueda balancearse en ella —repuso Flynn.

—Supongo que sí.

—Lo que te convierte en…, veamos… —Jordan se quedó mirando al techo—. Oh, sí, eso significa que estás acabado. —Después su expresión se volvió formal—. Zoe es una mujer estupenda. Se merece un descanso, que alguien le quite algún peso de encima.

—Estoy trabajando en ello. En tu caso, Jordan, si un hombre se hubiese acercado a tu madre con intenciones serias, ¿te habría molestado eso?

—No lo sé. No ocurrió nunca…, quizá ella no permitió que ocurriese. No puedo decírtelo con seguridad. Imagino que hubiera dependido de quién fuera y cómo la tratase. ¿Tú vas en serio?

—Para mí está empezando a ser algo serio.

—Eso nos remite de nuevo a todos nosotros —terció Flynn—. Nosotros tres y ellas tres. Absolutamente bien ordenado.

—Quizá, a veces, las cosas hayan de ser ordenadas.

—Ya lo sé. Resulta que estoy comprometido con la reina del orden. De todas formas, es algo sobre lo que tenemos que reflexionar. ¿Qué papel se supone que has de representar tú en esta obra en la que estamos metidos? —preguntó Flynn en tono práctico.

Brad dejó la cuestión en suspenso mientras les servían los sándwiches.

—He estado pensando en eso —dijo al fin—. A mí me parece que la mayor parte de la pista alude a cosas

que le han sucedido a Zoe, a lo que hizo antes de cono-
cerme. Sin embargo, esas cosas la trajeron hasta aquí.
Entonces, si damos por hecho que yo formo parte de esto, esas mismas pistas podrían aplicarse a cosas que me
sucedieron a mí o que hice antes de conocer a Zoe. Esas
cosas me trajeron de vuelta al valle.

—Diferentes caminos, igual destino. —Jordan
asintió—. Es una teoría. Ahora vuestros caminos se han
cruzado.

—Está la cuestión de qué hacéis ahora —apuntó
Flynn—, pero también cómo. La diosa con una espada
indica un combate.

—Zoe no va a luchar sola —prometió Brad—. En
los cuadros, la espada está envainada. En el mío está junto a la diosa, dentro del ataúd, y en el del Risco del Guerrero la lleva colgada en la cadera.

—En el retrato que Rowena hizo del rey Arturo, la
obra que yo compré, también está envainada, dentro de
la piedra —agregó Jordan.

—Ella nunca tuvo la ocasión de empuñarla. —Brad
rememoró la imagen del rostro inmóvil y pálido del cuadro—. Quizá se suponga que somos nosotros quienes
hemos de proporcionarle esa oportunidad.

—Malory podría echar otro vistazo a las pinturas
—sugirió Flynn—, y ver si se le ha escapado algo. Yo no…

—Espera un segundo —le pidió Jordan cuando su
teléfono móvil empezó a sonar. Lo sacó y sonrió al ver el
número que aparecía en la pantalla—. Hola, Larga. —Alzó el café—. Ajá. Pues resulta que mis socios y yo estamos
ahora mismo en el despacho. Enseguida lo hago —dijo
tras escuchar un minuto, y se apartó el teléfono de la

oreja—. Reunión a las seis de la tarde en casa de Flynn. Todos de acuerdo —anunció de nuevo por el móvil—. A mí me va de maravilla. Zoe preparará chile —informó a sus amigos.

—Dile a Dana que le diga a Zoe que iré a recogerla.

—Brad dice que le digas a Zoe que él irá a recogerla. Pensábamos pasarnos por ConSentidos después de comer para echaros una mano… De acuerdo. Pues entonces te veré luego en casa. Oh, eh, ¿Dana? Ejem, ¿qué llevas puesto? —Sonrió de oreja a oreja y después se guardó el teléfono en el bolsillo—. Debe de haber colgado.

Mientras el chile se cocía a fuego lento, Zoe llenó la mesa de la cocina con sus notas y papeles. Para variar, la casa estaba en silencio; era hora de sacar provecho de esa circunstancia.

Tal vez había intentado ser demasiado organizada, imitando el estilo de Malory. O había dependido demasiado de los libros, siguiendo el ejemplo de Dana. ¿Por qué no probar con el impulso y el instinto en aquella tarea, como haría con cualquier otro proyecto?

¿Qué hacía cuando quería escoger pintura nueva para las paredes o una tela nueva para las cortinas? Extendía un puñado de muestras sobre la mesa y las examinaba hasta que algo le llamaba la atención.

En ese momento sabía que había encontrado lo que buscaba.

Ante ella estaban sus propias notas manuscritas con todo esmero, además de una copia de las de Dana y

Malory. Tenía un informe detallado de los acontecimientos escrito por Jordan y las fotografías que Malory había sacado de los cuadros.

Cogió el cuaderno que había comprado al día siguiente de su primera visita al Risco del Guerrero. Ya no parecía tan reluciente y nuevo como entonces. Parecía usado, y quizá eso fuese mejor.

Mientras pasaba las hojas recordó que dentro de aquel cuaderno había gran cantidad de trabajo. Muchas horas, mucho esfuerzo. Aquel trabajo, aquel tiempo empleado y aquel esfuerzo habían ayudado tanto a Malory como a Dana a llevar a cabo su parte de la búsqueda.

Algo de lo que había allí la ayudaría a ella a completar su parte, con la que finalizaría la búsqueda.

Abrió el cuaderno al azar y empezó a leer lo que había escrito:

Kyna, la guerrera. ¿Por qué es la mía? Veo a Venora, la artista, en Malory, y a Niniane, la escriba, en Dana. En cambio, ¿cómo es que yo soy una guerrera?

Soy peluquera. No: especialista en cabello y piel… Debo acordarme de enfatizar eso. Trabajé para serlo. Soy una buena trabajadora, pero eso no es lo mismo que combatir.

Belleza para Malory, conocimiento para Dana, valor para mí. ¿Dónde interviene el valor?

¿Solamente en el hecho de vivir? Eso no parece suficiente.

Reflexionando, Zoe dio unos golpecitos con el lápiz en el papel, y luego dobló una esquina para señalarlo. Continuó hojeando aquella sección hasta llegar a una página en blanco.

«Quizá el simple hecho de vivir sea suficiente. ¿No tuvo que optar Malory por vivir en el mundo real… sacrificando algo de belleza? Y Dana tuvo que aprender a ver la verdad y vivir con ella. Ésos fueron pasos esenciales en sus búsquedas… ¿Cuál es el mío?»

Se puso a escribir rápidamente, tratando de hallar la pauta, intentando conformar una. Mientras ideas y posibilidades se sucedían en su cerebro, desgastó la mina del lápiz, lo dejó a un lado y cogió otro.

Cuando también éste se quedó romo, se levantó de la mesa y cogió el sacapuntas.

Una vez afilados, se puso un lápiz detrás de cada oreja y fue hasta los fogones para remover el chile sin dejar de pensar.

Tal vez estuviera en el camino correcto o tal vez no… Desde luego, de lo que estaba absolutamente segura era de que no podía ver el final del sendero. En cualquier caso, se dirigía hacia algún sitio, y eso ya era importante.

Con la mente divagando, alzó la cuchara para probar el guiso, y se quedó mirando su reflejo apagado sobre la campana de extracción de humos.

Su cabello era una larga cascada que le caía por los hombros, y estaba adornado con una ancha banda dorada que llevaba una piedra oscura en el centro, en forma de diamante. Sus ojos eran más dorados que marrones. Muy claros, muy directos.

Podía distinguir el color verde del vestido —un tono oscuro como el del bosque— y la correa de cuero cruzando uno de sus hombros. También el destello plateado de la empuñadura de una espada en su cadera.

Había árboles envueltos por la bruma matutina, reflejos nacarados de las hojas cubiertas de rocío, ondeantes rayos del sol de la mañana. Entre los árboles había numerosas sendas.

Zoe podía sentir el suave tacto del mango de la cuchara de madera que sostenía en la mano, podía oler el vapor que brotaba de la cazuela humeante.

Se dijo a sí misma que aquello no era una alucinación. No era obra de su imaginación.

—¿Qué tratas de decirme? ¿Qué quieres que vea?

La imagen retrocedió, de modo que Zoe la vio completa: la esbelta constitución, los pies calzados con botas. Durante un momento ambas permanecieron mirándose la una a la otra. Después la figura se dio la vuelta, atravesó la niebla dirigiéndose hacia el bosque y, con una mano sobre la empuñadura de la espada, se internó en uno de los senderos.

—No sé qué es lo que significa esto, maldita sea. —Frustrada, Zoe golpeó con el puño la campana extractora—. ¿Qué narices se supone que significa?

Con un brusco giro de la muñeca, apagó el fuego. Había llegado al límite de su paciencia en lo tocante a dioses.

Brad aparcó delante de la entrada de la casa de Zoe un poco antes de lo necesario. Imaginaba que todos los hombres que se veían arrastrados por la veloz ola del amor, la lujuria o el encaprichamiento —fuera lo que fuese lo que le ocurría a él— tenían tendencia a llegar temprano a sus citas con las mujeres que los obsesionaban.

No le sorprendió que Zoe saliese de la casa en cuanto apagó el motor. Había estado cerca de ella el tiempo suficiente para saber que era una persona formal.

Iba cargada con una mochila, un bolso grandísimo colgado del hombro y una cazuela enorme.

—Deja que te eche una mano —le dijo Brad alzando la voz mientras se bajaba del coche.

—No necesito que me echen ninguna mano.

—Por supuesto que sí, a menos que lleves una mano extra guardada en ese bolso. —Le cogió la olla, y se quedó algo extrañado cuando ella intentó recuperarla.

—¿Sabes? De vez en cuando, para variar, sería agradable que escucharas de verdad lo que digo. —Zoe abrió de golpe la puerta trasera del gran y reluciente monovolumen de Brad y lanzó la mochila al interior—. Y aún sería más agradable si te tomaras la molestia de preguntar en vez de soltar órdenes o dar las cosas por supuestas.

—Será mejor que te devuelva esto.

Zoe le arrancó la cazuela de las manos, y luego se inclinó para depositarla en el suelo del vehículo.

—No te he pedido que vinieras hasta aquí a recogerme. No necesito que me lleven y me traigan. Tengo un coche.

Brad pensó que el amor, la lujuria y el encaprichamiento podían quedarse en el asiento de atrás, al igual que el chile, cuando la irritación ocupaba el asiento del conductor.

—Me pillaba de camino. No tenía sentido coger dos coches. ¿Dónde está Simon?

—Va a cenar y dormir en casa de un amigo suyo. ¿Debería haberlo consultado antes contigo? —Rodeó el automóvil hecha una furia y después apretó los puños cuando Brad se le adelantó y le abrió la puerta—. ¿Te parezco una inútil? ¿Te parece que soy incapaz de abrir la maldita puerta de un coche pijo?

—No. —Brad la cerró de un empujón—. Adelante —la invitó, y se fue al otro lado a grandes zancadas.

Esperó hasta que Zoe estuvo sentada y con el cinturón de seguridad puesto y bien abrochado.

—¿Te importaría decirme qué mosca te ha picado? —Habló con el más amable de los tonos, el mismo tono peligrosamente amable que empleaba su padre cuando estaba a punto de hacer picadillo a un contrincante.

—La mosca que me haya picado es asunto mío, igual que mis estados de ánimo. Ahora estoy de mal talante. Eso me ocurre a veces. Si creías que era dulce, complaciente y fácil de manipular, estabas muy equivocado. Y ahora, ¿vas a arrancar este coche o vamos a quedarnos aquí?

Brad puso en marcha el motor y dio marcha atrás.

—Si te has formado la idea de que yo pienso que eres dulce, complaciente o fácil de manipular, la que está equivocada eres tú. Lo que tú eres es quisquillosa, cabezota y susceptible.

—Tú opinas así, ¿verdad? Sólo porque no me gusta que me digan qué he de hacer, cómo y cuándo. Soy tan capaz e inteligente como tú. Quizá más, ya que no he crecido con alguien al lado que satisficiera todos mis deseos y peticiones.

—¡Espera un minuto!

—He tenido que luchar por todo lo que tengo. He luchado para conseguirlo —soltó— y he luchado para conservarlo. No necesito que nadie venga montado en un corcel blanco, ni en una limusina o en un gran Mercedes, a rescatarme.

—¿Quién diablos está intentando rescatarte?

—Y tampoco necesito que venga ningún…, ningún hombre con pinta de príncipe azul a intentar excitarme. Si quiero acostarme contigo, lo haré.

—Preciosa, te doy mi palabra de que ahora mismo no estoy pensando en sexo.

Zoe tomó aire con los dientes apretados.

—Y no me llames preciosa. No me gusta nada. Me molesta especialmente pronunciado en ese tono prepotente de colegio de pago.

—Resulta que «preciosa» es lo más educado que se me ocurre llamarte en estos momentos.

—No quiero que seas educado. No me gusta que seas educado.

—¿Hablas en serio? Entonces te encantará esto.

Acercó el coche al arcén, sin inmutarse por el estallido de cláxones coléricos que empezaron a sonar tras él para protestar por su brusca maniobra. Se liberó del cinturón de seguridad de un manotazo y con la otra mano agarró a Zoe del jersey. Tiró de ella hacia delante, y luego volvió a tumbarla en el asiento con un beso que no tenía nada que ver con el romance, sino con la ira.

Ella empujó, peleó, se indignó. En aquellos furibundos instantes, su fuerza competía con la de él, y quedó demostrado brutalmente que Brad la sobrepasaba en potencia.

Cuando la soltó y volvió a colocarse el cinturón, Zoe respiraba entrecortadamente.

—A la mierda el príncipe azul —masculló Brad mientras se reincorporaba al tráfico.

Zoe pensó que Brad ya no parecía un personaje de cuento. A menos que fuese uno de esos guerreros que asaltaban poblados y se quedaban con todo lo que querían. De esa clase de guerrero que subía una mujer a su caballo y se la llevaba consigo aunque ella siguiera gritando.

—Creía que no estabas pensando en sexo.

Él le dirigió una sola mirada iracunda.

—Te he mentido.

—No voy a disculparme por lo que he dicho. Tengo derecho a decir lo que pienso. Tengo derecho a estar irritable y enfadada.

—Bien. Yo tampoco voy a disculparme por lo que acabo de hacer. Tengo los mismos derechos.

—Supongo que sí. En realidad no estaba cabreada contigo. Ahora sí que lo estoy, pero antes no. Sólo estaba cabreada en general.

—Puedes contarme por qué o no contármelo.

Se detuvo ante la casa de Flynn y esperó.

—Es por algo que ha ocurrido. Preferiría explicarlo delante de todos, una sola vez. No voy a disculparme —repitió—. Si continúas cruzándote en mi camino, te convertirás en el blanco más accesible de mis iras.

—Lo mismo digo —replicó él, y salió del coche—. Voy a llevar tu jodida cazuela —añadió mientras abría la puerta trasera y cogía la olla—, que lo sepas.

Zoe se quedó mirándolo: allí estaba él, plantado en un frío atardecer de otoño con su magnífico abrigo y sujetando una enorme cazuela de chile. La expresión de su cara, según se le antojaba a Zoe, mostraba que dudaba entre tirarle el guiso a la cabeza y continuar sosteniéndolo entre las manos.

Zoe sintió el hormigueo de la risa en la garganta, y al final dejó salir una carcajada mientras recogía la mochila.

—Es agradable, cuando me estoy comportando como una burra, tener cerca a alguien rebuznando y dando coces como yo. Esa cazuela está muy llena, así que ten cuidado de no tropezar y mancharte con chile ese precioso abrigo. —Se encaminó hacia la puerta—. «A la mierda el príncipe azul» —dijo, y volvió a reírse—. Eso ha estado muy bien.

—Tengo mis momentos —murmuró Brad, y la siguió al interior de la casa.

Mientras el chile estaba calentándose a fuego lento en la cocina de Flynn, Zoe echó una ojeada al salón. Advirtió que el toque de Malory ya se apreciaba por todas partes. Las mesas, las lámparas, los jarrones y los cuencos. El arte colgado de las paredes o repartido por toda la estancia. Había muestras de tela sobre uno de los brazos del sofá y lo que parecían utensilios antiguos para avivar y mantener el fuego junto a la chimenea.

Percibió un aroma a flores de otoño y a mujer.

Zoe recordó la primera vez que había entrado en esa habitación. Hacía poco más de dos meses, toda una vida. Entonces no había nada más que el enorme y feo sofá, un par de cajones de embalaje que servían de mesa y algunas cajas sin abrir.

El sofá seguía siendo feo, pero el muestrario de telas indicaba que Malory iba a remediarlo. Igual que se ocuparía, a su manera organizada y creativa, del resto de la casa.

Zoe pensó que Malory y Flynn se habían convertido en una pareja y que estaban transformando la casa en un hogar.

Sobre la repisa de la chimenea colgaba un recuerdo de cómo ambos habían llegado a ese punto. Zoe se acercó más y miró hacia el retrato que Malory había pintado bajo el hechizo de Kane. *La diosa cantora*, erguida junto a un bosque mientras sus hermanas la observaban. Era magnífico y hermoso, y estaba lleno de alegría inocente.

La llave que se hallaba en el suelo, a los pies de Venora, había sido extraída del cuadro, llevada a las tres dimensiones por deseo de Malory, y con ella se había abierto la primera de las cerraduras de la Urna de las Almas.

—Está bien aquí —dijo Zoe—. Está muy bien aquí.

Se dio la vuelta. Sabía que todos estaban esperándola, y tenía que aplacar sus nervios. Malory y Dana ya habían encabezado sus reuniones. Ahora era su turno.

—Supongo que será mejor que empecemos.

9

—He traído todas mis notas —empezó Zoe—, por si acaso necesitamos echarles una ojeada. O por si yo me desvío de mi propósito y tengo que consultarlas. He pasado la mayor parte de la última semana pensando en todo esto yo sola, sin hablar con nadie sobre el tema, al menos no mucho. Creo que ha sido un error. O tal vez no haya sido un error, pero ya es hora de abordar el asunto. —Soltó un suspiro—. La verdad es que no soy nada buena con esta clase de asuntos. Me limitaré a exponer los temas sobre los que he reflexionado, y vosotros podéis intervenir cuando os parezca.

—Zoe —Dana cogió una lata de cerveza de la mesa y se la tendió a Zoe—. Relájate.

—Eso intento. —Bebió un pequeño sorbo—. Creo que Kane no me ha presionado demasiado porque sólo ve lo que está en la superficie. De todo lo que ha ocurrido hasta ahora, hemos aprendido que en realidad él no entiende lo que somos en nuestro fuero interno. Pienso que ésa es la razón de que nos odie. Nos odia —murmuró— porque es incapaz de ver lo que somos, y no puede dominar lo que no puede ver.

—¡Buen enfoque! —aprobó Jordan, lo que ayudó a que Zoe se relajase un poco más.

—A continuación viene lo que creo que él ve en mí: una mujer procedente de un entorno… «desfavorecido», que es como lo llaman ahora. Con una infancia difícil. En realidad fue pobre, pero a la gente no le gusta usar esta palabra. No tengo mucha educación formal. Me quedé embarazada a los dieciséis años, y me he ganado la vida peinando y cortando el pelo. De peluquera la mayoría de las veces, además de empleos temporales de camarera y qué se yo qué más para lograr llegar a fin de mes. Yo no poseo la clase y la cultura de Malory.

—Oh, en realidad eso es…

—Espera —Zoe alzó una mano para detener la vehemente protesta de Malory—, sólo escúchame. No tengo eso, ni tampoco la educación y la seguridad de Dana. Lo que sí tengo es una espalda fuerte y un hijo al que criar. Todo esto es cierto. Sin embargo no es…, bueno, no es todo. Hay más cosas que Kane no ve ni comprende. —Bebió otro trago para humedecerse la garganta—. Determinación. Yo no me conformé con ser pobre. Quería más, y encontré la manera de conseguirlo. Después está mi palabra. Aquella noche, en el Risco, hice una promesa, y cuando yo hago una promesa la mantengo. No soy cobarde. Creo que Kane apenas se ha molestado conmigo porque no ve nada de eso. Aún más, él ha tenido tiempo de sobra para observarme o examinarme, o lo que sea que haga, y es lo bastante inteligente para suponer que yo tendría una pobre opinión de mí misma y de mis oportunidades si él actuaba como si yo no le preocupase en absoluto. —Respiró hondo—. Ése es su error: no va a ganarme haciendo que yo sienta que no vale la pena luchar conmigo.

—Vas a darle una buena patada en el culo —afirmó Dana.

Los ojos de Zoe resplandecieron y, aunque no lo advirtió, su sonrisa fue como la de una guerrera.

—Oh, sí, voy a darle una buena patada en el culo, y después le retorceré las pelotas hasta que se le pongan azules.

Deliberadamente, para arrancarle otra sonrisa, Flynn cruzó las piernas protegiéndose.

—¿Y has resuelto la manera en que vas a enfocar eso?

—Más o menos. En el caso de Malory y Dana, ellas tuvieron que dar pasos, tomar decisiones, incluso hacer sacrificios. Eran un reflejo de la pista, y... —se giró a mirar el cuadro—, y de la diosa a la que representaban. Así que yo he de averiguar cómo refleja a la mía lo que he hecho o lo que debo hacer. El cachorro y la espada, eso es lo que lleva Kyna en la pintura del Risco del Guerrero. Ella cuida y defiende, supongo. Yo tengo un hijo al que llevo cuidando y defendiendo más de nueve años.

—No sólo a él —terció Jordan—. Está en tu naturaleza cuidar y defender a cualquiera que te importe, a cualquiera que lo necesite. Es algo instintivo, y eso es parte de tu fuerza. Otra de las cualidades que Kane jamás podrá entender de ti es que te afecten las mujeres del cuadro, que te importen lo bastante para ponerte en peligro por ellas.

—Amistad —añadió Brad señalando la pintura—. La familia, y la preservación de esos valores. Ésos son elementos esenciales en tu vida.

—Entonces supongo que todos estamos en el mismo punto, porque yo estaba pensando que algo básico de la búsqueda, hasta el momento, ha sido vivir la vida del modo en que realmente se desee, dando los pasos y corriendo los riesgos necesarios, estando dispuestos a hacer sacrificios y trabajar para lograr que suceda. —Zoe descubrió que sonaba bien en voz alta. Sonaba a solidez—. En mi caso, decidí tener un hijo. Muchas personas me dijeron que estaba cometiendo una equivocación, pero yo sabía en lo más profundo de mi corazón que deseaba ese niño, y quería hacer lo correcto por él. Me marché de casa porque intuía que jamás podría hacer lo correcto por él si me quedaba allí. Tenía miedo, y fue muy duro. Sin embargo, fue una decisión adecuada para mí, y para Simon.

—Escogiste el camino —dijo Brad en voz baja.

—Lo elegí, y hubo algo de la pérdida y la desesperación de las que hablaba Rowena en la pista. No puedes criar a un niño sin una cierta dosis de pérdida y desesperación, al menos no es posible si estás sola. Sin embargo, también te llevas toda la dicha, y el orgullo, y la sorpresa. Escogí venir aquí, al valle, porque eso era lo que quería para mí y para mi hijo. Después tuve que decidir si continuaba empleándome a fondo a cambio de un sueldo o si me daba una oportunidad y emprendía algo por mí misma. No tuve que ponerme en marcha yo sola, y, ya lo sabéis, se debió a otras elecciones. —Se agachó para sacar unos papeles de la mochila—. ¿Veis esto? Lo he hecho yo. Es una especie de carta de navegación, como un mapa o un gráfico. —Se lo entregó a Malory primero—. Mira, éste es el sitio en el que crecí…, que en realidad no está muy lejos de aquí. A menos de cien kilómetros de la frontera estatal. He escrito los nombres de mis familiares y de las personas que en alguna medida supusieron una influencia para mí…, de un modo o de otro. Después he buscado los lugares en los que viví y en los que trabajé, con sus nombres y todo eso. Hasta que acabé aquí, con todos vosotros. ¿Sabéis? Estaba pensando que, en parte, esto no son más que episodios de una vida. Lo que haces y lo que te ocurre mientras lo estás haciendo.

Malory alzó los ojos del mapa y los clavó en los de Zoe.

—Has trabajado en Reyes de Casa.

—Sólo con un horario parcial: tres noches a la semana y las tardes de los domingos, durante tres meses y antes de que naciera Simon. —Se giró hacia Brad—. Ni siquiera había pensado en eso antes.

—¿En qué tienda?

—En la que hay a las afueras de Morgantown, en la autopista sesenta y ocho. La verdad es que allí se portaron muy bien conmigo, porque cuando fui a buscar algo de trabajo extra ya estaba de seis meses. Me puse de parto atendiendo la caja número cuatro. Puede ser que eso signifique algo: me puse de parto mientras estaba trabajando para ti.

Brad cogió el gráfico que le pasaron, lo miró y se fijó en las fechas.

—En marzo de ese año yo estaba en esa tienda detectando y corrigiendo fallos. —Dio unos golpecitos al papel—. Recuerdo que uno de los encargados llegó a una reunión y pidió disculpas por haberse retrasado unos minutos. Por lo visto, una de las cajeras había empezado a tener contracciones y él había querido asegurarse de que salía en condiciones hacia el hospital.

El escalofrío que recorrió a Zoe no fue de miedo, sino de emoción.

—¡Tú estabas allí!

—No sólo eso, sino que cuando regresé a la mañana siguiente para rematar el trabajo resultó que había ganado la porra que habíamos hecho con el bebé. En efecto, yo había apostado a que sería un chico, pesaría tres kilos y tardaría doce horas en nacer.

Zoe soltó un suspiro tembloroso.

—Te acercaste mucho.

—Lo bastante para ganar doscientos dólares.

—Esta historia pone los pelos de punta —afirmó Dana—. ¿Adónde vamos con eso?

—Una parte estará donde vayamos Zoe y yo. —Brad miró de nuevo el mapa—. No volviste a trabajar a la tienda de Morgantown.

—No. Acepté unas cuantas horas extra en el salón de peluquería en el que estaba empleada, porque me permitieron llevar conmigo al bebé. Por muy amables que fueran en Reyes de Casa, no es posible atender una caja registradora con un recién nacido debajo del mostrador. —«Él estaba allí», pensó Zoe otra vez. Sus caminos se habían cruzado en el momento más importante de su vida—. No quería gastar dinero en pagar a una niñera —continuó—. Supongo que era más que eso, que en realidad no estaba preparada para perder de vista a Simon.

Brad observó el rostro de Zoe y trató de imaginarla…, de imaginarse a ellos dos en aquel día de casi diez años atrás.

—Si yo hubiera pasado ese día por la planta baja unos minutos antes, podría haberte visto, haber hablado contigo. Decidí ir primero a las oficinas y celebrar allí las reuniones previstas. Una de esas pequeñas decisiones que en apenas un instante cambian lo que ocurre después.

—No estaba previsto que os conocierais en ese momento. —Malory sacudió la cabeza—. Ya sé que esto suena a cosa del destino y el hado, pero no debemos descartar nada. Incluso a pesar de nuestra capacidad de elección. No estaba previsto que os conocierais antes de estar los dos aquí. Caminos, cruces, intersecciones, Zoe los ha puesto todos en su gráfico. —Malory se inclinó hacia delante y ladeó la cabeza para leer a la vez que Brad—. Podrías añadir los tuyos, Brad: del valle a Columbia, de regreso al valle, a Nueva York, a Morgantown, a donde sea, y luego de nuevo aquí. Encontrarías diferentes intersecciones y cruces que os han conducido a los dos a donde estáis ahora. No es sólo una cuestión de geografía.

—No. —Brad colocó un dedo sobre los nombres que Zoe había anotado cerca de su pueblo natal—. James Marshall, ¿es ése el padre de Simon?

—En el sentido técnico. ¿Por qué?

—Lo conozco. Su familia y la mía hicieron algunos negocios. Nosotros le compramos unos terrenos a su padre, aunque fue el hijo quien se ocupó del acuerdo. Un buen pedazo de tierra cerca de Wheeling. Yo cerré el trato antes de marcharme de Nueva York. Ha sido una de las palancas que he utilizado para regresar al valle y hacerme cargo de esta área.

—Conociste a James —susurró Zoe.

—Lo conocí, y pasé con él el tiempo suficiente para saber que no te merece, ni a ti ni a Simon. Necesito otra cerveza.

Durante un momento, Zoe se quedó donde estaba.

—Voy a echarle un vistazo al chile. Dadme sólo…, hum, unos minutos y lo serviré.

Se fue corriendo a la cocina.

—Bradley.

Él no se detuvo. Abrió la nevera de forma brusca y sacó una cerveza.

—¿Es ésa la razón por la que estabas cabreada cuando he ido a recogerte a tu casa? —preguntó—. ¿Porque habías hecho tu mapa, habías empezado a reflexionar sobre el asunto y habías visto lo estrecha que es la conexión conmigo?

—Sí, en parte se trata de eso. —Entrelazó los dedos y luego los separó—. Es como un ladrillo más, Bradley, y aún no he averiguado si ese ladrillo sirve para construir un camino sólido bajo mis pies o para levantar un muro que me encierre.

Él se quedó mirándola, sintiendo el pulso de una furia atónita.

—¿Quién está intentando encerrarte, Zoe? Es tremendo que me acuses de algo así.

—No me refiero a ti. No se trata de ti, se trata de mí. De lo que pienso, lo que siento, lo que hago. Además, maldita sea, no puedo impedir que te moleste que aún no haya resuelto si es un camino o un muro.

—Un camino o un muro —repitió él, y después bebió un largo trago de cerveza—. Dios, eso sí que puedo entenderlo. Aunque preferiría no entender nada.

—Me siento presionada, y me pongo furiosa cuando noto presión. No es culpa tuya ni tu responsabilidad, pero tampoco creo que lo sea mía. Creo que no me gusta lidiar con algo de lo que no soy culpable ni responsable.

—James fue un imbécil hijo de puta por dejarte marchar.

Zoe soltó un suspiro.

—Él no me dejó marchar. Se limitó a no retenerme. Y eso hace mucho tiempo que ya no me enfurece. —Se acercó a los fogones y levantó la tapa de la cazuela—. Ha ocurrido algo más. Voy a acabar de preparar la cena y te lo contaré mientras comemos, a ti y a los demás.

—Zoe —le tocó un hombro y luego abrió un armario para buscar los platos—, respecto a esos ladrillos..., siempre puedes derribar un muro y utilizar los cascotes para cimentar un camino.

Cenaron en la cocina apretados en torno a la mesa, porque el comedor aún estaba muy lejos de alcanzar los mínimos requeridos por Malory. Mientras tomaban cerveza, chile y pan caliente, Zoe les contó lo que había visto en el espejo empañado del cuarto de baño y en la campana de extracción de humos de la cocina.

—La primera vez pensaba que me lo había imaginado. Parecía demasiado extraño que no fuese fruto de mi fantasía..., y apenas duró un par de segundos. Sin embargo hoy... la he visto —afirmó Zoe—. He visto a Kyna donde debería haber estado yo.

—Si Kane está intentando otro acercamiento —comentó Dana—, no lo sigo.

—No es algo de Kane. —Zoe miró su plato con el entrecejo fruncido—. No sé cómo explicaros por qué estoy tan segura de que no tiene nada que ver, excepto que no sentía que fuese él. Hay una sensación particular cuando Kane te toca. —Alzó la vista para buscar confirmación de sus palabras en Malory y Dana—. Quizá no mientras está sucediendo, sino después, y vosotras dos lo sabéis. No era obra suya. Era algo cálido —prosiguió—. Las dos veces ha sido algo cálido.

—A lo mejor Rowena y Pitte están añadiendo unas cuantas florituras. —Flynn se llevó a la boca otra cucharada de chile—. Dijeron que Kane había quebrantado las reglas con Dana y Jordan, y que se resarcirían de eso.

—Podría costarles caro —terció Brad.

—Puede ser, y por esa razón quizá también hayan decidido resarcirse aún más; una especie de «De perdidos, al río».

—A mí eso no me cuadra —replicó Brad—. Si quisieran sobrepasar la línea en estos momentos, en los inicios de la búsqueda de Zoe, ¿por qué no hacer algo consistente, algo palpable? ¿Por qué, en cambio, algo tan críptico?

—Tampoco creo que proceda de Rowena y Pitte. —Zoe dio vueltas a la comida en el plato—. Creo que procedía de Kyna.

—¿De Kyna? —Fascinada, Malory se irguió en la silla—. Pero ¿cómo? Las hermanas carecen de poderes.

—Tal vez. En realidad no sabemos cómo funciona todo eso, pero digamos que es cierto. De todos modos, sus padres sí poseen poderes. Empecé a pensar en qué ocurriría si alguien tuviera a Simon encerrado en algún sitio. Me volvería loca. Si existiese alguna manera de sacarlo de ese lugar, yo haría todo lo que estuviese en mis manos.

—Han pasado tres mil años en esa situación —apuntó Flynn—. ¿Por qué esperar hasta ahora para actuar?

—Lo sé. —Zoe cogió una rebanada de pan y partió un trozo—. Pero esta ocasión es distinta para ellos, ¿no? ¿No dijo eso Rowena? Además, quizá no hayan tenido ninguna oportunidad antes de ahora, antes de que Kane derramase sangre, sangre mortal.

—Continúa por ahí —la animó Jordan cuando se quedó callada—. Desarrolla esa idea.

—Bien. Si Kane cambió la naturaleza del hechizo cuando se saltó sus normas, si eso hubiera abierto…, bueno, una especie de resquicio en la Cortina de los Sueños, ¿no intentarían unos padres que aman a sus hijas enviar algo de luz a través de ese resquicio? Ellos querían que yo viese a Kyna; no sólo en un cuadro, sino de una manera más personal.

—Que la vieras en ti —concluyó Brad—. Que miraras al espejo y la vieras en ti.

—Sí. —Zoe soltó un suspiro de alivio—. Sí, así es como lo siento. Es como si desearan que ella me contase algo. Desde luego que Kyna no puede decirme: «Eh, Zoe, la llave está debajo de la maceta de los geranios del porche», pero es como si tratara de mostrarme algo que he de hacer o algún lugar al que he de ir para encontrar la llave.

—¿Qué llevaba puesto? —preguntó Jordan.

—Joder, Hawke. —Dana le dio un fuerte codazo.

—No; hablo en serio. Fijémonos en los detalles. ¿Iba ataviada igual que en los cuadros?

—Ah, ya te entiendo. —Zoe frunció los labios—. No. Estaba vestida con un traje corto de color verde oscuro. —Cerró los ojos para rememorar la imagen—. Y botas, unas botas marrones que le llegaban más arriba de las rodillas. Lucía su colgante, el que según la leyenda les regaló su padre a las tres hermanas, y una pequeña diadema... Una tiara, así se llama también, ¿verdad? Algo similar a la que usa Wonder Woman, de oro y con una piedra con talla de diamante en el centro. Verde oscuro, como el vestido. También una espada en la cadera. ¡Oh! —Volvió a abrir los ojos—. Llevaba colgado uno de esos... —Impaciente consigo misma, movió una mano entre los omóplatos—. Un carcaj, eso es, para llevar las flechas. Y un arco atado con una correa al hombro.

—Se diría que la dama iba de caza —apuntó Jordan.

—En el bosque —continuó Zoe—. Tomó el sendero que se internaba en el bosque para ir a cazar. Una cacería es como una búsqueda.

—Quizá el bosque de la pista sea más literal de lo que habíamos supuesto —consideró Dana mientras comía—. Me pondré a investigar sobre bosques en libros y en cuadros, además de los bosques de la zona que rodea el valle. Podría salir algo.

—Si puedes describirme la escena, Zoe, yo podría intentar dibujar un boceto para que todos la veamos igual que tú —sugirió Malory.

—De acuerdo —asintió Zoe de manera resuelta—, eso me parece positivo. Tenía la sensación de que el tiempo se me estaba escapando, pero esto me parece positivo. Kyna tenía una mirada tan intensa y triste... —añadió bajando la voz—. No sé cómo podría vivir conmigo misma si no la ayudase.

Zoe estaba sumida en sus pensamientos mientras Brad la llevaba a casa, y se quedó mirando fijamente la luna, tan pálida como la cera.

—Creo que nunca había prestado tanta atención a las fases de la luna como ahora. Levantaba la vista y ahí estaba, llena, por la mitad o apenas una fina rodaja. Nunca pensé que me fijaría en si es creciente o menguante. Sin embargo ahora creo que jamás dejé de advertirlo. Sabría en qué momento se halla el ciclo lunar sin ni siquiera mirar al cielo. Ya me quedan menos de tres semanas.

—Tienes una carta de navegación, tienes un esquema, has adoptado un punto de vista. No puedes montar el puzzle sin las piezas, y ahora estás reuniendo esas piezas.

—Soy consciente de ello. Me ha ayudado hablar y contar lo ocurrido, pero ahora está todo dándome vueltas en la cabeza. Y nada se estará quieto el tiempo necesario para que pueda examinarlo con tranquilidad. Yo no puedo jugar con las palabras de forma que se conviertan en respuestas, como hace Dana, ni extraer soluciones de imágenes, como Malory. Yo tengo que…, no sé, poner las manos encima para colocarlo en su lugar. Sin embargo aún no tengo nada sobre lo que poner las manos. Es frustrante.

—En algunas ocasiones debes alejarte de las piezas. Regresar más tarde y pasearte entre ellas, observándolas desde un ángulo diferente. —Entró en el sendero de acceso a la casa de Zoe y paró el coche—. Esta noche duermo aquí.

—¿Qué?

—No voy a dejar que te quedes sola cuando ni siquiera Simon está en casa por si ocurre algo. —Se bajó del coche y cogió la cazuela de la parte trasera—. Dormiré en el sofá.

—Tengo a *Moe*… —empezó mientras el perro saltaba desde el porche para abalanzarse sobre ellos.

—La última vez que lo comprobé, *Moe* era incapaz de marcar un número de teléfono y de conducir un coche. Podrías necesitar a alguien que sepa hacer ambas cosas. —Se detuvo ante la puerta principal y esperó a que ella abriera—. No vas a quedarte aquí sola. Dormiré en el sofá —repitió.

—No hay…

—No discutas.

Agitando las llaves, Zoe le lanzó una mirada dura.

—Quizá me guste discutir.

—No tendría ningún sentido, pero, si es eso lo que deseas, hagámoslo dentro. Está oscuro, empieza a hacer frío y *Moe* está cada vez más interesado por lo que hay dentro de esta olla.

Zoe abrió la puerta y fue derecha hacia la cocina.

—Déjala ahí, ya me ocupo yo de eso. —Sacó una de las fiambreras que utilizaba para guardar las sobras y luego se quitó el abrigo y lo tiró sobre una de las sillas de la cocina—. A lo mejor no se te ha ocurrido que he dejado que Simon pase la noche con un amigo porque necesitaba disponer de un tiempo para estar sola.

—Sí se me ha ocurrido. No te estorbaré. —Se quitó el abrigo y luego recogió el de Zoe—. Voy a colgarlos.

Sin decir nada, Zoe empezó a traspasar el chile sobrante a la fiambrera.

Sabía que Brad tenía la mejor de las intenciones. No es que a ella le importase tener un hombre fuerte y capaz en casa. La cuestión es que no estada habituada a tener un hombre fuerte y capaz en casa. Especialmente uno que le dijera lo que había que hacer.

Mientras cerraba el envase herméticamente, se dijo que eso era una parte del problema. Había estado pilotando su propio barco durante tanto tiempo que el hecho de que alguien cogiese el timón, por muy buena intención que tuviese, la irritaba.

Si aquello era un defecto de su carácter, bueno, tenía derecho a unos cuantos defectos.

«Una parte del problema», pensó de nuevo mientras se llevaba la cazuela al fregadero para limpiarla. La otra parte, la de mayor peso, era tener en casa a un hombre que la atraía cuando entre ellos no había ningún parapeto en forma de niño de nueve años.

«Y eso —comprendió mientras ponía a escurrir la olla— es una completa estupidez.»

Fue al salón. Brad estaba sentado en una silla y hojeaba una revista. *Moe*, que había perdido toda esperanza con respecto al chile, se hallaba despatarrado encima de sus pies.

—Si quieres material de lectura —empezó Zoe—, puedo ofrecerte algo mejor que revistas de peluquería.

—Está bien: las modelos tienen un aspecto fantástico. ¿Puedo hacerte un par de preguntas? La primera tiene que ver con la disponibilidad de una almohada y mantas.

—Oh, pues sí que hay existencias de esos artículos.

—Bien. La segunda me la ha sugerido esta pelirroja que lleva un piercing en la ceja… ¿Cómo se puede poner uno algo así?

—¿Quieres ponerte un piercing en la ceja?

—No, no, en absoluto. Es que resulta que hace tiempo me di cuenta de que… Tú llevabas una camiseta bastante corta y unos vaqueros de talle muy bajo, así que no pude evitar ver esa varita de plata…, no puede evitar ver que tienes un piercing en el ombligo.

Zoe ladeó la cabeza.

—Así es.

—Me preguntaba si siempre llevas la varita.

Ella mantuvo la expresión seria y formal.

—En ocasiones la sustituyo por un pequeño aro de plata.

—Ajá. —Incapaz de controlarse, Brad dirigió la vista hacia el estómago de Zoe—. Interesante.

—Antes de venir al valle, cogí un segundo trabajo en un salón de tatuajes y piercings. En esa época estaba ahorrando todo lo que podía para pagar la entrada de una casa. Como era empleada, me salió gratis. Además, si tú ya habías pasado por lo mismo, era más fácil tratar con los clientes. Y no —añadió, leyéndole el pensamiento a Brad—, las únicas partes de mi cuerpo que estuve dispuesta a agujerearme fueron el ombligo y los lóbulos de las orejas. ¿Te apetece beber algo? ¿Un aperitivo?

—No; estoy bien. —Sin contar con que la boca se le había hecho agua—. ¿Tatuajes? ¿Te hiciste alguno?

Zoe sonrió, tan amigable como una profesora de escuela dominical.

—Pues sí, uno pequeñito. —Sabía que Brad estaría preguntándose qué se había tatuado y, sobre todo, dónde. De momento dejaría que siguiese preguntándoselo—. No tienes por qué dormir en el sofá, Bradley. —Vio como a él se le entrecerraban los ojos y notó, a pesar de estar a un metro de distancia, que se le tensaba el cuerpo—. No es necesario, ya que sólo estamos nosotros dos. —Esperó un largo segundo—. Puedes acostarte en la cama de Simon.

—La cama de Simon —repitió Brad como si hablara en una lengua extranjera—. Sí. Bien. Vale.

—¿Por qué no me acompañas arriba y te enseño dónde está todo?

—Claro. —Dejó la revista a un lado y dio un empujoncito a *Moe* para que rodara sobre su cuerpo y poder liberar así los pies.

—Hay muchas toallas limpias en el armario del cuarto de baño —empezó a decir Zoe, divirtiéndose, cuando subían las escaleras—. También hay un cepillo de dientes por estrenar que puedes utilizar.

Brad mantuvo las manos a los lados caminando detrás de ella mientras trataba de no torturarse con imágenes de tatuajes y aros en el ombligo. Fracasó estrepitosamente.

—Tengo una reunión con el personal a las ocho y media de la mañana, así que estaré fuera de tu camino muy temprano.

—Yo soy madrugadora, así que no me molestarás.

Abrió la puerta de la habitación de Simon. Había una litera con colchas de color azul marino y en la ventana cortinas de un rojo vivo. La estantería, del mismo tono que las colchas, estaba llena de las cosas que coleccionan los chicos: figuritas de acción articuladas, libros, piedras y coches en miniatura. Junto a la ventana había un escritorio rojo de un tamaño adecuado para Simon, con una lámpara de Superman, libros escolares y más cachivaches propios de un chaval.

Estaba arreglado, pero distaba mucho de seguir un orden estricto, con un tablero de corcho rebosante de dibujos, fotografías e imágenes recortadas de revistas. Había zapatos que se había quitado de una patada, gorras de béisbol colgadas de los postes de la litera superior, la mochila de ir al colegio en el suelo con parte de su contenido desparramado. Y un aroma leve y agreste que hablaba de la niñez.

—Es una habitación estupenda.

—Tenemos un combate periódico sobre el tema de la limpieza. Yo gané el último, así que aún está bastante bien. —Se apoyó en la jamba de la puerta—. ¿Te supone algún problema dormir aquí?

—No, ningún problema.

—Te agradezco que seas un caballero y que no intentes aprovecharte de la situación para conseguir mis favores.

—Me quedo aquí porque no debes estar sola, no porque pretenda aprovecharme de nada.

—Hum, ajá. Sólo quería asegurarme de eso, y como ya estoy segura, voy a contarte una cosa: yo no soy un caballero. —Dio un paso adelante y presionó su cuerpo contra el de Brad—. Voy a aprovecharme de la situación —le agarró el trasero con ambas manos y lo apretó— y voy a intentar conseguir tus favores. ¿Qué vas a hacer al respecto?

El organismo de Brad se erizó; el pulso se le alborotó.

—¿Lloriquear de gratitud?

Riendo, Zoe le mordió el labio inferior.

—Llora más tarde. Pon tus manos sobre mí —pidió, y cautivó su boca—. Por todas partes.

Brad le agarró el jersey por detrás y buscó un punto de anclaje antes de saltar fuera de su propia piel. El sabor de Zoe, cálido y maduro, lo inundó, mientras su sexy y prieto cuerpo chocaba contra él.

Después deslizó las manos por debajo del jersey para recorrer la larga y suave espalda, el hueco de la cintura, la sutil curva de las caderas. «Más». Su frenético cerebro sólo podía pensar en una cosa: más.

Ella arqueó el cuerpo y ronroneó mientras Brad se deleitaba con su garganta.

Él sintió un vuelco en el estómago cuando Zoe tiró de la hebilla de sus pantalones.

—Para mí ha pasado demasiado tiempo. —Ella tenía la voz ronca, los dedos afanosos—. Tendrás que perdonarme que vaya tan deprisa.

—No hay problema. —Con un movimiento rápido, él la recostó contra la pared—. No hay ningún problema. —Le sacó el jersey por la cabeza y lo tiró; antes de que tocara el suelo, Brad ya tenía las manos sobre los pechos de Zoe.

Jadeando, ella metió sus manos entre los brazos de Brad para desabotonarle la camisa, mientras luchaba por mantener su boca pegada a la de él. Dios, deseaba sentirlo contra ella. Deseaba sentirlo dentro de ella. Su piel había vuelto a la vida, la sangre le corría ardiendo, el corazón le latía a un ritmo que había olvidado que pudiese ser tan veloz, tan intenso, tan emocionante.

Desesperada, empujó una mano de Brad hacia abajo y se la sujetó con firmeza entre los muslos. Echó la cabeza atrás, exponiendo la línea de la garganta a los labios y los dientes de él, moviendo las caderas mientras le apretaba la mano contra el tejido del pantalón y el calor que había debajo.

Para Brad, fue como sujetar un manojo de nervios en carne viva; nervios con extremos como cristal cortante. Rasgaban los suyos propios, pero no le hacían ningún daño. El perfume de Zoe, algo exótico que evocaba noches, sombras, secretos, se introducía en su sistema nervioso como una droga. Hasta que todo lo que tocaba y paladeaba sabía a Zoe.

La necesidad de ella tenía la potencia de un rayo.

Le soltó con brusquedad el botón de los vaqueros, y tiró de éstos hacia el suelo. Mientras ella sacudía los pies para deshacerse por completo de los pantalones, él introdujo los dedos en el calor de allí abajo. Vio la oleada de sorpresa y placer que recorría el rostro de Zoe mientras ella se derramaba en su mano.

—No te pares. —Su boca era implacable y febril debajo de la de él, y sus uñas le arañaron con violencia la espalda antes de clavarse en sus caderas.

Zoe se dejó llevar por aquella salvaje sensación que le golpeaba como un látigo la mente y el cuerpo, se dejó llevar estremeciéndose y ansiando más. La abrasaba por dentro, la estimulaba hasta tal punto que pensó que enloquecería por la pura fuerza de su avaricia.

Se pegó a Brad con una exigencia urgente y gritó cuando él la penetró intensa y profundamente. Aun así, no tenía bastante. Zoe bombeó con las caderas en un intento brutal por aumentar la velocidad, gimió de deseo por encima del sonido de la carne contra la carne, contra la pared, cuerpo contra cuerpo.

Brad cabalgó con Zoe en aquella carrera desenfrenada y sudorosa hacia la liberación, hasta que se le nubló la vista y sintió el aullido de su sangre. Entonces ambos llegaron juntos, temblando, hasta el final.

El corazón de Zoe seguía desbocado cuando dejó caer la cabeza sobre el hombro de Brad. Boqueó para tomar aire, y notó cómo éste se abría paso a duras penas hasta los pulmones y volvía a salir.

Reparó confusamente en que estaba desnuda, sudada e inmovilizada contra la pared, junto al dormitorio de su hijo. Debería sentirse horrorizada, pero no lo estaba. En realidad, lo que estaba era encantada.

—¿Qué? ¿Bien? —La voz de Brad sonó amortiguada; Zoe notó cómo los labios de él se movían contra su pelo.

—Creo que he estado mucho mejor que bien. Creo que he estado fantástica.

—Lo has estado. Lo eres. —La había tomado allí mismo, contra la pared. O ella lo había tomado a él—. Todavía no puedo pensar —admitió, y apoyó una mano en la pared para mantener el equilibrio—. Hoy te has decidido por el aro. —Deslizó la otra mano por el cuerpo de Zoe hasta que pudo rozar el aro de su ombligo—. Es de lo más sexy. No tenía ni idea. —Se echó hacia atrás lo justo para ver como Zoe se reía—. Hemos ido muy deprisa. Creo que se me ha escapado el tatuaje.

Aturdida y encantada, Zoe le acarició el pelo.

—Eres un tipo curioso, Bradley Charles Vane IV. Completamente entusiasmado por piercings y tatuajes.

—Nunca había reaccionado de este modo con otra persona. ¿Dónde está?

—Te lo enseñaré. Antes tendría que comunicarte que no he terminado de usarte esta noche. —Se inclinó hacia delante y dibujó despacio con la lengua una línea húmeda por la garganta de Brad—. Aunque quizá prefieras estar tumbado en el próximo asalto.

—¿Todavía sigo en pie?

Zoe volvió a reír; después se giró y, mientras se encaminaba hacia la habitación del otro lado del pasillo, se dio unos golpecitos en el omóplato izquierdo.

—Espera. —Brad la cogió del brazo y se acercó para examinar mejor la imagen—. Es un hada.

—Exactamente. En ocasiones es un hada buena. —Miró por encima del hombro, con una sonrisa juguetona en los labios—. Otras veces es mala. ¿Por qué no vienes conmigo y averiguas de qué humor está hoy?

10

Zoe se enfrentó al nuevo día con mucha energía para quemar y la cabeza llena de nuevas ideas. Mientras salía el café, preparó unos huevos revueltos canturreando.

Con una sonrisa kilométrica, pensó que había un hombre en su ducha. Un hombre guapísimo que la había mantenido ocupada media noche. No recordaba cuándo era la última vez que se había sentido tan… rebosante de salud con tan pocas horas de sueño. Notaba el cuerpo maravillosamente relajado y ágil, al igual que la mente. Estaba convencida de que podría resolver cualquier problema que se le presentara, y con una sola mano.

Se dijo a sí misma que la gente que afirmaba que el sexo no era importante, obviamente, era gente que no estaba practicando nada de sexo.

Colocó los huevos en un plato y añadió una rebanada de pan tostado en el mismo momento en que Brad entraba en la cocina.

—No tenías por qué prepararme el desayuno.

—¿No quieres? —Zoe sacó un tenedor y cogió un poco de revuelto.

—No he dicho que no lo quisiera. —Le quitó el plato de las manos y después el tenedor—. ¿Tú vas a desayunar?

—A lo mejor. —Dio un paso adelante y abrió los labios.

Deseoso de unirse a su humor juguetón, Brad le metió una porción de huevos en la boca.

—Anda, ve a sentarte —le dijo ella, y sirvió el café—. Come mientras aún está caliente. Dijiste que tenías una reunión a primera hora.

—Tal vez debería cancelarla. —Se inclinó para pegar sus labios a la base del cuello de Zoe—. Podríamos desayunar en la cama.

—La única manera de desayunar en la cama en esta casa es estando enfermo. —Se separó un poco para poder ponerle la mano en la frente—. No. Come, vete a casa a cambiarte y al trabajo.

—Eres terriblemente estricta, pero preparas unos exquisitos huevos revueltos. ¿Tienes planes para hoy?

—Más o menos. —Cogió una tostada, se sentó enfrente de Brad y comenzó a untarla con mantequilla—. Cuando tengas ocasión, deberías pasarte por ConSentidos. Sólo nos faltan algunos detalles, y la verdad es que ya está empezando a resultar deslumbrante.

—Es la primera vez que me pides que vaya.

—Es la primera vez que duermo contigo.

—Me gustaría verlo como un hábito incipiente.

—Puede.

—No me interesa estar con nadie más. Ni en la cama ni ante los huevos del desayuno.

—Yo no me acuesto con cualquiera —repuso ella con tono serio.

—No es eso lo que he dicho, ni lo he insinuado. —Recordándose que debía ser paciente, cogió la mano de Zoe con firmeza—. Lo que te estoy diciendo es que eres la única mujer que me interesa. ¿Lo has entendido?

—Estoy siendo…, ¿cómo me llamaste?, quisquillosa y susceptible.

—Sí, pero aun así sigues preparando unos huevos estupendos.

—Lo siento. Estas cosas no han sido… Iba a decir que no han sido una prioridad para mí, pero lo cierto es que simplemente no han sido, y punto. Estoy tratando de familiarizarme con ellas.

—Prueba con esto: «Bradley…». Por cierto, aparte de ti, mi madre es la única persona que me llama Bradley. Tiene cierta gracia. Como te decía: «Bradley, a mí tampoco me interesa nadie más».

Zoe sonrió de oreja a oreja.

—Bradley, a mí tampoco me interesa nadie más.

—A mí eso me parece genial.

A ella también le parecía genial. Y eso le daba un poco de miedo.

—Una vez me dijiste que debería preguntarte por qué habías regresado al valle. Te lo pregunto ahora.

—De acuerdo. —Brad cogió el tarro de mermelada de fresa que Zoe había puesto sobre la mesa y extendió un poco sobre una tostada—. Reyes de Casa es más que un negocio. Es más que una tradición. Es parte de la familia. Si eres un Vane —añadió, encogiéndose de hombros—, debes estar en Reyes de Casa.

—¿Es eso lo que querías?

—Sí, eso era algo bueno para mí. Había mucho que aprender, que comprender, que dominar. Tuve que dejar el valle para hincarle el diente de verdad a la organización de la empresa, para verla como un todo, más allá de sus inicios.

Ella le examinó con la mirada. Brad iba vestido de manera informal, y tenía la camisa un poco arrugada por la acción de las manos de Zoe y por haber pasado toda la noche tirada en el suelo. No obstante, irradiaba poder y seguridad en sí mismo, cualidades que, según suponía ella, serían de esas que se llevan en la sangre.

—Estás orgulloso de eso. De tu familia y de los inicios de Reyes de Casa.

—Muy orgulloso. La empresa ha crecido, y continúa haciéndolo. Hemos hecho cosas realmente buenas…, y no sólo en el ámbito comercial. Programas, proyectos que habían desarrollado mi abuelo y mi padre a partir de esa base. Yo quería regresar aquí, donde había empezado todo, y hacer algo por mí mismo. Tengo la intención de dejar mi huella, y pretendo que sea en el valle. —Depositó la taza de café sobre la mesa—. Y será mejor que me ponga en marcha. ¿Vas a salir ahora mismo?

—Dentro de un poco. Antes tengo que ocuparme de algunos recados y tareas. —Recogió el plato de Brad antes de que pudiese hacerlo él y lo llevó al fregadero; después se volvió hacia él—. Dejarás huella, Bradley. Eres de la clase de hombres que lo logran. El valle tiene suerte con tu regreso.

Durante un momento, Brad se quedó sin habla.

—Es lo más bonito que podrías haberme dicho. Gracias.

—Bienvenido. Ahora vete a trabajar —le dijo, y lo besó—. Y deja tu huella.

«Una despedida hogareña», pensó Brad, y una despedida a la que podría acostumbrarse. Rodeó a Zoe con sus brazos, la estrechó y le dio un beso muchísimo más profundo.

Los ojos de Zoe estaban enturbiados cuando se separaron (algo más a lo que él también podría acostumbrarse).

—Gracias por el desayuno. Nos vemos luego.

Ella esperó a que hubiese salido antes de soltar un largo suspiro.

—Guau. Eso podría dejarme paralizada.

Un vistazo al reloj del horno la puso en movimiento, y comenzó a ordenar la cocina a toda prisa. Pensó que ya era hora de encargarse de sus tareas.

O mejor, de emprender el camino que había decidido tomar primero.

Armada con su mapa personal y sus notas, se montó en el coche y puso rumbo a su pasado.

Se dijo que a lo mejor aquello era parte de la búsqueda: lidiar con su pasado y comprenderlo mientras construía un futuro. O tal vez era sólo algo que debía hacer para entender la ruta que llevaba hasta la llave.

Fuera como fuese, se dirigía hacia lo que había sido su hogar.

Recordó que ya había recorrido aquellas carreteras en otras ocasiones, pero siempre con cierta reticencia y no poca culpabilidad. Aquella vez —eso esperaba— se dirigía hacia un descubrimiento.

Las montañas ya no exhibían casi nada de color, sólo los grises apagados de los árboles desnudos y los marrones opacos y mortecinos de las hojas caídas. Esos árboles despojados se clavaban en un cielo sombrío de noviembre.

Zoe tomó carreteras secundarias, siguiendo el trazado estrecho y serpenteante a través de tierras en barbecho, dejando atrás casas minúsculas enclavadas en praderas diminutas.

Un kilómetro tras otro la llevaba hacia atrás.

Ella había caminado por aquella carretera muchas veces. Muy temprano por la mañana, cuando perdía el autobús escolar porque había sido incapaz de acabarlo todo a tiempo. Había atravesado aquellas praderas, como un atajo, y podía recordar el modo en que olía a hierba a principios de verano.

A veces había cruzado corriendo campo a través, cuando se escapaba para reunirse con James; corría con el corazón volando delante de ella en el tibio aire primaveral hasta donde él había aparcado el coche, en el arcén de la carretera, para esperarla.

Las luciérnagas danzaban en la oscuridad; la alta hierba le hacía cosquillas en las piernas desnudas. Entonces ella creía que todo era posible sólo con que lo desearas con la fuerza necesaria.

Ahora sabía que las únicas cosas posibles eran aquellas por las que trabajabas. E incluso trabajando por ellas, podían escapársete de entre los dedos.

Se detuvo en la cuneta, no lejos de donde un muchacho la había esperado, y descendió del coche. Se agachó para pasar a través de la valla de alambre y cruzó el barbecho en dirección al bosque.

Cuando era una niña, aquél era su bosque, sólo suyo, lleno de quietud, secretos y magia. Siguió siéndolo incluso cuando se hizo mayor: un lugar en el que pasear, reflexionar, hacer planes.

También creía que era allí, sobre una manta roja extendida encima de las agujas de pino y las hojas secas, donde había concebido al hijo que modificaría el curso de su vida.

Advirtió que continuaba habiendo sendas visibles entre los árboles. Eso significaba que aún había niños que jugaban allí, o mujeres que paseaban, hombres que cazaban. En realidad aquel sitio no había cambiado. Quizá eso fuera lo relevante. El bosque no cambiaba, no tan deprisa ni tan visiblemente como lo que se internaba en él.

Zoe permaneció inmóvil un momento, aspirando en el silencio los efluvios propios de noviembre: la descomposición y la humedad. Intentando no pensar, dejó que su instinto eligiese qué rumbo seguir.

Pérdida y desesperación, dicha y luz. Ella había sentido todo eso allí mismo. ¿La sangre de la pérdida de la inocencia? ¿El miedo por las consecuencias? ¿La esperanza de que el amor bastara?

Se sentó sobre un tronco caído y trató de visualizar los caminos de su vida que partían de aquel lugar, y la llave que aguardaba en uno de ellos.

Oyó el golpeteo de un pájaro carpintero y el susurro del viento entre las ramas desnudas.

Entonces vio un ciervo blanco, erguido, observándola con unos ojos de color azul zafiro.

—¡Oh, Dios mío! —Zoe se quedó donde estaba, temerosa de moverse. Temerosa de respirar.

Recordó que tanto Malory como Dana habían visto un ciervo blanco, y que Jordan lo había definido como un elemento tradicional de las búsquedas. Sin embargo sus amigas lo habían visto en el Risco del Guerrero, no en una angosta vereda de un bosque del oeste de Virginia.

—Eso quiere decir que yo tenía razón, que debía venir aquí. Tiene que significar que tengo razón. Pero ¿qué quieres que haga? Yo quiero ayudar. Estoy intentando ayudar.

El ciervo volvió la cabeza y emprendió la marcha por el pedregoso sendero. Con las rodillas temblorosas, Zoe se puso en pie para ir tras él. Se preguntó si alguna vez había soñado con algo así. No con aquello exactamente, no que seguía los pasos de un ciervo blanco, pero sí con la magia, el asombro y el deseo de hacer algo importante.

Admitió que había soñado hacer algo que la llevase lejos de allí, lejos del tedio y la desesperación de no poder ver el mundo que había más allá de aquellos bosques.

¿Se había fijado en James por esa razón? ¿Lo había amado realmente o lo había visto sólo como una vía de escape?

Se detuvo y apretó una mano contra el corazón, conmocionada.

—No lo sé —murmuró—. La verdad es que no lo sé.

El ciervo se giró para mirarla, y después dio un brinco para vadear un pequeño arroyo de orillas rocosas y se alejó saltando.

Esperando haberlo comprendido, Zoe tomó el desvío de la izquierda, salió del bosque y llegó al recinto de grava del aparcamiento de caravanas.

Al igual que los bosques, había cambiado poco. Rostros diferentes, quizá, remolques diferentes aquí y allá, pero continuaba ocupado por hogares que jamás echarían raíces.

Oyó radios y televisores —su murmullo o estruendo surgía por las ventanas—, un bebé llorando con gemidos breves e intermitentes, la detonación del motor de un coche que salía del aparcamiento.

La caravana de su madre era de un verde pálido y mate, y tenía un tejadillo de metal blanco sobre la puerta lateral. El coche que había al lado tenía un guardabarros abollado.

Zoe reparó en que aún no había cambiado la puerta mosquitera que ponían en verano. Cuando la abriera, produciría un chirrido estridente, y se cerraría con un golpe cuando la soltara. Subió los bloques apilados de hormigón que su madre empleaba como escalera, y llamó con los nudillos.

—Entra. Lo tengo casi listo.

La mosquitera chirrió cuando Zoe la abrió, la puerta interior se resistió un poco cuando giró el pomo. Le dio un pequeño empujón y dejó que la mosquitera se cerrara detrás de ella mientras entraba.

Su madre se hallaba en la cocina, que era donde trabajaba. La corta encimera que había junto a los fogones estaba atestada de botellas, cuencos, una caja de plástico llena de bigudís de colores para hacer permanentes, un montón de toallas para el pelo raídas en los bordes por los incontables lavados.

La cafetera estaba enchufada, y un cigarrillo humeaba en un cenicero de cristal verde.

El primer pensamiento de Zoe fue que su madre estaba demasiado flaca, como si la vida hubiese reducido su cuerpo al mínimo esencial. Vestía unos vaqueros ajustados y una camiseta negra muy ceñida que sólo acentuaba lo anguloso de sus miembros. Llevaba el pelo corto y, en aquellos días, de un intenso color rojo.

Mientras servía café de espaldas a la puerta, restregó sus pantuflas contra el suelo. Zoe sabía que se las había puesto para estar cómoda.

Su madre se disponía a hacer una permanente, de modo que iba a pasar un buen rato de pie.

La televisión, al otro extremo de la sala de estar, emitía uno de esos programas matutinos de entrevistas que parecen nutrirse de odio y desgracias.

—Una de dos: o tú llegas pronto o yo voy con retraso —dijo Crystal—. Aún no me he tomado ni la segunda taza de café.

—Mamá.

Sin soltar la taza, Crystal se dio la vuelta.

Zoe vio que ya se había maquillado. Tenía los labios rojos y las pestañas negras de rímel, pero, a pesar de los cosméticos, la piel aparecía fatigada y envejecida.

—Joder, vaya, mira lo que nos ha traído el viento. —Crystal levantó la taza y bebió mientras dirigía la vista más allá de su hija—. ¿Has venido con el niño?

—No. Simon está en la escuela.

—¿Le ocurre algo?

—No, se encuentra bien.

—¿Te ocurre algo a ti?

—No, mamá. —Zoe se acercó y la besó en la mejilla—. Tenía algo que hacer por aquí y he pensado en pasar a verte. ¿Estás esperando a una clienta?

—Dentro de veinte minutos.

—¿Puedo tomar un café?

—Sírvete tú misma. —Crystal se rascó la mejilla mientras Zoe sacaba una taza de un armario alto—. ¿Cómo es que tienes negocios por aquí? Pensaba que ibas a abrir ese local tan enorme y elegante, allá en Pensilvania.

—Así es, aunque yo no me atrevería a denominarlo enorme y elegante. —Mantuvo un tono de voz optimista, esforzándose por no tener en cuenta el recelo y la crítica que anidaban en el tono de su madre—. Algún día podrías acercarte y echarle un vistazo. Queremos inaugurarlo en unas semanas.

Crystal no dijo nada, lo que no extrañó a Zoe. Se limitó a coger el cigarrillo y dar una profunda calada.

—¿Cómo les va a todos? —preguntó Zoe.

—Les va. —Crystal alzó un hombro—. Júnior continúa trabajando en la compañía telefónica, y lo hace bien. Ha dejado preñada a esa mujer con la que vive.

La taza de Zoe tintineó contra la encimera.

—¿Júnior va a ser padre?

—Eso parece. Dice que se casará con ella. Me imagino que lo convertirá en un desgraciado.

—Donna es una buena chica, mamá. Ella y Júnior ya llevan juntos más de un año. Además van a tener un hijo —añadió tiernamente, y sonrió ante la idea de que su hermano pequeño fuera a convertirse en padre—. Júnior siempre ha sido bueno con los críos. Los trata con cariño.

—Como si un bebé fuese a transformarlo todo en un camino de rosas... Por lo menos parece que Joleen no tiene intención de ponerse a parir como una coneja.

Llena de determinación, Zoe mantuvo la sonrisa en su rostro.

—¿Ella y Denny están bien?

—Los dos tienen trabajo y un tejado sobre la cabeza, así que no tienen de qué quejarse.

—Eso es estupendo. ¿Y Mazie?

—Ahora que se ha comprado su propia casa allá en Cascade, no recibo muchas noticias suyas. Se cree que ocupa un lugar más importante y poderoso porque ha estudiado de administrativa y trabaja en una oficina.

«¿Qué te ha vuelto tan amarga? —se preguntó Zoe—. ¿Qué te ha hecho tan dura?»

—Deberías estar orgullosa, mamá. Orgullosa de que tus cuatro hijos se estén ganando la vida. Tú nos diste los medios para lograrlo.

—Pues no veo que ninguno de los cuatro venga a agradecerme el haber trabajado como una burra durante más de veinticinco años para llenarles la barriga de comida y ponerles ropa encima.

—Yo estoy aquí para agradecértelo.

Crystal soltó un resoplido.

—¿Qué es lo que quieres?

—No quiero nada. Mamá...

—Te faltó tiempo para salir corriendo de aquí. Nada era nunca lo bastante bueno para la reina Zoe. Te dejaste preñar por aquel rimbombante chico de los Marshall creyendo que así comprabas un billete hacia la buena vida, pero él se libró de ti enseguida, ¿no es verdad? Entonces tuviste que abandonar la esperanza de aterrizar en la cueva del tesoro.

—Algunas de esas cosas son ciertas —respondió Zoe con calma—, y otras no. Quería salir de aquí, quería algo mejor. No me siento avergonzada por eso. Sin embargo, nunca pensé en mi hijo como en un pasaporte al paraíso. Trabajé duro para ti, mamá, y trabajé duro para Simon y para mí misma. Además hice algo, y continúo haciéndolo.

—Eso no te convierte en alguien mejor. Eso no te vuelve especial.

—Yo creo que sí. Pienso que me vuelve mejor que las personas que no ponen manos a la obra ni se ocupan de sí mismas. Es lo mismo que tú hiciste: te ocupaste de ti y de nosotros todo lo bien que pudiste, y eso te vuelve especial. Yo sé lo difícil que resulta criar a un hijo —continuó mientras Crystal la miraba fijamente—, lo difícil y lo tremendo que es criarlo, preocuparte por él, encontrar el modo de pagar las facturas, y hacerlo todo sola, sin nadie que te ayude. —Fuera, otro coche se puso en marcha en medio de unas detonaciones frenéticas—. Yo sólo tengo a Simon —prosiguió Zoe—, y ha habido ocasiones en que no sabía qué hacer para salir adelante al instante siguiente, días en que no sabía qué haría por la mañana, y mucho menos una semana después. Tú hiciste todo eso con nosotros cuatro. Lamento si te he dado la impresión de que no lo aprecio. A lo mejor no lo apreciaba lo bastante cuando vivía aquí, pero ahora me gustaría darte las gracias por todo.

Crystal apagó el cigarrillo y se cruzó de brazos.

—¿Estás embarazada otra vez?

—No. —Con una carcajada, Zoe se pasó las manos por la cara—. No, mamá.

—¿Quieres decir que has aparecido aquí, sin más ni más, únicamente para darme las gracias?

—No puedo decir que fuera eso lo que tenía en mente al levantarme esta mañana, pero sí. Sólo quiero darte las gracias.

—Siempre fuiste una chica rara. Bueno, pues ya me lo has dicho. Ahora estoy esperando a una clienta.

Zoe soltó un leve suspiro de derrota y dejó su taza en el fregadero.

—Te veré en Navidad, entonces.

—Zoe —la llamó Crystal cuando se dirigía hacia la puerta. Tras una breve vacilación, se acercó y abrazó a su hija con torpeza—. Siempre fuiste una chica rara —repitió, y después regresó a la encimera y se puso a sacar bigudís.

Con el picor de las lágrimas en los ojos, Zoe salió del remolque y dejó que la mosquitera se cerrase a su espalda.

—Adiós, mamá —murmuró, y se encaminó de nuevo hacia el bosque.

No estaba segura de si había llevado a cabo algo más que una especie de vuelta atrás, pero le parecía bien…, al igual que el breve y tímido abrazo de su madre le había sentado bien. Había dado un paso hacia la curación de una herida personal, y hacia el hallazgo de la llave.

Debía entenderse a sí misma, ¿no era cierto? Debía entender por qué había tomado las decisiones que había tomado, y adónde la habían conducido, antes de saber qué elección tenía que hacer para encontrar la llave.

Ansiosa por seguir adelante, avanzó deprisa por el sendero. Iría hasta Morgantown, pasaría por las habitaciones en las que vivió alquilada y por el salón de belleza y la tienda en los que trabajó, por el hospital donde nació Simon… Quizá allí también quedase algún asunto pendiente, algo que resolver, algo que ver.

Había estado en aquel pueblo durante casi seis años, los primeros en la vida de su hijo. En cambio no había forjado ningún lazo fuerte. ¿A qué se debería eso? Era simpática con la gente con la que trabajaba, pasaba tiempo con sus vecinos y con un par de madres jóvenes que conocía.

También había tenido relaciones con dos hombres mientras vivía allí, y los dos le gustaban. Sin embargo, todo había sido tan efímero…

Comprendió que la razón era que aquél nunca había sido su lugar. No era un destino, sino una parada en el camino.

Entonces no había sido consciente, pero ya se dirigía hacia el valle. Hacia Malory y Dana. Al Risco, a la llave.

¿Se dirigía también hacia Bradley, y él sería tan esencial para ella como las otras cosas?

¿O no era más que otro cruce de caminos que sólo estaba allí para llevarla de un punto al siguiente?

«Sigue adelante —se dijo a sí misma—. Sigue adelante y lo verás.»

Miró la hora en el reloj para calcular el tiempo que tardaría en ir hasta Morgantown, hacer todo lo necesario allí y regresar de nuevo a casa.

Debería arreglárselas para llevar a cabo lo planeado y estar de vuelta en casa antes de que Simon llegase de la escuela. Sin embargo, tendría que parar y llamar por teléfono, por si acaso. Les comunicaría a Malory y Dana que ese día no iba a ir a trabajar.

A la mañana siguiente llegaría más temprano a ConSentidos para completar las tareas pendientes, y esa misma noche podía coser las fundas del sofá, y quizá pasarse por Reyes de Casa al día siguiente, cuando tuviese un rato, y escoger las estanterías que quería. Si consiguiese dejar acabado todo eso y el próximo pedido de existencias llegaba según estaba previsto, podría...

El torrente de pensamientos se detuvo cuando Zoe se paró de repente y giró en círculo.

Se dio cuenta de que se había desviado del sendero, lo cual le estaba bien empleado por distraerse divagando. Allí la maleza era más espesa, y estaba armada de espinas que le harían un buen estropicio en los pantalones y la chaqueta si no se andaba con cuidado.

Miró hacia arriba para intentar calibrar la dirección guiándose por el sol, pero el cielo se había vuelto de color peltre y unas cuantas nubes malencaradas habían empezado a recorrerlo.

Decidió que tendría que retroceder por el mismo sitio por donde había venido. Casi no suponía ningún problema, porque el bosque no era mayor que un estadio de fútbol y se extendía en forma de cuña entre el campo abierto y el recinto donde estaban aparcadas las caravanas.

Molesta consigo misma, Zoe se metió las manos en los bolsillos y emprendió la vuelta atrás. Mientras caminaba, el aire se había enfriado y arrastraba un olor que era más de nieve que de lluvia. Zoe apretó el paso y se apresuró para encontrar antes el camino correcto y también para mantenerse caliente.

Los árboles parecían más altos y más juntos que antes, y las sombras eran mucho más largas de lo que correspondía a una hora tan temprana del día. Ya no sonaban los golpeteos de los pájaros carpinteros ni el ruido de las ardillas correteando atareadas. El bosque se había quedado mudo como una tumba.

Zoe se detuvo de nuevo, perpleja por haberse desorientado en un lugar que de niña había conocido palmo a palmo. Las cosas cambiaban, por supuesto que todo cambiaba. Sin embargo, ¿acaso no le había chocado un poco antes lo poco que se había transformado el bosque?

El estómago le dio un vuelco cuando vio las sombras largas y profundas que cruzaban el camino.

¿Cómo era posible que hubiera sombras si no había sol que las proyectase?

Cuando empezaron a caer los primeros copos de nieve, un gruñido quedo y gutural surgió de lo más profundo del bosque.

Lo primero en lo que pensó fue en un oso. Aún había en aquellas montañas. Recordaba haber visto de pequeña sus huellas y excrementos. De vez en cuando, de noche, se acercaban al recinto de las caravanas y revolvían en la basura, cuando no la habían dejado a buen resguardo.

Aunque sintió que el corazón se le subía a la garganta, se ordenó mantener la calma. Un oso no iba a interesarse por ella, porque no tenía comida ni suponía ninguna amenaza para el animal.

Lo único que debía hacer era regresar al aparcamiento de remolques o salir a campo abierto y volver al coche.

Caminó de espaldas mientras examinaba los árboles de los que provenía aquel gruñido. De pronto comenzó a adentrarse en una neblina ribeteada de azul que se arrastraba por el suelo.

Zoe dio media vuelta rápidamente y se puso a andar más deprisa en medio de una nevada que era cada vez más copiosa; rebuscó en el bolso y cogió su cortaplumas.

Como arma resultaba patético, pero se sintió mejor teniéndolo en la mano.

Oyó de nuevo el gruñido, esta vez más cerca y al otro lado. Aceleró el paso y finalmente echó a correr. Con la mano libre sujetó con fuerza el bolso. Pesaba bastante y tenía una larga correa, así que podría usarlo también como arma si fuese necesario.

Mantuvo los dientes apretados para impedir que le castañetearan. La nieve caía con tanta intensidad y abundancia que ocultaba sus huellas casi al mismo tiempo que avanzaba.

Fuera lo que fuese lo que la perseguía, iba a su mismo ritmo y torcía cuando ella lo hacía. Zoe sabía que aquel ser podía percibir su olor. Lo mismo que ella percibía el de aquella criatura: un olor penetrante y salvaje.

El brezo parecía haber surgido de repente del suelo cubierto de bruma para bloquearle el paso con tallos tan gruesos como su muñeca, con espinas que destellaban como cuchillas de afeitar.

—No es real. Esto no es real —murmuró Zoe, pero aquellas espinas le desgarraron la ropa y la piel cuando intentó atravesar la maleza.

Entonces pudo oler también su propio miedo, y su propia sangre.

Una enredadera se irguió como una serpiente, se le enroscó en un tobillo y la derribó. Zoe se dio de bruces contra el suelo.

Con la respiración entrecortada, rodó sobre sí misma. En ese momento lo vio.

Quizá se tratase un oso, pero desde luego no era de los que solían pasear por aquellos bosques ni de los que revolvían la basura en busca de comida.

Era tan negro como la boca del infierno y sus ojos de un rojo envenenado. Cuando gruñó, Zoe vio unos colmillos largos y afilados como sables. Mientras trataba desesperadamente de cortar la enredadera con la pequeña navaja, la bestia se alzó sobre las patas traseras y ocultó la visión del resto del mundo.

—Hijo de puta. Hijo de puta.

Cuando logró liberarse de la enredadera, se puso en pie de un salto y comenzó a correr.

Aquella fiera la mataría, la haría pedazos.

Salió disparada hacia la izquierda y tomó aire con esfuerzo para lanzar un grito. Oyó la respuesta a su llamada detrás de sí, y sonó como una risotada.

Presa de la histeria, pensaba que aquello no era real, que no era verdad, pero aun así era mortífero. El animal jugaba con ella: primero pretendía conseguir aterrorizarla, y después…

Ella no pensaba morir allí. No de aquella manera, mientras huía. No iba a dejar a su hijo sin madre sólo para satisfacer y divertir a un endiablado dios.

Sin detenerse, se agachó y cogió una rama caída. Luego se dio la vuelta, blandió la rama como un garrote y mostró los dientes.

—Vamos, cabrón. Vamos, ven.

Contuvo la respiración y dio unos pasos atrás cuando el oso arremetió contra ella.

El ciervo surgió de la nada, dando un gran salto en el aire. Su cornamenta se hundió en el costado del oso y lo rajó. El sonido de la carne desgarrada y el bramido de furia fueron horribles. Salió sangre a borbotones, que tiñó el blanco de rojo cuando la fiera se volvió para atacar al ciervo con sus despiadadas garras.

El ciervo emitió un quejido casi humano cuando de su costado brotó la sangre, pero embistió de nuevo, cornamenta contra garras, mientras giraba y colocaba su cuerpo delante del de Zoe, como un escudo.

«¡Corre!» Zoe oyó la orden estallar en su cerebro. Eso la sacó de la conmoción causada por la visión de la batalla. Sujetó la rama con más fuerza y la blandió empleando toda su energía.

Apuntó a la cara y dio en el blanco. La intensidad del contacto le dejó los brazos vibrando, pero volvió a golpear con la rama.

—Vas a ver cómo te gusta —masculló como una autómata—. Vas a ver cómo te gusta.

El tronco volvió a chocar contra la carne y los huesos.

El oso aulló y retrocedió a trompicones. Cuando el ciervo bajó la cabeza preparándose para una embestida mortal, el oso se esfumó envuelto por una bruma repulsiva.

Jadeando, Zoe cayó de rodillas en medio de la nieve ensangrentada. Se le revolvió el estómago y le entraron arcadas. Cuando las náuseas, las convulsiones y los escalofríos remitieron, levantó la vista.

El ciervo blanco seguía en pie, con la nieve hasta las rodillas. Las heridas de su costado brillaban cubiertas de sangre, pero sus ojos eran firmes y miraban a Zoe sin parpadear.

—Tenemos que salir de aquí —dijo ella—. El oso podría regresar. —Se puso en pie a duras penas y, tambaleándose, buscó en el bolso. Encontró un paquete de pañuelos de papel—. Estás herido, estás sangrando. Déjame ayudarte.

En cambio el animal retrocedió cuando ella se aproximó. Después dobló las patas delanteras y agachó su magnífica cabeza, en lo que era una inconfundible reverencia.

Entonces se desvaneció con un resplandor luminoso.

La nieve había desaparecido y el sendero hacia el campo abierto volvía a estar despejado. Zoe miró hacia el suelo, antes cubierto de sangre, y sólo vio una rosa amarilla.

Se acuclilló para recogerla, y se permitió llorar un poco mientras se dirigía cojeando hacia los árboles.

—Sólo son arañazos, pero algunos bastante feos. —Malory apretó con fuerza los labios mientras limpiaba las heridas de Zoe—. Me alegra que hayas venido directa aquí.

—He pensado… No, no he pensado nada. —Zoe advirtió que empezaba a sentirse como ebria, un poco mareada y exhausta, ahora que estaba de vuelta—. Me he limitado a conducir hasta aquí sin considerar siquiera pasarme antes por casa. Dios, casi no sé ni cómo he llegado. Todo es muy borroso. Necesitaba verte a ti y a Dana, contároslo todo, asegurarme de que las dos estabais bien.

—No somos nosotras quienes hemos estado solas en el bosque peleando con un monstruo.

—Hum. —Zoe trató de obviar el escozor del antiséptico.

Había regresado al valle en medio de una especie de nebulosa que la había mantenido anestesiada. No había comenzado a temblar hasta que no atravesó la puerta de ConSentidos.

Había tenido que ducharse. Necesitaba agua caliente, jabón. Estar limpia. Esa necesidad era tan apremiante que había pedido a sus amigas que subiesen con ella al cuarto de baño para poder explicárselo todo mientras se lavaba.

Más tarde se encontraba vestida sólo con la ropa interior y sentada en un taburete del cuarto de baño mientras Malory se ocupaba de sus heridas. Dana había salido a coger algo de ropa limpia. Ahora todo parecía un sueño.

—Ni siquiera ha venido a por mí como un hombre. ¡Maldito cobarde! Supongo que le he enseñado lo que es bueno.

—Yo también lo supongo. —Vencida por la emoción, Malory apoyó la frente en la coronilla de Zoe—. ¡Oh, Dios, Zoe! Podría haberte matado.

—Sí, pensaba que iba a morir, y tengo que confesarte que eso me ha cabreado muchísimo. No estoy tratando de quitarle importancia. —Cogió la mano de Malory—. Ha sido espantoso. Ha sido absolutamente espantoso y…, y primario. Yo quería matar. Cuando he empuñado la rama, estaba dispuesta a matarlo. Estaba ansiosa por hacerlo. Nunca había sentido nada parecido.

—A ver, deja que te cure los cortes de la espalda. Éste no ha alcanzado a tu hada tatuada por los pelos.

—Hoy es un hada buena. —Hizo un gesto de dolor—. Mal, el ciervo me ha salvado. Si no hubiese embestido de ese modo, no sé qué podría haber sucedido. Cuando se fue estaba sangrando, herido. Mucho más que yo. Me gustaría saber si se encuentra bien. —Soltó una carcajada—. He estado a punto de enjugarle la sangre con unos pañuelos de papel. ¡Qué boba soy!

—Apuesto a que a él no le pareces nada boba. —Malory se echó hacia atrás para observar las heridas de su amiga—. Bueno. Están todo lo bien que pueden estar.

—No tengo la cara demasiado mal, ¿verdad? —Se levantó con cuidado y se giró hacia el espejo que había sobre el lavamanos—. No, no está mal. Imagino que si empiezo a preocuparme por mi cara es que ya me estoy recuperando.

—Estás preciosa.

—Bueno, un poco de pintalabios y de colorete tampoco me irían mal. —Miró a Malory a través del espejo—. Kane no me ha derrotado.

—No, desde luego que no.

—He llegado a algún sitio. No sé exactamente adónde, pero hoy he hecho algo correcto, he dado un paso importante. Eso es lo que le ha inquietado. —Se giró—. No voy a perder. Cueste lo que cueste, no voy a perder.

En la alta torre del Risco del Guerrero, Rowena mezcló una poción en una copa de plata. Aunque su mente estuviese muy agitada, las manos eran rápidas y seguras.

—Tendrás que beberte todo esto.

—Preferiría un whisky.

—Lo tomarás después.

Rowena observó a Pitte, quien miraba por la ventana con el entrecejo fruncido. Se hallaba desnudo de cintura para arriba, y los cortes de su costado, teñidos de rojo, aparecían en carne viva bajo la luz.

—En cuanto te hayas bebido la poción, podré curarte la herida y extraer el veneno. Incluso así, te encontrarás algo flojo durante unos días.

—Y él también. Mucho más que flojo, diría yo. Se ha vertido más sangre suya que mía. Ella no ha huido —recordó—. Se ha quedado para luchar.

—Y yo se lo agradezco a todas las parcas. —Se acercó a Pitte y le tendió la copa—. No pongas esa cara. Bébetelo todo, Pitte, y no sólo tendrás un whisky, sino que me encargaré también de que haya tarta de manzana de postre.

Pitte sentía debilidad por la tarta de manzana, y también por la mirada de los ojos de su amada. Cogió la copa y apuró el contenido.

—Maldita sea, Rowena, ¿acaso podrías conseguir que esto supiera más asqueroso?

—Ahora siéntate —abrió la mano, en la que sostenía un grueso vaso— y disfruta de tu whisky.

Pitte bebió, pero no se sentó.

—Los frentes de la batalla han vuelto a cambiar. Ahora Kane sabe que nosotros no nos quedaremos en la retaguardia sin hacer nada, maniatados por las normas que él mismo ya ha quebrantado.

—Él también lo arriesga todo ahora. Confía en el poder que ha acumulado, que ha manipulado y que lo envuelve. Pitte, si el hechizo puede romperse, si Kane puede ser vencido, no saldrá impune. Tengo que confiar en que aún hay justicia en nuestro mundo.

—Pelearemos.

Rowena asintió.

—Nosotros también hemos tomado nuestras decisiones. ¿Qué haremos si eso nos mantiene aquí, si esta elección significa que jamás podremos regresar a nuestro hogar?

—Vivir. —Pitte miró por la ventana—. ¿Qué más?

—¿Qué más? —repitió ella, y posando la mano sobre la herida de Pitte alivió su dolor.

11

Brad tuvo que esforzarse mucho para calmarse, para retenerse y no irrumpir en casa de Zoe dictando órdenes a diestro y siniestro. Ésa era la forma de actuar de su padre, y él lo sabía.

Desde luego, era de lo más efectiva.

De todos modos, por mucho que lo quisiese y admirase, Brad no deseaba ser como su padre.

Lo único que quería en ese momento era comprobar que Zoe estaba bien. Y después asegurarse de que siguiera estando bien.

Mientras aparcaba frente a la casa de Zoe, se recordó que también debía pensar en Simon. No podía entrar hecho una furia y soltarle un sermón a Zoe delante del muchacho diciéndole lo insensata que había sido por marcharse sola y ponerse en peligro. No, no debía asustar a un niño mientras desahogaba sus propios miedos y frustraciones.

Lo que haría sería esperar hasta que Simon estuviese acostado, y en ese momento se desahogaría.

Un instante antes de que llamara a la puerta se oyó una explosión de ladridos en el interior. Algo se podía decir a favor de *Moe:* nadie te podía pillar desprevenido si el perro estaba cerca. Pudo oír los gritos del niño, sus carcajadas, y después se abrió la puerta de par en par.

—Antes deberías preguntar quién es —lo aleccionó Brad.

Simon puso los ojos en blanco mientras *Moe* saltaba para saludar al recién llegado.

—He mirado por la ventana y he visto tu coche. Ya me sé todo ese rollo. Estoy jugando al béisbol, en el final de la séptima manga. —Agarró la mano de Brad y tiró de él hacia la sala de estar—. Puedes encargarte del otro equipo. Sólo pierde por dos carreras.

—Sí, claro, quieres que entre perdiendo por dos… Escucha, necesito hablar con tu madre.

—Está arriba, en su habitación. Está cosiendo no sé qué. Venga, sólo me quedan unos pocos minutos antes de que me diga que se ha acabado el juego y me mande a bañarme.

Brad se dijo que aquel chaval era una joya, y tenía unos ojos que conseguían que quisieses darle el mundo.

—En serio, tengo que hablar con tu madre, así que ¿por qué no programamos un partido para otro día de esta semana? Cara a cara, colega, y te pondré patas arriba.

—Como si pudieras… —Podría haber argumentado en contra, pero evaluó sus opciones. Si Brad entretenía a su madre hablando, a lo mejor ella se olvidaba de la hora que era—. ¿Un partido de nueve mangas? ¿Lo prometes?

—Así es.

La sonrisa de Simon se volvió pícara.

—¿Podemos jugar en tu casa, en la tele de pantalla grande?

—Veré qué puedo hacer.

En el videojuego la multitud de la tribuna descubierta vitoreaba de nuevo cuando Brad se encaminó a la habitación de Zoe. Antes de llegar a la puerta abierta, oyó la música. Zoe la tenía puesta a bajo volumen, y Brad apenas intuyó su voz susurrando más que cantando junto a Sarah McLachlan. Después ambas voces quedaron ahogadas por un zumbido martilleante que reconoció de inmediato, el de una máquina de coser.

Zoe estaba trabajando con una máquina portátil que había colocado sobre la mesa situada delante de la ventana. Las fotografías enmarcadas y el pequeño arcón que recordaba haber visto sobre aquella mesa se hallaban encima del aparador para hacer sitio a la máquina de coser y a lo que se le antojó que eran kilómetros de tela.

Aquélla era una habitación esencialmente femenina…, muy al estilo de Zoe. Ni recargada ni extravagante, pero muy femenina en los pequeños detalles. Cuencos rebosantes de hojas y flores secas, cojines ribeteados de encaje, una vieja cama de hierro a la que daban lustre la pintura de peltre y una colcha colorida.

Zoe había enmarcado recortes de revistas con anuncios antiguos de polvos de tocador, perfume, productos para el pelo y moda, y los había colgado en la pared en una especie de galería nostálgica y original.

Advirtió que Zoe cosía como alguien que sabía lo que estaba haciendo, con un ritmo regular y eficiente. Uno de sus pies, metidos en gruesos calcetines de color gris, se movía junto con la música que brotaba de la radio despertador que estaba junto a la cama.

Brad aguardó hasta que Zoe detuvo la máquina y empezó a estirar el tejido.

—¿Zoe?

—¿Hum? —Ella se giró en la silla y le dirigió la mirada absorta de una mujer cuya mente estaba considerablemente ocupada—. Ah, Bradley. No sabía que estabas aquí. No te he oído… —Miró el reloj—. Pretendía acabar estas fundas antes de tener que preparar a Simon para que se vaya a la cama. Supongo que no voy a poder.

—¿Fundas? —Los pensamientos de Brad se desviaron de su propósito inicial—. ¿Estás haciendo fundas?

—Hay gente que las hace —replicó Zoe, y en su tono chisporroteó la irritación mientras maniobraba con la tela—. Voy a forrar un sofá del salón de belleza. Quería algo simpático y divertido, y creo que estas enormes hortensias irán de perlas. El color también es el adecuado. Además, no hay nada malo en las cosas hechas por una misma.

—No es eso lo que quería decir. Sólo estoy asombrado de conocer a alguien que pueda coser algo así.

Zoe se puso tiesa. Sabía que era absurdo, pero no pudo evitar decir:

—Me imagino que la mayoría de las mujeres que conoces tienen costurera particular, de modo que no necesitarán saber ni lo que es una máquina de coser.

Brad se acercó y levantó un extremo de la tela para examinarla a fondo.

—Si continúas malinterpretando todo lo que te diga, al final vamos a acabar discutiendo por algo muy distinto a la cuestión por la que he venido a regañarte.

—No tengo tiempo para discutir por nada contigo. Necesito continuar con esto mientras pueda.

—Pues tendrás que hacer un hueco. Yo he... —Se interrumpió y frunció el entrecejo cuando empezó a sonar la alarma de la radio despertador.

—No puedo hacer lo que no tengo —espetó ella, y se levantó a apagar el despertador—. Lo he puesto para que no se me pasara la hora de bañar a Simon. Ese proceso dura media hora larga, cuando él colabora. Además hoy es lunes, y los lunes leemos juntos otra media hora antes de dormir. Después de eso, aún me queda por lo menos otra hora de costura, y luego...

—Ya me he hecho una idea —repuso Brad, y se metió las manos en los bolsillos. Como también se hacía una idea de cuándo una mujer estaba resuelta a quitárselo de encima—. Yo me encargaré del baño y la lectura de Simon.

—Tú te... ¿Qué?

—No sé coser, pero sé bañar a un niño y leer.

Zoe estaba tan confundida que no pudo organizar las palabras para formar una frase completa.

—Pero no es... Tú no... —Hizo una pausa e intentó poner en orden sus pensamientos—. Tú no has venido aquí a ocuparte de Simon.

—No. En realidad he venido a chillarte..., cosa que tú ya sabes, y ése es el motivo de que estés enfadada. Sin embargo, puedo regañarte más tarde. Supongo que Simon aceptará la rutina habitual del baño antes de acostarse. Lo haremos bien. Acaba tus fundas —añadió mientras salía del dormitorio—. Ya discutiremos cuando los dos hayamos terminado nuestras tareas.

—Yo no...

Brad no la oyó, porque ya se había ido y estaba llamando a su hijo.

Resultaba bastante difícil enfrentarse a un hombre que la entendía tan bien. Aun así… Se dispuso a ir tras él, pero enseguida frenó en seco. Simon ya había empezado con su súplica habitual de «cinco minutos más».

Los labios de Zoe se curvaron con la sonrisa de suficiencia propia de una madre. ¿Por qué no permitir que Brad saborease el ritual nocturno de convencer a un crío de nueve años de que necesitaba lavarse e irse en la cama? Apostaría lo que fuera a que el pobre hombre se daría por vencido mucho antes de terminar.

Eso significaba que estaría demasiado hecho polvo para preocuparse de discutir con ella…, y no sería capaz de leerle la cartilla por haberse marchado sola esa misma mañana.

Se recordó a sí misma que tenía todo el derecho del mundo a irse sola cuando quisiera; en este caso incluso más, tenía esa obligación. Lo que no tenía esa noche era tiempo ni ganas para abordar el tema.

En cualquier caso, Simon dejaría agotado a Brad, que se marcharía a su casa. Así ella dispondría de una tranquila velada para rematar su trabajo y planear qué estrategia seguir los días posteriores.

Mientras regresaba de nuevo a la máquina de coser, se dijo que, además, quizá todavía pudiese terminar las fundas.

Prestó atención a las voces, la extraña armonía de hombre y niño, y después se preparó para la siguiente sesión de costura. Uno de los dos la llamaría a gritos en cuanto llegasen a un punto muerto.

Oyó carcajadas…, de maníaco las de Simon, y esbozó una sonrisita de superioridad. Como creía que muy pronto la iban a interrumpir, se concentró en la tarea que tenía entre manos.

Perdió la noción del tiempo, y no la recuperó hasta que se dio cuenta de lo silenciosa que se había quedado la casa. Ni voces ni ladridos de perro.

Inquieta, se levantó y fue a toda prisa al cuarto de baño, en el otro extremo del pasillo. Parecía como si allí se hubiese desarrollado una batalla muy salvaje y húmeda. Había toallas extendidas en el suelo para recoger parte del agua derramada y un rastro espumoso en la bañera, lo que le decía que Simon había optado por las burbujas para acompañar al convoy de vehículos y el ejército de soldaditos de plástico que desplegaba en la bañera.

La chaqueta de Bradley colgaba de un gancho de la puerta. Distraídamente, Zoe la cogió y alisó el cuello, deformado por la percha.

En la etiqueta vio que era de Armani. Desde luego, aquello suponía toda una novedad. En general, en las perchas de su cuarto de baño no colgaba ropa de diseño italiano.

Sin soltar la chaqueta, se dirigió a la habitación de Simon. Entonces lo oyó leer…, con la voz ya algo pastosa por el sueño.

Teniendo cuidado de no hacer ruido, asomó la cabeza por la puerta y se quedó allí, contemplando la escena, estrechando la chaqueta de Brad contra el corazón.

Su hijo estaba acostado en la litera superior. Llevaba puesto su pijama de Harry Potter y el pelo le brillaba, recién lavado.

Moe estaba tumbado en la litera inferior y roncaba con la cabeza apoyada sobre la almohada.

El hombre cuya chaqueta ella sujetaba estaba en la misma cama que su hijo, con la espalda apoyada en la pared y los ojos —al igual que los de Simon— posados sobre el libro.

Simon, acurrucado contra él con la cabeza recostada en su hombro, leía *El Capitán Calzoncillos* en voz alta.

El corazón de Zoe se derritió. No trató de evitarlo, no fue capaz de emplear ningún tipo de defensa. En aquel momento, los amó a los dos con todo lo que tenía.

Ocurriera lo que ocurriese al día siguiente, ella siempre conservaría aquella imagen en la cabeza, y sabía que Simon también. Por aquel sencillo momento le debía a Bradley Vane más de lo que jamás podría pagarle.

Para no molestarlos, se retiró de la puerta y bajó sigilosamente a la cocina.

Preparó café y sacó galletas de la lata. Si Brad tenía que echarle la bronca, ¿por qué no hacerlo de forma civilizada? Cuando hubiesen terminado y ella estuviese a solas, intentaría pensar con claridad una vez más. Trataría de averiguar qué significaba amar a Bradley.

Como estaba atenta, percibió sus pisadas recorriendo el pequeño pasillo. Cogió la cafetera para mantener las manos ocupadas, y ya estaba sirviendo dos tazas cuando él entró en la cocina.

—¿Te ha causado muchos problemas? —preguntó.

—No especialmente. ¿Y tú has terminado con la costura?

—Casi.

Zoe se giró para ofrecerle una taza de café, y el corazón le dio de nuevo un vuelco. Brad iba descalzo y se había remangado su preciosa camisa azul hasta los codos. Los bajos de los pantalones estaban empapados.

—Ya sé que estás enfadado conmigo, y supongo que crees que tienes razones de sobra. Yo pensaba mostrarme también enfadada y soltarte un montón de argumentos sobre mi capacidad para dirigir mi propia vida y llevar a cabo lo que prometí hacer. —Deslizó las manos por los hombros de la chaqueta de Brad, que había colocado cuidadosamente en una silla—. Como he estado pensando en ese asunto durante un buen rato, tengo mucho que decir al respecto. Sin embargo ahora no me apetece hablar de ello, así que me gustaría que no estuvieses enfadado.

—A mí también me gustaría no estarlo. —Miró hacia la mesa—. ¿Qué? ¿Vamos a sentarnos a discutir mientras tomamos café y pastas?

—No creo que pueda discutir contigo, Bradley, no después de que hayas acostado a mi hijo de esa manera. —La embargó la emoción—. Pero te escucharé mientras me chillas.

—Desde luego, sabes cómo dejar sin fuelle una buena pelea. —Se sentó y aguardó a que ella se sentara enfrente de él—. Déjame ver tus brazos.

Sin replicar, Zoe se levantó las mangas de la sudadera y le mostró los cortes y rasguños.

—No era más que brezo, sólo eso —afirmó rápidamente—. Me he hecho cosas peores trabajando en el jardín. —Se interrumpió, impresionada por el frío destello de los ojos de Brad.

—Podría haber sido peor, muchísimo peor. Estabas sola, por el amor de Dios. ¿Qué demonios te ha empujado a conducir hasta el oeste de Virginia y vagar por los bosques sin ninguna compañía?

—Crecí allí, Bradley. Crecí en aquel bosque. Lo que hay al otro lado del límite del estado de Pensilvania no es la jungla. —Para entretenerse con algo, encendió una vela de tres mechas que había hecho para la mesa de la cocina y que olía a arándanos—. Mi madre vive allí, en un recinto para caravanas que hay junto al bosque. Es muy probable que Simon fuese concebido entre aquellos mismos árboles.

—Querías visitar a tu madre y el territorio por el que solías corretear en tu infancia, y eso está bien. Sin embargo éstas no son circunstancias normales. Esta mañana no me has contado que ibas a ir allí.

—Lo sé. Si lo hubiese hecho, habrías querido acompañarme, y yo no quería que lo hicieses. Lo lamento si eso hiere tus sentimientos, pero deseaba ir sola. Lo necesitaba.

Brad se tragó su resentimiento, aunque le quemó la garganta.

—Tampoco les has contado a Dana y Malory dónde ibas a estar. Te has marchado sin comunicárselo a nadie, y has sufrido un ataque.

—No se me ha ocurrido decírselo a nadie. Si eso te pone furioso —añadió sacudiendo la cabeza—, pues tendrás que estar furioso. Llegué a un acuerdo. Di mi palabra, y estoy intentando llevar a cabo lo que me comprometí a hacer. Si eres capaz, niégame que tú harías lo mismo en mi lugar. Volver al pasado esta mañana formaba parte de eso. Creo que debía ir, que necesitaba ir.

—¿Tú sola?

—Sí. Aparte de todo lo demás, tengo algo de orgullo y de vergüenza. Y estoy en mi derecho de sentir así, Bradley. ¿Piensas que me apetecía llevarte con tu traje de Armani a esa caravana destartalada?

—Eso no es justo, Zoe.

—No, no es justo, pero es la verdad. Mi madre ya piensa que me doy aires de grandeza. Si hubiese ido allí contigo… Bueno, sólo tienes que mirarte. —Hizo un ademán con la mano y casi rompió a reír cuando vio la expresión exasperada de Brad—. Todo en ti va pregonando que eres un chico rico, Bradley, con o sin un traje italiano.

—¡Por el amor de Dios! —fue todo lo que se le ocurrió responder.

—No puedes evitarlo, y ¿por qué ibas a hacerlo? Además, te sienta de maravilla. En cambio a mi madre no le habría sentado nada bien, y yo tenía que verla y hablar con ella. Había cosas que debía decirle, y no habría podido delante de ti. Tampoco delante de Dana ni de Malory. Necesitaba ir por mí misma, y por la llave. Era algo que debía hacer.

—¿Y si no hubieses podido regresar?

—Pero he regresado. No voy a decirte que no me haya asustado cuando ha empezado a suceder… eso. Nunca jamás había estaba tan aterrorizada. —De forma instintiva se frotó los brazos, como si sintiera frío—. Era como una emboscada, el modo en que todo ha cambiado, el modo en que Kane ha ido hacia mí. Era casi como un cuento, y eso lo volvía más terrorífico aún. —Miró hacia el infinito, hacia el lugar en que se había encontrado con Kane—. Perdida en el bosque, acosada por algo… que no era humano. Pero le he presentado batalla. Eso es lo que debía hacer. Al final, yo le he hecho más daño que él a mí.

—Lo has golpeado con un palo.

—Era más grande que un palo. —Sonrió levemente al percibir que la ira de Brad comenzaba a disminuir—. Era una buena rama, bien maciza, de este grosor. —Se lo mostró separando las manos—. Como estaba asustada y totalmente rabiosa, le he sacudido de lo lindo. Desde luego, no sé cómo habría acabado todo si el ciervo no hubiese aparecido de repente. Pero no he de pensarlo, porque el ciervo estaba allí, y Kane también. Eso me indica que yendo al bosque he hecho algo correcto.

—No vuelvas a irte sola, Zoe. Te lo pido por favor. Esta noche había venido aquí con la intención de exigírtelo. Pero sólo te lo pido.

Ella cogió una galleta, la partió en dos y le ofreció una mitad a Brad.

—Estaba pensando en ir a Morgantown mañana por la mañana y acercarme al sitio en que viví, a donde trabajaba, al hospital en que nació Simon. Sólo para ver si ése es el siguiente recodo del camino. Si consiguiese salir a primera hora de la mañana, a lo mejor podría estar de vuelta hacia las dos, a las tres como máximo, y entonces sacaría un rato para trabajar en ConSentidos. Si quieres, puedes acompañarme.

Él se limitó a sacar su teléfono móvil y marcar un número.

—Dina, soy Brad. Perdona por llamarte a casa. Necesito que dejes libre mi agenda para mañana. —Esperó unos segundos—. Sí, ya lo sé. Reorganízalo todo, por favor. Tengo que encargarme de unos asuntos personales y estaré ocupado la mayor parte del día. Si todo va bien, podré pasarme por la oficina después de las tres. De acuerdo. Gracias. Adiós. —Desconectó el teléfono y se lo guardó—. ¿A qué hora quieres que salgamos?

«Oh, eres un hombre muy especial.»

—¿Qué tal a las ocho menos cuarto? En cuanto Simon se vaya a la escuela.

—Perfecto. —Dio un mordisco a la galleta—. Supongo que tendrás que volver arriba para acabar de coser.

—No. Todavía no. Creo que voy a tomarme un descanso. ¿Te apetece que nos sentemos en el sofá a besuquearnos mientras fingimos ver la tele?

Él le acarició la mejilla.

—Desde luego que sí.

La tarde siguiente, Zoe entró en ConSentidos cargada con una enorme caja. La dejó junto a la puerta y miró alrededor.

Malory y Dana habían estado muy ocupadas durante su ausencia. Había cuadros colgados de las paredes, y lo que reconoció como un batik. La mesa que ella misma había restaurado se hallaba colocada junto a la pequeña pared de la izquierda de la puerta, y en su superficie se exhibían una de sus velas aromáticas, un alto pisapapeles de cristal marrón en forma de lágrima y tres novelas puestas entre dos sujetalibros con forma de más libros.

Alguien había instalado un nuevo punto de luz en el techo y extendido una bonita alfombra sembrada de amapolas.

En su interior se mezclaron el deleite y la culpabilidad. Se remangó, preparándose para meterse de lleno en el trabajo mientras buscaba a sus amigas.

No las encontró en la galería de Malory, pero se quedó boquiabierta cuando pasó por allí. Sólo habían pasado dos días desde la última vez que había echado un vistazo a la planta baja, y parecía imposible todo lo que podía hacerse en tan breve tiempo.

Óleos, bocetos a lápiz, esculturas y grabados enmarcados decoraban las paredes. Una vitrina alta y estrecha albergaba una colección de arte en cristal, y otra alargada y baja exhibía cerámica colorista. En vez de un mostrador para realizar las transacciones, Malory había optado por un escritorio antiguo en la primera sala. El mostrador lo había reservado para la segunda, donde ofrecería el servicio de envolver para regalo las compras.

Había cajas de embalaje sin abrir, pero resultaba obvio que Malory tenía muy claro lo que quería. Zoe sonrió cuando vio que incluso había ya un esbelto árbol de Navidad, con adornos hechos a mano colgando de las ramas.

Dio media vuelta y atravesó la cocina para acceder a la tienda de Dana.

Más de la mitad de las estanterías estaban llenas de libros. Y en un viejo mueble de cocina había tazas de té y café, y tarros de infusiones.

Todos esos avances, y ella no había estado allí para compartir la diversión y ayudar con el trabajo.

Al oír que crujía el suelo encima de su cabeza, salió disparada hacia las escaleras para subir al primer piso.

—¿Dónde está todo el mundo? No puedo creer todo lo que habéis hecho mientras yo... —Se interrumpió, incapaz de seguir hablando, cuando vio su salón de belleza.

—No podíamos esperar. —Dana se pasó una mano por la mejilla y después dio unas palmaditas al sillón que ella y Malory acababan de montar—. Pensábamos que las tendríamos todas armadas antes de que volvieras. Has aparecido justo a tiempo.

Poco a poco, Zoe atravesó la habitación, y luego deslizó una mano por la confortable piel de una de sus cuatro sillas de estilismo.

—Y funcionan. Mira. —Cuando Malory presionó con el pie el círculo de cromo que había en la base de la silla, ésta se elevó—. Es muy divertido.

—¡Eh —Dana se sentó en otra y la hizo girar—, esto sí que es divertido!

—Han llegado —fue todo lo que pudo decir Zoe.

—No sólo eso. Mira ahí. —Malory señaló las tres brillantes pilas para lavar el pelo—. Las han instalado esta mañana. —Arrastró a una atónita Zoe y abrió un grifo—. ¿Lo ves? También funcionan. Ya es todo un salón de belleza.

—No puedo creerlo. —Zoe se sentó en el suelo, se cubrió el rostro con las manos y rompió a llorar.

—Oh, tesoro. —Al instante, Malory se desató el pañuelo que llevaba en la cabeza y se lo ofreció para que se secara las lágrimas.

—Tengo pilas de lavado. Y sillas —dijo Zoe sollozando contra el colorido cuadrado de tela—. Y…, y tú tienes cuadros, esculturas y cajas de madera tallada. Y Dana tiene libros. Hace tres meses yo tenía un empleo de mierda y trabajaba para una mujer que ni siquiera me apreciaba. Ahora tengo sillas. Vosotras las habéis montado para mí.

—Tú restauraste la mesa —le recordó Malory.

—También encontraste la estantería para la cocina. Tuviste la idea de la iluminación con focos dirigibles y diste cemento blanco a las baldosas de los baños. —Dana se inclinó para darle una palmadita cariñosa en la cabeza—. Estamos juntas en esto, Zoe.

—Lo sé, lo sé. Se trata de eso. —Se secó los ojos—. Es precioso. Todo esto. Me encanta. Os quiero. Estoy bien. —Sorbió por la nariz y soltó un largo suspiro—. Dios, quiero lavar el pelo a alguien. —Riendo por fin, se puso en pie—. ¿Quién quiere ser la primera? —Al oír que llamaban desde el piso de abajo, sacudió la cabeza—. ¡Mierda, se me había olvidado! Es el chico del rastrillo con mi sofá. Le di veinte dólares para que me lo trajera. Tengo que ayudarle a subirlo hasta aquí.

Cuando Zoe salió corriendo, Malory se giró hacia Dana.

—Se le están juntando muchas cosas.

—Sí, desde luego. No creo que nos hayamos parado a pensar en la presión que recaería sobre la que tuviese el último turno. Si a eso le añades lo cerca que estamos de terminar con esto… —Extendió los brazos para abarcar la estancia—. Debe de estar a punto de estallar.

—Tenemos que asegurarnos de estar cerca de ella cuando eso suceda.

Bajaron para echar una mano con el sofá. Cuando estuvo colocado en su sitio, Malory dio un paso atrás y ladeó la cabeza.

—Bueno…, es agradable y grande. Y… —buscó algo positivo que decir sobre aquel objeto de un marrón apagado—… tiene un bonito respaldo.

—Es más feo que pegarle a un padre es la definición que andas buscando —la ayudó Zoe—. Pero espera y verás. —Empezó a abrir la caja que había llevado consigo, pero se detuvo de repente—. Id abajo hasta que haya terminado.

—¿Qué vas a hacer? —Dana le dio una patadita al sofá—. ¿Prenderle fuego?

—Vamos, dadme cinco minutos.

—Creo que te hará falta más tiempo —le advirtió Malory.

En cuanto se quedó sola, Zoe se puso manos a la obra. Se dijo a sí misma que si había algo que sabía bien eso era cómo convertir unas orejas de cerdo en un bolso de seda.

Cuando la transformación fue completa, retrocedió con los brazos en jarras.

Y, por Dios, había vuelto a conseguirlo. Fue hasta el hueco de las escaleras para llamar a sus amigas.

—Venga, subid. Decidme lo que opináis, y sed sinceras.

—¿La idea de prenderle fuego no te ha parecido lo bastante sincera? —preguntó Dana—. Mal y yo podemos quemarlo por ti si vas escasa de tiempo. ¿No tienes que irte a casa por Simon?

—No. Ya os contaré eso luego. —Cogió a Dana de la mano y después a Malory, y las llevó hasta el salón.

—Dios mío, Zoe. Dios mío, es precioso. —Asombrada, Malory se acercó al sofá para examinarlo.

El armatoste de triste color marrón se había metamorfoseado en un encantador sofá recubierto de hortensias de un rosa intenso sobre un fondo azul celeste. Los cojines estaban ahuecados y alegres lazos rodeaban los brazos del mueble.

—Es más que un milagro —afirmó Dana.

—Quiero hacer también un par de escabeles y forrarlos con la misma tela, u otra que lleve uno de los colores predominantes. Después me agenciaré algunas sillas plegables acolchadas y también les coseré unas fundas…, una especie de cobertores como en las bodas, con un lazo en la parte de atrás.

—Ya que estás, podrías tejerme un coche nuevo —sugirió Dana.

—Es magnífico, Zoe. Y ahora, ¿vas a sentarte ahí y contarnos lo que ha sucedido hoy?

—Aún no puedo sentarme. Sentaos vosotras. Quiero ver qué pinta tiene con gente. —Se paseó para estudiar el sofá desde distintos ángulos—. Tiene justo el aspecto que yo deseaba. A veces me entra el miedo, porque todo está yendo muy bien. Entonces empiezo a preocuparme de que, por esa razón, acabe echando a perder el tema de la llave. Ya sé que suena absurdo.

—No creas —replicó Dana mientras se aposentaba en el sofá—. Yo tiendo a preocuparme pensando qué irá a estropearse cuando todo va de maravilla.

—Yo pensaba…, esperaba que podría sentir algo al regresar a Morgantown. Y, bueno, Brad y yo hemos pasado por mi viejo apartamento y la peluquería en la que trabajaba. También por el local de tatuajes. Incluso hemos entrado en Reyes de Casa. Sin embargo, no ha sido como ayer. No he percibido esa sensación de apremio y entendimiento. —Se sentó en el suelo, delante del sofá—. Ha estado bien ver algunas de esas cosas de nuevo, recordar. En cambio nada me ha atrapado. Viví allí durante casi seis años, pero fue…, me he dado cuenta de que fue una transición. Nunca tuve la intención de quedarme. Trabajé y viví allí, pero mi mente estaba mirando hacia delante. Hacia aquí, supongo —añadió en voz baja—. A donde íbamos a ir, en cuanto yo pudiese arreglarlo. Simon nació allí, y eso es lo más grande de mi vida. Pero no hice nada más en aquel lugar, no me ocurrió nada más que fuese igual de importante. Aquél sólo fue… un lugar preparatorio.

—Entonces eso es lo que has averiguado hoy —apuntó Malory—. Tu llave no está allí. Si no hubieras ido y pasado un tiempo buscando, no lo sabrías.

—Lo cierto es que sigo sin saber dónde está. —Frustrada, se golpeó con el puño en la rodilla—. Dentro de mí siento que debería poder verla, pero que tengo la cabeza girada, sólo un poco, en dirección equivocada; y me inquieta que pueda continuar así, haciendo lo que he de hacer cada día, pero sin descubrirla por no volver la cabeza para mirar hacia el punto correcto.

—Malory y yo también nos desanimamos cuando nos tocó a nosotras —le recordó Dana—. También mirábamos en dirección equivocada.

—Tienes razón. Pero es que están pasando tantas cosas de este lado que parece que del otro no esté sucediendo apenas nada. Este lugar y lo que siento por él…, lo que siento por vosotras… Es algo muy grande. Después pienso en cómo se supone que he de sacar esa llave de la nada…, y al instante siguiente sé que puedo. Sé que puedo sólo con dirigir la vista al lugar adecuado.

—Has vuelto a donde empezaste —terció Malory—. Y has buscado donde estuviste esperando. ¿No es ésa una manera de describir tu vida antes de que llegaras aquí?

—Supongo que sí.

—A lo mejor deberías mirar en el lugar en que has terminado. El lugar en el que te hallas ahora.

—¿Te refieres a ConSentidos? ¿Crees que podría estar aquí, en esta casa?

—Quizá, o en algún otro sitio importante para ti. En algún lugar en el que te enfrentaste, o te enfrentarás, a un momento de verdad. A una decisión.

—De acuerdo —asintió Zoe, pensativa—. Intentaré concentrarme en eso durante un tiempo. Trabajaré aquí mientras Simon está con Brad.

—¿Simon está con Brad? —inquirió Dana.

—Eso es lo otro que os tenía que contar. —Dirigió una mirada confundida a Dana—. Cuando volvíamos, he comentado algo sobre recoger a Simon en la escuela y traerlo aquí…, mientras intentaba resolver cómo arreglar esto y aquello. Entonces Brad va y dice que él lo recogerá. Por supuesto, el hecho de que yo me niegue no vale para nada. Él lo recogerá, se lo llevará un rato a Reyes de Casa y luego a su casa, porque, por lo visto, ya habían quedado los dos en jugar a un videojuego de béisbol. Que yo haga lo que tenga que hacer, y que él vendrá a casa con Simon sobre las ocho. Ah, y que no me preocupe por la cena —añadió, con un airoso ademán—. Ellos encargarán pizza.

—¿Eso es un problema? —preguntó Malory.

—No exactamente. Desde luego, para Simon no lo es, y yo podré emplear bien ese tiempo. Pero es que no me gusta empezar a depender de alguien. No es más que otra manera de meterse en problemas. No quiero empezar a depender de Brad. No quiero estar enamorada de él. No quiero nada de eso, y no me veo capaz de impedirlo. —Con un suspiro, apoyó la cabeza sobre las rodillas de Malory—. ¿Qué voy a hacer ahora?

—Limítate a hacer lo que venga después.

12

Zoe se quedó en ConSentidos cuando sus amigas se marcharon a casa. Quería sentir el edificio a su alrededor, al igual que había sentido el bosque el día anterior. ¿Qué era lo que la había atraído de aquella casa?

Era ella quien la había encontrado. Era ella quien hizo números, incluso cuando una parte de sí misma no creía que fuese a conseguirlo.

No obstante, a pesar de las dudas, a pesar de las probabilidades, persistió en su idea y trazó mentalmente lo que al principio no era más que una vaga fantasía. Una esperanza que al fin se había convertido en su realidad.

Ella había sido la primera de las tres en entrar en la casa y recorrerla, la primera que había empezado a ver lo que podía hacerse. Y cómo había que hacerlo. Mientras deslizaba los dedos por la pared del pasillo central del primer piso, se recordó que había sido la primera en manifestar sus pretensiones.

¿Acaso no se mantuvo firme cuando el agente inmobiliario protestó por el potencial de la propiedad, su valor comercial y los tipos de interés? ¿No sabía ella que aquél era el lugar donde construir su futuro? Vio los muros pintados de un beis apagado, las molduras descascarilladas, las ventanas polvorientas, y visualizó color, luz y posibilidades si era capaz de arriesgarse.

¿No supuso aquél un momento de verdad?

La casa era otra de las cosas que la habían acercado a Malory y Dana, que las había transformado en una unidad. Como también las unía la búsqueda de las llaves. Al igual que cada una de ellas era una llave. Entrelazadas en busca de respuestas al ayer y al mañana.

Kane había ido hasta allí para tentar y amenazar a sus dos amigas. ¿Iría también a tentarla y amenazarla a ella? El miedo hacia Kane era como un ente vivo en el interior de Zoe.

Se detuvo en lo alto de las escaleras y miró hacia abajo, hacia la puerta principal. Sólo tenía que bajar los escalones, cruzar esa puerta e incorporarse a un mundo que comprendía, reconocía y, hasta cierto punto, controlaba.

Por las calles circulaban coches y había gente andando por las aceras. La vida normal y corriente, que seguía su curso normal y corriente.

Dentro de la casa estaba sola, como lo había estado en el bosque. Como lo estaba todas las noches cuando apagaba la lamparita de la mesilla y reposaba la cabeza en la almohada.

Ésas eran sus elecciones, y no podía temer lo que ella misma había elegido hacer con su vida.

Dio la espalda a las escaleras, dio la espalda a la puerta y al mundo del otro lado, y recorrió el silencioso pasillo del lugar que ella había reivindicado como suyo.

Mientras se aproximaba a la puerta del desván, sintió un frío helador en la piel. Desde la experiencia de

Malory allá arriba, las tres habían evitado esa estancia. Y tampoco habían hablado del tema. Era una parte de la casa que había dejado de existir para ellas, una parte a la que —de un modo muy real— habían renunciado.

¿No había llegado la hora de recuperarla? Si la casa había de ser suya, completamente suya, no podían actuar como si una parte de ella no existiese.

Era allí donde Malory había alcanzado su momento decisivo, y había triunfado. Aun así, habían abandonado aquel escenario, como si hubiesen sufrido una derrota.

Ya era hora de cambiar eso.

Zoe alargó la mano y giró el pomo de la puerta. Abrió. Le ayudó bastante pulsar el interruptor…, un acto de lo más común y habitual. La luz era más reconfortante que la oscuridad, y eso era humano. A pesar de ello, Zoe subió luchando por no salir corriendo cuando los peldaños crujieron bajo su peso.

El polvo le hizo cosquillas en la nariz, y pudo verlo dando vueltas en los rayos de luz de la bombilla desnuda. Aquel lugar necesitaba una buena limpieza, y entre los objetos abandonados que los habitantes anteriores habían dejado atrás habría una considerable cantidad de trastos que podrían transformarse en tesoros.

Un aparador que precisaba ser decapado o pintado, lámparas sin pantalla, una mecedora con una barra rota, cajas que acumulaban polvo, libros que acumulaban moho.

Zoe reparó en que las arañas habían estado muy atareadas allí arriba, y muy probablemente los ratones estarían haciendo nidos de lo más confortables en el interior de las paredes sin terminar. Había que barrerlo todo.

E instalar trampas. Aquél era un espacio muy bueno y práctico como almacén, y lo estaban desaprovechando.

Zoe recordó cómo lo había visto, lleno de una niebla azul y con un frío que helaba hasta los huesos.

Se dijo que sería mejor recordar que allí habían obtenido una victoria. Sin embargo, fue hasta la ventana y la abrió de par en par para que el fresco aire del atardecer disipara el olor a humedad.

Pensó que el hecho de estar allí arriba sola era un paso importante. No sólo una especie de reclamación, sino también una demostración a sí misma de que no se dejaría bloquear por el miedo. Se prometió que la próxima vez llevaría una escoba, un trapo para limpiar el polvo y un cubo para fregar. De momento se limitaría a echar un vistazo a lo que había amontonado y ver qué podían conservar y utilizar, y qué cosas debían tirar.

Había una vieja jaula que podría limpiar y pintar. Ya le encontraría algún uso. Igual que a la lámpara de pie metálico y a la mesa de extremos retorcidos. Probablemente los libros estarían llenos de lepismas, así que tomó nota mentalmente de que había que revisarlos, meter en cajas los que estuvieran demasiado maltrechos y tirarlos ella misma para ahorrarle un disgusto a Dana.

Encontró una antigua muñeca de trapo Raggedy Ann, con un hombro desgarrado. Pensó que alguien la había querido alguna vez. Quizá con un buen lavado y unas cuantas puntadas otra persona volviese a quererla. La sujetó con el brazo mientras se abría paso entre las cajas y apartaba los muebles.

Consideró como un tesoro un largo espejo oval de bordes biselados. Sí, habría que azogarlo de nuevo, pero por lo demás estaba en muy buen estado. Podían colgarlo de una cinta en el área central o, mejor aún, colocarlo junto al botiquín del tocador de señoras de la planta baja.

Con la muñeca descansando en su brazo, inclinó el espejo contra la pared para observarlo.

Vio su reflejo en el cristal moteado, de pie bajo la cruda luz, con polvo en el cabello y las mejillas, y con una muñeca de trapo rota en el brazo.

Pensó que, como el espejo y la muñeca, ella no era nada especial para ser mirada, de momento. Sin embargo, lo importante era el potencial. Se le veían señales de cansancio alrededor de los ojos, pero eso no era nada que una sesión de diez minutos con rodajas de pepino no pudiese arreglar. Sabía cómo sacar partido en lo referente a la apariencia. Eso sólo era una cuestión de rutina y de unos cuantos trucos del oficio.

También sabía estar en armonía interiormente. Mientras se considerase a sí misma como una labor en proceso, no pararía de intentar aprender, realizarse, hacer más consigo misma.

Ella no era una triste Raggedy Ann que requería cuidados. Ella sabía, y muy bien, cuidarse y cuidar de quienes la necesitaban.

Pensó que Kyna la necesitaba. Kyna y sus hermanas necesitaban que ella encontrase la última llave que abriría la puerta de su prisión. No podía abandonar, no abandonaría sin haber hecho todo lo posible.

—Cueste lo que cueste —declaró en voz alta—. No les daré la espalda.

Mientras lo miraba, el espejo se empañó, y un leve destello danzó por la superficie picada. A través de eso

Zoe se vio a sí misma. Después ya no era ella, sino una joven alta y esbelta, vestida de verde, con un cachorro de perro colgado del brazo y una espada en el cinto.

Fascinada, Zoe dio un paso adelante y alargó una mano para posar los dedos sobre el espejo. Y vio cómo se deslizaban hacia el interior del cristal. Conmocionada, retiró la mano de golpe y la cerró sobre su desbocado corazón.

La imagen del espejo continuó allí, devolviéndole la mirada. Aguardando.

Zoe quería echar a correr, podía sentir las piernas tensas, con ganas de salir disparadas hacia la puerta y alejarse de allí. Pero ¿acaso no había hecho una promesa? «Cueste lo que cueste.» Cerrando los ojos un instante, se esforzó en calmarse. Lo que Malory le había dicho sobre Brad podía aplicarse a cualquier aspecto de la vida, ¿no? «Limítate a hacer lo que venga después.»

Zoe se armó de valor, aferró la muñeca para sentirse reconfortada y se internó en el espejo.

Se hallaba con sus hermanas bajo la brillante luz del sol, con el aire inundado por el perfume del jardín. Los pájaros cantaban en una especie de regocijo desesperado que elevaba los corazones.

En su brazo, el perrito se retorcía intentando lamerle la barbilla. Ella lo dejó en el suelo para que correteara un poco, y unió su risa a la de sus hermanas.

—Deberíamos enseñarlo a bailar. —Venora agitó los dedos sobre las cuerdas de su arpa mientras el animalito saltaba con torpeza tratando de cazar una mariposa.

—Lo que hará es escarbar en el jardín. —Niniane se inclinó para acariciar la cabeza del cachorro—. Y meterse en incontables problemas, que es lo que tiene que hacer. Me alegro mucho de que te lo hayas encontrado, Kyna.

—Parecía como si estuviese esperándome. —Ya locamente prendada de él, Kyna se acuclilló y le hizo cosquillas en la blanda y regordeta barriga—. Estaba sentado en el sendero del bosque, como diciendo: «Ya era hora de que aparecieras y me llevaras a casa».

—Pobrecito. Me pregunto cómo se habrá perdido.

Kyna miró a Venora.

—No creo que se haya perdido. Lo que creo es que se ha encontrado. —Se puso en pie, levantó el perrito en el aire y empezó a dar vueltas mientras él aullaba y se rebullía, lleno de contento—. Cuidaremos de ti y te protegeremos. Tú crecerás hasta hacerte grande y fuerte.

—Entonces nos protegerá él a nosotras —dijo Niniane, y alargó la mano para tirarle suavemente de la cola.

—Ya tenemos guardianes más que suficientes. —Frotando la mejilla contra la cabeza del cachorro, Kyna se giró para mirar hacia el otro extremo del jardín, a las dos figuras que se abrazaban debajo de un árbol cargado de flores—. Rowena y Pitte se dedican exclusivamente a mirarnos o a mirarse el uno al otro.

—Nuestros padres se preocupan demasiado. —Niniane dejó la pluma y alzó el rostro hacia el cielo. Era una perfecta superficie azul—. ¿Dónde podríamos estar más seguras que aquí, en el corazón del reino?

—Hay quienes golpearían el corazón si tuvieran la desfachatez necesaria. —Inconscientemente, Kyna posó una mano en la empuñadura de la espada—. Algunos, a través de nosotras, les harían daño a nuestros padres, a nuestro pueblo, a nuestro mundo, incluso al mundo que hay más allá.

—No entiendo qué necesidad hay de odiar cuando existe tanta belleza. Y tanto amor —añadió Venora.

—Mientras haya seres como Kane y sus seguidores, habrá un conflicto entre lo que es bueno y lo que es malo. Lo mismo ocurre en todos los mundos —aclaró Kyna—. Debe haber guerreros además de artistas y bardos, gobernantes y eruditos.

—Hoy no hace falta una espada. —Niniane tocó la cadera de Kyna.

—Para Kyna siempre hace falta una espada —repuso Venora con una carcajada—. Escucha esto: sin duda el amor es un arma tan valerosa y fiable como el acero. —Rasgueó el arpa mientras observaba a Pitte y Rowena—. Fijaos en cómo están juntos, como si sólo se necesitasen el uno al otro. Algún día encontraremos eso mismo.

—El hombre que yo ame tiene que ser tan guapo como Pitte —declaró Niniane—, e inteligente.

—El mío será todo eso, pero con alma de poeta. —Batiendo las pestañas, Venora se apretó una mano contra el corazón—. ¿Y el tuyo, Kyna?

—Ah, bueno. —Kyna volvió a sujetar el perrito con el brazo—. Guapo, por supuesto, e inteligente, con alma de poeta… y el corazón de un guerrero. También ha de ser el más hábil de los amantes.

Las tres se echaron a reír a la vez, como hacen las hermanas, juntándose un poco, y no vieron que la perfecta superficie del cielo comenzaba a oscurecerse por el oeste.

Venora se estremeció.

—Hace más frío.

—El viento… —empezó Kyna, y entonces el mundo enloqueció.

La joven giró sobre sí misma, y su espada silbó mientras la sacaba de la vaina, mientras pasaba entre sus hermanas y la sombra que se proyectaba desde el bosque.

Oyó los chillidos, el despiadado azote del viento, los gritos de los que corrían a defenderlas. Vio la taimada silueta de una serpiente que se deslizaba sobre las baldosas y el avance de una neblina azul.

Entonces Kane, con los ojos ennegrecidos de poder en su bello rostro, surgió de entre las sombras. Alzó las manos hacia el cielo tormentoso y su voz sonó como un trueno.

Cuando ella atacó blandiendo la espada en alto, el dolor la desgarró como unos dedos crueles, arrancándole el corazón y obligándola a caer de rodillas.

Lo vio sonreír un momento antes de ser separada de su propio cuerpo.

En el desván, bajo la cruda luz de la bombilla que colgaba del techo, volvía a estar Zoe, con una angustia helada en el pecho y lágrimas rodándole por las mejillas.

—Sufro por ellas. —Zoe entrelazó las manos con fuerza, sentada a la mesa de su cocina—. He sentido lo que ella sentía…, las emociones, el sol, el pelaje cálido del cachorro, pero aun así estaba separada de la escena. No sé cómo explicarlo bien.

—¿Era una especie de imagen especular? —sugirió Brad, y le acercó un poco más la copa de vino que le había servido.

Zoe había esperado hasta que Simon estuviese acostado, pero incluso antes sus ojos mostraban los sentimientos que la recorrían por dentro.

Brad lo había percibido, y sospechaba que Simon también, pues el muchacho se había ido a la cama sin ni siquiera una protesta simbólica.

Ya en la cocina, Zoe estaba pálida y se esforzaba en impedir que le temblaran las manos.

—Sí. —Parecía aliviarla el hecho de poder darle un nombre—. Como eso, como un reflejo. He atravesado el espejo, como Alicia —dijo con asombro—. Y yo las conocía, Bradley. Las amaba, igual que Kyna. Estaban sentadas en el jardín, disfrutando del perrito y de la luz del sol, un poco divertidas y un poco envidiosas del abrazo de Pitte y Rowena, tan absortos en ellos mismos. Hablaban como charlan las chicas sobre la clase de hombre del que se enamorarán. Después todo se ha vuelto frío, oscuro y aterrador. Kyna ha intentado pelear. —Embargada de nuevo por la emoción, Zoe se secó otro torrente de lágrimas de las mejillas—. Ha intentado proteger a sus hermanas. Ha sido su primer y último pensamiento. Kane…, Kane se regodeaba con el dolor de la joven. Ha festejado su derrota. He podido verlo en su rostro. Kyna ha sido incapaz de evitarlo. Y yo también he sido incapaz. —Cogió su copa de vino y le dio un pequeño sorbo.

—No deberías haber estado sola allí arriba.

—Yo creo que debía estar sola. Comprendo lo que dices, pero creo, y siento, que esto era algo que tenía

261

que experimentar por mí misma. Bradley —apartó la copa de vino y estiró la mano por encima de la mesa para posarla sobre la de él—, Kane no sabía que yo estaba allí. No lo sabía. Estoy convencida de eso. El hecho de que me hayan atraído al otro lado sin que él se enterara tiene que significar algo. Y pienso que significa que Kyna continúa peleando, o al menos que lo intenta.

Brad se recostó en la silla, reflexionando.

—Es posible. Puede que con las dos primeras cerraduras abiertas las hermanas sean capaces de transmitir algo. Sus pensamientos, sus emociones, su esperanza. Podría bastar para conectar contigo, especialmente si cuentan con ayuda.

—Rowena y Pitte.

—Vale la pena averiguarlo. Si alguien viene a quedarse con Simon, podemos subir al Risco del Guerrero a preguntárselo.

—Ahora son casi las diez. No podemos ir hasta allí y estar de vuelta antes de medianoche, y no quiero pedirle a nadie que venga a estas horas.

—De acuerdo. Lo haré yo. —Se puso en pie y alzó el auricular del teléfono de la cocina.

—Bradley…

—¿Confías en Flynn para que cuide de Simon?

—Por supuesto que sí —respondió Zoe mientras él marcaba un número—, pero no me parece bien que tenga que dejar su casa para hacer de canguro.

Brad se limitó a levantar una ceja.

—¿Flynn? ¿Podrías venir a casa de Zoe y quedarte con Simon? Tenemos que ir a hablar con Rowena y Pitte. Ya te lo explicaré más tarde. Estupendo, os esperamos a ti y a Malory. —Colgó el teléfono—. Diez minutos. Eso es lo que hacen los amigos, Zoe.

—Ya lo sé —agitada, se tironeó del pelo—, pero es que no me gusta sacar a la gente de su casa sólo porque me he puesto nerviosa.

—A una mujer que acaba de atravesar un espejo no debería ponerle nerviosa ir al Risco del Guerrero.

—Supongo que no.

Mientras cruzaban la verja del Risco, Zoe se dijo que quizá no fuese tanto nervios como expectación. Había una nueva sensación de urgencia ahora que, en un sentido absolutamente real, había estado en la piel de la mujer del cuadro.

«La joven», se corrigió a sí misma. Había percibido su inocencia, su esperanza y su coraje…, la pura juventud de todo ello. Durante el tiempo pasado al otro lado del espejo, había conocido a la diosa, en alma y corazón.

Y su propio corazón sufría por ese motivo.

Alzó la vista hacia la luna en cuanto se apeó del coche. Pensó que se había convertido en su reloj de arena. Y el tiempo se escurría implacablemente mientras ellos esperaban.

Fue Pitte quien los recibió en la puerta, que se abrió antes de que hubiesen atravesado el pórtico. Zoe advirtió que parecía relajado, y menos formal que de costumbre, con un suéter de color gris piedra.

—Lamento haber venido tan tarde —empezó a disculparse ella.

—¿Tarde? —Él le cogió una mano y la hizo ruborizarse cuando se la llevó a los labios—. No hay hora en la que no seas bienvenida aquí.

—Oh. —Aturullada, Zoe miró a Brad y vio que estaba observando fijamente a Pitte—. Eso es muy amable por tu parte. De todos modos procuraremos no entreteneros demasiado.

—Todo el tiempo que desees. —No le soltó la mano y la guió al interior—. Las noches son cada vez más frías. Tenemos un fuego encendido en el salón. ¿Tu hijo se encuentra bien?

—Sí. —Zoe se preguntó si antes de ese día había mantenido alguna auténtica conversación con Pitte—. Está durmiendo. Flynn y Malory se han quedado con él. Brad me ha traído hasta aquí porque… tengo algunas cuestiones que plantear sobre cosas que han sucedido.

—Zoe fue atacada —dijo Brad sin más preámbulos mientras entraban en el salón.

Rowena se puso en pie rápidamente.

—¿Estás herida?

—No, no; estoy bien. Bradley, no deberías asustar a la gente de esa forma.

—Fue atacada —repitió él—. Y, aunque salió sólo con arañazos y cardenales, podría haber sido muchísimo peor.

—Estás furioso —reconoció Pitte—. Yo también lo estaría si ella fuese mía. Incluso una guerrera —añadió dirigiéndose a Zoe antes de que ella pudiese hablar— debería apreciar el valor de contar con un paladín.

—Sentaos, por favor. —Rowena señaló el sofá—. Té, me parece. Algo relajante. Iré a ocuparme. —Pero antes se acercó a Zoe, le cogió el rostro entre las manos y la besó en las mejillas—. Estoy en deuda contigo —le dijo con dulzura—. Y no hay modo de pagarte lo suficiente para saldarla.

Estupefacta, Zoe se quedó donde estaba mientras Rowena abandonaba la estancia. Después miró a Pitte.

—Eras tú. En el bosque. El ciervo del bosque. Eras tú.

Él volvió a tocarla, rozándole apenas la mejilla con la punta de los dedos.

—¿Por qué no saliste huyendo, joven madre?

—No podía. Tú estabas herido. —Empezaron a temblarle las piernas, de modo que se sentó en el sofá—. Estaba demasiado asustada y demasiado rabiosa para huir. Y tú estabas herido.

—Pegó a Kane usando la rama de un árbol como un garrote —le contó Pitte a Brad—. Y estuvo magnífica. Eres un hombre afortunado.

—Ella no está tan convencida de eso como yo. Todavía.

Confundida, Zoe se presionó los dedos contra las sienes.

—Estabas en el bosque, cuidando de mí. El ciervo… tenía tus mismos ojos.

Pitte sonrió mientras Rowena regresaba a la habitación.

—No habría estado allí si Rowena no hubiese insistido.

—¿Kane me habría matado?

—Ya ha derramado sangre humana antes. —Pitte se acomodó en una butaca—. También podría haber derramado la tuya.

—¿Y habría…? ¿Podría haberte matado a ti?

Pitte inclinó el mentón lo justo para mostrar un gesto de arrogancia.

—Podría haberlo intentado.

—A lo mejor habría sido más efectivo si hubieses aparecido con tu aspecto real, armado con una escopeta —terció Brad.

—No puedo combatir bajo la forma humana si él adopta la de un animal.

—Te hirió de un modo espantoso —recordó Zoe—. Tenías el costado desgarrado.

—Ya me lo han curado. Gracias.

—Ah, aquí está el té. Pitte gruñó cuando le curé. —Rowena se inclinó para alzar la tapa de la tetera que el sirviente acababa de dejar sobre la mesa—. Lo cual fue una buena señal. Si hubiese estado gravemente herido, no habría dicho nada.

—Yo tenía razón cuando volví a donde crecí —afirmó Zoe—. Siento, la mayor parte del tiempo, que no estoy haciendo lo bastante. Pero hice lo correcto al regresar allí.

—Eres tú quien ha de escoger la ruta. —Rowena le ofreció una taza—. Tu hombre está preocupado por ti. Lo entiendo —le dijo a Bradley, y sirvió otra taza—. Puedo prometerte que haremos todo lo que esté en nuestras manos para mantener a Zoe a salvo.

—Creaste una forma de protección alrededor de Simon. Pon otra alrededor de Zoe.

El rostro de Rowena reflejó comprensión mientras le tendía la taza.

—No hay llave sin riesgo. No hay ningún objetivo que arriesgar sin la llave. Zoe necesita que tengas fe en ella. Eso es tan esencial como un escudo y una espada.

—Tengo toda la fe del mundo en Zoe. Y ninguna confianza en absoluto en Kane.

—Eres juicioso por ambas cosas —concedió Pitte—. Puede que Kane esté lamiéndose las heridas en este momento, pero no ha acabado. Con ninguno de vosotros dos.

—No se ha tomado ninguna molestia conmigo —señaló Brad.

—Un enemigo astuto elige el momento y el lugar. Cuanto más le importes a Zoe, más potente será el golpe. Después de todo, el camino más seguro para alcanzar el alma es a través del corazón.

Como la taza de Zoe comenzó a repiquetear en el platillo, Brad le hizo un gesto con la cabeza a Pitte.

—Preocupémonos por lo que hay ahora, y ya nos ocuparemos de lo que venga después, cuando corresponda. Tú eres la guardiana de las llaves —le dijo a Rowena—. Las reglas han cambiado, tú misma lo dijiste. Entrégale la llave a Zoe y terminemos con esto.

—Quiere negociar. —Obviamente complacido, Pitte se sentó más erguido—. Hay un contrato.

—Que no estipula nada sobre peligros para la vida o el cuerpo —replicó Brad con naturalidad—. Y cuyos términos quedaron invalidados cuando las personas involucradas sufrieron ataques.

—Ellas renunciaron a ser indemnizadas por cualquier daño que escapara a nuestro control.

—No fueron informadas de todas las posibilidades.

Rowena soltó un suspiro.

—¿Tenías que provocarlo? —le preguntó a Brad—. Estoy segura de que vosotros dos disfrutaríais con una buena disputa sobre contratos, términos legales y todo lo demás. De hecho yo misma estaría de acuerdo con que no se os penalizara con un año de vuestra vida, como establece el contrato, si Zoe decide concluir la búsqueda. Pitte también estaría de acuerdo, aunque le encantaría discutir primero los términos, por pura formalidad.

—Y por diversión —añadió él.

—No puedo darle la llave a Zoe —continuó Rowena—. Una vez que se acepta el reto, una vez que se ha iniciado, está fuera de mi alcance. No puedo tocar las llaves hasta que las hallen las elegidas para buscarlas, o hasta que haya trascurrido el tiempo previsto. Ésa es la naturaleza de todo esto.

—Entonces dile dónde está.

—No puedo.

—Porque no está en ningún sitio hasta que yo la encuentre —intervino Zoe con suavidad, mientras esa idea se fijaba claramente en su cabeza—. No estará ahí —añadió, mirando a Rowena— hasta que yo lo sepa.

—Tú tienes todo el poder en esto, y sólo has de averiguar cómo utilizarlo.

—¿Me he enviado a mí misma a través del espejo? ¿O me has enviado tú?

—No te comprendo.

—El espejo, en el desván de ConSentidos. Kyna estaba dentro de él. Nos hemos mirado la una a la otra, y luego he traspasado el cristal y estaba allí, en el jardín del cuadro. Yo formaba parte de Kyna.

Rowena aferró con una mano la muñeca de Zoe.

—Cuéntamelo todo. Exactamente como ha sucedido.

Mientras Zoe se lo explicaba, los ojos de Rowena no se despegaron de su rostro. Los dedos de la mujer se le clavaron en la carne hasta que sintió que se le iba a formar una moradura.

Cuando terminó, Zoe sintió que aquellos dedos temblaban antes de soltarla.

—Un momento —pidió Rowena con voz ronca, y se puso en pie para colocarse frente al fuego.

—*A ghra*. —Pitte se le acercó y apoyó la barbilla en lo alto de su cabeza.

—¿Es algo malo? —Agitada, Zoe alargó la mano, buscando la de Brad.

—Me temía lo peor para mi mundo. Que Kane habría desafiado toda ley sin tropezar con ningún obstáculo. Que tras haber derramado sangre mortal, aun así, había salido impune. ¡Oh! —Rowena se giró y hundió el rostro en el pecho de Pitte—. Mi corazón estaba a oscuras y lleno de temor.

—Se está librando una batalla encarnizada, no hay duda de eso. Y yo estoy aquí atrapado. —Las palabras de Pitte destilaban frustración.

—Es aquí donde se te necesita. —Rowena se separó de él. Tenía las mejillas húmedas por las lágrimas—. Esta batalla también debe ganarse. —Se aproximó de nuevo a Zoe—. Hay esperanzas renovadas.

Zoe abrió el bolso, sacó un pañuelo de papel y se lo ofreció.

—No lo entiendo.

—Yo no sabía nada de esto —afirmó Rowena—, y Kane tampoco. No lo he previsto, y tampoco Kane. Si Kyna ha sido capaz de mostrarte y de dejarte tocar lo que es, será porque él ha sido capaz de alcanzarla.

—¿Quién?

—El rey. Kane no es el único que puede emplear la guerra para sus propios fines. Si nosotros podemos vencer en este territorio, el rey vencerá en el suyo. Has recibido un regalo, Zoe. Durante unos momentos has sido una diosa, la hija de un monarca. —Se le iluminó el semblante—. No sólo te han enseñado lo que son, lo que han perdido, sino que tú misma lo has tocado. Kane jamás podrá romper ese vínculo.

—Kyna ha intentado luchar, pero no ha podido. Ha desenvainado la espada —dijo Zoe, y pudo sentir, incluso entonces, el modo en que el arma había salido volando de su funda—. Pero Kane la ha abatido antes de que ella pudiese usarla.

—El combate no ha concluido. —Rowena le cogió la mano, con delicadeza esta vez—. Ni en tu mundo ni en el mío.

—Kyna lo conocía. Lo ha entendido… Ha entendido lo que estaba sucediendo, y ha mirado a Kane a la cara.

—Ella te ha tocado, ha vivido dentro de ti durante esos momentos, y ha sabido, según creo, lo que tú sabías. Ése ha sido tu regalo para ella.

—No pienso dejarla allí. Espero que lo sepa.

Brad se quedó un poco rezagado cuando empezaron a salir, y se volvió hacia Pitte mientras Rowena acompañaba a Zoe hasta la puerta.

—Si Kane le hace daño a Zoe, vendré a por ti, sin importarme la forma que adoptes.

—Yo haría lo mismo si nuestra situación se invirtiera.

Brad miró hacia Zoe y siguió hablando en voz baja.

—Dime qué debo hacer para que Kane venga a por mí.

—Irá a por ti, porque Zoe y tú estáis conectados. Todos vosotros lo estáis. Logra que ella te ame, y sucederá más pronto de lo que imaginas.

13

Zoe decidió que dormir no iba a ser una prioridad durante un tiempo. Tal como había organizado las cosas, ni siquiera se encontraría entre las cinco prioridades de su lista. Tenía un hijo que criar, y le daba la sensación de que no había estado dedicándole el tiempo ni la atención que se merecía. Tenía un negocio que poner en marcha, y eso iba a consumir otra considerable cantidad de horas.

Estaba manteniendo su primera relación seria y adulta con un hombre, y no le había reservado tiempo para averiguar cómo se había metido en ella, y mucho menos aún para disfrutarla.

Debía llevar a cabo una búsqueda, y si no cruzaba la línea de meta antes de dos semanas todo estaría perdido. Lo que se hallaba encerrado en una urna de cristal había vivido dentro de ella durante un instante milagroso. Y ella estaba preparada para sudar sangre si era preciso para salvarlo.

De manera que el dormir debería esperar hasta que pudiese hacerle un hueco en su programa de actividades.

Pasó el día en ConSentidos entrevistando a posibles empleados, calculando horas potenciales de trabajo y escalas salariales. Pasó la tarde con Simon, ayudándole a diseñar un trabajo del colegio que consistía en un comedero para pájaros, recortándole el pelo y disfrutando sin más de su compañía.

Empleó la mayor parte de la noche entre el papeleo y tareas de la casa que había aplazado durante demasiado tiempo.

Hizo números, y juegos malabares con ellos. Los estiró y los comprimió, pero los resultados eran los mismos. Los costes de la puesta en marcha del salón de belleza habían engullido su capital a un ritmo pasmoso. Admitió que gran parte de eso se debía a su determinación de empezar con estilo. Lo cierto es que estaría condenada si permitía que algo desluciera su sueño.

Mientras examinaba la hoja de cálculo que había creado en el ordenador, reconoció que tendría que reducir los gastos a su mínima expresión. Ya los había minimizado en otras ocasiones. Si conseguían abrir las puertas de ConSentidos el día siguiente a Acción de Gracias y si tenían clientes que gastaran dinero allí, enseguida comenzarían a compensar el desembolso. Gota a gota, pero el goteo se transformaría en un chorro, y el chorro en un torrente.

Las semanas anteriores a la Navidad eran la época de mayores ingresos en la venta al por menor, y esas fechas eran justo lo que ConSentidos necesitaba para despegar.

Si había algo que ella sabía hacer, eso era cómo estirar un dólar. Ya lo había logrado antes. Para ello necesitaba continuar dos años más con el mismo coche sin reparaciones de envergadura. «Por favor, Dios.»

Recortaría de aquí y de allá, sin que eso afectara a Simon. Seis meses, quizá un año, y ConSentidos marcaría una gran diferencia en sus vidas. Les otorgaría la estabilidad que tan desesperadamente deseaba para su hijo. Además, a ella le proporcionaría el orgullo y el respeto que tan desesperadamente deseaba para sí misma.

Era allí adonde había estado dirigiéndose desde que abandonó la caravana a los dieciséis años. Una encrucijada fundamental entre las muchas de su vida. Una dirección más. Meditabunda, se recostó en la silla. ¿Y qué pasaba con las otras?

Si ConSentidos era uno de esos cruces de caminos, también lo era la casa en que vivía, la casa para la que había ahorrado y por la que pagaba todos los meses un dinero ganado con el sudor de su frente. A Zoe se le ocurrió que si un simple viaje de vuelta a sus raíces y una exploración por el desván de ConSentidos habían podido revolver poderes y fuerzas ocultos, entonces fregar el suelo de su propia cocina era posible que tuviera los mismos efectos.

Archivó los papeles, apagó el ordenador portátil y fue en busca del cubo de fregar.

La primera razón por la que había escogido aquella casa era porque podía permitírsela. Por los pelos. También supo, al igual que nada más entrar en el edificio que se convertiría en ConSentidos, que aquél era su lugar. El hogar que construiría para Simon.

Mientras enjabonaba el suelo de rodillas, recordó que, cuando llegó, la casa no era precisamente un deleite para los ojos. La pintura de color marrón sucio y un jardín lleno de hierbajos no ayudaban mucho a una buena presentación. Dentro, las moquetas estaban gastadas, las tuberías se hallaban en un estado dudoso, el linóleo de la cocina daba pena y la pared estaba sembrada de agujeros de clavos.

En cambio, el tamaño era perfecto, y el precio, justo.

Zoe había dedicado mucho tiempo a restregar, pintar, cavar y plantar. Rebuscó en liquidaciones y rastrillos, e incluso en el vertedero municipal.

Sentándose sobre los talones, se acordó de que en aquellos días tampoco dormía mucho. Pero habían valido la pena todas las horas empleadas. Había aprendido mucho sobre sí misma y sobre lo que podía hacer.

Sonriendo, deslizó un dedo por un reluciente cuadrado de vinilo. Ella había colocado aquel suelo con sus propias manos. Estuvo atenta a las ofertas y buscó aquel diseño de un limpio color blanco en Reyes de Casa.

Cayó en la cuenta de que también había comprado en Reyes de Casa la pintura del exterior y del interior de su vivienda. Además de algunos artículos de fontanería, lo mismo que el material de iluminación del baño del primer piso.

De hecho, no había ni una habitación en su hogar que no debiese algo a Reyes de Casa. Eso tenía que significar algo.

Tenía que significar Bradley.

Zoe advirtió que Bradley estaba allá donde mirase. Incluso cuando no era consciente, él estaba allí, dando vueltas en su cabeza. Estar liada con él era emocionante, y sólo un poquito aterrador. En cambio estar enamorada de él…, eso era sencillamente imposible.

Aún más, era peligroso para él. A Zoe no se le habían pasado por alto las palabras de Pitte: cuanto más le importase a ella Bradley, más posibilidades habría de que saliese herido. Zoe no ponía en duda que él formase parte de la búsqueda, ni que, de un modo u otro, tuviese que ver algo en su vida. Sin embargo, no iba a permitir que sus fantasías sobre lo que podía llegar a ser —sólo con que las cosas se desarrollasen de una forma diferente— pusieran a Bradley en el camino de Kane.

Ya era bastante con tener un hombre que se preocupase por ella y que sintiera tanto afecto por su hijo. No sería avariciosa ni pediría más.

Con el suelo limpio, miró al reloj del horno: eran casi las tres y media de la madrugada. Tenía una cocina impoluta, un talonario con las cuentas cuadradas y el diseño de los servicios y los precios que iba a ofrecer. En cambio ignoraba si había dado otro nuevo paso hacia la llave.

Decidió dormir un poco y volver a comenzar por la mañana.

Bradley se hallaba sentado frente al rojo resplandor de la hoguera y bebía cerveza tibia. La temperatura de la bebida no importaba. A los dieciséis años, lo fundamental era la cerveza. Su padre lo despellejaría si se enterase…, y casi siempre se enteraba de todo. Sin embargo, nada podía echar a perder la sensación de libertad de una cálida noche de verano.

Brad no tenía intención de dormir. Iba a fumarse otro cigarrillo, a beberse el resto de la cerveza y a seguir allí sin más.

Había sido idea de Jordan ir a acampar a las montañas, cerca de las sombras del Risco del Guerrero. Aquel espeluznante y viejo lugar siempre había atraído a su amigo de tal modo que se pasaba el tiempo inventando historias sobre aquel sitio y la gente que podría haber vivido o muerto allí.

Brad tenía que admitir que era fascinante contemplar la mansión. Interesante pensar en ella. Cuando lo hacías, te veías obligado a preguntarte quién demonios construiría un monstruo tan bestial en la cima de una montaña de Pensilvania. Tenía algo de escalofriante, pero molaba.

En cualquier caso, dejaría el Risco a Jordan. Brad prefería con mucho la casa de madera llena de recovecos situada junto al río. Incluso cuando quería trasladarse a Nueva York después de acabar la universidad o viajar por el mundo, lo cierto es que no podía imaginarse viviendo en ningún otro sitio que no fuese aquella casa.

No para siempre.

Pero la universidad, Nueva York y los «para siempre» se hallaban a una vida de distancia. A un millón de veranos de distancia. En ese momento preciso, le gustaba estar exactamente donde se encontraba, un poco aturdido por la cerveza y frente una hoguera en medio del bosque.

Haber llegado tan arriba de las montañas sólo acentuaba la aventura que era subir hasta allí en coche con Flynn y Jordan, y escalar el alto muro de piedra como una pandilla que se colara en la cárcel en vez de fugarse de ella.

Brad tenía que trabajar el lunes por la mañana. El buen y viejo B. C. no toleraba a los cuentistas. Los Vane arrimaban el hombro incluso en las vacaciones estivales, y eso estaba bien. Pero contaba con todo el fin de semana para pasarlo con sus amigos. Para corretear por los bosques, por los prados silvestres, sabiendo que no había nadie que les fuera a decir que no lo hicieran.

Brad lo entendía todo sobre las responsabilidades… hacia la familia, el negocio o el apellido Vane. Algún día él mismo dejaría su propia huella…, igual que habían hecho su abuelo y su padre. Sin embargo, en ocasiones un chaval tenía que alejarse de todo aquello y disfrutar de una cerveza, un par de perritos calientes chamuscados y una noche alrededor de una fogata con buenos amigos.

No sabía dónde narices se habían metido, pero sentía demasiada pereza para ir a averiguarlo. Tomó unos sorbos de cerveza, acallando la vocecita de su cabeza que le decía que en realidad no le gustaba demasiado aquel sabor áspero a levadura. Se fumó un cigarrillo y observó cómo las luciérnagas escenificaban su espectáculo luminoso de todas las noches.

El ululato de una lechuza fue lo bastante escalofriante para provocarle un estremecimiento, y el zumbido rítmico del volar de los insectos añadió un telón de fondo apropiado a sus pensamientos sobre cuándo lograría llevarse a Patsy Hourback al asiento trasero de su coche. La chica estaba siendo muy estricta, y limitaba sus actividades a profundos besos con lengua y a permitirle a Brad ocasionales toqueteos de sus tentadores pechos… por encima de la blusa.

Él se moría de ganas por arrancarle aquella blusa a Patsy Hourback.

El problema estribaba en que ella quería que Brad le dijese primero que la amaba, y eso era algo excesivamente exagerado. Patsy le gustaba muchísimo, y él estaba gravemente enfermo de deseo por ella, pero ¿amarla? ¡Por Dios!

El amor era una materia temible y lejana, algo del futuro. Él no amaba a Patsy, y no veía que sus sentimientos fuesen a ir en esa dirección. Cuando sufriese esa caída sería… más tarde; eso sí estaba claro. Sería muchísimo más tarde, y con alguien que apenas podía representarse. Alguien a quien ni siquiera deseaba representarse aún.

Tenía muchas cosas que hacer antes, muchos sitios a los que ir.

Pero mientras tanto el condón que llevaba encima «por si acaso» le quemaba en la cartera; ansiaba como un loco abatir a Patsy Hourback.

Se acabó la cerveza y consideró la posibilidad de tomarse la segunda lata que le correspondía del paquete de seis. Sin embargo no resultaba demasiado divertido beber a solas.

Un susurro en la maleza lo hizo sonreír.

—Ésa debe de ser la meada más larga de la historia, especialmente cuando has de manejarte con esa picha enana que tienes.

Esperó un comentario grosero o un insulto, y frunció el entrecejo cuando el bosque volvió a sumirse en el silencio.

—Venga, tíos, os he oído. Si no venís aquí, voy a beberme el resto de la cerveza yo solo.

La respuesta fue otro susurro procedente del lado opuesto. Brad sintió un escalofrío por la columna vertebral, pero defendió su virilidad cogiendo la segunda cerveza.

—Sí, eso va a acojonarme. ¡Dios, debe de ser Jason con su máscara de hockey! Socorro, socorro. Sois de lo menos convincente que hay.

Soltó un bufido, tiró de la anilla de la cerveza y dio un largo trago.

Un gruñido surgió de la oscuridad, y sonaba húmedo y hambriento.

—Corta ya el rollo, Hawke, gilipollas. —Pero el exabrupto le salió débil y con la voz nerviosa, porque la garganta se le había cerrado.

Con la mano tanteó lentamente el suelo en busca de uno de los palos afilados que habían empleado para asar los perritos calientes.

Un grito rasgó el silencio, horrible y cargado de miedo y dolor. Brad se puso en pie de un salto empuñando el palo como si fuese una espada. Giró en redondo, con el terror royéndole las entrañas mientras examinaba las sombras.

Durante un momento largo, muy largo, no se oyó más sonido que el de su desbocado corazón.

Cuando volvió a oírse otro grito, se escuchó su nombre.

Las luciérnagas centelleaban en enloquecidos torbellinos de luz y Brad salió disparado hacia el origen de aquel grito. Era la voz de Flynn, un sonido desesperado y pavoroso, agónico, que no podía haber fingido. Hubo otra llamada igual de apremiante. Ésta era de Jordan y sonó detrás de Brad. Pareció hacer añicos la noche.

Dividido, lleno de pánico, Brad giró sobre sí mismo y volvió atrás a toda prisa. De la oscuridad brotó un sonido despedazador que se abalanzaba sobre él con una fuerza que no podía ser humana. De repente la noche se llenó de ruidos. El viento rugió entre los árboles y a su alrededor empezó a oírse el choque de extremidades contra el suelo. Llegaron gritos de todas partes a la vez. Mientras Brad corría, el calor estival se tornó en frío glacial y penetrante, y por el suelo fue extendiéndose una neblina que subió como si fuera el agua de un río hasta que casi le cubrió las rodillas.

Sentía un terror salvaje en las tripas…, por sus amigos y por sí mismo.

Emergió de entre los árboles al césped del llano que rodeaba las almenas y torres del Risco del Guerrero.

La luna, llena y redonda, se hallaba en lo alto. Bajo su luz Brad pudo ver a sus amigos tendidos sobre la hierba. Estaban hechos trizas. Oraciones sin sentido arañaron la garganta de Brad mientras corría hacia ellos.

Resbaló a causa de la sangre y cayó a cuatro patas, tras un truculento derrape, junto al cuerpo de Flynn. Se le revolvió el estómago cuando abrazó a su amigo y las manos se le quedaron mojadas y calientes.

Bajo la clara luz de aquella perfecta luna blanca, la sangre goteó de los dedos de Brad.

—No —dijo suavemente con una voz estremecedora. Cerrando los ojos, se preparó y buscó en su interior tan hondo como pudo—. No. —La voz se le fortaleció cuando abrió los ojos y se obligó a mirar de nuevo—. Esto no es más que una chorrada.

Mientras Brad lo miraba sin pestañear intentando mantener a raya el miedo y el dolor, Flynn giró la cabeza sobre su cuello roto e hizo una mueca burlona.

—Eh, capullo, ¿sabes qué? Tú eres el siguiente.

Aunque el corazón se le paralizó en el pecho, Brad se puso en pie y repitió:

—Esto es una chorrada.

—Va a dolerte de verdad. —Sin dejar de sonreír, Flynn se levantó.

Sonó una risilla entre dientes horrorosamente líquida, y entonces lo que había sido Jordan se levantó también. Los dos comenzaron a acercarse a Brad con pasos tambaleantes.

—Todos somos carne —afirmó Jordan, y guiñó a Brad el único ojo que aún permanecía dentro de su cuenca—. Nada más que carne.

Brad podía olerlos, oler la muerte mientras se le aproximaban.

—Tendrás que hacerlo mejor, Kane. Bastante mejor, porque esto es una chorrada.

Le hizo daño, un dolor tremendo y contundente que irradiaba desde el pecho hasta todas las células de su cuerpo. Brad hizo presión sobre él, lo utilizó y forzó a sus labios a curvarse en una sonrisa mientras contemplaba las imágenes de película de terror que eran sus amigos.

—Tíos, estáis hechos un auténtico asco. —Entonces logró soltar lo que podía pasar por una carcajada mientras luchaba por no desmayarse.

De pronto despertó temblando de frío tumbado en su propia cama.

Frotándose el pecho desbocado, se incorporó y aspiró una buena bocanada de aire.

—Joder, ya era hora.

—¿De verdad que teníamos una pinta asquerosa?

Flynn dirigió una radiante sonrisa a Brad. Estaban sentados, junto con Jordan, a la mesa de la cocina de Brad. Éste había esperado hasta la mañana para llamar a sus amigos, aunque se le habían hecho muy largas las dos horas solo con las imágenes de su experiencia girándole en la cabeza.

No les había contado nada, excepto que necesitaba verlos. Por supuesto, los dos habían acudido.

Ahora, a la brillante luz del día, con el aroma del café y de unos *bagels* tostados, toda la experiencia parecía pasada de rosca y desmañada. Demasiadas pesadillas reunidas en una sola, en opinión de Brad, para que se mantuviese sólida.

—Veamos, a ti te había desaparecido la mitad de la garganta y te faltaba buena parte del pecho. Y tú… —le dijo a Jordan— tenías un ojo colgando fuera de su cuenca de manera muy efectista, y parte del rostro desgarrado.

—En este caso eso podría significar una mejora —bromeó Flynn.

—Creo que resbalé con parte de tus sesos —explicó Brad—. Aunque no se puede decir que los echaras mucho de menos…

—Flynn se pasa la mitad del tiempo resbalando con sus propios sesos —replicó Jordan. Examinó el semblante de Brad por encima del borde de su taza de café—. ¿Estás herido?

—El pecho estuvo latiéndome como un condenado durante casi una hora, y me desperté con la madre de todos los dolores de cabeza, pero eso es todo.

—Entonces la cuestión es cómo lograste regresar.

—En primer lugar, he tenido más tiempo para prepararme, sabiendo lo que os había ocurrido a vosotros dos. Más tiempo para pensar qué podría sucederme y qué debería hacer en ese caso. Además tenía una cosa dándome vueltas en la cabeza, algo que podríamos llamar una palabra clave que yo había plantado ahí para que me ayudase a salir de un momento crítico.

Flynn mordió un *bagel*.

—¿Y qué palabra es ésa?

—«Chorradas.» Es un poco vulgar —continuó mientras Flynn lo llenaba todo de migas—. También es muy humana y va directa al grano. El resto es que, bueno, Kane fue muy poco hábil. No diré que no fuese efectivo, sobre todo al principio. Yo me sentía como si tuviera dieciséis años. Joder, estaba sentado junto a la fogata y bebía cerveza tibia mientras pensaba en el cuerpo de Patsy Hourback.

—Aquella chica tenía un cuerpo magnífico —recordó Jordan.

—Total, yo estaba bastante obsesionado con Patsy aquel verano. Básicamente estaba obsesionado con el sexo, pero Patsy era la figura emblemática. Así que al comienzo yo volvía a estar en ese bosque, cerca del Risco. Entonces Flynn se puso a gritar como una chica.

—¿Cómo sabes que no era Jordan? —Ofendido, Flynn miró su *bagel* con expresión enfurruñada—. ¿Por qué tengo que ser yo el que chillaba como una chica?

—Pídele explicaciones a Kane —sugirió Brad—. En ese momento, yo me encontraba al límite. Vosotros dos estabais gritando y llamándome. Sin embargo empezó a pasarse, aunque sólo un poco. El viento, la niebla, el frío. Todo era una exageración, por eso comenzó a encenderse una luz en mi cabeza. Cuando os vi tirados en el suelo, se apagó durante un minuto. Entonces resbalé con los sesos de Flynn, o quizá con sus intestinos.

—Estoy intentando comer —protestó Flynn.

—Era demasiado, ¿sabéis? Y no se sostenía. Yo ya no tenía dieciséis años, ya no lo sentía así. Supongo que podríamos decir que Kane había perdido el dominio sobre mí. Y yo sabía que él era el responsable. Sabía que todo era una chorrada. —Brad se levantó para coger la cafetera—. Mientras reflexionaba al respecto estas dos últimas horas, me he imaginado lo que pretendía Kane.

—Separarnos —aventuró Jordan.

—Exacto. Pretendía aislarme…, allí solo mientras vosotros dos estabais lejos y juntos. Y que después os encuentre despedazados cuando habéis estado pidiéndome auxilio.

—Además luego nosotros nos volvemos contra ti —concluyó Flynn—. Los zombis gemelos. Nos enfrentamos a ti. ¿Cómo vas a confiar en nosotros? Y menos aún trabajar con un par de tíos que intentan zamparse tus sesos. Lo he visto en las películas —añadió—. Eso es lo que hacen los zombis.

—Kane quería que me sintiese solo y alienado, además de amenazado.

—Quizá algo peor —terció Jordan—. Si no hubieses podido escapar, a lo mejor te habría hecho algún daño. Cuando vaya de nuevo a por ti, será más directo.

—Eso está bien. —Brad alzó su taza de café—. También lo seré yo.

—Creo que necesitas algo más que tu gallarda figura si tienes que vértelas con un hechicero —señaló Flynn.

Asintiendo, Brad cogió el cuchillo que tenía junto al plato y dio un golpecito en la punta con el pulgar.

—Incluso los hechiceros sangran.

—¿Piensas contarle a Zoe lo que te ha sucedido? —preguntó Jordan.

—Sí. Estamos juntos en esto hasta que todo haya terminado. Había pensado ir a ConSentidos esta misma mañana.

—Zoe no irá hasta después de comer —le comunicó Flynn—. Malory dice que antes tenía cosas de las que ocuparse en casa.

—Mejor todavía.

Brad finalizó una llamada a través de su teléfono móvil mientras aparcaba detrás del coche de Zoe, y se tomó un minuto para apuntar la nueva cita en su agenda electrónica Palm Pilot. Mientras iba pensando en la reunión con su arquitecto, los planes de expansión y los cambios que quería introducir para mejorar el diseño, llegó hasta la puerta principal y llamó.

Todos sus pensamientos lo abandonaron cuando Zoe abrió.

Llevaba puestos unos pantalones vaqueros desgarrados por las rodillas y una de esas camisetas que dejan el estómago al descubierto. Brad advirtió que ese día tocaba la varita; la pequeña y erótica barra de plata relucía en su ombligo.

Iba descalza, con las uñas de los pies pintadas de un color rosa como el de los huevos de Pascua, y con enormes aros de plata colgados de las orejas. Y sujetaba un trapo que olía intensamente a limón.

—Estaba limpiando —dijo Zoe rápidamente—. He terminado ahora mismo con el dormitorio. —Al darse cuenta de que tenía el trapo de encerar en la mano, se lo metió en el bolsillo trasero del pantalón—. Necesitaba dedicar algo de tiempo a la casa antes de ir a ConSentidos.

—Muy bien. —Brad entró, y logró quitar la vista de encima de Zoe el tiempo suficiente para echar una mirada al salón. Hasta el último centímetro de madera resplandecía; todas las piezas de cristal centelleaban—. Has estado muy ocupada.

—Limpiar me ayuda a poner la mente en marcha, y he estado pensando en mi casa. Quizá esta casa forme parte de la búsqueda. Creía que si me tomaba un tiempo y prestaba atención a todo lo que hay en ella, las cosas podrían… ¿Qué ocurre? —Ruborizándose un poco por la mirada fija de Brad, se frotó la mejilla—. ¿Tengo la cara manchada?

—La tienes perfecta. Es la cara más perfecta que he visto jamás.

—Es agradable oír eso después de haber estado cazando bolas de pelusa.

—¿Simon está en la escuela?

—Sí. —A Zoe se le dilataron los ojos al reconocer el fulgor que brotó en los de Brad—. Bueno, por el amor de Dios…, si son casi las diez de la mañana. ¿No tienes que trabajar?

—Pues sí. —Dio un paso adelante al ver que ella daba un paso atrás—. Pero he hecho un hueco porque necesitaba hablar contigo. Aunque parece que la conversación va a tener que esperar.

—No podemos…

¿No podían?

—Yo creo que sí podemos. Probemos con esto. —La cogió en brazos, y el estómago de Zoe dio un vuelco muy placentero cuando él se encaminó al dormitorio.

—Caray —no pudo impedir que se le escapara una risita nerviosa—, igualito que en las novelas románticas. Sólo que yo llevaría algo más sexy que unos vaqueros viejos.

Zoe olía a cera abrillantadora y a ciruelas maduras.

—No hay nada más sexy que unos vaqueros viejos cuando tú estás dentro de ellos —replicó Brad.

—Oh, eso está bien. —Complacida, le acarició el cuello—. Está pero que muy bien. —Le mordisqueó el lóbulo de la oreja—. He estado haciendo la colada. Había ido aplazándola para otro día varias veces… Así que resulta que… no llevo nada debajo de los pantalones.

Él giró la cabeza y miró sus risueños ojos.

—Oh, sí, entonces definitivamente la conversación va a tener que esperar.

Zoe enlazó los brazos detrás del cuello de Brad mientras él la depositaba en la cama, y lo atrajo hacia sí, acogiéndolo de buen grado.

—Ésta debe de ser mi recompensa por haber hecho todas mis tareas —murmuró.

—Todo el rato he pensado en volver a hacer el amor contigo desde que hice el amor contigo. —Acercó sus labios a los de ella, los frotó suavemente y después se hundió en ellos.

Mientras flotaba en el momento, Zoe pensó que aquél era como su milagro personal: ser cogida y llevada en brazos por un hombre que podía hacer que se sintiese tan valiosa como los diamantes.

Brad la besó como si pudiese pasarse toda la vida sin hacer otra cosa que unir sus labios a los de ella. Iba a emplear un tiempo en la zona cálida incluso aunque ella había percibido que él irradiaba la necesidad de más calor. La sosegada dicha que generaba aquello, es decir Brad, se ovilló en torno al corazón de Zoe como cintas suaves y sedosas.

Él la tocó como si su cuerpo fuera un tesoro delicado que jamás se cansaría de explorar. Todas las caricias de aquellas maravillosas manos aliviaban, estimulaban, prometían. El dulce asombro que aquello provocaba se coló en la sangre de Zoe como si fuera vino.

A la luz del sol matinal, sobre su piel se deslizaban caricias prolongadas y casi perezosas, en un alarde de paciencia. Se permitió elevarse debajo de ellas y dejarse ir a la deriva de nuevo mientras el mundo exterior continuaba su atareada marcha sin ella.

El hecho de que ambos estuviesen robando tiempo para dedicárselo a sí mismos añadía una capa vaporosa a la intimidad.

Brad jugueteó con la carne expuesta por los vaqueros desgarrados y rozó con los dedos la zona que no cubría la camiseta. Oyó un apagado sonido de excitación cuando palpó la varita de plata. Al pegar los labios a la garganta de Zoe y recorrerla dando pequeños mordiscos, ella giró la cabeza y suspiró.

Todas las preocupaciones y todo el cansancio que la habían acosado se desvanecieron.

Brad podía sentir cómo Zoe cedía ante él, ante el placer. Oyó como su respiración se tornaba más pesada mientras él se tomaba su tiempo.

¿Podía saber Zoe lo que significaba para él estar con ella de aquel modo, con el sol entrando a raudales por las ventanas y la casa vacía y silenciosa a su alrededor? ¿Acaso podía ella saber hasta qué punto él la necesitaba cuando Brad mismo sólo estaba empezando a comprenderlo?

Hasta ese preciso instante él no había sabido cuánto tenía para dar ni lo desesperadamente que deseaba darlo. Lo que él era, lo que poseía, lo que sentía, lo que imaginaba. Volvió a cubrir la boca de Zoe con la suya, y se lo ofreció todo.

A Zoe el corazón le saltó en la garganta, y sus manos aferraron la camisa de Brad cuando las emociones la sepultaron. A través de aquellas seductoras sensaciones se desbordaba algo más que placer, más que la promesa del placer. Temblando, Zoe sucumbió a ellas.

Eso era lo que Brad necesitaba: la rendición absoluta del uno al otro. Allí donde no había nadie ni nada, excepto ellos dos.

—Quiero mirarte, Zoe. —Brad descargó una lluvia de besos sobre sus mejillas antes de sacarle la camiseta por la cabeza—. Sólo mirarte.

Contemplándola, observando aquellos ojos entrecerrados y aturdidos, le quitó los vaqueros.

Piel tersa y curvas sutiles, extremidades largas, casi de bailarina. Aquellos ojos soñadores y aquella boca de sirena. Brad pensó que Zoe era una combinación absolutamente fascinante entre lo frágil y lo exótico.

Se inclinó, presionó los labios en lo alto de los muslos de Zoe y fue deslizándolos hacia abajo, hacia la zona más sensible, mientras ella se estremecía.

Se acercó al calor de forma incitante.

—Quiero que te quedes ahí tumbada y que me dejes hacerte cosas.

Ella no podría haberlo detenido. Ya estaba embargada por la necesidad, inundada de sensaciones. Cuando la primera descarga de calor la golpeó, aferró con fuerza las barras de hierro del cabecero de la cama y dejó que Brad la llevara a donde quisiera llevarla.

Aquello era la gloria, una maravilla. Aquellas manos, tan exquisitas y pacientes, desvelaban todos sus secretos. Aquella boca tierna y minuciosa la devoraba centímetro a centímetro... Arqueó el cuerpo catapultada por el orgasmo, pero ni siquiera entonces Brad se detuvo.

Una emoción se superponía a otra; un sentimiento, a otro sentimiento; hasta que parecía que sus sentidos fueran un hervidero de luz tan intensa que su piel resplandecía. Y cada vez que la sensación se repetía, Zoe la recibía con los brazos abiertos.

Brad estaba perdido en ella, sin advertir nada que no fuese lo que ella le daba, lo que él se veía impelido a tomar. Cada vez que el cuerpo de Zoe se convulsionaba, había más.

Brad se alzó sobre ella. Ella lo rodeó con las piernas. Él se introdujo en ella. Ella sucumbió.

Lentamente, todavía lentamente para apurar todas las gotas de placer, aunque éste los empapaba. Los cuerpos subiendo y bajando, el golpeteo de la sangre, el viaje rítmico, excluían al mundo que había fuera de aquella habitación bañada de sol.

En algún lugar el tiempo transcurría, los coches pasaban por la calle, un perro ladraba a las ardillas en un patio trasero, pero Zoe no era consciente de nada más que de Brad. No oía nada mientras paseaba al borde del mundo excepto su nombre, pronunciado por él casi como una plegaria.

Y después su propio grito de placer cuando se elevó con él.

Zoe llegó a la conclusión de que nadie, en ningún momento ni en ningún lugar, se había sentido mejor que ella en ese preciso instante. Ninguna mujer había sido más completamente seducida ni tan exhaustivamente complacida.

Flotando en la nube de bienestar posterior, hundió los dedos en el cabello de Brad, cuya cabeza descansaba entre sus senos y cuya mano cubría la de ella en un costado del cuerpo. Era la más agradable combinación de sensaciones que jamás había experimentado.

—Me alegro muchísimo de que te hayas dejado caer por aquí —dijo con voz soñolienta, y sonrió cuando notó que los labios de Brad se curvaban en una sonrisa contra sus pechos.

—Yo me alegro muchísimo de que estuvieses en casa.

—Todo esto es tan… divino. Estar aquí tumbada, desnuda y satisfecha, a las… —Giró la cabeza para mirar la hora en el reloj—. Hum, a las once menos diez de la mañana. Mucho mejor que ganar la lotería.

Brad alzó la cabeza y le dedicó una sonrisa burlona.

—No me digas…

—Eres guapísimo. Sigo pensando que te pareces a uno de esos tipos de porte impecable que salen en mis revistas de peluquería.

Él hizo una mueca.

—Por favor.

—En serio. Aunque podrías recortarte un poco el pelo. —Movió los dedos por su cabeza—. Yo podría encargarme de eso.

—Ah… Quizá algún día. U otro.

Zoe le dio un tirón de pelo con simpatía.

—Soy muy buena, y lo sabes, en la profesión con la que me gano la vida.

—Estoy seguro de que lo eres. Absolutamente. —Para distraerla, la besó en la clavícula y después rodó sobre sí mismo—. Era verdad que he venido para hablar contigo.

—Puedes hablar mientras te retoco el pelo. Los peluqueros somos como los camareros, podemos hablar y trabajar al mismo tiempo.

—No lo dudo, pero quizá éste no sea el mejor momento. Deberíamos vestirnos.

—Cobarde. —Se sentó en la cama doblando las rodillas y se las rodeó con los brazos.

—Aceptaré eso, de momento. —Brad se levantó para buscar sus pantalones—. Zoe, anoche…, bueno, sería más acertado decir que esta madrugada… he tenido una experiencia.

El estado de ánimo juguetón se desvaneció. Zoe se puso de rodillas apresuradamente.

—¿Estás herido? ¿Kane te ha hecho daño?

—No. —Brad recogió la camiseta de Zoe y se la alargó—. Tendrás que permanecer tranquila mientras te lo cuento.

Ella se vistió mientras él le relataba la historia.

Su miedo inicial había remitido. Podía ver por sí misma que Brad estaba ileso. Y estaba sereno, vaya que sí. Quizá incluso un poco demasiado sereno.

—Y tú crees que Kane estaba utilizando a Jordan y Flynn contra ti…, o que quería que creyeses que estaban en tu contra.

—Es un buen resumen.

—Kane no entiende a las personas, ni el amor, ni la amistad. Y no cabe la menor duda de que tampoco te conoce a ti, si pensaba que lograría que te sintieses aislado o ahuyentarte. Eso sólo ha servido para que te sientas más implicado.

Los labios de Brad dibujaron la sombra de una leve sonrisa.

—Tú sí que pareces entenderme.

Zoe observó el rostro de Brad.

—No sé si es así, pero sí que comprendo tu relación con Flynn y Jordan. ¿Por qué habrá elegido Kane esa noche? ¿Porque erais jóvenes? ¿Porque estabais al lado del Risco? Ahora todo significa algo. Estamos tan cerca que todo tiene significado.

Brad asintió, complacido de que sus pensamientos y los de Zoe siguiesen la misma dirección.

—Creo que por ambas razones. Entonces éramos jóvenes y más fácilmente moldeables. Era antes de que os conociéramos a ti y a Malory, antes de que Jordan mirara a Dana como algo más que la hermana pequeña de Flynn. Ésa fue la noche en que Jordan vio a Rowena andando por el parapeto del Risco del Guerrero. —Hizo una pausa mientras se alisaba los puños de la camisa—. Aquella noche yo tenía dieciséis años, Zoe. La misma edad que tú cuando te marchaste de casa.

—¡Oh! —Se abrazó a sí misma como si sintiese frío—. ¿Piensas que eso también tiene algún significado?

—Creo que ahora no podemos permitirnos descartar nada como si se tratase de una simple coincidencia. Aquélla fue una noche importante para mí, y también para Flynn y Jordan. La verdad es que en aquel momento no nos lo pareció. Era sólo una más de muchas noches de verano temerarias. Sin embargo, en aquel instante nos hallábamos a punto de dar el paso que nos alejaba de la niñez y nos internaba en la edad adulta. Tú tenías los mismos años cuando diste ese paso.

—Para mí fue diferente.

—Sí. Pero si Kane hubiese podido distorsionar lo ocurrido aquella noche, al menos en mi mente, quizá habría cambiado lo que pienso ahora al respecto. Y lo que hice después. Lo que siento por Flynn y Jordan tiene muchísimo que ver con que yo haya vuelto al valle, y con que te haya conocido.

—De modo que si Kane hubiera podido abrir una brecha entre vosotros, es más, si hubiera conseguido que tus amigos te atacasen…, bueno, no ellos, sino lo que tú creías que eran ellos…, eso podría haber debilitado lo que nos une a todos nosotros. Incluso podía haberlo destruido.

—Opino que eso era parte de su plan.

Inquieta, Zoe apretó los labios.

—Ha fracasado, así que estará furioso.

—Sí, estará furioso. Creo que ninguno de nosotros debería pasar mucho tiempo solo durante los próximos días. Quiero que Simon y tú os trasladéis a mi casa.

—No puedo…

—Zoe, espera un minuto. —Preparado de antemano para oír objeciones y excusas, Brad se le acercó y le puso las manos sobre los hombros—. Sea lo que sea lo que haya que hacer para finalizar esto, nos involucra a todos nosotros. Deberíamos permanecer juntos tanto como podamos. Además, aparte de eso, os quiero conmigo. A vosotros dos.

—Ésa es la parte peliaguda. ¿Cómo se supone que he de explicarle a Simon que vamos a quedarnos en tu casa?

—Él ya sabe bastante de lo que está ocurriendo para aceptarlo. ¿Y de verdad crees que va a oponerse a la posibilidad de tener un fácil acceso a mi sala de juegos?

—No, no lo creo. —Se separó de él y se puso en pie—. Bradley, es que no quiero que Simon… Yo ya sé cómo es esta clase de cosas para un niño. Después de que mi padre nos abandonara, siempre parecía haber algún hombre instalado con nosotros durante un tiempo.

El rostro de Brad se volvió glacial.

—Esto no es lo mismo. Es más importante desde todos los puntos de vista posibles. Zoe, Simon y tú no estáis en mi vida de forma temporal.

A ella se le paró la respiración.

—Tienes que reducir la velocidad —replicó.

A Brad lo invadió la impaciencia, y la voz se le endureció:

—Quizá tú debas acelerar. ¿No quieres que te diga lo que significas para mí, lo que siento por ti?

—¿Cómo podemos ninguno de los dos pensar claramente sobre eso? —Desesperada por la falta de aire que respirar, Zoe se dirigió a las cortinas y las sacudió—. No sabes lo que significaré para ti ni lo que sentirás cuando todo esto haya terminado. Ahora estamos atrapados en algo, y eso…, eso lo magnifica todo.

—Yo me quedé atrapado por ti desde el primer instante.

—No hagas esto. —Se le cortó de nuevo la respiración, estrujándole el corazón—. No sabes cuánto daño podría hacerme.

—Quizá no lo sepa. Cuéntamelo.

—Ahora no puedo. —Aunque se maldecía por ser una cobarde, se giró hacia él y sacudió la cabeza—. Y tú tampoco puedes. Tenemos que irnos los dos.

Brad le cogió la barbilla y posó sus labios sobre los de Zoe.

—Vamos a hablar de eso, y de muchísimas cosas más. De momento nos ceñiremos a la decisión de dónde vivir. Si no quieres trasladarte a mi casa, yo vendré aquí. De todas formas, me gustaría que pensaras en aceptar mi propuesta. Me pasaré por aquí después del trabajo y lo solucionaremos.

14

Pasadas las doce y media, Zoe estaba instalando los rieles para los focos de la librería de Dana. Habían tomado la decisión de concentrarse aquella tarde en un área del edificio hasta completar todos los detalles finales de esa sección. En un rápido juego de piedra, papel y tijera, había salido elegida la de Dana.

—Yo creo que tiene sentido. —Dana fue colocando tarjetas de felicitación en un pequeño expositor giratorio—. Hay mucho más espacio en casa de Brad, y cuenta con servicio de limpieza. Además, Brad también es capaz de cocinar si es necesario. Tú podrías concentrarte en la llave y en tu salón de belleza, y dejar de lado todo lo demás hasta que termine el mes.

Zoe admitió que era lógico. Incluso era sensato. Sin embargo…

—No es tan sencillo. ¿Cómo puedo ahondar en la idea de que mi casa forma parte de la búsqueda si no estoy en ella?

—¿Eso te ha llevado a algún sitio? —preguntó Malory.

—No, no parece haberme llevado a nada, pero sólo han pasado un par de días desde que empecé a trabajar con esa posibilidad. —Como sus palabras fueron recibidas con un silencio, Zoe bajó los brazos y suspiró—. Vale, de acuerdo; sé que ya debería haber percibido algo si fuese importante. De todas formas, no puedo estar segura del todo.

—A mí eso me suena a que intentas evitarlo —repuso Dana torciendo la boca.

Poniéndose a la defensiva, Zoe le lanzó una mirada larga y dura como el acero.

—No es que lo evite. Se trata de… precaución. Y no es comparable a que Jordan se quede en tu apartamento mientras esperáis a trasladaros al Risco del Guerrero, o a que Malory se vaya a vivir con Flynn. Vosotros estáis comprometidos. En cambio yo tengo que pensar en Simon.

—Brad está loco por Simon —señaló Malory.

—Ya lo sé. —Levantó el destornillador eléctrico para acabar de fijar los rieles al techo—. Sin embargo, eso no significa que debamos hacer las maletas y mudarnos a su casa. No quiero que Simon se confunda respecto a mí y Brad sólo por el sexo, ni que se acostumbre a esa enorme casa, a todas las cosas que hay allí, a la atención y al, bueno, trato cotidiano con Brad.

Malory dejó de colocar libros en las estanterías.

—¿Simon es la única persona que no quieres que se confunda?

—No. —Zoe soltó un resoplido mientras le pasaba a Dana el destornillador—. Estoy tratando de sentirme cómoda con mis sentimientos, de mantenerlos dentro de unos límites razonables. Hay muchos motivos para eso.

—Pues cuando te miro no veo a una mujer que se ponga límites a sí misma.

Zoe cogió el foco que Malory le tendía y luego lo encajó suavemente en el riel.

—Tú piensas que debería aceptar su propuesta.

—Yo pienso que deberías hacer lo que te haga feliz. Aunque a veces elegir lo que te hace feliz es más duro y da más miedo que optar por lo más seguro.

A pesar de que se hallaba muy lejos de saber con certeza qué la haría feliz o qué le daría miedo, Zoe rompió la rutina y recogió a Simon en el colegio.

—Pensaba que iba a ir a casa de la señora Hanson —dijo él.

—Ya lo sé. —Con un gesto que ya tenía automatizado, Zoe apartó el hombro del camino de *Moe*, que metió la cabeza entre los asientos delanteros para saludar al niño—. La he llamado. Quería hablar contigo.

—¿Me he metido en problemas?

—No lo sé. —Arqueando las cejas, le preguntó—: ¿Te has metido en problemas?

—No; lo juro. No he hecho nada.

Zoe aparcó el coche y saludó con la mano a la señora Hanson, que se encontraba en su jardín delantero recogiendo con el rastrillo hojas secas.

—De acuerdo. Pues vamos dentro a tomar algo y a charlar.

—*Moe*... —Encantado con ese juego, Simon bajó del coche a toda prisa—. ¡Galleta! —gritó, y se rió como un tonto mientras el perro salía disparado y enloquecido hacia la puerta principal—. Mamá...

—¿Sí?

—Cuando *Moe* tenga que volver a su casa, ¿crees que Flynn le dejará que venga a visitarnos?

—Estoy convencida de que sí. —Se detuvo junto a la puerta, ante la que se estremecía *Moe*—. Simon, sé que quieres tener un perro que sea tuyo. ¿Por qué no me lo has pedido nunca?

—Porque a lo mejor aún no podemos permitírnoslo.

—Ah. —Con el corazón encogido, Zoe abrió la puerta y dejó que *Moe* se dirigiese como una bala a la cocina y las galletas.

—Cuesta dinero comprar uno —siguió Simon—. Incluso si los sacas de la perrera, creo que tienes que pagar algo. Además, hay que comprarle comida, juguetes y más cosas. Y necesitan pinchazos del veterinario. Por eso estoy ahorrando para que podamos tener uno. A lo mejor podemos el año que viene.

Zoe asintió con la cabeza, pues no confiaba en la firmeza de su voz. Colgó su abrigo y el de Simon, y aprovechó ese tiempo para recuperarse. Cuando entró en la cocina, Simon ya había tirado la cartera del colegio al suelo y había sacado una galleta de la caja de *Moe*, que estaba desesperado.

Zoe sirvió un vaso de leche para Simon y sacó una manzana para cortarla en rodajas y mantener así las manos ocupadas mientras hablaban.

—Ya sabes que estoy tratando de hacer algo importante, intentando encontrar una llave.

—Para las personas mágicas.

—Sí, para las personas mágicas. Lo estoy intentando con todas mis fuerzas, y a veces, bueno, pienso: «Hoy la voy a encontrar». Otras veces no creo eso en absoluto. Estoy bastante convencida de que voy a necesitar ayuda.

—¿Necesitas que yo te ayude?

—En cierto modo. —Colocó las rodajas de manzana en un plato y añadió unas cuantas uvas—. Bradley también quiere ayudarme. Además, las personas mágicas me dijeron que es importante su colaboración.

—Brad es bastante listo.

—A ti te cae muy bien, ¿verdad?

—Ajá. —Simon cogió un pedazo de manzana cuando ella le puso el plato delante—. A ti también te cae bien, ¿no?

—Sí, así es. Bradley cree que podría ayudarme mejor si nos instalásemos en su casa una pequeña temporada.

Con un semblante inescrutable, incluso para su madre, Simon la miró mientras comía manzana.

—¿Vivir allí, con él?

—Bueno, quedarnos en su casa durante un poco de tiempo. Como si fuera una visita.

—¿*Moe* también?

Al oír su nombre, *Moe* cogió su adorada pelota de tenis con los dientes y metió la enorme cabezota por debajo del brazo de Simon.

—Sí, estoy segura de que *Moe* podría acompañarnos.

—Genial. —Después de dar una patada a la pelota, que *Moe* había soltado a sus pies, para que el perro fuese a buscarla, Simon cogió una uva—. A él le gusta ir allí. Le divierte.

—Seríamos invitados, Simon, de modo que tú y *Moe*... —en esta ocasión fue ella quien le dio una patada a la pelota—, vosotros dos tendríais que comportaros pero que muy bien.

Simon asintió mientras *Moe* patinaba por el suelo, chocaba con fuerza contra la puerta trasera y luego recuperaba la pelota.

—Vale. ¿Brad y tú dormiréis en la misma cama y mantendréis sexo?

—¿Qué? —La pregunta le salió como un gritito.

—Chuck dice que sus padres lo hacen en la cama, y duermen justo en la habitación de al lado. Dice que su madre suelta unos sonidos como si le doliese.

—¡Oh, Dios mío!

Comiéndose una uva con los ojos clavados en el rostro de su madre, Simon mandó la pelota al otro extremo de la cocina.

—¿Duele?

—No —respondió Zoe débilmente, y luego se aclaró la garganta para añadir—: No, no duele. ¿Sabes? Creo que será mejor que empecemos a empaquetar las cosas si vamos a…

—Entonces, ¿cómo es que la madre de Chuck chilla, gime y suelta sonidos como si le hiciese daño?

Zoe pudo notar cómo palidecía y cómo le regresaba luego la sangre al rostro de golpe, como fuego debajo de la piel.

—Bueno. Eh, es sólo que algunas personas se… —«Oh, por favor, Dios, échame una mano con esto»—. Piensa en cuando estás enfrascado en un juego o viendo algo en la tele y estás entusiasmado, y… gritas o haces sonidos raros.

—Sí. Porque es divertido.

—Porque es divertido. El sexo puede ser divertido, pero tienes que ser lo bastante mayor, y debes querer compartirlo con la otra persona, que tiene que ser una persona que te importe.

—Se supone que los chicos han de usar un condón para que ninguno de los dos ponga enfermo al otro y para no tener niños antes de quererlos. —Asintiendo con sabiduría, Simon se terminó las uvas—. El padre de Chuck tiene condones al lado de la cama, en la mesita de noche.

—Simon McCourt, ¿cómo se te ocurre hurgar en los cajones del señor Barrister?

—Fue Chuck quien lo hizo. Cogió uno para enseñármelo. Son graciosos. Pero Brad debe utilizarlos si quiere tener sexo contigo, para que no te pongas enferma.

—¡Simon! —Zoe tuvo que cerrar los ojos un momento—. Simon —repitió—, no vamos a ir a casa de Brad para poder tener sexo él y yo. Y cuando dos personas, dos adultos, tienen la clase de relación que incluye, eh, estar juntas de esa manera, eso es algo muy íntimo y privado.

—Pues entonces la madre de Chuck no debería ser tan escandalosa.

Zoe abrió la boca, volvió a cerrarla y después apoyó la cabeza en la mesa y se echó a reír hasta que se le saltaron las lágrimas.

Cuando Brad llegó, Zoe tenía preparadas dos maletas —para ella y su hijo—, un petate repleto de objetos que Simon consideraba esenciales para su supervivencia y otro lleno de lo que ella consideraba esencial para la suya. Además de eso, había cargado la pequeña nevera portátil con alimentos perecederos procedentes de su frigorífico y algunos de los cereales y aperitivos preferidos de Simon. Al lado había una bolsa de doce kilos de comida para perros prácticamente entera, junto con una caja rebosante con las cosas de *Moe*.

—¿Nos vamos de safari? —preguntó Brad mientras contemplaba el equipaje.

—Tú lo has querido —le recordó Zoe.

Él dio un empujoncito con el pie a la nevera portátil.

—¿Sabías que en mi casa ya hay comida?

—Lo que hay ahí dentro se echará a perder si no lo consumimos pronto. Hablando de eso, no quiero que creas que tienes que mantenernos a Simon y a mí porque estemos contigo. Él deberá seguir unas normas y tener unas tareas, igual que aquí. Si mi hijo se pasa de la raya, limítate a decírmelo y ya me ocuparé yo.

—¿Algo más?

—Sí. Me encantaría poder preparar las comidas para todos nosotros, y dividiremos los gastos de alimentación.

—Si tú quieres cocinar, por mí no hay ningún problema, pero no tendrás que preocuparte de pagar ni media rebanada de pan.

—Ahora no me discutas tú. O corro yo con mis gastos y los de Simon o no vamos. —Cogió su abrigo y se lo puso—. Yo no ordenaré lo que tú desordenes, pero sí ordenaré lo que desordenemos Simon y yo. Cuando necesites silencio o intimidad, no tengas ningún apuro en decirlo.

—Tal vez debería apuntarme todo eso. —Se palpó los bolsillos como si estuviese buscando un bloc de notas—. Me temo que vas a ponerme a prueba.

—A lo mejor ahora lo encuentras de lo más gracioso, pero jamás has convivido con un niño y un perro bajo el mismo techo. Quizá te haga falta terapia a final de mes. Así que si llegas a un punto en que ya tienes bastante, dímelo.

—¿Eso es todo?

—Algo más: Simon y yo hemos mantenido una charla antes, y creo que necesitamos tratar… —Se interrumpió cuando el chaval bajó corriendo las escaleras seguido de *Moe*.

—Mamá, casi me olvido del dragón de las babas.

—Simon, sólo estaremos fuera unos pocos días. No es preciso que te lleves todo lo que tienes.

—¿Puedo echarle un vistazo? —Brad alargó la mano y cogió el dragón, construido con plástico rígido. Encontró el mecanismo, lo presionó y vio como una cinta de baba verde claro brotaba por la boca del dragón entre gruñidos—. ¡Qué chulo!

—Me rindo —bufó Zoe—. Simon, empecemos a cargar todo esto en el coche.

Le costó una considerable cantidad de tiempo y persuasión lograr que Simon se acostara. Zoe no podía culparlo de que se dejase llevar por el entusiasmo y la emoción. La habitación que le habían adjudicado en casa de Brad era el doble de grande que la suya, y contaba con un área de entretenimiento con su propio aparato de televisión.

Aunque Zoe impuso unas reglas al respecto, tenía la intención de estar atenta a posibles ruidos procedentes del televisor cuando el niño estuvo por fin en la cama.

Ella desempaquetó sus propias cosas, guardó la ropa en los cajones con aroma a cedro de un aparador antiguo de caoba y colocó sus artículos de tocador en la kilométrica repisa verde pálido del cuarto de baño contiguo.

—No te acostumbres a esto —se advirtió a sí misma en voz alta mientras rozaba el delicado encaje blanco de la colcha que resaltaba la cama rodeada por cuatro columnas en la que iba a dormir.

«Sólo serán unos pocos días», pensó. Como un capítulo en un cuento de hadas.

Alzó la vista a la madera de color miel que formaba el techo abovedado y se preguntó cómo sería despertarse por la mañana en aquella cama, en aquella habitación.

Estaba cerrando la cremallera de la maleta vacía cuando Brad golpeó con los nudillos la jamba de la puerta abierta.

—¿Has encontrado todo lo que necesitabas?

—Todo eso y más. Es una habitación fantástica, como estar dentro de un bizcocho recién hecho. —Se acuclilló para meter la maleta debajo de la cama—. Me dan tentaciones de empezar a saltar sobre la cama como si fuera Simon.

—Tú misma.

Aunque Zoe sonrió, sus ojos estaban inquietos. Señaló con un gesto las rosas amarillas que había sobre el aparador.

—¿Tan convencido estabas de que ibas a salirte con la tuya?

—Estaba convencido de tu sentido común, y de tu compromiso para continuar con la búsqueda de la llave.

—Tienes una forma muy particular de hacer las cosas, Bradley. —Zoe volvió a deslizar los dedos por la colcha de la cama—. Un estilo de lo más hábil.

—En cualquier caso, quería que Simon y tú estuvieseis lo más seguros posible. Si hubiera tenido que agobiarte para conseguir que vinierais aquí, lo habría hecho. Te agradezco que nos lo hayas ahorrado a los dos.

—Si me hubieses agobiado, yo me habría puesto a la defensiva, con lo cual mi sentido común habría quedado anulado. De todos modos, es más inteligente que permanezcamos unidos.

—Bien. ¿Vas a dejar que me cuele en tu habitación en mitad de la noche?

Aunque Zoe intentó lanzarle una mirada glacial, en los labios le bailaba una sonrisa.

—Es tu casa.

—Es tu elección.

Ella soltó una carcajada y sacudió la cabeza.

—Lo dicho: eres de lo más hábil. Tenemos que hablar. ¿Podemos ir abajo?

—Por supuesto. —Alargó una mano y, aunque percibió que Zoe vacilaba, la mantuvo tendida hasta que ella se acercó y se la cogió—. ¿Qué te parece una copa de vino junto al fuego?

—Eso sería una delicia. Aquí todo es delicioso. Me da terror que Simon rompa algo.

—Pues quédate tranquila. El día en que estaba instalándome aquí de nuevo, apareció Flynn con *Moe*. Lo primero que hizo ese perro fue entrar corriendo en la casa y romper una lámpara. Tampoco supuso una tragedia nacional.

—Supongo que estoy nerviosa, entre unas cosas y otras.

—Ve al salón y siéntate. Yo iré a buscar el vino.

En la estancia el fuego de la chimenea ya estaba encendido. Seguramente Brad se habría encargado de eso mientras ella estaba deshaciendo la maleta. Como el resto de la casa, la habitación era ordenada, cálida e interesante; aquellas pequeñas piezas, cosas que Zoe imaginaba que él habría coleccionado a lo largo de sus viajes, el arte, incluso el modo en que todo estaba colocado...

Se acercó a examinar un cuadro que mostraba una calle de París, un café en la acera con sus coloridas sombrillas, los ríos de flores, la dignidad del Arco del Triunfo al fondo.

A años luz de sus postales enmarcadas.

Seguro que Brad se había sentado en uno de esos bulliciosos cafés a tomarse un fuerte café solo en una taza diminuta, mientras que ella sólo había soñado hacerlo.

Brad entró con una botella de vino en una mano y dos copas en la otra.

—Compré ese cuadro hace dos años —dijo, acercándose a Zoe—. Me gustó el movimiento, la manera en que el tráfico se amontona en la calzada. Casi puedes oír el estruendo de las bocinas. —Sirvió vino en una de las copas y aguardó a que Zoe la cogiese—. Parece que los Vane no podemos dejar de coleccionar arte.

—A lo mejor deberíais pensar en montar un museo.

—Lo cierto es que mi padre está trabajando en algo así: un hotel, un centro turístico... Podría llenarlo con algunas de sus piezas de arte, así tendría una excusa para adquirir más.

—¿Sería capaz de construir un hotel sólo para disponer de un lugar en el que colocar su colección de arte?

—Para eso, y por la empresa. Arte, madera y capitalismo son sinónimos del apellido Vane. Mi padre tiene puesta la brújula para encontrar el terreno perfecto aquí, en las Highlands, donde empezó todo. —Se encogió de hombros, un gesto cargado de seguridad y confianza—. En cualquier caso, si no lo encuentra aquí lo construirá en otro sitio. En cuanto B. C. sabe lo que quiere no acepta un no por respuesta.

—Así que tú consigues lo que quieres legítimamente.

—Me lo tomaré como un cumplido. El viejo es un buen hombre. Un poquito autoritario, pero un buen hombre. Un buen marido y un buen padre, y un empresario excepcional. Le gustarás.

—No puedo imaginármelo —contestó ella débilmente.

—Él admirará lo que has hecho con tu vida, lo que has logrado. Y lo que aún estás construyendo. Mi padre diría que tienes agallas, y no hay nada que respete más que eso.

Zoe suponía que un hombre como B. C. Vane la asaría como una hamburguesa si llegase a descubrir que estaba liada con su hijo.

—¿Los quieres? Me refiero a tus padres.

—Muchísimo —respondió él.

—Yo no sé si quiero a mi madre. —Se le había escapado antes de ser consciente de que iba a decirlo, incluso antes de saber que pensaba así—. ¡Qué cosa tan horrible he dicho! Deseo quererla, pero no sé si la quiero. —Conmocionada por sus propias palabras, se sentó sobre el brazo de una butaca—. Y a mi padre… no lo he visto desde hace un montón de años. Si ni siquiera lo conozco, ¿cómo podría quererlo? Él nos abandonó. Dejó a su mujer y a sus cuatro hijos, y nunca regresó.

—Eso tuvo que ser duro para ti y tus hermanos. Y también para tu madre.

—Para todos nosotros —coincidió Zoe—, pero especialmente para mi madre. No sólo le rompió el corazón; se lo estrujó hasta que estuvo seco y quebradizo y no le quedaba ni una gota de jugo para nosotros. Cuando se largó, ella se fue detrás a buscarlo. Yo pensé que no iba a regresar.

—¿Tu madre os dejó solos? —La voz de Brad vibró de la indignación—. ¿Dejó solos a cuatro niños?

—Estaba desesperada por lograr que mi padre volviese a casa. Sólo estuvo fuera un par de días, pero… ¡Oh, Dios, yo estaba aterrorizada! ¿Qué podía hacer si no regresaba?

—¿No había nadie a quien pudieses acudir en busca de ayuda?

—La hermana de mi madre, pero ellas dos siempre estaban riñendo, así que no quería llamarla. Tampoco sabía si debía telefonear a alguien de la familia de mi padre, tal y como estaban las cosas, así que no hice nada, excepto cuidar de mis hermanos y esperar a que mi madre volviese.

Brad era incapaz de comprenderlo.

—¿Qué edad tenías?

—Doce años. Júnior tenía un año menos que yo, así que no podía cuidar de mí. Joleen era un par de años menor que él, de modo que estaría por los ocho, supongo, y se pasaba llorando todo el día. Ni antes ni después he visto a nadie llorar de esa manera —sentenció Zoe con un suspiro—. Mazie, la chiquitina, tenía cinco años, así que no entendía realmente lo que estaba sucediendo, aunque sabía que algo pasaba. Yo apenas podía quitarle los ojos de encima. No tenía ni idea de qué iba a hacer si se nos acababa la comida o el dinero para comprar más. —Se desplazó para sentarse en la butaca con la copa oscilando entre sus rodillas—. Al final mi madre regresó. Recuerdo que pensé que parecía muy cansada, y más dura. A pesar de eso, con el tiempo terminaría teniendo un aspecto más cansado y duro. Hizo todo lo que pudo por nosotros, y lo hizo lo mejor que fue capaz. De lo que no estoy segura es de que volviera a querernos. Ni siquiera sé si podía querernos. —Entonces alzó la vista para mirar a Brad—. Ésa es la familia de la que procedo. Quería que lo supieses.

—¿Me lo has contado porque crees que eso va a cambiar mis sentimientos por ti? ¿Piensas que si tus padres me parecen irresponsables y egoístas dejaré de amarte?

El vino se agitó en la copa cuando la mano de Zoe se estremeció.

—No digas eso. No digas nada sobre el amor cuando ni siquiera me conoces.

—Te conozco, Zoe. ¿Quieres que te cuente lo que sé, lo que veo, lo que siento?

Ella negó con la cabeza.

—¡Dios! No tengo ni idea de qué se supone que debo hacer. No sé cómo conseguir que comprendas cuánto me confunde todo esto. Temo que si me dejo llevar de nuevo yo también puedo acabar seca por dentro.

313

—¿Del modo en que te dejaste llevar con James Marshall?

Zoe suspiró.

—Yo lo amaba. Bradley, lo amaba muchísimo. Era como estar dentro de una campana de cristal donde todo era muy brillante y resplandeciente. No se trató sólo de algo irresponsable e imprudente entre nosotros dos.

Brad se sentó a su lado.

—Cuéntamelo. Necesito saberlo —añadió al ver que ella dudaba—. Si eso no te basta, piensa que quizá el retroceder en el tiempo conmigo sea uno de los pasos que llevan hasta la llave.

—No me da vergüenza. —Zoe hablaba en voz baja—. No es que me dé vergüenza, sino que parte de la historia, cosas que pasaron y cosas que sentí, siempre ha sido sólo para mí. Pero tú te mereces oírlo todo.

Brad le rozó el dorso de la mano brevemente.

—¿Cómo lo conociste?

—Imagino que podría decirse que a través de nuestras madres. Mi madre se encargaba de arreglarle el pelo a la señora Marshall, y lo hacía a domicilio. A veces ella la llamaba para que fuese a peinarla para una fiesta o antes de irse a algún sitio especial. En ocasiones yo acompañaba a mi madre y me ocupaba de hacerle la manicura a la señora Marshall o de lavarle el pelo. Ella era agradable conmigo. Siempre era muy amable y nada altiva. Bueno, no demasiado —se corrigió—. Hablaba conmigo y respondía a mis preguntas sobre los cuadros de la pared o las flores del aparador. Se interesaba por cómo me iba en la escuela o con los chicos. Al final, siempre me pasaba un billete extra de cinco dólares cuando mi madre no miraba. James estaba fuera, interno en un colegio. Yo lo había visto alguna que otra vez, pero él jamás había reparado en mí. Lo veía en las fotografías enmarcadas que había sobre la cómoda de la señora Marshall. Era guapísimo, como un caballero o un príncipe, así que a lo mejor yo me enamoré un poco de él de esa manera. A las chicas nos ocurren cosas así.

—A los chicos también —afirmó Brad.

—Quizá. Los Marshall daban muchas fiestas en su enorme mansión. A la señora le encantaba organizar fiestas. Me contrató para ayudar a servir en algunas de ellas, e incluso me compró una falda negra y una blusa blanca de calidad para que diese buena imagen. Celebraron una fiesta en primavera, y James estaba en casa de vacaciones. Entonces se fijó en mí. —Zoe miró la copa de vino como si hubiese olvidado que la tenía en la mano. Le dio un trago lento para ordenar sus pensamientos—. Me siguió hasta la cocina y se puso a hablar conmigo, a flirtear. Yo era muy tímida, y James hizo que me sintiese muy torpe. En cualquier caso, fue muy considerado. Cuando la fiesta terminó y todo estuvo recogido, James me llevó en coche a casa. —Alzó los hombros y volvió a dejarlos caer—. Se suponía que yo no debía subir al coche de ningún chico, de modo que no tendría que haber consentido que me llevase. Sabía que a su madre no le gustaría nada si llegaba a enterarse. ¿Y la mía? Me habría arrancado la piel a tiras. A pesar de eso, no pude evitarlo. Al igual que no pude evitar volver a verlo. Me escapaba a hurtadillas para reunirme con él, porque sus padres y mi madre no lo habrían permitido. Eso sólo lo hacía todo más emocionante, más maravilloso. Como

Romeo y Julieta. Yo era lo bastante joven, y él también, para pensar en esos términos, para internarnos en el amor y la pasión sin considerar nada más. —Zoe miró a Brad y le leyó el pensamiento—. Tú piensas que James se aprovechó de mí, que estaba utilizándome, pero no fue así. Tal vez no me amara, no de la misma forma que yo, pero él pensaba que sí. Sólo tenía diecinueve años, y se vio atrapado por lo romántico de la situación tanto como yo.

—Zoe, a los diecinueve años, con su entorno familiar y su estilo de vida, él sabía mucho más de... la vida que tú.

—Tal vez. Tal vez eso sea cierto, especialmente si tenemos en cuenta que yo no sabía mucho de nada. Sin embargo James no me presionó, Bradley. No quiero que pienses eso. Él no insistió ni exigió, y no hay que achacarle más culpas que a mí. Las cosas ocurrieron, y punto.

—Y cuando le dijiste que estabas embarazada, ¿qué?

Zoe tomó una larga bocanada de aire, despacio.

—Yo ni siquiera me enteré de que lo estaba durante casi dos meses. No era muy lista en esa clase de cosas. Antes de que lo supiese ya era septiembre, y James se encontraba lejos, en la universidad. Cuando volvió a pasar un fin de semana a su casa, se lo conté. Él se enfadó y se asustó. Supongo que también, viéndolo ahora desde la distancia, nuestra historia ya se estaba apagando para él. James había empezado a vivir en el ambiente universitario, donde ocurrían un montón de cosas emocionantes, y una chica de su pueblo, por la que está perdiendo el interés, se queda embarazada.

—Sí, pobrecito. Qué mala suerte la suya.

Zoe tuvo que sonreír un poco.

—Estás siendo durísimo con él.

—Aún sería mucho más duro si tuviese la ocasión. —Irritado, se levantó para servirse otra copa de vino—. Quizá haya una parte de celos, pero la razón principal es que te dejó pasar por todo eso sola.

—Dijo que haríamos lo correcto, que él me apoyaría. Creo que hablaba en serio, aunque estuviera enfadado y asustado. Pienso que lo decía de verdad en ese momento.

—Las palabras se las lleva el viento.

—Sí, es cierto. —Zoe asintió en silencio mientras Brad se paseaba por la habitación—. Alguien como tú... Tú habrías hablado en serio y te habrías atenido a tus palabras. Sin embargo, no todas las personas están hechas de la misma pasta. En ocasiones lo correcto no es lo que tú piensas que lo es. Yo me encuentro aquí porque James no se atuvo a su palabra, de modo que eso fue lo correcto. Para mí y para Simon.

—De acuerdo. ¿Qué sucedió después?

—Él iba a decírselo a sus padres y yo tenía que decírselo a mi madre, y después haríamos lo que tuviésemos que hacer.

—Pero él no lo hizo.

—Oh, se lo contó a sus padres, igual que yo a mi madre. Mi madre se puso furiosa, pero en parte enfocó el asunto con aires de suficiencia; eso pude verlo en su rostro mientras le explicaba lo ocurrido. En cierta manera, pensó que aquello me estaba bien empleado por actuar como si fuese mejor que los demás, de modo que así aprendería lo que era en realidad. De todas formas, cuando la señora Marshall fue a verla mi madre me defendió.

—Zoe alzó la barbilla en un gesto cargado de orgullo—. La señora Marshall le soltó que yo era una mentirosa y una estafadora, una mujerzuela que había engatusado a su hijo a espaldas de su madre. También afirmó que yo no iba a arrastrar a su hijo a las cloacas, y que si estaba embarazada eso no significaba que el niño fuese de él. Y aunque lo fuera, ella no iba a permitir que James pagase el resto de su vida por haberse juntado conmigo. Dijo mucho más, como que me había dejado entrar en su casa y había confiado en mí, pero que yo no era más que una ladrona y una puta. Dejó un cheque por valor de cinco mil dólares sobre la mesa de la cocina y me aseguró que eso era todo lo que iba a conseguir y que yo podía usarlo para costearme un aborto o como quisiera, pero que no obtendría ni un penique más, y si intentaba sacar más, si intentaba ver a James de nuevo, ella se encargaría de que mi familia pagase por ello.

—Tú llevabas dentro a su nieto.

—Ella no lo veía de ese modo. No podía. Y desde luego que habría hecho que mi familia pagase por eso. Tenía el dinero y el poder necesarios, y yo no tenía nada con lo que defenderme. Mandó a James lejos, no sé adónde. Yo escribí una carta ese mismo mes de septiembre a su colegio mayor en la que le preguntaba qué tenía que hacer, qué quería él que hiciese. No me contestó, así que supuse que aquélla era una respuesta bastante clara. Cogí el cheque y los ahorros que había ido reuniendo y me marché. No pensaba criar a mi hijo en aquel aparcamiento de caravanas. Tampoco pensaba criarlo en ningún lugar cercano a los Marshall. Después de que Simon naciese, envié a James otra carta junto con una fotografía del bebé.

Me la devolvieron sin abrir. Así que me olvidé de aquello y me prometí que cuidaría de mí misma. Y que no buscaría a nadie que hiciese las cosas mejor ni distintas, a nadie que me dijera lo que tenía que hacer. No buscaría a nadie que me asegurase que me amaba y que haría lo correcto.

Brad se sentó de nuevo, cogió la copa de vino que había quedado desatendida de las manos de Zoe y la dejó en la mesita.

—Ya has demostrado que podías construir una buena vida para ti y para Simon. Tú sola. ¿Tienes que continuar demostrándolo?

—Si dejo que entre nosotros dos suceda ese algo y luego tú te desentiendes… No soy lo bastante valiente para arriesgarme de ese modo. Quizá lo fuese si estuviese sola, pero no es así.

—Tú no crees que yo esté enamorado de ti.

—Creo que tú crees que lo estás, y sé que nadie te impediría hacer lo correcto. Incluso si no fuese lo correcto para ti. Por eso voy a pedirte que esperes hasta que haya terminado este mes, hasta que todo sea menos romántico y emocionante; entonces veremos cómo estamos juntos.

Brad pensó que Zoe sujetaba un espejo que reflejaba lo que había entre ellos y lo proyectaba hacia atrás, a lo que hubo entre ella y James. Se esforzó en hallar un poco de comprensión a través del resentimiento.

—Quiero preguntarte una cosa. Sólo una. ¿Tú me amas?

—No puedo evitar amarte, pero puedo controlar lo que hago al respecto.

15

Había cogido una dirección equivocada; Zoe ya estaba segura de eso. Había vuelto a ConSentidos a buscar ella sola por las tres plantas, a limpiar hasta el último centímetro del desván y mirar fijamente el espejo. Sin embargo, no había encontrado nada que la guiase. Ningún fogonazo repentino, ni una luz de inspiración.

Ninguna llave.

Había vuelto a su propia casa, donde había pasado una hora entera sentada sola en la sala de estar. Aunque se sentía un poco ridícula, cerró las cortinas, encendió unas velas y trató de transportarse a algún tipo de estado de conocimiento o percepción.

En vez de eso, por poco se queda dormida.

Estaba cansada, frustrada e irritable, lo que muy probablemente no era el mejor estado para abrirse a la intuición.

Decidió regresar a donde había empezado y probar de nuevo.

Dejó las cosas arregladas para Simon antes de acercarse a Brad.

Él se había mostrado cortés desde que se habían instalado en las habitaciones de invitados. «Un poco distante», pensó Zoe mientras se encaminaba hacia el despacho que Brad tenía en la casa. Pero no podía culparlo por eso.

Zoe golpeó con los nudillos, y abrió la puerta cuando oyó que él decía que pasara.

—Lamento molestarte, pero… ¡Oh! —Unos enormes planos clavados con chinchetas en un tablero de corcho la impulsaron a entrar en la habitación—. Éstos son tus proyectos para la expansión.

—Hum. Aún faltan un par de cambios —respondió él—, pero ya estamos casi a punto. Echaremos a andar en marzo, en cuanto el tiempo coopere.

—¿Vas a añadir todo esto a la sección de jardinería?

—Voy a hacerla el doble de grande. Los propietarios de casas quieren árboles, arbustos, flores y hortalizas, y los medios para plantar todo eso y mantenerlo. —Se dio golpecitos en el muslo con los dedos, observando a Zoe mientras ella miraba los planos—. Después habrá una zona de decoración para el jardín. Y en esta de aquí, muchas líneas nuevas de mobiliario de exterior.

—Es muy ambicioso.

—Lograré que funcione. Cuando algo te importa, perseveras hasta conseguir que funcione.

—Sé que estás enfadado conmigo.

—En parte. Principalmente, frustrado. ¿Vas a ir al pueblo?

—No, hoy no. Acabo de hablar con Flynn. Va a quedarse con Simon. Además, echa mucho de menos a *Moe*, y a Simon no le molestará pasar la mayor parte del sábado correteando con Flynn y el perro. Y yo estoy… Quiero volver de nuevo al oeste de Virginia, al bosque. A ver si la otra vez se me escapó algo. Te lo digo porque no quiero que te preocupes ni que te disgustes.

—Yo te llevaré.

—Sí. —Se le deshizo el nudo que tenía en el estómago—. Creo que es una buena idea. En el camino de vuelta tengo que hacer una parada, pero sobre eso también necesito hablar contigo. Si pudiésemos salir pronto, te lo agradecería.

—Dame cinco minutos.

—Gracias. Iré a buscar a Simon y *Moe*.

Cuando Zoe se marchó, Brad sacó un cuchillo de caza de un cajón cerrado con llave y lo desenvainó para comprobar el filo.

Mientras se alejaban del valle, Zoe se ordenó a sí misma estar relajada.

—Hum, una de las cosas de las que quería hablar contigo es sobre el día de Acción de Gracias. Malory mencionó que estarías aquí para esa fiesta.

—No es el momento de irse.

—No. —Acción de Gracias era el día anterior al final del plazo para encontrar la llave. En menos de una semana, todo el contenido del reloj de arena habría caído a la parte inferior—. Me preguntaba si te gustaría que todos, los siete, lo celebráramos juntos en tu casa. El comedor de Malory aún no está acabado, y de todos modos el tuyo es más grande. Yo podría ocuparme de cocinar y…

—Sí. —Brad alargó la mano y tocó la de Zoe—. Eso me gustaría muchísimo. Si tú vas a ocuparte de cocinar, yo me encargaré del resto. Hazme una lista con lo que haya que comprar.

—Eso será una gran ayuda. No queda mucho tiempo.

Brad le dirigió una mirada comprensiva.

—Hay tiempo de sobra.

—Me aferraré a eso. Hay otra cosa en la que pensaba que podrías echarme una mano. Quiero ir a la perrera y elegir un cachorro para Simon. Después de Acción de Gracias, después... de que todo haya terminado, puedo pasar a recogerlo. Me dijeron que podrían guardármelo durante una semana.

—¿Y por qué no llevártelo hoy mismo?

—Oh, eso sería magnífico: un niño, un perrazo enorme y un cachorro dando vueltas por tu casa. El perrito se haría pis en tus alfombras y mordisquearía todo lo que no estuviese bien sujeto. Esperaremos hasta estar otra vez en nuestra casa.

—Lógico —repuso Brad, y dejó el tema.

Zoe le señaló el camino que abandonaba la carretera principal para internarse por otras serpenteantes, y le pidió que parase al lado de la pradera, como había hecho ella la vez anterior.

—Es un lugar muy hermoso —afirmó Brad.

—Sí que lo es. —Zoe se bajó del coche, y el frío aire le coloreó inmediatamente las mejillas—. Me encantan las montañas. Nunca he querido vivir en ningún sitio donde no hubiese montañas. Y árboles. —Se coló por debajo de la valla—. Cuando era pequeña, jugaba en ese bosque de ahí. Solía sentarme entre los árboles y soñar con qué haría cuando fuese mayor.

—¿Con qué soñabas?

—Oh, con todos los lugares a los que iría, las cosas que vería, la gente que conocería.

—¿Y con chicos?

—No demasiado. Por lo menos no tan pronto como el resto de las chicas, supongo. Pensaba que en ningún caso me iba a atar a un hombre y un puñado de críos porque de ese modo no podría hacer ni tener nada especial. Quizá, después de todo, mi madre estuviese en lo cierto cuando me hablaba con suficiencia.

—No, no es así.

—Yo ya estaba más que harta de cuidar a mis tres hermanos, de ayudar con todo, de preocuparme por las facturas y por estirar las comidas. Cuando cumplí doce años, lo último que tenía en la cabeza eran los chicos, las bodas y los hijos. Ni siquiera jugaba con muñecas.

Brad la cogió de la mano mientras se aproximaban a la zona boscosa.

—¿Y con qué jugabas?

—Con herramientas y pinturas. Me gustaba arreglar cosas. Les di mis muñecas a Joleen y Mazie. No tenía ningún sentido jugar fingiendo que cuidaba de alguien cuando eso mismo era algo que ya estaba haciendo en la vida real. Oh, Dios, deseaba salir de aquí con toda mi alma. Lo deseaba muchísimo, Bradley, y entonces apareció James... Yo no busqué quedarme embarazada, pero... No estoy segura de que en algún rincón de mi mente no llegase a suponer que la solución debía ser, al fin y al cabo, un hombre y bebés, y que ése era el único modo que tenía para salir de aquí y conseguir algo más.

—¿Y qué si hubiese sido así? —Brad se detuvo cuando alcanzaron el lindero de los árboles—. ¿Qué habría ocurrido, Zoe? Tenías dieciséis años.

—Ya no los tengo, y quiero que sepas que no te miro pensando que seas un modo de conseguir nada más. —Entrelazó los dedos de ambas manos y apretó con fuerza—. Necesito que lo sepas antes de que crucemos el bosque.

—Lo sé de sobra. Joder, Zoe, si a duras penas puedo lograr que aceptes cualquier cosa de mí aunque te dé con ella en la cabeza. —Para relajarse, los dos, Brad se llevó una mano de Zoe a los labios y la besó—. En cambio yo sí tomaría más de ti. Quiero mucho más de ti.

—Si pudiese dárselo a alguien, ése serías tú. —Rodeó a Brad con los brazos y lo estrechó—. Eres el mejor hombre que he conocido en toda mi vida, y eso es lo que más me asusta.

—Ya es hora de que dejes que yo me preocupe de mí mismo.

—Dentro de unos pocos días más —murmuró ella; luego se separó y cogió a Brad de la mano para internarse en el bosque—. Vi el ciervo blanco mientras cruzaba el bosque —le contó—, pero nada más. Era muy agradable pasear por aquí de nuevo. Muy placentero. Simon fue concebido entre estos árboles. Es un buen lugar, un lugar importante para mí.

—Entonces lo es para nosotros dos.

Zoe recorrió el mismo sendero que la vez anterior, pero no había ningún ciervo blanco ni ninguna sensación de trascendencia. Cuando llegaron al extremo en el que empezaba la extensión cubierta de gravilla, Zoe volvió a detenerse.

—Debo ir a ver a mi madre. Tú no tienes por qué venir, Bradley.

—¿No quieres que la conozca?

Mientras miraba fijamente las caravanas, Zoe soltó un suspiro.

—Quizá sea mejor que me acompañes. El sábado es un día de mucho trabajo para ella. Lo más probable es que tenga clientas, así que no nos quedaremos mucho rato.

Brad vio a unos cuantos niños jugando en unos columpios oxidados. Un perro con algo de dóberman que estaba atado a una gruesa cadena les ladraba como si ya hubiese probado el sabor de la sangre. A la izquierda, de uno de los remolques se alzaban las voces airadas de una violenta discusión. A la derecha, una niña pequeña se hallaba sentada en una escalera desvencijada y cantaba a su muñeca para que se durmiera.

La chiquilla alzó la vista y dirigió a Brad una lenta y hermosa sonrisa.

—Ya es la hora de la siesta de Cissy —le explicó con un susurro.

Él se acuclilló a su lado e inclinó la cabeza para mirar a la muñeca.

—Es muy guapa.

—Es mi dulce chiquitina.

Mientras la pequeña hablaba, se abrió la puerta de la caravana detrás de ella. Salió una mujer joven con un trapo en la mano y una expresión cautelosa en los ojos.

—¿Puedo ayudarle en algo? —preguntó mientras posaba una mano sobre el hombro de la niña.

—Sólo estaba admirando a Cissy —respondió Brad.

—Soy Zoe, la hija de Crystal McCourt. —Comprendiendo el recelo de la joven madre, Zoe se adelantó para tocar el brazo de Brad—. Sólo hemos venido a hacerle una visita.

—¡Oh! —La mujer se relajó visiblemente—. Encantada de conoceros. Me habéis asustado, eso es todo. Chloe sabe que no debe hablar con desconocidos, pero parece incapaz de evitarlo. Se fía de todo el mundo. Saluda de mi parte a la señora McCourt, y dale de nuevo las gracias por haberle hecho un corte de pelo tan bonito a Chloe.

—Lo haré.

Mientras se alejaban, Zoe oyó las palabras de la madre a su hija:

—Ven adentro con mamá, mi dulce chiquitina.

—Algunas personas llevan una buena vida aquí —dijo Zoe en voz baja—. Plantan flores en todo tipo de recipientes y hacen picnics en verano.

—Y otras personas viven en palacios y son incapaces de construir una buena existencia. No es dónde, sino cómo. Y quién.

Zoe pensó que a lo mejor también debía recordar eso.

—Ésa es nuestra caravana. La de mi madre. La nuestra. —Dejó caer la mano que había levantado para señalar el remolque de color verde mugriento—. Me avergüenza que esto me avergüence. Y me odio a mí misma por odiar que tú veas este lugar. Mi madre siempre decía que yo era demasiado orgullosa. Supongo que en eso sí que tenía razón.

—Entonces supongo que no eres perfecta. Quizá ya no te quiera, después de todo.

Ella trató de reír, pero la risa se le quedó atascada en la garganta.

—Zoe, ¿vas a presentarme a tu madre o tendré que ir yo mismo a llamar a la puerta?

—No le gustarás.

—No estás teniendo en cuenta mi increíble encanto personal.

Percibiendo el tono divertido y lleno de seguridad de Brad, Zoe se volvió a mirarlo.

—Ésa es una de las cosas que no le gustarán de ti.

Resignada, reemprendió la marcha. Cuando llegó junto a la puerta, oyó que dentro había gente charlando. Eran voces jóvenes, dos al menos.

«Las mañanas de los sábados desembocan en sábados por la noche», pensó. Noche de citas y encuentros. Un par de chicas que querrían ponerse guapas para la juerga nocturna que se avecinaba. Zoe golpeó el marco metálico de la mosquitera, la abrió con un chirrido y luego dio un buen empujón con el hombro a la puerta interior.

Vio que eran tres chicas. Una con el pelo embadurnado con decolorante; alguien iba a volverse rubia. El cabello corto de la segunda ya había recibido una capa de color, y estaban peinándolo. Y la tercera esperaba su turno con una revista de moda entre las manos para mostrar un corte de pelo.

Sonaban como una bandada de pájaros; de pronto se quedaron en silencio y luego empezaron a reírse entre dientes en cuanto distinguieron a Brad detrás de Zoe.

Olía a tinte, decolorante, humo de tabaco y la cena de la noche anterior.

Crystal terminó de colocar un temporizador con forma de huevo sobre la encimera y se giró. Alzó muchísimo las cejas.

—El viento te ha traído por segunda vez en el mismo mes, y ni siquiera es mi cumpleaños. —Su mirada pasó a Brad, y permaneció escudriñadora sobre él.

—Tenía que hacer algo por aquí. Quería que conocieses a mi amigo Bradley.

—Bradley, ése es un nombre de postín.

—Es un placer conocerla, señora McCourt.

—Aquí dentro hay demasiada gente. —Cogió su paquete de cigarrillos y su mechero Bic de un rosa rabioso—. Vamos afuera.

—Señoras —les dijo Brad a las jóvenes, y las risas volvieron a estallar en cuanto salió de la caravana.

—Ya veo que estás ocupada —comentó Zoe.

—Hoy es un buen sábado para el negocio. —Cuando la puerta se cerró a sus espaldas, Crystal encendió un cigarrillo y exhaló una nube de humo—. La chica de los Jacobson quiere volverse rubia. Quiere ser Britney Spears. Tenía una preciosa melena de color castaño, pero no es asunto mío si ella le apetece destrozársela.

—¿Ésa es Haley Jacobson? No era más que una miniatura la última vez que la vi.

—Tiene dieciséis años. La misma edad que tú cuando te largaste. Y si continúa pavoneándose por ahí igual que ahora, acabará metiéndose en los mismos problemas que tú.

—Hace ya mucho tiempo que dejé de pensar en eso como en un problema. —Zoe era consciente de que las muchachas estaban cerca, y como su madre no se había molestado lo más mínimo en bajar la voz sabía que estarían oyéndolo todo—. Simon es lo mejor que me ha sucedido en toda mi vida.

—Me dijiste que no estabas embarazada otra vez. —Mientras lanzaba otra mirada a Brad, la línea que se dibujaba entre sus cejas se tornó más profunda—. ¿Has venido a contarme lo contrario?

—No. Bradley es…

—Zoe y Simon son importantes para mí —intervino Brad con suavidad—. Yo quería conocerla, señora McCourt. Zoe me ha dicho que usted crió a sus cuatro hijos prácticamente sola. Debe de ser de ahí de donde Zoe ha sacado su coraje.

«Nombre de ricachón, pinta de ricachón, palabras de ricachón», pensó Crystal humeando como una chimenea.

—No hace falta coraje para criar unos niños. Lo que hace falta es una espalda fuerte.

—Imagino que hacen falta las dos cosas. Tiene usted una hija preciosa y sorprendente, señora McCourt. Debería estar orgullosa de ella.

—Bradley, nombre de postín y modales de rico. Si quieres quedarte con ella, es asunto tuyo. —Como si le diese igual una cosa que la contraria, alzó uno de sus flacos hombros—. Zoe es una buena trabajadora, y buena teniendo hijos. No se queja mucho.

—Lo tendré en cuenta —repuso Brad con seriedad, e hizo que Crystal se riese a su pesar.

—A lo mejor resulta que esta vez Zoe ha tenido mejor gusto. No pareces un completo gilipollas.

—Gracias.

—Nunca intentabas escaquearte cuando había que trabajar —le dijo Crystal a su hija con un deje de afecto—. Eso tengo que concedértelo. —Llevada por un impulso, alargó la mano y tocó el cabello de Zoe—. Buen corte…, tiene estilo. En cualquier caso, nunca fuiste tonta. Aquí tienes una oportunidad para la buena vida…, porque a mí éste me parece la buena vida, así que serías una idiota si no la aprovecharas. Una mujer ha de tomar lo que pueda conseguir.

—¡Mamá!

—Digo lo que pienso; siempre lo he hecho y siempre lo haré. —Crystal tiró el cigarrillo y lo aplastó con el zapato—. Tengo que volver dentro. Esta vez agénciate una alianza —le dijo a Zoe. Después señaló a Brad con la barbilla—. Podrías haber elegido peor.

Abrió la mosquitera de un tirón, regresó al interior del remolque y cerró la puerta tras ella.

—Nunca sale bien. Jamás. —A Zoe se le inundaron los ojos de lágrimas, y parpadeó con firmeza para mantenerlas a raya—. Debemos irnos.

Se encaminó hacia el bosque a paso rápido. Aún seguía con la cabeza agachada cuando Brad la cogió del brazo.

—Tu madre no te comprende.

—Eso no es ninguna novedad para mí.

—No comprende la luz que brilla en tu interior. No entiende que no se trata de lo que puedes conseguir, sino de lo que tú quieres llevar a cabo. No te comprende, y por eso no sabe cómo amarte.

—No sé qué hacer al respecto.

—Si continúas intentándolo, te dolerá. Si dejas de intentarlo, también te dolerá. —Le frotó los brazos para reconfortarla—. Yo te entiendo, Zoe, así que sé cuál será tu elección.

Zoe se giró para mirar la caravana de su madre.

—Regresaré en Navidad y quizá… Sólo quizá. —Sabiendo que los dos lo necesitaban, se esforzó en esbozar una sonrisa—. Ya te había dicho que no le gustarías.

—Le he gustado muchísimo. Ya está atrapada en mi tela de araña. —Se inclinó para besarla suavemente en los labios—. Igualito que su hija.

—Pues yo soy tremenda con las telas de araña.

Volvió a cogerlo de la mano y se internaron juntos en el bosque.

—¿Por qué las llamarán telas de araña si no están hechas de tela…? Más bien son como redes.

—Ésa es una pregunta para Dana. Ella lo buscaría en algún sitio… —no sé dónde encuentra la mitad de las cosas— y te dará una conferencia sobre el tema. Nunca he conocido a nadie tan hábil con las palabras. A mí siempre me han ido más los números. Ahora soy amiga de Dana, que lo sabe todo sobre libros, y de Malory, que lo sabe todo sobre arte. He aprendido mucho de ellas en los dos últimos meses. A veces todo esto se me antoja como una especie de sueño. —Se detuvo para mirar a su alrededor mientras hablaba—. Y creo que me despertaré una mañana y todo será como era antes. Yo estaré trabajando de nuevo para la víbora de Carly y no habré conocido a Dana y Malory. Recogeré el periódico y leeré la columna de Flynn, pero no lo conoceré a él. O veré alguna de las novelas de Jordan y me preguntaré cómo es el autor, porque yo no lo conoceré. —Se giró hacia Brad y le rozó la mejilla con los dedos—. Tampoco te conoceré a ti. Iré a comprar algo a Reyes de Casa y no pensaré en ti, porque nada de esto habrá sucedido.

—Esto es real. —Brad le cogió las muñecas con fuerza para que ella pudiese notar la presión de sus manos y él el pulso de ella—. Esto es real.

—Pero si no lo fuese, si en realidad estoy en la cama teniendo un sueño muy largo y complicado, creo que me despertaría con el corazón roto. —Se volvió en dirección al remolque de su madre—. O algo peor. Pase lo que pase al final, ocurra lo que ocurra cuando todo esto termine, no podría soportar no haberte conocido. Bésame. —Se puso de puntillas—. Por favor.

Brad la atrajo hacia sí y posó sus labios sobre los de Zoe con gran delicadeza. Dejó que el momento se prolongara. Cuando ella suspiró, cuando le echó los brazos al cuello, fue mucho más delicioso que cualquier sueño.

Zoe sintió que algo se desplazaba en su interior con un dolor tan dulce que los ojos se le llenaron de lágrimas. El aire era frío; la boca de él, muy cálida. El amor, más allá de lo que ella jamás había soñado, estaba allí.

Notó cómo él le acariciaba el pelo, que le caía por la espalda. Su delgado y joven cuerpo se apretaba contra el de ella temblando con una necesidad que penetraba en la suya.

Zoe se echó hacia atrás, se quedó mirando unos brillantes ojos azules y dejó que una lágrima le resbalase por la mejilla.

—James. —Lo dijo con suavidad, y le cogió el rostro entre las manos.

—Te quiero, Zoe. —La voz de James..., un poco entrecortada y llena de ansiedad, llegó a sus oídos—.

Estábamos destinados a encontrarnos. Nunca te sentirás con nadie como conmigo.

—Sí, tienes razón. —Inundada por el amor que brotaba del corazón de una muchacha de dieciséis años, se puso la mano de James sobre los labios, sobre la mejilla, y la mantuvo ahí—. Nada será igual jamás, para ninguno de los dos.

—Nos escaparemos. Estaremos juntos para siempre.

Ella sonrió con gran delicadeza.

—No, no lo estaremos. —Volvió a besarlo, sin arrepentimientos, y luego retrocedió—. Adiós, James.

Brad la sujetó para que no se cayera cuando a ella se le aflojaron las rodillas, y continuó zarandeándola y diciendo su nombre, como llevaba haciendo desde que había notado cómo Zoe lo abandonaba.

Cómo los ojos se le empañaban y las mejillas perdían el color.

Zoe lo había llamado James.

—Mírame, mírame, maldita sea.

—Te estoy mirando. —Ella giró la cabeza a duras penas, y, aunque se le enturbió la visión por el esfuerzo, trató de enfocarla—. Te estoy mirando, Bradley.

—Tenemos que salir de aquí. —Se dispuso a cogerla en brazos, pero ella le colocó una mano en el pecho.

—No. Está bien. Sólo necesito un segundo. Deja que descanse un segundo. —Se sentó en el suelo con la frente apoyada sobre las rodillas dobladas—. Estoy un poco mareada. Sólo necesito recuperar el sentido de la orientación.

Brad desenvainó el cuchillo que llevaba debajo de la chaqueta y barrió con la mirada el bosque antes de acuclillarse enfrente de Zoe.

—Has desconectado, como si alguien hubiese pulsado un interruptor dentro de ti. Me has llamado James.

—Lo sé.

—Te has marchado lejos. No estabas conmigo, estabas con él. Mirándolo a él, con amor. Has dicho que nada sería igual jamás.

—Sé lo que he dicho. Él me ha llevado al pasado. Kane me ha llevado al pasado, pero yo lo sabía. —Ya más estabilizada, levantó la cabeza—. Lo he sabido casi desde el mismo instante en que ha comenzado. He sentido… No me avergüenzo de lo que he sentido, ni lo lamento. Eso significaría que me avergonzaría de Simon y de haberlo tenido. Lo que sí que lamento es que Kane te haya utilizado a ti de ese modo.

—Has llorado por él. —Alargó una mano y recogió una lágrima con la punta de un dedo.

—Sí, he llorado por James. Y por lo que podría haber pasado si él hubiese sido más fuerte, quizá si los dos hubiésemos sido más fuertes. Después le he dicho adiós. —Puso una mano sobre la de Brad y cerró los dedos sobre su palma—. Kane quería provocar que yo sintiese todas esas cosas que sentía por James y usarlas para interponer algo entre tú y yo. ¿Lo ha conseguido?

—Me ha cabreado. Me ha dolido. —Brad miró sus manos unidas y, tras un momento, giró la suya para que sus dedos se entrelazaran—. Pero no, no ha conseguido interponer nada entre tú y yo.

—Bradley. —Zoe fue a inclinarse hacia Brad, deseando unir su boca a la de él. Entonces vio el cuchillo. Se le pusieron los ojos como platos—. ¡Oh, Dios!

—Es posible herir a Kane —aseguró Bradley con indiferencia—. Si tengo una oportunidad, voy a hacerle mucho daño. —Se incorporó, volvió a guardar el cuchillo, y luego tendió una mano a Zoe.

Ella se humedeció los labios.

—Será mejor que tengas cuidado con eso.

—Sí, mamaíta.

—Sigues un poco cabreado, ¿verdad? Yo sé quién eres, Bradley. Y sé quién soy yo. Kane ha intentado hacerme olvidar todo eso, pero no ha podido. Y eso debe de significar algo. Me he sentido exactamente igual que cuando tenía dieciséis años y estaba con James. Mi cuerpo, mi cabeza, mi corazón. Él me pasaba la mano por el pelo. En aquel entonces yo lo llevaba muy largo, y él solía hacer eso: deslizar la mano por mi melena mientras me besaba. Esas cosas están dentro de mí, incrustadas en la memoria. Kane es capaz de acceder a esa zona.

Requirió un acto supremo de fuerza de voluntad, pero Bradley se obligó a pensar más allá de lo personal, a pensar en la búsqueda de la llave.

—¿Qué te ha dicho? ¿Qué te ha dicho James?

—Que me quería. Que yo jamás me sentiría con nadie como con él. Eso es cierto: jamás sentiré nada igual. No debería. Sin embargo, Bradley, yo lo sabía. —Dio una vuelta sobre sí misma con el rostro resplandeciente—. Incluso mientras estaba ahí con el pelo cayéndome por la espalda y la cara de James entre mis manos sabía que no era real. Que no era más que una trampa. Y la he utilizado. —Unió las palmas de las manos y se dio golpecitos en la boca con el borde de los dedos mientras giraba en círculo—. Este lugar. Tenía que regresar aquí. Aún más, tenía que regresar contigo. Pero la llave no está aquí. —Dejó caer las manos—. No está aquí.

—Lo siento.

—No. —Zoe sacudió la cabeza y dio otra vuelta con una sonrisa radiante—. Sé que no está aquí. Lo percibo. Ya no tengo que seguir preguntándome al respecto, no tengo que volver llena de esperanzas a buscar, porque aquí ya he hecho lo que necesitaba hacer. Lo hemos hecho los dos. —Saltó a los brazos de Brad con tanta rapidez y entusiasmo que él retrocedió un paso. Riéndose, Zoe le rodeó la cintura con las piernas y le dio un beso bien sonoro—. No sé qué es lo que significa todo eso, pero lo averiguaré. Por primera vez en muchos días, creo que lo averiguaré. Voy a abrir la cerradura de esa urna, Bradley. —Apretó su mejilla contra la de él—. Voy a abrirla, y las hermanas van a regresar a su hogar.

Cuando aparcaron frente a la casa de Flynn, Zoe lanzó una dura mirada a Brad.

—Que conste que esto es responsabilidad tuya; quiero que te quede bien claro.

—Ya me lo has aclarado seis veces como mínimo.

—No pienso sentir ninguna compasión por ti ni por tus pertenencias.

—Sí, sí. Bla, bla, bla.

Zoe sofocó una carcajada y mantuvo la expresión seria mientras seguía a Brad hasta la casa.

—Acuérdate sólo de quién intentaba ser práctica.

—Desde luego. —Le hizo una mueca mientras abría la puerta—. Te has caído con todo el equipo en cuanto has visto esos enormes ojos marrones.

—Podría haber esperado una semana.

—Embustera.

A Zoe se le escapó la risa mientras depositaba el cachorro en el suelo y dejaba que corriese vestíbulo adentro.

—Esto va a ser muy interesante.

Moe salió disparado de la cocina y de pronto frenó derrapando. Puso los ojos en blanco y el cuerpo en tensión. El perrito, una bola de pelo marrón y gris, aulló de contento y saltó intentando morder el hocico de *Moe*.

Brad agarró a Zoe del brazo antes de que ella pudiese correr a separarlos.

—Pero ¿y si...?

—Ten un poco de fe —le aconsejó él.

Moe se estremeció sin dejar de olfatear al cachorro mientras éste brincaba y caía al suelo. Después se derrumbó y se tumbó boca arriba, en una actitud de auténtica felicidad, mientras el perrito trepaba sobre él y le mordisqueaba las orejas.

—Qué grandullón tan blandengue —murmuró Zoe, y notó que sus labios dibujaban una sonrisa grande y bobalicona

En ese momento Simon salió de la cocina.

—¡Eh, mamá! Vamos a almorzar bocatas. Los hemos preparado Flynn y yo, y... —Se interrumpió. Los ojos se le salieron de las órbitas cuando el cachorro se separó de *Moe* para abalanzarse sobre él—. ¡Guau! Un perrito. ¿De dónde ha salido? —El niño ya estaba tirado en el suelo; se rió cuando el animalito le lamió la cara, y se revolcó cuando *Moe* trató de meterse en medio—. Parece un osezno o algo similar. —Cubierto de perros, Simon se retorció lo bastante para mirar a Brad—. ¿Es tuyo? ¿Desde cuándo lo tienes? ¿Cómo se llama?

—No es mío. Acaba de salir de la perrera. Y aún no tiene nombre.

—Entonces, ¿quién…? —Se quedó inmóvil, y sus ojos almendrados de color ámbar se clavaron en los de su madre.

—Es tuyo, cielo.

En aquel instante Zoe supo que aquel cachorro podría dedicarse a morder todo en su casa como una plaga de termitas, que ella jamás se arrepentiría. Nunca olvidaría el brillo de dicha y sorpresa que iluminó el rostro de su hijo.

—¿Para quedármelo? —A Simon le temblaba la voz mientras se ponía de rodillas—. ¿Puedo quedarme con él?

—Creo que él cuenta con eso. —Zoe se acercó para acuclillarse y alborotar el pelaje del perrito, esponjoso como una nube—. Vas a tener que ser muy responsable y encargarte de que reciba los cuidados, la educación y el amor necesarios. Los perros pequeños dan mucho trabajo. Va a depender de ti.

—¡Mamá! —Demasiado emocionado para sentir vergüenza por que Brad estuviese mirando, Simon echó los brazos al cuello de su madre y pegó el rostro a su hombro—. Cuidaré muy bien de él. Te lo prometo. Gracias, mamá. Te quiero más que a nada en el mundo, por siempre jamás.

—Yo sí que te quiero a ti más que a nada en el mundo y por siempre jamás. —Respondió a su fuerte abrazo con otro igual de fuerte, y después se le escapó una carcajada cuando los dos perros intentaron colarse entre ellos—. Creo que a *Moe* va a gustarle tener un amigo.

—Es como una gran familia —aseguró Simon mientras cogía en brazos al cachorro.

El recién llegado expresó su alegría haciéndose pis sobre las rodillas de Simon.

16

Zoe frotó una de las pantorrillas de Dana con crema exfoliante, y sonrió de oreja a oreja cuando su amiga soltó un gemido muy largo y sentido.

—Os agradezco muchísimo a las dos que hayáis renunciado a vuestra tarde de domingo para ser mis conejillos de Indias.

Esta vez Dana gruñó. Malory estaba sentada en uno de los taburetes de la sala de tratamientos y se pasaba los dedos por la piel, recién limpiada y exfoliada.

—No puedo creerme lo bien que sienta esto.

—A mí no me preocupaban los resultados, porque estos productos son excelentes. Pero quería asegurarme de que funcionara el tratamiento completo.

—Para mí sí que funciona —dijo Dana, arrastrando las palabras con voz apagada.

Zoe miró a su alrededor y repasó con la vista las estanterías llenas de distintos artículos, las velas encendidas, el montón de toallas color verde menta perfectamente dobladas que estaba encima de la repisa y la lámpara de cristal que había colgado del techo sobre la mesa acolchada.

Pensó que todo estaba en su sitio.

—Aunque, desde luego, cuando esté haciendo esto de verdad aquí no habrá tres personas charlando. ¿Quieres que nos callemos, Dana?

—Vosotras ni siquiera existís en mi pequeño mundo. Ese potingue huele tan bien como sienta.

—Es bueno que estemos haciendo una prueba. —Malory bebió un sorbo de la limonada que Zoe había enfriado en una jarra de cristal—. Si vamos a abrir el viernes, tenemos que resolver tantos problemas como nos sea posible, y en las tres áreas. —Tragó saliva a duras penas y se apretó el estómago con una mano—. ¡Dios, vamos a abrir el viernes! Aunque sea una especie de ensayo general antes de la gran apertura del 1 de diciembre, es todo un acontecimiento.

—Un gran día en todos los sentidos —aseguró Zoe.

—Vas a encontrar la llave. —Malory le tocó el hombro—. Lo sé.

La conexión —la mano de Malory sobre ella, y las suyas sobre Dana— le levantó el ánimo.

—Ésa es otra razón por la que quería hacer esto hoy. Necesitaba pasar algo de tiempo así, las tres juntas a solas. —Alzó de nuevo la mirada hacia la lámpara de cristal. Lo cierto es que parecía que en los últimos meses se había vuelto un poco más mística—. Para recargar mi energía, mi poder femenino.

—¡Ra, ra, ra! —vitoreó Dana, y Zoe se echó a reír.

—Después de lo que sucedió ayer, me siento más confiada, pero una vocecilla sigue incordiándome, preguntándome por qué narices creo que puedo lograrlo.

—¿Es la voz de Zoe o la de Kane? —inquirió Dana.

—Es la de Zoe, lo que aún resulta mucho más irritante. Ayer sentí un torrente de emoción, de energía, cuando me di cuenta de qué estaba ocurriendo, de que yo sabía lo que era y podía controlarlo. Ahora necesito avanzar a partir de ahí.

—Regresaste a un principio, y a un final. —Malory examinó con curiosidad las botellas y los tubos esmeradamente alineados en los estantes de Zoe—. Y reuniéndonos hoy aquí las tres vamos a volver a lo fundamental. Tanto Dana como yo tuvimos momentos en nuestra parte de la misión en los que nos sentimos desanimadas y perdidas.

—¡Ya lo creo! —confirmó Dana—. Y momentos en los que nos fuimos por las ramas, ramas que llevaban a callejones sin salida. O eso parecía.

—Eso parecía. —Girándose, Malory asintió—. Sin embargo, sin seguir esas bifurcaciones, ¿habríamos llegado al camino correcto? Yo creo que no. Es algo en lo que he pensado mucho —añadió mientras se apoyaba en la encimera—. Una búsqueda no es algo lineal, no es recta. Da vueltas, serpentea, se solapa. Pero todos los pasos, todas las piezas, tienen su lugar. Veamos los tuyos.

—Dana debe enjuagarse.

—Entonces espera un segundo, Mal. —Enrollada en la sábana que Zoe le había proporcionado, Dana se encaminó a la ducha.

—Tienes algunas ideas. —Zoe fue a lavarse las manos—. Puedo verlas.

—La verdad es que sí —admitió Malory—. Quizá sea más fácil para mí ver…, bueno, el bosque en vez de los árboles, porque yo no estoy implicada del modo en que lo estás tú. Además, la experiencia que yo tuve en el desván es muy similar a lo que te sucedió ayer. Yo también sabía qué estaba ocurriendo, y lo controlé. Una parte de mí, una parte pequeña, quería quedarse en aquella ilusión y dejar atrás el resto.

Zoe se giró y vio comprensión en el rostro de Malory. Notó que la tensión de sus hombros se desvanecía.

—Lo cierto es que necesitaba oír eso. Muchísimo. Yo no quería quedarme con James, realmente no quería, pero una parte de mí recordaba cuánto había deseado estar con él.

—Lo sé. Lo sé perfectamente.

Zoe pensó que Malory tenía razón. Ella y Dana eran las únicas personas que de verdad podían entenderlo.

—Una parte de mí sintió lo mismo que entonces, tuvo el mismo anhelo. Habría sido muy fácil dejarse llevar al pasado y creer que todo podría acabar de un modo muy diferente.

—Pero tú no te dejaste llevar.

—No. —Empezó a cambiar la cubierta de la mesa de tratamientos, colocó la almohada y alisó el tejido de algodón—. Excepto por esa pequeña parte, yo sabía que no deseaba que las cosas fueran diferentes. En absoluto quería quedarme con el chico que había sido incapaz de permanecer a mi lado junto a su propio hijo. En cambio tenía que acordarme de él, recordarlo en serio, y lo que yo sentía por él. De ese modo podía decirle adiós.

—¿Y quieres estar con el hombre que está deseando permanecer a tu lado y junto a tu hijo?

—Sí —notó un revoloteo debajo del corazón mientras seleccionaba una loción para Dana—, pero por lo visto no confío en que ninguno de los dos consiga que salga bien. Túmbate de espaldas —le dijo a Dana cuando ésta regresó—. Y hay algo más que eso, más que la falta de confianza en nosotros mismos. —Con eficiencia, colocó bien la toalla que cubría a Dana del pecho a las ingles, y después calentó la loción con las manos—. Si al final doy ese paso decisivo con Brad, ¿en qué clase de peligro lo pondré? Es una especie de paradoja. Cuando amas a alguien, deseas protegerlo. Si tengo que proteger a Brad, no puedo permitirme amarlo. No por completo.

—Si lo amas, deberías respetarlo lo bastante para saber que él se protegerá a sí mismo.

Zoe miró fijamente a Dana.

—Yo lo respeto.

—A mí me parece que no. Continúas preguntándote si va a defraudarte, a ti y a Simon, y cuándo lo hará, cuándo va a largarse. Zoe, estás hablando con alguien que ha pasado por ese mismo sitio. Tú piensas que no deberías entregarle a Brad un cien por cien porque necesitarás disponer de una pequeña reserva cuando él se dé el piro. No te estoy diciendo que no tengas derecho a eso. Tienes demasiadas cosas en juego.

—¿Y qué es lo más importante para Zoe de lo que tiene en juego? Personalmente —especificó Malory—. ¿Qué es lo único que no pondría en riesgo?

—Simon.

—Exacto.

—Sé que Bradley no le hará daño. —Zoe masajeó el cuerpo de Dana con la loción de arriba abajo—. Sin embargo, cuanto más lo busca Simon para la clase de cosas que los niños buscan de sus padres, más duro será el golpe si todo sale mal. Simon ha de lidiar con el hecho de no tener padre. Nunca. No por causa de un divorcio o incluso de la muerte, sino porque en toda su vida jamás lo ha tenido. Por mucho que yo le haya facilitado las cosas, por mucho que él sepa que lo quiero y que estoy para lo que necesite, Simon siempre sabrá que hay alguien que rechazó estar con él. Lo último que deseo es que vuelva a sentirse no querido.

—Y para evitar que eso suceda, te sacrificarías. Lucharías —añadió Malory—. Costase lo que costase, lucharías. Porque de todas las decisiones que has tomado, Simon es la más importante. Él es tu llave.

—¿Simon? —preguntó Zoe mientras Dana se incorporaba—. Oh, disculpa, ponte boca abajo. Tengo el cerebro revuelto.

—Malory ha llegado a una conclusión interesante. —Dana rodó sobre sí misma, y apoyó la cabeza sobre un puño—. Nosotras mismas somos las llaves, las tres. En eso nos han insistido una y otra vez. De las tres, Zoe es la única que se ha… recreado, podríamos decir, a sí misma en un hijo. Simon forma parte de Zoe. Zoe es la llave, ergo Simon también es la llave.

—Kane no puede tocarlo. —Zoe sintió que el miedo iba a atenazarle el cuello y la estrangularía—. Rowena aseguró que lo había protegido.

—Cuenta con ello. —Dana miró por encima del hombro—. Si Kane pudiese hacer algo a Simon, a estas alturas ya lo habría intentado.

—Yo creo que quizá no sea Rowena la única que protege a Simon, que es posible que haya alguien más —terció Malory—. Pienso que desde el otro lado están haciendo todo lo posible. Las hijas de otras personas ya

346

han sufrido daño. Ellos no permitirán que eso ocurra de nuevo. Por eso nada amenaza a Simon.

—Si creyese lo contrario, me alejaría de toda esta historia en menos que canta un gallo. —Zoe hizo una pausa al ver que Malory asentía—. Kane debe de saber eso, así que habría hecho cualquier cosa para amenazar a mi hijo. No ha hecho nada porque no puede. De acuerdo. —Soltó un largo suspiro—. De acuerdo, trabajemos con esa idea. Si Simon es la llave, o una parte de ella por ser parte de mí, ¿no nos lleva eso de nuevo a las decisiones que he tomado relacionadas con él? Tenerlo fue una elección y quedarme con él fue otra…, la mejor de mi vida. Pero ya he repasado todo eso. Y aunque creo que retroceder para revisar el pasado era importante, lo cierto es que no he conseguido la llave.

—Tomaste otras decisiones —señaló Dana—. Avanzaste en otras direcciones.

—También he repasado algunas de ellas. Supongo que ha sido como una especie de viaje —continuó mientras acababa de extender la loción por la piel de Dana—. He estado recordándolas, volviendo a verlas, pensando al respecto. Esta revisión ha sido buena para mí en todos los aspectos, porque ha dado validez a mis elecciones y me ha permitido ver que los errores que cometí no lo eran tanto. ¿Quieres tumbarte boca arriba? Te traeré el albornoz.

—Viniste aquí, al valle —empezó Dana—. Conseguiste un trabajo, compraste una casa. ¿Qué más?

Malory levantó una mano mientras Zoe ayudaba a Dana con el albornoz.

—No voy a decir que todo eso no sea importante, y tal vez examinar algunos de los detalles nos dé una de las soluciones, pero podríamos mirarlo desde un ángulo diferente. ¿Y si algunas de las respuestas tuviesen que ver con las elecciones de Simon?

—Es un niño —señaló Dana al tiempo que se pasaba una mano por el antebrazo para admirar el trabajo de Zoe—. Su elección más problemática es con qué videojuego entretenerse.

—No. —Pensativa, Zoe sacudió la cabeza—. No. Los niños tienen que hacer muchas elecciones. Buenas o malas. Algunas de ellas no los abandonan y empujan en ciertas direcciones. Qué amistades forjan. A lo mejor leen un libro sobre un piloto de caza y deciden que quieren volar. En este mismo instante, de cien maneras distintas, Simon está decidiendo qué clase de hombre será.

—Entonces tal vez necesites repasar más detenidamente esas decisiones —sugirió Malory.

Una decisión de la que Simon se sentía especialmente orgulloso en ese mismo instante era la de haber optado por *Homer* como nombre para el cachorro. En él se combinaban varios de sus temas favoritos: el béisbol —porque el home es el lugar del terreno de juego desde el que se batea—, un personaje de dibujos animados y un perro. Rodeado por el frío ambiente otoñal del exterior de la casa, mientras contemplaba a *Moe* persiguiendo una pelota de tenis y a *Homer* persiguiendo a *Moe*, Simon pensó que la vida no podía ser más chula.

Además, los chicos estaban a punto de llegar para ver juntos el partido mientras su madre y sus amigas hacían cosas de chicas. Podría atracarse de patatas fritas hasta vomitar.

Recogió la pelota que *Moe* había dejado a sus pies, y después se dedicó a bailotear y hacer amagos de lanzarla que volvieron completamente majaras a los dos perros hasta que por fin la tiró hacia los árboles.

Cuando fuera a la escuela al día siguiente, les hablaría a todos sus compañeros de *Homer*. Quizá, si no era algo demasiado tontorrón, podía conseguir que Brad le hiciese una foto para que él pudiera enseñársela a todo el mundo.

Miró hacia el río mientras los perros correteaban juntos. La verdad es que aquel lugar le gustaba. También le gustaba su propia casa, con el jardín y todo lo demás, y porque vivía al lado de los Hanson. Pero, caramba, le encantaba estar allí, con un bosque para explorar y el río a un paso.

Si se quedaran una buena temporada, sería genial invitar a sus amigos. Caray, fliparían con la sala de juegos. Además podrían construir un fuerte en el bosque, y quizá ir a bañarse al río en verano. Si su madre no ponía el grito en el cielo ante esa idea.

A lo mejor aún podía hacerlo, incluso después de regresar a su casa. Podría pedírselo a Brad, y luego él le ayudaría a convencer a su madre. Eso también era genial, contar con otro hombre para formar equipo contra ella.

Era casi como tener un padre. No es que a él le importase eso, pero probablemente fuera así. Más o menos.

De todas maneras, iba a ser alucinante celebrar el día de Acción de Gracias allí, con todo el mundo abarrotando la casa, los chicos discutiendo sobre las jugadas del partido, y comiendo tarta de calabaza hasta que les saliese por las orejas.

Su madre preparaba una tarta de calabaza realmente buena, y siempre le daba pequeñas porciones de masa para que hiciese muñequitos con ellas.

Se preguntó si eso le parecería ridículo a Brad.

Miró a su alrededor y vio que Brad salía de la casa. Entonces corrió hacia él.

—¡Eh! ¿Quieres lanzar un poco la pelota? *Moe* está enseñando a *Homer* a atraparla.

—Claro —respondió mientras le encasquetaba un gorro de lana que llevaba consigo—. Está haciendo más frío.

—A lo mejor nieva. A lo mejor cae una nevada de dos metros y no hay colegio.

—Siempre puedes soñar. —Cogió la pelota y la lanzó por los aires de una manera que Simon admiró con desesperación.

—Si la nieve llega a dos metros, ¿puedes quedarte en casa en vez de ir a trabajar?

—Si la nieve llega a dos metros, me quedaré con gusto en casa en vez de ir a trabajar.

—Y podremos tomar chocolate caliente y jugar diez millones de partidas de videojuegos.

—¡Casi nada!

—¿Te pones un preservativo cuando tienes sexo con mi madre?

Toda la sangre de la cabeza se le bajó a la planta de los pies.

—¿Que si me pongo qué?

—Porque si no, podrías hacerle un bebé. ¿Te casarías con ella si le hicieras un bebé?

—¡Santa madre de Dios!

Simon notó un hormigueo en el fondo de la garganta, una especie de náuseas de nerviosismo. Pero no podía detener la avalancha de palabras: debía decirlas.

—El tipo con el que mi madre me hizo a mí no se casó con ella, y yo creo que eso hirió sus sentimientos. Ahora tengo que cuidar de ella, así que si no piensas casarte con ella si le haces un bebé, no podéis tener sexo. —Como el estómago le daba saltos, Simon bajó la mirada y dio a la pelota un buen puntapié—. Sólo quería decírtelo.

—De acuerdo. ¡Guau! De acuerdo. Creo que necesito sentarme, en serio. —Antes de que la gelatina en que se habían convertido sus rodillas se fundiera por completo—. ¿Por qué no vamos dentro y... nos sentamos a charlar?

—Yo soy el hombre de la casa —repuso Simon con voz débil.

—Eres un hombre fantástico, Simon. —Brad hizo un gesto que esperaba que los animara a los dos: posó una mano sobre el hombro del niño—. Vayamos dentro a sentarnos y hablar de este asunto.

Mientras se quitaban la chaqueta, Brad rezó para pedir sabiduría o lo que fuera que pudiese ayudarlo. Se imaginó que la cocina sería el mejor sitio, porque podrían tener las manos ocupadas con bebida o comida, o con cualquier cosa que sirviese para que la charla fuera menos horrorosa para ambos.

Aunque se moría de ganas de tomar una cerveza, sacó Coca-Cola para los dos.

351

—Respecto al sexo… —empezó.

—Ya lo sé todo sobre el sexo —lo interrumpió Simon—. Mamá me ha dicho que no duele, pero que a veces la gente grita y hace ruidos así porque es divertido.

—Bien —logró articular Brad después de un momento, y le preocupó que Simon pudiese llegar a oír cómo se le fundían las neuronas—. Tu madre y yo… ¡Ah! Los adultos, los adultos sanos y solteros, mantienen a menudo relaciones que… Al carajo con esto. Mírame, Simon.

Esperó hasta que el niño levantó la cabeza. Todas las dudas, el desafío y la determinación estaban grabados claramente en su rostro. «Igual que su madre», pensó Brad.

—Estoy enamorado de tu madre. Hago el amor con ella porque es preciosa y porque deseo estar con ella de esa manera. Deseo estar con ella de todas las maneras posibles porque la quiero.

—¿Ella también está enamorada de ti?

—No lo sé. Eso espero.

—¿Pasas tiempo conmigo para que ella se enamore de ti?

—Bueno, ¿sabes?, la verdad es que verte me supone un sacrificio enorme, porque eres feísimo y hueles fatal. Además, eres bajito, y eso resulta de lo más fastidioso. Pero si funciona…

Simon notó que la risa le bailaba en los labios, pero se controló.

—Tú eres más feo todavía.

—Sólo porque soy más viejo. —Posó una mano sobre la del chaval—. Y de algún modo, a pesar de tus numerosos defectos, también estoy enamorado de ti.

Un río de emociones le subió a Simon por la garganta y parecieron desbordarse en su rostro.

—Eso es muy raro.

—Ni que lo digas. Quiero teneros a vosotros dos más de lo que jamás he querido nada.

—¿Como si fuéramos una familia?

—Exactamente así.

Simon se quedó mirando la mesa. Había muchísimas cosas que deseaba decir, preguntar, pero quería hacerlo del modo correcto.

—¿Te casarías con ella incluso aunque no hicieseis un bebé?

Brad llegó a la conclusión de que, después de todo, la charla no iba a ser tan horrorosa.

—Me gustaría hacer un bebé, ahora que lo mencionas. Pero… Espera un minuto, hay algo que me gustaría enseñarte. Vuelvo enseguida.

Una vez solo, Simon se frotó los ojos con fuerza. Había temido que se le saltaran las lágrimas, ponerse a lloriquear como una chica o algo así. Cuando estabas manteniendo una auténtica conversación de hombre a hombre, como las llamaba el padre de Chuck, no podías echarte a llorar.

Dio un trago a su Coca-Cola, pero no le calmó el estómago. Todo parecía estar saltando en su interior. Cuando oyó que Brad regresaba, se esforzó por tranquilizarse y se enjugó la cara, sólo por si acaso.

Brad se sentó de nuevo.

—Esto tiene que quedar entre nosotros. Sólo entre nosotros dos, Simon. Necesito que me lo prometas.

—¿Es un secreto?

—Sí. Es algo importante.

—De acuerdo. No se lo contaré a nadie. —Simon se escupió en la palma de la mano con solemnidad, y luego se la tendió a Brad.

Durante un momento Brad no hizo nada. Curiosamente reconfortado, pensó que algunos gestos no cambiaban nunca. Después imitó a Simon y le estrechó la mano.

Sin pronunciar una palabra, Brad dejó un pequeño estuche sobre la mesa y lo abrió para mostrarle a Simon el anillo que había en su interior.

—Esto era de mi abuela. Me lo dio cuando ella y mi abuelo cumplieron su cincuenta aniversario de casados.

—¡Guau! Deben de ser absolutamente viejos.

A Brad le entraron ganas de reír, pero logró mantener la voz firme.

—Bastante. Éste era su anillo de compromiso. Mi abuelo le regaló a su mujer uno nuevo en sus bodas de oro. Ella quiso que yo me quedase con el primero para que se lo entregara a la mujer con la que me case. Dice que da buena suerte.

Con los labios fruncidos, Simon volvió la mirada hacia la cajita y observó el resplandor del anillo.

—Es de lo más brillante.

Brad giró el estuche para poder examinar aquella anticuada pieza con pequeños diamantes en forma de florecilla.

—Creo que es algo que le gustaría a Zoe. Es delicado, es diferente, y ha demostrado su eficacia. He planeado dárselo el sábado.

—¿Y por qué vas a esperar? Podrías dárselo cuando regrese a casa.

—Tu madre no está preparada. Necesita un poco más de tiempo. —Miró al niño—. Simon, necesita encontrar la llave, y no más tarde del viernes. No quiero presionarla ni hacer nada que la distraiga antes de ese día.

—¿Qué pasaría si no la encuentra?

—No lo sé. Hemos de creer que va a encontrarla. De cualquier forma, yo le daré esto el sábado y le preguntaré si quiere casarse conmigo. Estoy contándote todo esto no sólo porque seas el hombre de la casa y merezcas conocer mis intenciones, sino también porque Zoe y tú sois una unidad. Tú tienes todo el derecho del mundo a expresar tu opinión sobre este asunto.

—¿Cuidarás bien de ella?

«¡Oh, qué maravilla de niño!»

—Lo mejor que pueda.

—Tendrás que llevarle regalos de vez en cuando. Puedes construirlos tú mismo, igual que hago yo, pero lo que no puedes es olvidarte. Sobre todo el día de su cumpleaños.

—No me olvidaré. Te lo prometo.

Simon dibujó círculos con el vaso.

—Si te dice que sí y os casáis, ¿su apellido será igual que el tuyo?

—Espero que ella lo quiera así. Los Vane nos sentimos muy orgullosos de nuestro apellido. Significaría mucho para mí que ella también lo adoptara.

Simon volvió a mover el vaso y lo miró fijamente.

—¿Y el mío también será igual que el tuyo?

Dentro de Brad, todo se iluminó como una enorme vela de amor.

—También espero que tú lo quieras así, porque eso le diría a todo el mundo cómo me perteneces. Simon, si tu madre me acepta y nos casamos, ¿me llamarías papá?

El corazón de Simon latió con tal violencia que le retumbó en los oídos. El niño alzó la vista y sonrió.

—Vale.

Cuando Brad abrió los brazos, Simon hizo lo lógico con toda naturalidad y fue hacia ellos.

Había un montón de cosas sobre las que pensar, y todas ellas parecían empeñadas en mezclarse en la cabeza de Zoe mientras conducía a lo largo del río. La jornada casi había llegado a su fin, y eso le dejaba sólo cinco días más. Cinco días para encontrar la llave que abría la última cerradura. Cinco días para rastrear en su mente, su corazón, su vida.

Nada era como había sido. Y cuando la semana terminase, todo volvería a cambiar otra vez. Nuevas direcciones, muchas sendas, cuando antes su ruta era de lo más directa.

Ganarse la vida para construir un hogar. Construir ese hogar para que su hijo pudiese llevar una vida saludable, feliz y normal. Por muy arduo que hubiese resultado de vez en cuando, había sido relativamente poco complicado. Se levantaba por las mañanas, daba el primer paso y seguía así hasta tenerlo todo hecho.

Después hacía lo mismo, con alguna pequeña variación, al día siguiente.

Había funcionado, y había funcionado bien.

Sin embargo, mientras reducía la velocidad para tomar una curva hubo de admitir que lo cierto era que, debajo de todo aquello, ella no había dejado de desear algo más. Cosas pequeñas, como esas tan bonitas que veía en las revistas. Había hallado la manera de tenerlas: aprendiendo ella misma a hacerlas. Lindas cortinas, un juego de ropa de mesa, un jardín que duraba desde la primavera hasta la primera helada.

Y cosas grandes. El dinero que había empezado a ahorrar para los estudios universitarios de Simon y que aumentaba un poco cada mes. El negocio que había iniciado.

Así que, por muy directa que fuese su ruta, ella siempre había tenido un ojo puesto en algún posible desvío.

Bien, en esos momentos había tomado uno.

Cuando se acercó a casa de Brad, vio el coche de Flynn y el de Jordan. Eso le provocó una sonrisa. El desvío no sólo había llevado a su vida a dos mujeres a las que había acabado queriendo, sino que también le había traído tres hombres interesantes. Y en menos de tres meses habían llegado a ser para ella una verdadera familia, más que la suya propia.

Aparcó y esperó a que surgiese un sentimiento de culpabilidad ante esa idea. Como no surgió nada, se recostó en el asiento y reflexionó. No, no se sentía culpable en absoluto. Se dio cuenta de que ella había formado esa familia. Ellos, a través de algún milagroso giro del destino, la entendían como nunca lo habían hecho sus auténticos familiares. Como probablemente jamás podrían entenderla.

Ella podía querer a su madre y a sus hermanos. Compartía con ellos cientos de recuerdos y momentos..., buenos y malos. Sin embargo no sentía, no podía sentirla, la misma conexión, la misma intimidad con ellos que con aquella familia que había formado.

«Ellos son mi algo más», pensó.

Nada podría echar abajo jamás lo que habían edificado juntos durante los tres últimos meses. Ocurriera lo que ocurriese, ella siempre tendría *su algo más.*

Casi aturdida por esa sensación, salió del coche y se encaminó hacia la casa. Era estupendo ascender el sendero, era sencillo y natural dirigirse a la puerta principal sin saber bien qué podía esperarse cuando la abriese.

Perros correteando, tres hombres y un niño en un coma futbolero, el típico desastre masculino en la cocina. No importaba lo que se encontrara, porque fuese lo que fuese ella formaba parte de aquello.

Impactada, se detuvo. Ella formaba parte de aquello, de lo que sucedía en el interior de la casa. Y del dueño de la casa. Dio la vuelta y se acercó despacio hasta la orilla del río, donde se giró.

Recordó la primera vez que vio la casa, cómo había detenido el coche sólo para quedarse contemplándola, admirada. Aún no conocía a Brad, aún no les conocía bien a ninguno de ellos. Sin embargo la casa la había dejado hechizada.

Se preguntó cómo sería vivir allí, dentro de algo tan maravillosamente diseñado. Tener una pequeña parte que pudiera llamar suya en aquel entorno perfecto de bosques y agua. Y cuando había puesto un pie en su interior, se había quedado encantada y asombrada. La calidez y el espacio la habían atraído. Se acordaba de que se había asomado a la ventana del salón principal y había pensado en lo increíble que sería vivir allí y poder mirar por aquella ventana siempre que lo deseaze.

Ahora era así. Ahora podía hacerlo.

Su búsqueda la había conducido hasta aquel lugar, a ella y a su hijo, para vivir en aquella casa con su propietario. Con el hombre que la amaba.

Brad la amaba.

Sin aliento, Zoe se puso la mano sobre la boca. ¿Aquello era una encrucijada o un destino?

Ansiosa por averiguarlo, corrió hacia la casa. Abrió la puerta de par en par y luego se quedó inmóvil, tratando de interpretar lo que sentía.

Se sintió a gusto, cómoda. También sintió entusiasmo y expectación. Una maravillosa mezcla de lo relajante y lo emocionante. «Aquí», pensó. Sí, allí había algo. Algo que podría ser suyo.

Moe apareció a la carrera, y Zoe rió cuando el perro saltó para plantarle las patas delanteras sobre los hombros y darle la bienvenida.

—Nunca aprenderás.

Le rascó la cabeza alegremente antes de empujarlo para quitárselo de encima, y después cogió en brazos al pequeño cachorro, que brincaba a sus pies.

Se colocó a *Homer* sobre el hombro, como si fuera un bebé, y mientras le daba palmaditas en el lomo se encaminó a la estruendosa sala de juegos.

—Vayamos a buscar a nuestros hombres.

Allí estaban, como ella se había imaginado, tirados de cualquier modo, en un cuadro viviente de una tarde de domingo intensamente masculina. El partido de fútbol debía de haber terminado, pero había otra competición en marcha, pues Flynn y su hijo se enfrentaban en lo que se le antojó un violento asalto de Mortal Kombat.

Jordan estaba hundido en una silla y balanceaba una botella de cerveza entre los dedos, con las largas piernas estiradas sobre una alfombra sembrada de pedacitos de patatas fritas, trozos del periódico dominical y pelos de perro.

Brad había ocupado el sofá y, con un cuenco de nachos en equilibrio sobre la barriga, parecía estar echando una cabezadita, a pesar de los estridentes sonidos de batalla procedentes del videojuego y de los dos contrincantes.

Arrobada de amor por todos ellos, Zoe se dirigió a Jordan. Él le dedicó una sonrisa soñolienta, pero alzó una ceja cuando ella hundió los dedos en su oscuro cabello y se inclinó para darle un fuerte y largo beso.

—Hola, guapetón.

—Hola, preciosa.

Soltando una carcajada al ver su expresión de perplejidad, Zoe se alejó. Se puso en cuclillas junto a Flynn, y mientras a Simon se le salían los ojos de las órbitas pasó un brazo por el cuello de Flynn, lo reclinó hacia atrás como en un paso de baile y pegó su boca a la de él con entusiasmo.

—Jolín, mamá.

—Espera tu turno. Hola, encanto —le dijo a Flynn.

—Hola, Zoe. ¿Malory ha tomado lo mismo que tú?

Ella agarró a Simon y lo atrajo hacia sí a la fuerza mientras él fingía resistirse. Le soltó una lluvia de besos en las mejillas y un exagerado «hum» sobre los labios.

—Hola, hijo mío.

—¿Has bebido algo, mamá?

—No.

Le hizo cosquillas y luego se puso de pie.

Brad seguía en el mismo lugar que antes, sólo que con los ojos bien abiertos y clavados en ella. Con una sonrisa lenta, Zoe se arremangó el jersey con un solo movimiento mientras cruzaba la habitación.

—Me preguntaba si también te pasarías por aquí —dijo él.

—Te he reservado para el final.

Zoe alzó el cuenco de nachos y lo dejó en una mesita cercana. Después se sentó junto a la cintura de Brad, le cogió el suéter con fuerza y tiró de él.

—Ven aquí, y tráete contigo esa boca sexy que tienes.

Detrás de ella, Simon se puso a rodar por el suelo y a hacer como si vomitara, hasta que *Moe* se colocó encima de él.

Zoe finalizó el beso con un provocador mordisco al labio inferior de Brad, y le susurró:

—Terminaremos esto más tarde. —Después le dio un empujoncito para devolverlo a su posición previa—. Bueno. —Se levantó y se sacudió las manos como si hubiese completado una tarea—. Seguro que os encargaréis de recoger todo esto cuando hayáis acabado. Yo tengo cosas que hacer arriba.

Salió casi sin tocar el suelo, sintiéndose la reina del mundo.

17

Brad no estaba seguro de qué era lo que se le había metido a Zoe en la cabeza, pero de lo que sí estaba seguro era de que le gustaba. Fuera lo que fuese lo que le había puesto esa expresión resplandecientemente sexy en el rostro, además de transformar su voz en un ronroneo risueño, no podía ser nada malo.

Se preguntó qué clase de extraños y exóticos rituales femeninos habría celebrado con sus amigas mientras ellos se dedicaban a ver el fútbol.

Se preguntó si los celebrarían una vez por semana.

En la primera ocasión que tuviera, iba a acorralarla y a encargarse de que cumpliera su promesa de terminar lo que había empezado con aquel largo y ardiente beso.

Aunque, con el cariz que habían tomado las cosas, eso no iba a ocurrir de inmediato.

Cuando Flynn y Jordan se marcharon, Simon se puso a clamar a los cuatro vientos que estaba muerto de hambre. El hecho de que hubiese estado comiendo sin parar durante todo el día no parecía tener ninguna importancia. Él estaba muerto de hambre, y los perros estaban muertos de hambre. Y si no comían algo pronto, todos ellos caerían redondos al suelo, desfallecidos. Para aplacarlos un poco, Brad colocó a Simon en las manos lo que quedaba de un paquete de aperitivos de maíz, y le dijo que saliese un rato fuera con los animales.

Zoe no había dado señales de vida desde hacía más de una hora. Aquella mujer había tirado de él, lo había aguijoneado y había vuelto a soltarlo, dejándole en los labios su perdurable sabor.

Simon no era el único que se moría de hambre.

Poco dispuesto a esperar a que ella fuese de nuevo a su encuentro, Brad subió al piso de arriba y llamó a la puerta de la habitación de Zoe, que estaba cerrada.

—Adelante.

Brad abrió y vio a Zoe sentada en la cama, rodeada por montones de papeles y cuadernos, libros de la biblioteca y el ordenador portátil que le habían prestado. Seguía pareciendo sexy —Brad dudaba de que pudiese parecer cualquier otra cosa— y muy concentrada.

—¿Qué sucede? —preguntó él.

—En el escritorio no hay suficiente espacio para todo esto. Y esta cama es enorme. —Llevaba un lápiz detrás de la oreja y mordisqueaba otro distraída—. Estoy repasándolo todo una vez más, del principio al fin. De repente tengo un montón de energía y de ideas. —Sacudió la cabeza como si no pudiese albergarlas todas con comodidad—. Trato de organizarlas, pero siempre hay algo que se solapa con lo anterior.

Observándola, Brad se acercó y se sentó a los pies de la cama.

—Pareces emocionada.

—Lo estoy. Es por algo que se me ha ocurrido mientras venía de regreso en el coche, mientras pensaba

que si repasaba todas las pistas, las búsquedas, los...
¿Dónde está Simon?

—Está fuera con los perros.

—Se está haciendo tarde. No estaba prestando atención. Será mejor que prepare algo de cena para que Simon coma algo y luego se arregle para irse a la cama.

—Espera un minuto. Cuéntame adónde te diriges con esto.

—Ésa es una de las cosas que necesito averiguar. ¿Adónde me dirijo? Te lo contaré mientras hago la cena.

—No tienes que encargarte de la cena —replicó Brad mientras Zoe zigzagueaba entre las pilas de cosas para bajar de la cama. Alargó una mano, le quitó el lápiz que llevaba detrás de la oreja y lo lanzó sobre los papeles—. Abajo hay sobras suficientes entre las que rebuscar.

—Pienso mejor cuando estoy atareada, y rebuscar no es parte del acuerdo. Además me gusta trastear en esa cocina tuya —añadió mientras salía de la habitación—. Ésa es una de las cosas de las que necesito hablar contigo.

—¿Quieres hablar conmigo de la cocina?

—Es parte del asunto. Parte del todo. —Al reparar en la expresión de genuina angustia masculina de Brad, Zoe soltó una risita entre dientes—. No te asustes. No voy a echarte encima a una Malory. Tu cocina es maravillosa tal como está. Lo cierto es que es la cocina más maravillosa que he visto en mi vida. —Mientras bajaban, deslizó los dedos por el pasamanos de la escalera—. Aquí todo es como debería ser. Aunque a mí me encanta mi casa. Significa mucho para mí. Aún hay mañanas en las que me despierto y me felicito a mí misma por haberla conseguido.

Entraron en la cocina. Zoe soltó un suspiro muy largo y audible.

—Nosotros..., eh... —tartamudeó Brad—. Antes ya hemos rebuscado considerablemente.

—Ya lo veo, ya.

Había platos, vasos, botellas de gaseosa y de cerveza, paquetes de patatas fritas y aperitivos, y toda clase de residuos propios de una tarde masculina esparcidos por las encimeras y la mesa.

—Bien.

Nada más decirlo, Zoe se remangó el jersey.

—Espera un minuto, espera, Zoe. —Más que un poco abochornado por haber permitido que el estado de la casa se le fuese de las manos con tal rapidez, Brad la agarró del brazo—. Hablando de acuerdos, se suponía que tú no ibas a ir recogiendo detrás de mí.

—No voy a recoger detrás de ti. —Después de zafarse de él, pescó una bolsa de tacos medio llena y enrolló el extremo abierto—. Voy a recoger detrás de todos vosotros, lo que equilibra la balanza, ya que tú has estado controlando a Simon todo el día mientras yo estaba fuera haciendo otras cosas. ¿Tienes pinzas?

—¿Pinzas? —Brad se esforzó en encontrar una conexión—. ¿Vas a tender ropa?

—No. Estos aperitivos se mantendrán en mejores condiciones si cerramos el paquete. Puedes comprar esas cosas de plástico que fabrican a propósito para cerrar las bolsas, pero las pinzas de la ropa valen igual.

Divertido, Brad se metió las manos en los bolsillos.

—Creo que en estos momentos no disponemos de existencias. Podemos encargarlas para ti.

—Yo tengo en casa. Traeré unas cuantas. —Con movimientos rápidos y eficientes, dejó todas las bolsas de aperitivos dobladas y guardadas, o bien estrujadas y tiradas a la basura. Luego empezó a lavar los platos—. Un hombre que posee una casa tan hermosa como ésta no debería permitir que se quede hecha un desastre. Me imagino que la sala de juegos tendrá la misma pinta que si un ejército hubiera vivaqueado en ella.

Brad se puso a hacer tintinear las monedas que llevaba en los bolsillos.

—A lo mejor. Yo tengo personal de limpieza… —Se interrumpió al ver la mirada de hielo que Zoe le lanzó por encima del hombro—. ¿Voy a tener que pasar el aspirador?

—No, lo pasará Simon para darte las gracias por este día. Mientras tanto, yo estaba hablando de casas. Flynn tiene una estupenda. Supongo que la compró porque tocó alguna fibra en su interior e hizo que se sintiera cómodo en ella. Que se sintiera en su hogar. No se ocupó gran cosa de ella hasta que conoció a Malory, pero en ese lugar había algo que le decía: «Éste es. Éste es mi sitio».

—De acuerdo. Te sigo.

Con la vajilla apilada, Zoe humedeció una bayeta para pasarla por las encimeras.

—Después está el Risco del Guerrero. Es un lugar fantástico. Mágico. Pero también es un hogar. Es un lugar que ya significaba algo especial para Jordan incluso cuando era un chaval. Era algo a lo que él aspiraba. Dana y él van a quedárselo.

Zoe vació los restos tibios de cerveza en el fregadero y dejó las botellas en el cubo del reciclaje. Observándola,

Brad estaba seguro de que jamás había visto ordenar una habitación con tal celeridad.

—Yo nunca podría vivir en un lugar como ése —continuó ella—. Es demasiado grande, demasiado espléndido, demasiado todo. En cambio veo que es perfecto para ellos dos. —Cogió una cazuela, vertió en ella una cantidad de agua medida a ojo y la colocó sobre los fogones. Mientras hablaba, sacó verduras y la bolsa hermética con la ternera que había puesto en adobo por la mañana—. Luego está ConSentidos. En cuanto vi la casa, supe que aquél era mi sitio. El sitio en el que podría hacer algo. Donde Malory, Dana y yo podríamos hacer algo. Si te paras a pensarlo detenidamente, fue una idea descabellada.

Cortó en juliana pimientos y zanahorias con una destreza que a Brad se le antojó propia de un veterano chef de primera categoría.

—¿Por qué lo dices?

—Por meterlo todo bajo un mismo techo de aquella manera, contando nada más que con el dinero justo. Y además por comprar el edificio, en vez de limitarnos a alquilarlo. Es que yo quería comprarlo, quería poseerlo desde el primer instante en que lo vi.

—Pero tú no estás diciendo que fuera una idea descabellada que vosotras tres os asociarais en un negocio nada más conoceros. Ni que fuera descabellado complicarse con tanto trabajo.

—No; para mí ésas no son las partes descabelladas. —Cortó la cebolla en tiras y picó el perejil—. No tuve ninguna duda sobre Malory, Dana y yo misma. Y el trabajo, bueno, eso es algo que hay que hacer. Fue el edificio, Bradley. Para mí, irradiaba la misma clase de magia que mi casa. Por eso pensé, y lo pensé de verdad durante un tiempo, que era allí donde encontraría la llave.

—Y ahora ya no lo piensas.

—No, ya no.

Zoe pasaba de una tarea a otra sin disminuir el ritmo, calculando la cantidad de arroz, troceando tomates en cubos, cortando la ternera. Brad se dijo que era como contemplar una especie de poesía.

—La llave de Malory sí que estaba allí. En el cuadro, es cierto, pero tuvo que pintarlo en esa casa. Y la de Dana estaba en el Risco del Guerrero…, o en el libro, en *El vigía fantasma*, que está basado en el Risco. Si repasas sus pistas, puedes ver que las dirigían hacia su objetivo. A través de su conexión con el lugar, a través de su conexión con Flynn y Jordan. —Echó aceite en una sartén—. El cuadro para Malory. El libro para Dana. Pero ambas necesitaban también el lugar.

—¿Y para ti?

—Para mí no es un objeto exactamente. Es una clase de trayecto con diferentes caminos. Algunos que tomé y otros que no, y las razones en ambos casos, supongo. Y es una lucha, una especie de batalla. —Añadió la cebolla y el perejil al aceite chisporroteante—. Quizá deba comprender que los que me perdí son tan importantes a su manera como los que no. Creo que a lo mejor no puedes ver con claridad hacia dónde estás yendo si antes no ves dónde has estado. Y por qué.

Brad tenía que tocarla, sólo para sentirla debajo de su mano un momento. Le pasó los dedos por el pelo, y por la larga y deliciosa línea del cuello. La respuesta que obtuvo fue la sonrisa distraída de una mujer muy ocupada.

—¿Y adónde estás yendo, Zoe?

—No puedo decir que lo sepa, no con seguridad. Lo que sí sé es dónde estoy ahora mismo. En esta casa, en esta casa que pulsó una fibra sensible en mi interior la primera vez que la vi. Y aquí estoy, preparando la cena en la cocina, y Simon está fuera jugando con los perros. Tengo una conexión aquí. Con este lugar. Contigo.

—¿Lo bastante fuerte para quedarte?

La ternera que se disponía a meter en la sartén se le escurrió de entre los dedos y cayó de golpe sobre el aceite caliente.

—Ésa es una manera magnífica de desorganizar mis pensamientos. —Cogió otro pedazo de carne y se concentró furiosamente en colocarlo en su sitio preciso—. Bradley, no puedo…, no puedo adentrarme tanto en ese sendero. Me hice promesas a mí misma cuando Simon nació. Y promesas para él.

—Yo quiero hacértelas a ti.

—Sólo tengo hasta el viernes para encontrar la llave —replicó ella enseguida—. Sólo unos pocos días más. Si no lo consigo, me da la sensación de que quizá jamás pueda volver a hacer nada bien. —Lo miró con expresión suplicante—. Veo su rostro en mis sueños, Bradley. La veo a ella, a Kyna, y a sus hermanas, esperando que yo abra la última cerradura.

—Tú no eres la única que está librando una batalla, Zoe. Yo estoy metido en esto tanto como tú. Y no tengo modo de averiguar si el hecho de amarte es una espada o una maldición.

—¿Te has preguntado alguna vez, en algún momento de tranquilidad, si la razón de que me ames es que mi cara es la misma que la de tu cuadro?

Él iba a responder, pero se detuvo y acabó por confesar la pura verdad:

—Sí.

—Yo también. Una cosa que sí sé es que no deseo perderte. No me arriesgaré a perder lo que tenemos ahora por hacer o exigir promesas que tal vez ninguno de los dos quiera mantener más adelante.

—Sigues esperando que vaya a defraudarte, Zoe. Pues vas a tener que esperar mucho.

Sorprendida, ella se dio la vuelta.

—No, no es así. No lo espero. Es que…

Dejó de hablar cuando Simon irrumpió en la cocina por la puerta de atrás.

—¡Me muero de hambre!

—La cena estará lista en cinco minutos. —Alargó la mano para acariciarle el pelo—. Anda, ve a lavarte. Me he desviado de mi propósito —continuó cuando Simon salió disparado con los perros pisándole los talones—. Estaba intentando preguntarte si podría buscar en tu casa.

Brad echó chispas de irritación.

—Pones a prueba mi paciencia, Zoe.

—Me imagino que sí —contestó ella con toda calma, y se giró de nuevo para acabar de saltear la ternera con las verduras—. Y no te culparía si tuvieras ganas de darme una buena patada en el culo. Pero en estos momentos he de hacer equilibrios con un montón de cosas a la vez, y no voy a permitir que se me caiga ninguna.

Brad se acordó de cómo resplandecía el rostro de Zoe al llegar a casa esa tarde. Se preguntó qué sentido tenía atenuar esa luz sólo porque él estaba frustrado, incluso enfadado por el hecho de que ella no saltase directamente a sus brazos para darle todo lo que él deseaba, todo en una gran bandeja.

—Me reservo el derecho a la patada en el culo. ¿Por qué me preguntas si puedes buscar por la casa si ya estás viviendo…, si estás alojada aquí?

—Porque hablo de buscar como lo hice en ConSentidos. De arriba abajo. Lo que supone husmear en espacios personales. —Sacó una fuente de servir y la llenó con el arroz ya preparado—. Creo que la llave está en esta casa, Bradley. No, eso no es cierto. Sé que está aquí. Lo percibo. —De manera eficiente, coronó la montaña de arroz con el contenido de la sartén—. Mientras venía en el coche hacia aquí, algo se ha abierto ante mis ojos, y lo he sabido. Ignoro dónde y cómo, pero sé que la llave está aquí.

Brad la miró y miró la fuente de comida. En menos de treinta minutos, al menos eso había calculado, Zoe le había hablado de otra etapa de la búsqueda de la llave, lo había irritado y divertido, había esquivado una proposición y había cocinado un plato realmente apetecible.

¿Era de extrañar que lo tuviese fascinado?

—¿Cuándo quieres empezar?

Se dedicaron a ello durante dos horas después de que Simon se hubiese ido a la cama, empezando por la planta baja. Zoe miró el salón principal centímetro a centímetro, moviendo el mobiliario, enrollando las alfombras, rebuscando en los cajones y los armarios. Armada con una linterna, examinó la chimenea, palpando todas las piedras y deslizando los dedos por la repisa.

Comenzó con el mismo método en el comedor, pero luego se detuvo y lanzó a Brad una mirada de disculpa.

—¿Te importa si hago esto por mi cuenta? A lo mejor se supone que debo hacerlo yo sola.

—A lo mejor tú crees que debes hacer demasiadas cosas sola, pero de acuerdo. Estaré arriba.

Cuando él se marchó, Zoe tuvo que admitir que quizá estaba buscando a ciegas. Además, quizá estaba contando en exceso con la paciencia de Brad. Aun así, seguía sin saber qué más hacer, ni cómo hacerlo.

De momento, sus deseos, y los de Brad, deberían esperar hasta que finalizase la búsqueda de la llave, hasta que todo lo que ella amaba estuviese a salvo.

Se acercó a un aparador y pasó las manos por la madera. «Cerezo», pensó. Una madera cálida y suntuosa. El diseño curvado de la pieza le daba un aspecto etéreo, mientras que el espejo le proporcionaba fulgor.

Brad había dispuesto unos cuantos objetos sobre el mueble, un pesado cuenco de cristal de un verde brumoso, una colorida bandeja que probablemente sería francesa o italiana, un par de gruesos candelabros y una fuente de bronce cubierta en cuya tapa estaba grabado un rostro de mujer. Eran piezas adorables, artísticas. La clase de cosas que Malory tendría a la venta en su galería.

Alzó la tapa de la fuente y encontró unas cuantas monedas en su interior. Encantada, se dio cuenta de que eran monedas extranjeras. Libras irlandesas, francos franceses, liras italianas, yenes japoneses. Zoe se dijo que era sorprendente tener aquellas piezas de lugares tan fascinantes guardadas de manera tan despreocupada en una fuente.

Quizá Brad ni siquiera se acordase de que estaban allí, y eso era todavía más asombroso.

Cerró la tapa, y mientras abría el primer cajón alejó un vago sentimiento de culpa por estar metiendo la nariz en espacios personales.

Dentro del cajón había una cubertería de plata alineada sobre un fondo de terciopelo de un intenso color burdeos. Zoe levantó una cuchara y la giró bajo la luz. Se le antojó antigua, algo que se había utilizado durante generaciones y que se guardaba después de sacarle brillo para que siempre estuviese a punto.

Decidió que era la cubertería perfecta para Acción de Gracias, y archivó esa idea mientras examinaba cuidadosamente todos los compartimentos.

Descubrió una vajilla de porcelana en la parte inferior del mueble, muy elegante, de blanco sobre blanco. Mientras continuaba buscando, empezó a arreglar mentalmente la mesa para el día de la fiesta con los platos, los cuencos, las bandejas y la cristalería que fue encontrando almacenados en los distintos aparadores y armarios.

Suspiró ante la visión de las mantelerías, los manteles de damasco y un juego de servilleteros de color blanco hueso. Pero no encontró ninguna llave.

Estaba sacando y sacudiendo libros en la biblioteca cuando el reloj de la repisa de la chimenea dio la una. «Ya basta», se ordenó a sí misma. Ya era suficiente para una noche. No iba a permitirse sentirse descorazonada.

Mientras apagaba las luces, fue consciente de que, de hecho, no se sentía descorazonada en absoluto. Aún más, se sentía al borde de algo. Como si hubiese tomado una curva o coronado una cima. «Quizá no sea todavía la última etapa», pensó mientras comenzaba a subir las escaleras. Pero ya estaba centrada en su objetivo.

Pasó a ver a Simon, y se acercó automáticamente a arroparlo. *Moe* alzó la cabeza desde los pies de la cama, donde se había echado, la olfateó y le dedicó un débil movimiento de cola antes de volver a roncar de nuevo.

El pequeño cachorro dormitaba con la cabeza en la almohada, al lado de Simon. Se suponía que Zoe no debería apoyar esa clase de cosas, pero, sinceramente, no encontraba la razón.

Se les veía tan a gusto a los dos juntos… Inofensivos e inermes. Si Simon formaba parte de aquello, como afirmaba Malory, entonces a lo mejor la llave se hallaba en su habitación, donde él estaba durmiendo.

Zoe se sentó un momento al borde de la cama y acarició la espalda de su hijo.

La luz del último cuarto de luna se filtraba por la ventana y bañaba con una pálida luz blanca el rostro del niño. Zoe se dijo a sí misma que todavía quedaba luz, de modo que todavía había esperanza. Iba a aferrarse a eso.

Se puso de pie y salió de la habitación sin hacer ruido.

Miró hacia la puerta de Brad. En lo que restaba de noche, también se aferraría a él.

Primero fue a su propio dormitorio y seleccionó lociones y aromas para prepararse para él. Tal vez no estuviese en posición de darle a Brad todo lo que él quería, o parecía querer, pero podía darle aquello.

Ambos podían darse mutuamente aquello.

Le complació masajearse la piel con una fragante loción, imaginar las manos y la boca de Brad recorriéndola. Le complació sentirse de nuevo y por completo como una mujer. No sólo una persona, no sólo una madre, sino también una mujer que podía entregar a un hombre y recibir de él.

Había un conocimiento inexistente cuando era una jovencita, un anhelo y una seguridad que no había sentido con nadie más.

Sin llevar puesto nada más que una bata, fue hacia la puerta de Brad llevando una vela encendida que impregnaba el aire con el perfume del jazmín que se abre por la noche.

No llamó; abrió y se internó sigilosamente en la oscuridad del dormitorio, y atravesó el fino arroyo plateado de la luz de luna que se colaba a través de las cortinas abiertas.

Era la primera vez que estaba en aquella habitación, y se preguntó si Brad sabría, como ella, que aquél era otro gran paso. Vio el brillo de la madera curvada de la cabecera y los pies de la cama, y sintió el suave roce de la alfombra debajo de los pies descalzos.

Se desabrochó la bata, y se recreó en el hormigueo que le produjo al deslizarse hacia abajo y quedarse por fin entre sus tobillos. Con cuidado, dejó la vela sobre la mesita de noche, alzó el edredón y se metió en la cama al lado de Brad.

Cayó en la cuenta de que nunca lo había visto dormir y, deseosa de observarlo, esperó hasta que los ojos se le acostumbraron al juego de sombras y luces. Le gustó el modo en que el pelo le caía sobre la frente, y que no pareciese menos impresionantemente guapo descansando que cuando estaba en vela.

En aquella ocasión sería el príncipe encantado el que recibiría el tratamiento adecuado para despertar.

«Interesante», pensó mientras le pasaba con suavidad un dedo por los hombros. Jamás se había enfrentado a la tarea de seducir a un hombre dormido. Era una idea embriagadora que le proporcionaba, al menos de momento, un control completo.

¿Debería usar un método rápido, ardiente e impactante? ¿Lento, soñador y romántico? ¿Debería ser dulce o tórrido? Era responsabilidad suya decidir, crear. Y, finalmente, entregar.

Retiró el edredón y se desplazó para colocarse sobre él y mantener en suspenso su embate erótico un segundo más antes de empezar a utilizar la boca. Antes de empezar a utilizar las manos.

«Despacio», pensó. Iría despacio para incitarlo hasta que despertase, despacio para prolongar aquel fascinante entreacto. La piel de Brad era cálida y tersa; su cuerpo, duro y firme. Y ella podría darse un festín con total libertad.

Brad soñaba con ella, deslizándose entre las sombras de un bosque con su cuerpo esbelto y libre. Soñaba con su risa contenida mientras se giraba hacia él, y luego hacia otro lado, mientras le pasaba los dedos por las mejillas. Ella lo atraía para que la siguiese dentro del bosque, donde el suelo veteado con la luz de la luna estaba cubierto de flores.

Ella se tumbó sobre aquel mar de flores. Sus brazos, resplandeciendo como polvo de oro en la luz difuminada, se alzaron.

Sus labios se unieron a los de él, y después volvieron a apartarse para dejarlo con un sabor tentador.

Brad despertó poco a poco, muerto de ganas por más. Y se encontró con ella.

Su boca se pegó de nuevo a la de él, y cuando pronunció su nombre con un suspiro sus respiraciones se convirtieron en una sola. Cuando la de él atrapó un gemido, prácticamente se ahogó en la fragancia de ella.

—Aquí estás —susurró Zoe, y le cogió la barbilla entre los dientes con delicadeza—. He estado aprovechándome de ti de una manera espantosa.

—Te doy de plazo diez años para que te detengas o llamaré a la policía.

De forma juguetona, ella le deslizó las uñas por debajo del vientre, y sofocó una risita cuando él reprimió una palabrota.

—Chist. No debemos hacer ruido. No quiero que Simon nos oiga.

—De acuerdo, no quieres que sepa que estamos aquí haciendo algo divertido. —Brad aún tenía el cerebro algo embotado, pero pudo ver con bastante claridad el rostro de Zoe, que mostró una expresión de sorpresa—. Resulta que Simon me lo ha mencionado.

—¡Oh, Dios! —Tuvo que apretar los labios y tapárselos con una mano para ahogar la risa—. ¡Oh, Dios mío!

—Chist —le recordó Brad, y rodó sobre ella hasta inmovilizarla contra el colchón—. Y ahora, ¿dónde estábamos?

—Yo me había colado en tu cama en medio de la noche para despertarte.

—Oh, sí, la verdad es que esa parte me ha encantado. —Esbozó una sonrisa veloz—. Ahora ya estoy despierto —dijo, y bajó la cabeza para atrapar con la boca uno de los senos de Zoe.

Una bola de fuego estalló en su estómago.

—Sí, ya veo. —Arqueó el cuerpo, dejándose llevar por la sensación antes de volver a rodar sobre sí misma—. Pero yo creo que no había terminado todavía.

Forcejearon, se enterraron bajo las mantas, enredándose con ellas. Luchando por no reírse, conteniendo jadeos, se atormentaron el uno al otro. Se complacieron el uno al otro hasta que sus cuerpos estuvieron húmedos y resbaladizos, hasta que el tono juguetón se tornó intenso.

Se alzaron juntos, arrodillados sobre la cama revuelta, y se abrazaron con fuerza. Con la respiración entrecortada, Zoe se echó hacia atrás formando un erótico puente, y rodeó a Brad con las piernas.

A la leve luz del último cuarto de la luna, se unieron. Encajaron. Con fluidez, ella volvió hacia él, juntando corazón con corazón, boca con boca, de modo que estaban envueltos el uno en el otro mientras se vaciaban.

—No te separes. —Zoe se acurrucó contra su hombro—. No te separes todavía.

—Jamás voy a separarme de ti. —Casi loco de contento, le pasó los labios por el pelo, las mejillas—. Te amo, Zoe. Lo sabes. Tú me amas. Puedo verlo. ¿Por qué no lo dices?

—Bradley.

¿Por qué no lo decía, y al diablo las consecuencias? ¿Por qué no tomaba lo que deseaba con tanta

378

desesperación? Zoe giró la cabeza, frotando la mejilla contra el hombro de Brad.

Entonces vio, a la débil luz de la luna, el cuadro que colgaba sobre la repisa de la chimenea.

Después del hechizo. Zoe recordó que ése era su título. Las Hijas de Cristal yacían en ataúdes transparentes.

Sin embargo no estaban muertas. «Están peor que muertas», pensó Zoe con un escalofrío.

¿Por qué no lo decía? Sabía que las hermanas eran una de las razones. Pero ni siquiera ellas eran el núcleo. Kane no podía ver lo que había dentro de ella…, no lo que se hallaba en lo más profundo. No podía verlo ni comprenderlo.

De modo que ella guardaría esas palabras ahí, y mantendría a Brad tan a salvo como pudiese, al menos durante unos cuantos días más.

—Has puesto el cuadro aquí.

—Joder, Zoe. —Tiró de ella para mirarla, y soltó otra palabrota cuando vio la súplica en su cara—. Sí, lo he colgado aquí.

Se separó de ella.

Ella le tocó el hombro.

—Sé que estoy pidiéndote mucho.

—Me estás poniendo a prueba.

—Quizá lo esté haciendo. No lo sé. —Se pasó los dedos por el pelo—. Todo esto ha ido muy rápido para mí. Se ha desarrollado tan rápido y es tan grande que a veces me parece que no puedo seguir adelante con mis propios sentimientos. Lo que sí sé es que no quiero herirte. No quiero pelear contigo. He de llevarlo a mi propio ritmo, y parte de esto está ligado a ellas. —Señaló el cuadro antes de levantarse y coger su bata—. No puedo evitarlo.

—Como hay cierta similitud entre mi origen y el de James, ¿piensas que voy a alejarme de ti?

—Lo pensaba. —Bajó la mirada mientras se anudaba la bata, y después devolvió su atención a Brad—. Pensaba eso. Creía que a lo mejor me sentía atraída por ti a causa de esas similitudes. Sin embargo ahora te conozco mucho mejor que al principio, y también sé mejor cuáles son mis sentimientos. Aún hay muchas cosas que debo resolver, Bradley. Te estoy pidiendo que esperes hasta que lo haga.

Él permaneció callado un instante, y después alargó una mano para accionar un interruptor. La luz bañó el cuadro.

—La primera vez que vi esto fue como si me agarraran de la garganta. Caí enamorado…, encaprichado, o lo que demonios sea, de ese rostro. Tu rostro, Zoe. La primera vez que te vi a ti, tuve exactamente la misma reacción. Todavía no te conocía. No sabía lo que había en tu interior. No sabía cómo actuaban tu mente ni tu corazón, qué te hacía reír, qué te irritaba. No sabía que te gustaban las rosas amarillas ni que podías manejar una pistola de clavos tan bien como yo. No conocía un montón de pequeños detalles sobre ti que ahora conozco. Lo que sentí por ese rostro no es ni una sombra de lo que siento por la mujer a la que pertenece.

Zoe temía que no iba a ser capaz ni de hablar.

—La mujer a la que pertenece no ha conocido jamás a nadie como tú —dijo al fin—. Jamás lo esperó siquiera.

—Resuelve las cosas, Zoe, porque si no lo haces las resolveré yo por ti.

Ella soltó una breve carcajada.

—Ya te digo, nadie como tú. Ésta es una semana muy importante para mí, y para cuando haya… —Se interrumpió y se giró de nuevo a mirar el cuadro. El corazón empezó a latirle con fuerza—. ¡Oh, Dios! ¿Es posible que desde el principio haya sido tan sencillo? ¿Estará ahí mismo?

Temblando, fue hasta la chimenea y contempló el cuadro, con la vista pegada a las tres llaves que Rowena había pintado, esparcidas por el suelo junto a los ataúdes.

Se subió al reborde de la chimenea, contuvo la respiración y alzó una mano.

Sus dedos chocaron contra el lienzo.

Lo intentó de nuevo, con los ojos cerrados esa vez, imaginando que sus dedos se internaban en la pintura y se cerraban en torno a la llave, como había hecho Malory.

Pero el cuadro siguió siendo impenetrable, y las llaves sólo color y forma.

—Pensaba… —Abatida, retrocedió—. Durante un minuto he pensado que a lo mejor… Ahora me parece ridículo.

—No, no lo es. Yo también lo he intentado. —Brad se le acercó y le rodeó la cintura con los brazos—. Unas cuantas veces.

—¿De verdad? Pero no eres tú quien debe encontrarla.

—¿Quién sabe? Quizá en esta ocasión sea diferente.

Ella mantuvo los ojos clavados en el cuadro.

—Rowena pintó esas llaves hace años. Y significan…, bueno, desesperación, ¿verdad? Y pérdida. No esperanza ni realización. Porque se hallan donde ningún mortal puede encontrarlas y ningún dios puede utilizarlas. No es la desesperación la que conduce a mi llave, sino su superación. Eso lo entiendo.

Esa noche, cuando se quedó dormida, soñó que entraba en el cuadro y caminaba junto a los cuerpos vacíos de las hermanas, pálidos e inmóviles dentro de sus ataúdes de cristal. Soñó que recogía las tres llaves y las llevaba hasta la Urna de las Almas, donde las luces azules latían lentamente.

Aunque puso cada llave en su cerradura, no logró girar ninguna.

Fue desesperación lo que sintió cuando aquellas luces azules titilaron hasta apagarse, y su cárcel de cristal se tornó de color negro.

18

A la mañana siguiente, Malory irrumpió en Con-Sentidos agitando uno de los varios ejemplares de *El Co-rreo* que llevaba.

—¡El artículo! Nuestro artículo sale en la edición de la mañana.

Miró a la derecha, a la izquierda, hacia lo alto de las escaleras, y luego soltó un resoplido enfurruñado al ver que nadie aparecía corriendo. El artículo de Flynn sobre ConSentidos y sus «innovadoras propietarias» —¡oh, le encantaba esa parte!— iba en la primera página de las noticias del valle… ¿y ella no podía conseguir ninguna reacción de sus socias?

Con el abrigo ondeando a sus espaldas, fue disparada hacia la sección de Dana. Como siempre, la visión del color, los libros, las preciosas mesas…, todo en general le dio ganas de ponerse a bailar de alegría. De modo que se dirigió danzando a la habitación contigua y sonrió cuando vio a Dana detrás del mostrador con el teléfono en la oreja.

Tras añadir una sacudida y un giro a su danza, agitó el periódico, pero Dana se limitó a asentir con la cabeza y continuar hablando:

—Eso es. Sí, lo tengo disponible. Estaré encantada. Sí que podría…, sí… Bueno, yo no… Ajá. —Saludó con un gesto alegre a Malory y se estremeció en cuanto vio el periódico que su amiga había colocado delante de ella, sobre el mostrador—. Enseguida la paso con el salón de belleza. —Respiró hondo y se quedó mirando fijamente el recién instalado sistema telefónico—. Por favor, permite que pase bien la llamada. Por favor, no permitas que corte la comunicación. —Pulsó unos cuantos botones, cruzó los dedos y luego colgó el auricular. Un instante después oyó el débil sonido de un teléfono en el piso de arriba—. Gracias, Dios. Mal, no te lo vas a creer.

—Olvídalo. ¡Mira esto! Mira, mira. —Clavó un dedo en el artículo.

—Oh, eso. —Al ver que a Malory se le descolgaba la mandíbula, Dana sacó un montón de copias de *El Correo* de debajo del mostrador—. He comprado cinco. Lo he leído dos veces. Y habría vuelto a leerlo, pero he estado ocupada manipulando este teléfono. Mal…, creo que ése es el tuyo.

—¿Mi qué?

—Tu teléfono. —Dana rodeó el mostrador, agarró a Malory del brazo y la arrastró hasta el otro extremo de la casa—. He entrado hace diez minutos, y los teléfonos ya estaban sonando. Zoe ha dicho… No importa. Contesta.

—Mi teléfono está sonando —murmuró Malory, y se quedó mirándolo como si fuese un artilugio alienígena.

—Observa esto. —Dana carraspeó y alzó el auricular—. Buenos días, ConSentidos, la Galería. Sí. Un momento, por favor, enseguida le paso con la señorita Price. —Apretó el botón de espera—. Señorita Price, tiene una llamada.

—Tengo una llamada. De acuerdo. —Se secó las manos en el abrigo—. Soy capaz de ello. Lo he hecho durante años para otra persona, así que puedo hacerlo para mí misma. —Abrió la línea—. Buenos días. Soy Malory Price.

Tres minutos más tarde, ella y Dana estaban bailando una polca veloz a lo largo de la estancia y el vestíbulo.

—¡Hemos triunfado! —gritó Dana—. Es un éxito y ni siquiera hemos abierto las puertas. Vamos arriba a ver a Zoe.

—¿Y no atendemos los teléfonos?

—Deja que vuelvan a llamar. —Riéndose como una loca, Dana subió las escaleras tirando de Malory.

Zoe estada sentada en una de sus sillas del salón de belleza inclinada hacia atrás y con una expresión de incredulidad en la cara. Dana voló hacia ella e impulsó la silla, que se puso a girar con fuerza.

—¡Somos cojonudas!

—Tengo citas concertadas —balbuceó Zoe a duras penas—. Ya casi tengo el sábado completo del todo, y hay dos manicuras, una pedicura, una para cortar y teñir, y dos masajes para el viernes. Además una madre y su hija me han pedido hora para un tratamiento facial la semana que viene. ¡La semana que viene!

—Esto hay que celebrarlo —decidió Malory—. ¿Por qué no tenemos champán aquí? Si tuviésemos champán y zumo de naranja, podríamos preparar mimosas.

—El teléfono estaba sonando cuando he llegado —continuó Zoe con la misma voz aturdida—. Aún no eran ni siquiera las nueve y el teléfono ya estaba sonando. Todo el mundo decía que había leído el artículo en el periódico. Quiero casarme con Flynn y ser la madre de sus hijos. Lo lamento, Mal, pero creo que es mi deber.

—Ponte a la cola. —Malory cogió el ejemplar de *El Correo* que Zoe tenía sobre el mueble modular—. Mirad esto, ¿no estamos magníficas? —Alzó la página en la que aparecían las tres fotografiadas cogiéndose por la cintura en medio del vestíbulo que conectaba sus empresas—. Price, McCourt y Steele —leyó—, la belleza y el cerebro que se esconden detrás de ConSentidos.

—Debo decir que Flynn ha hecho un trabajo impecable con este artículo. —Dana se inclinó sobre el hombro de Malory para examinarlo de nuevo—. Damos una impresión estupenda, aunque, claro, eso no es ninguna novedad. Lo cierto es que ha acertado con el enfoque que le da a ConSentidos. Un toque divertido. Además, toda la historia esa de que es un local llevado sólo por mujeres, de que se rehabilita un edificio y del impulso que supone para la economía del valle, bla, bla, bla. Eso interesa a la gente.

—Y aparecemos realmente divinas —añadió Zoe—, lo que nunca está de más. Yo he leído el artículo antes de desayunar, y después he tenido que volver a leerlo cuando ya había llegado aquí.

—Lo llevaré a enmarcar —afirmó Malory—. Colgaremos una copia en la cocina. —Sacó un bloc de notas del bolso para apuntarlo—. Ah, aprovechando que tengo esto en la mano, podemos repasar lo que vamos a servir el viernes en la inauguración. Yo traeré las pastas. Dana, tú te ocupas de las bebidas, y Zoe, de la fruta y el queso.

—Mi teléfono está sonando otra vez —dijo Zoe, que dejó asombradas a sus amigas porque se puso a llorar.

—¡Oh, oh! Tú te encargas de ella —le indicó Dana a Malory—. Yo contestaré al teléfono.

Y salió disparada hacia la recepción mientras Dana sacaba pañuelos de papel de una caja que había sobre la mesa y se los ponía a Zoe en las manos.

—Lo lamento, lo lamento. ¿Por qué sigo haciendo esto?

—No te lo guardes. Venga, suéltalo todo.

Zoe no podía parar, y sólo logró emitir un sollozo estrangulado y mover una mano hacia Dana cuando volvió de hablar por teléfono.

—Bajemos a la cocina a tomar un té. —Malory levantó a Zoe de forma brusca y, tras pasarle un brazo por la cintura, la sacó del salón de belleza.

—De acuerdo. Vale. Dios, pero qué idiota soy. —Zoe se sonó con rabia—. No sé qué coño me está pasando.

—Pues podría ser que estás a punto de abrir un negocio, que debes finalizar una búsqueda que se acerca a su fecha límite y que hay un hombre. Quizá la combinación de las tres cosas haya traído una ligera sombra de estrés a tu vida. Cielo, vamos a descansar un rato aquí y ahora mismo.

—Me siento de lo más imbécil. —Todavía sorbiendo por la nariz, Zoe dejó que Malory la sentase en una silla de la cocina—. ¿Por qué tengo que llorar? Todo es fantástico, todo es maravilloso. —Las lágrimas se desbordaron de nuevo, y Zoe se limitó a apoyar la cabeza sobre la mesa y sollozar—. Estoy asustadísima.

—Eso no es nada malo. —Colocándose detrás de ella, Malory empezó a masajearle los hombros mientras Dana ponía a hervir el agua del té—. No es nada malo sentirse asustada, cielo.

—No tengo tiempo para estar asustada. Tengo mi propio salón de belleza. Llevo casi diez años pensando cómo podría lograrlo, y ahora es real. El teléfono está sonando. Eso me hace absolutamente feliz, pero, entonces, ¿por qué me derrumbo?

—Yo también estoy asustada.

Zoe alzó la cabeza y miró a Malory parpadeando.

—¿Tú?

—Aterrorizada. Cuando he leído el artículo de Flynn por primera vez, he notado que me zumbaban los oídos y un gusto metálico en el fondo de la garganta. Cuanto más contenta me sentía, más intenso era el zumbido y más saliva tenía que tragar para eliminar el mal sabor de boca.

—Yo sigo despertándome en mitad de la noche. —Dana se giró hacia el fogón—. Pienso: «Voy a abrir una librería», y en mi estómago se despiertan las mariposas y celebran una fiesta.

—Oh, gracias, Dios. —Escandalosamente aliviada, Zoe se apretó las sienes con fuerza—. Gracias, Dios. Todo va bien cuando estoy ocupada, si estoy haciendo algo o pensando en todo lo que debo hacer. Sin embargo, a veces, cuando me paro y todo se me cae encima de golpe, lo que deseo es encerrarme en un armario bien oscuro y lloriquear. Aunque al mismo tiempo deseo dar volteretas laterales. Me estoy volviendo loca yo solita.

—Las tres estamos en el mismo barco —afirmó Dana—, que ha recibido el nombre de *Neurosis*.

Zoe logró esbozar una sonrisa llorosa mientras Dana disponía unas coloridas tazas sobre la mesa.

—La verdad es que me alegra que a vosotras también os enloquezca esto. Comenzaba a sentirme una completa idiota. Hay algo más: creo que sé dónde está la llave. No exactamente —añadió enseguida en cuanto notó que los dedos de Malory saltaban sobre sus hombros—, pero creo que está en casa de Bradley. Hay algo especial en ese lugar. Además, cuando ayer consideré esa posibilidad algo pareció abrirse ante mí. Presiento que estoy en lo cierto. Por eso, porque siento que estoy a un paso de encontrarla, dentro de mí está todo revuelto.

—¿Porque estás a punto de encontrar la llave o porque está en casa de Brad? —preguntó Malory.

—Por ambas razones. —Zoe cogió su taza con las dos manos—. Todo está llegando a un punto crucial. La búsqueda, ConSentidos. Me he centrado tanto en esos dos asuntos desde septiembre que ahora que están tan cerca de terminar sé que debo empezar a mirar más allá, a lo que va a ocurrir luego. Y no puedo verlo. Tener dos propósitos tan importantes como éstos ha sido mi motor. Ahora tendré que afrontar las consecuencias.

—No tendrás que hacerlo tú sola —le recordó Malory.

—Ya lo sé. Ésa es otra parte del tema. Estoy habituada a lidiar con los problemas por mí misma. En toda mi vida, aparte de Simon, jamás he estado tan próxima a nadie como lo estoy de vosotras dos. Es como un regalo increíble. Aquí tienes a estas dos mujeres maravillosas, que serán tus amigas; tu familia.

—Joder, Zoe —Dana cogió uno de los arrugados pañuelos de papel—, vas a conseguir que me eche a llorar.

—Lo que quiero decir es que aún estoy acostumbrándome a saber que os tengo. A comprender que puedo llamaros por teléfono si os necesito, o sencillamente pasar a visitaros. Venir aquí y veros. Que puedo contaros que estoy asustada, o triste, o contenta, o que necesito ayuda…, lo que sea, y que vosotras estaréis ahí. —Bebió té para aliviar el escozor de la garganta, y luego dejó la taza—. Después están los chicos. Nunca había sido amiga de ningún hombre. No de verdad. Con Flynn y Jordan… puedo charlar o estar con ellos sin ninguna razón, flirtear sabiendo que no hay nada más que amistad. También sé que Simon puede pasar tiempo con ellos y tener esa clase de influencia masculina adulta… Eso es otro regalo.

—No has mencionado a Brad —señaló Malory.

—Estaba a punto de hacerlo. Estoy nerviosa y emocionada porque tengo la certeza de que voy encontrar la llave, y de que está conectada a Brad. Al mismo tiempo, saber que está conectada a él me da más miedo del que he sentido jamás por nada.

—Zoe, ¿te has planteado que quizá sea el miedo lo que te impide encontrar la llave? —preguntó Dana.

Ella asintió.

—Sí, pero no puedo obviarlo. Brad cree que está enamorado de mí.

—¿Por qué lo matizas de ese modo? —inquirió Malory—. ¿Por qué no te limitas a decir que está enamorado de ti?

—A lo mejor porque lo deseo demasiado. No sólo lo deseo por mí, sino también por Simon. Sé que es parte de todo esto. Bradley es fantástico con él, pero su relación es todavía…, bueno, una novedad. Lo cierto es que Simon es un chaval de casi diez años, y es hijo de otro hombre.

Sin pronunciar ni una palabra, Dana se acercó al armario y sacó su caja de bombones para las emergencias. La dejó sobre la mesa, delante de Zoe.

—Gracias. —Mientras elegía uno al azar, Zoe soltó un suspiro—. Si Bradley me ama, aceptará a Simon. Sé que siempre sería bueno y amable con él, de eso estoy segura. Sin embargo, ¿no faltaría algo, esa conexión inquebrantable?

—No tengo ni idea. —Malory se hundió una mano entre los rizos de la melena—. En cualquier caso, yo diría que eso es algo que deben resolver ellos dos.

—Sí, pero Simon está acostumbrado a que estemos siempre los dos juntos, y solos, a ser el centro de mi atención, a hacer lo que yo digo… o a intentar hacer lo que yo digo. Para que esto funcione, necesitará tiempo para ver a Bradley como a algo más que un amigo con una sala de juegos alucinante. Tiempo para adaptarse a que haya alguien más con auténtica autoridad sobre él, al igual que Brad deberá adaptarse a tener un hijo ya algo crecido. Si tomara ese camino por mi cuenta, implicaría que los arrastraría a los dos conmigo, y quizá antes de que estén preparados.

—Eso es sensato. —Cediendo a la tentación, Malory cogió uno de los bombones—. Es lógico. Sin embargo, a veces esta clase de asuntos no son ni una cosa ni la otra.

Zoe soltó un resoplido.

—Hay algo más. Rowena y Pitte dijeron que cuanto más me importase Bradley, con más fuerza lo atacaría Kane.

—De modo que te estás reprimiendo para protegerlo. —Dana arqueó las cejas—. Eso cabreará a Brad. Sé que si se tratara de Jordan, sólo porque quiero a ese gilipollas, probablemente yo trataría de hacer lo mismo.

—He estado dándole vueltas y más vueltas en la cabeza. De esta manera y de aquélla. Si hago esto, qué sucederá. Si hago lo otro... —Se encogió de hombros, cansada—. Hay demasiado en juego. Todo está en juego ahora, así que no puedo coger nada sólo porque me parezca brillante y hermoso; al menos no sin tener en cuenta las consecuencias.

—A lo mejor deberías añadir algo más a la mezcla. —Malory le puso una mano sobre el hombro—. Puede que no te decidas a coger algo brillante y hermoso porque para ello deberías renunciar a otras cosas.

—¿A qué debería renunciar?

—A la casa y la vida que has construido por ti misma. A la familia que has creado con Simon. La forma de todo lo que tienes ahora cambiará para siempre si alargas la mano y coges algo más. Es una idea terrorífica, Zoe. Si no alargas la mano, puedes perder a Brad. Si la alargas, se te escapará otra cosa. Has de decidir qué es más valioso para ti.

—No se trata de mí. Ni siquiera sólo de mí, Simon y Brad. —Zoe se puso en pie y llevó su taza al fregadero—. Mi llave está relacionada con la valentía, pero ¿la de tomar algo o la de renunciar a ello? Hemos leído mucho sobre dioses, y sabemos que no siempre son amables, ni justos. También sabemos que quieren algo a cambio. —Se dio la vuelta—. En caso de fracasar, la penalización..., antes de que fuese revocada, habría sido la pérdida de un año de nuestras vidas. Ni siquiera habríamos sabido cuál. Podría haber sido incluso este año, justo ahora. En eso hay una especie de crueldad. Malory, a ti se te dio algo que habías deseado toda tu vida. Te dejaron poseerlo, saborearlo, sentirlo. Sin embargo, para encontrar la llave tuviste que devolverlo. Eso te dolió.

—Sí, me dolió.

—Y tú, Dana, casi pierdes la vida para hallar tu llave. Los dioses cambiaron las reglas y podrías haber muerto.

—Pero no fue así.

—Sin embargo, podrías haber muerto. ¿Crees que los dioses habrían derramado una sola lágrima?

—Rowena y Pitte... —empezó Malory.

—Para ellos es diferente. Han vivido con nosotros durante miles de años, y en algunos aspectos no son más que simples peones, como nosotras. En cambio, a los que habitan al otro lado de la Cortina de los Sueños, a los que nos observan desde detrás, ¿les preocupa si después de esto vivimos felices o no? —Volvió a sentarse—. ¿Cómo nos conocimos nosotras tres? ¿Cómo es que teníamos tiempo para buscar las llaves? Habíamos perdido nuestros respectivos empleos. Un puesto de trabajo que, en mi caso, yo necesitaba, y que vosotras dos adorabais. Los dioses nos los arrebataron para que pudiésemos ser más útiles, y después nos tentaron con dinero contante y sonante para que firmáramos en la línea de puntos. Puede que su motivación fuese noble y generosa, pero nos manipularon.

—Tienes razón —admitió Dana—. No hay nada que objetar a eso.

—Conseguimos este local gracias a ese dinero —prosiguió Zoe—. Pero nos lo ganamos. Nosotras corrimos el riesgo, hicimos el trabajo. Si este sitio es un milagro, lo hemos realizado nosotras.

Asintiendo, Malory se recostó en su silla.

—Continúa.

—De acuerdo. Flynn y tú. Vosotros os conocisteis cuando os conocisteis porque él estaba conectado a la historia. Tú te enamoraste de él, y él de ti. Pero si eso no hubiese ocurrido, incluso sin que hubiese ocurrido, tú habrías tomado la decisión que tomaste en el desván. No habrías aceptado una ilusión, por mucho que lo desearas, sacrificando unas almas. Lo sé porque te conozco. Si tú quisieras a Flynn del mismo modo que yo, como a un amigo, como a una especie de hermano, habrías hecho lo mismo.

—Eso espero —replicó Malory—. Quiero pensar que sí.

—Yo sé que sí. También podríais haber sentido algo más efímero el uno por el otro, algo que se hubiera debilitado después de finalizar el mes que duró tu búsqueda de la llave, en vez de volverse más profundo. A los dioses no les habría importado nada tu felicidad, sólo les importaba si tenías éxito o fallabas.

394

—Eso puede que sea verdad, pero las cosas que experimenté y las elecciones que tomé durante ese mes eran parte de lo que he construido y de lo que tengo con Flynn.

—Pero eres tú quien lo ha construido junto con él —repuso Zoe—. Jordan regresó al valle en ese momento porque también estaba conectado. Era una pieza más que había que añadir. Dana, tú necesitabas aclarar tus sentimientos hacia él; eso era algo fundamental. Pero podrías haberlos aclarado de manera diferente con los mismos resultados. Podrías haberle perdonado. Podrías haber comprendido que no lo amabas, pero que apreciabas vuestra historia juntos. La amistad más que la pasión. Podrías haber renunciado a lo que había entre vosotros y, aun así, haber encontrado la llave. Tú no estás pensando en un ramo de azahar porque los dioses te hayan sonreído.

—Quizá lo del ramo de azahar sea llevarlo un poco demasiado lejos, pero vale, te sigo. —Con gesto ausente, Dana pescó un bombón y se puso a mordisquearlo mientras reflexionaba—. Cuando te vuelves a mirarlo todo en conjunto, es lo que nos dijeron desde el principio. Cada una de nosotras es una llave. De modo que lo que obtengamos, o no, al final está en nuestras manos.

—Sin embargo ellos nos manipulan —apuntó Zoe—. Nos reunieron a las tres y nos lanzaron a esas situaciones. Bradley ha regresado al valle, y eso no es nada extraño, porque éste es su hogar y él tiene ambiciones puestas aquí. A pesar de ello, sin toda esta historia yo jamás lo habría conocido. Malory podría haberse tropezado con Flynn en cualquier momento, pero es de lo más improbable que yo hubiese tenido la posibilidad de conocer a Bradley Charles Vane IV. ¿Y qué es lo primero que empujó a Bradley hacia mí? El cuadro. Manipularon sus sentimientos. —Estaba muy irritada sólo de pensar en eso. Con los ojos echando chispas, se puso a comer bombones—. Ya sé que ahora no se trata de un cuadro, pero el cambio que se ha producido en Bradley es un mero incidente para ellos. Tenían que forzar que nos conociéramos para que yo pudiera ser conducida a la llave (o alejada de ella, según el lado en que se encuentre cada uno). Tanto si la hallo como si no, mi utilidad llegará pronto a su fin, lo mismo que la de Bradley. ¿Creéis que a los dioses les preocupa que esa utilidad implique dolor, sufrimiento y pérdida? —Empezó a ponerse furiosa; su voz sonaba tan cortante como un cuchillo—. Si eso significa que su corazón, o el mío, termina roto, a ellos les tendrá sin cuidado. ¿No es incluso probable que ese tormento sea necesario para el último paso? Desesperación y dolor, eso está en mi pista. Y sangre —prosiguió—. No será la de Bradley. No me arriesgaré a eso ni siquiera para salvar tres almas.

—Zoe —Malory habló con cuidado—, si ya os amáis el uno al otro, entonces, ¿no habéis construido ya vuestro propio final?

—¿Crees de verdad que lo hemos hecho? ¿O ésa es mi ilusión y lo que tendré que sacrificar? Hay otra parte de la pista. ¿Cómo se supone que he de mirar a la diosa y saber cuál es el momento de alzar la espada y cuál el de bajarla? ¿Lucho por lo que quiero para mí o me rindo por el bien general?

—Ésas son suposiciones lógicas y razonables, preguntas lógicas y razonables. —Dana levantó una mano antes de que Malory pudiese poner alguna objeción—.

Los dioses no tienen por qué gustarnos, pero deberíamos darles crédito. Nadie nos prometió que al final de esto íbamos a aterrizar sobre una montaña de pétalos de rosa. Lo que nos prometieron fue una montaña de dinero.

—Que le den por el culo al dinero —soltó Malory.

—Me encantaría poder decirte que te mordieras la lengua, pero por desgracia siento lo mismo que tú. De todas formas —señaló Dana—, aunque Zoe ha planteado esas suposiciones tan lógicas y razonables, se ha dejado fuera las partes sobre la esperanza, la dicha y la realización. Sobre los caminos que se cruzan y que llevan unos a otros.

—Estoy sentada en el corazón de esa dicha, esperanza y realización justo aquí y ahora, con vosotras dos. —Zoe extendió los brazos para abarcar la estancia y todo lo que habían levantado entre las tres—. No estoy dejando fuera esas partes, pero necesito ser realista. Debo serlo porque quiero creer, casi más de lo que puedo soportar, que cuando llegue al final del plazo con esa maldita llave en la mano voy a tener una oportunidad de…, de algo más.

—Entonces, ¿qué viene ahora? —preguntó Dana.

—Necesito que vosotras dos penséis en esto. Sois las únicas que habéis tocado de verdad una de las llaves. Dana, Jordan, Flynn y tú conocéis la casa de Bradley casi como él mismo. Admitiré toda la ayuda que pueda recibir. —Se puso en pie—. De todas formas, en este preciso instante será mejor que empecemos a contestar de nuevo los teléfonos.

Sólo quedaba una pequeña muestra de la luna, una simple y fina curva que flotaba en el cielo negro. Aunque Zoe deseaba, desesperadamente, una tormenta con nubes oscuras que tapase incluso ese resto, no podía dejar de mirar aquella luz menguante.

Había buscado en todas partes. En ocasiones estaba segura de que sus ojos o sus dedos se habían deslizado sobre aquel resplandor dorado, pero era incapaz de verlo o tocarlo.

A menos que lo lograra en las próximas cuarenta y ocho horas, todo por lo que habían pasado Malory y Dana, todo lo que habían conseguido, no habría servido para nada.

Las Hijas de Cristal yacerían eternamente en sus ataúdes de cristal, inmóviles y vacías.

Envuelta en una chaqueta, se sentó en la terraza trasera mientras intentaba aferrarse a aquella última esquirla de esperanza.

—Está aquí, lo sé. ¿Qué es lo que se me escapa? ¿Qué es lo que no he hecho que debería haber hecho?

—Mortales… —dijo Kane a su espalda—. Miran hacia lo que ellos llaman los cielos y preguntan qué hacer, qué pensar.

Zoe se quedó petrificada, y él le pasó la punta del dedo por la base del cuello. Ella percibió el contacto como una línea de hielo.

—Eso me divierte. —Sus suaves botas no hicieron ningún ruido mientras la rodeaba para ir a recostarse contra la barandilla de la terraza.

Zoe pensó que era de una belleza imponente. Una belleza apropiada para la oscuridad, para las noches sin luna, para las tormentas.

—Has fallado —anunció él con absoluta naturalidad.

—No es cierto. —El frío empezó a colársele en los huesos, y tuvo que reprimir la necesidad de echarse a temblar—. Todavía queda tiempo.

—Se va consumiendo, minuto a minuto. Cuando el último vestigio de la luna se vuelva negro, yo lo tendré todo. Y tú no tendrás nada.

—No deberías venir aquí a regodearte antes de que haya acabado el plazo. —Zoe quería levantarse, ponerse de pie en una posición desafiante, pero sus piernas parecían de goma—. Da mala suerte.

—La suerte es una superstición de los mortales, una de vuestras muchas muletas. La especie humana las necesita. —Deslizó los dedos por la cadena de plata del amuleto que llevaba al cuello y comenzó a moverlo lentamente de un lado a otro.

—¿Por qué nos odias?

—El odio indica un sentimiento. ¿Acaso tú sientes algo por el insecto que aplastas con el pie? Para mí, vosotros sois menos que eso.

—Pues yo no mantengo conversaciones con el insecto que aplasto. En cambio, aquí estás tú.

Una oleada de irritación recorrió el rostro de Kane, y eso proporcionó a Zoe cierta firmeza.

—Como ya te he dicho, me divertís. Especialmente tú, de las tres que Rowena y Pitte han escogido para esta condenada misión. La primera… tenía estilo y una mente despierta. La segunda era puro fuego e inteligencia.

—Ellas te vencieron.

—¿De verdad? —Soltó una carcajada, un sonido suave, desdeñoso y burlón, mientras balanceaba el colgante—. ¿No te has planteado que, después de tanto tiempo, podría apetecerme un poco de diversión? Si todo hubiera concluido rápidamente, me habría negado a mí mismo el entretenimiento de veros tramando, planeando y felicitándoos. Haberlo terminado enseguida también habría significado privarme del placer de ver cómo te retuerces ahora. Tú me interesabas sencillamente porque careces del cerebro y la clase de tus compañeras. Casi sin estudios y criada en un ambiente miserable. —Cambió de postura mientras levantaba el amuleto un par de centímetros—. Dime una cosa: ¿dónde estarías ahora de no haber recibido la invitación del Risco del Guerrero? Desde luego que no en esta casa, no con su propietario. Ese hombre, cuando se apague el… resplandor de este objetivo común, te verá como lo que eres. Te dará la espalda, como hizo el otro. En cualquier caso, tú ya sabes eso.

El balanceo lento y regular del colgante de plata comenzó a marear a Zoe.

—Tú no sabes nada sobre mí. Ni sobre él.

—Sé que eres una fracasada. Y cuando falles en tu búsqueda, también lo sabrán los demás. Fue muy cruel por parte de Pitte y Rowena involucrarte en esto, esperar tanto de ti, mezclarte con esas personas —continuó Kane, mientras una neblina se extendía en finas nubes azules por el suelo de la terraza—. Personas que tienen mucho más que ofrecer que tú. Fue cruel dejarte saborear cómo podría ser la vida para que ahora pases el resto de tus días ansiándolo.

—Mis amigos…

—¡Amistad! Otra ilusión propia de los mortales, y tan falsa como la suerte. Ellos te abandonarán en cuanto fracases, y vas a fracasar. Una mano como la tuya no está destinada a girar la llave. —Su voz se había vuelto tranquilizadora. Kane se irguió y se acercó más a Zoe, con el amuleto oscilando y oscilando, como un péndulo reluciente—. Siento cierta simpatía por ti. La suficiente para ofrecerte una compensación. De todas las cosas que Rowena y Pitte han introducido tan a la ligera en tu vida, ¿cuál te gustaría conservar? ¿Tu pequeño negocio, esta casa o el hombre? Elige una y yo te garantizo que será tuya.

Estaba hipnotizándola. Zoe podía sentir que iba a la deriva, notó que la bruma reptaba sobre su piel, muy, muy fría. Sería muy fácil dejarse arrastrar por aquellas promesas arrulladoras, quedarse al menos con algo. Notó las manos rígidas, heladas y entumecidas, pero logró cerrarlas hasta que sintió que las uñas se le clavaban en las palmas.

Con un fiero esfuerzo, despegó los ojos del colgante y los dirigió al rostro de Kane.

—Eres un embustero. —Casi se quedó sin aire y con los pulmones destrozados cuando se puso en pie a duras penas—. Eres un embustero y un tramposo.

Él la atacó. Aunque Zoe no vio la embestida, la sintió como un golpe de hielo cortante en la cara. Sin pararse a pensar, impulsada por la rabia, saltó hacia delante y le clavó las uñas en las mejillas.

Vio la conmoción en los ojos de Kane…, un instante de absoluta incredulidad. Vio como brotaba la sangre en los surcos que le había dejado en la piel.

Después fue empujada contra la pared de la casa, y se quedó allí clavada por una violenta corriente de aire tan frío que pudo ver cristales de hielo, negros como el ónice, girando en su interior.

Kane se alzaba frente a ella, enorme con su abrigo negro hinchado por el viento, y con la cara manchada de sangre.

—Podría matarte con un simple pensamiento —la amenazó.

No, no podía, no podía. Si no, lo habría hecho. «Es un embustero —se recordó Zoe con nerviosismo—. Y un matón.» Sin embargo, sí que podía hacerle daño. ¡Dios, podía hacerle daño! Sintió un dolor desgarrador e intenso dentro del pecho.

—¡Vuelve al infierno! —le gritó—. Aquí no eres bienvenido.

—Cuando esto haya terminado, lo perderás todo. Y yo añadiré tu alma a mis trofeos.

Como si alguien hubiese pulsado un interruptor, el viento cesó. Zoe cayó hacia delante, a cuatro patas, jadeando y temblando por la impresión.

Aturdida, se quedó mirando el suelo de madera de la terraza, y luchó por aclarar sus pensamientos. Cuando levantó la cabeza vio que la noche había dado paso a una aurora tibia y brumosa. En medio de la niebla del amanecer, en el lindero del bosque, había un ciervo con un pelaje que parecía oro reluciente. El collar de piedras preciosas que llevaba al cuello lanzaba llamaradas a través de la bruma, y en sus ojos ardía un fuego verde.

La neblina se cerró como una cortina, y cuando volvió a abrirse el ciervo ya había desaparecido.

—Aún no he acabado.

Zoe habló en voz alta para reconfortarse con el sonido de su propia voz. Kane le había tendido una trampa en la que había perdido horas de un tiempo precioso, pero ella aún no había acabado.

Cuando se puso en pie y se miró las manos vio que había sangre en ellas. La sangre de Kane.

—Lo he herido. He herido a ese hijo de puta.

Le corrieron lágrimas por las mejillas mientras iba hacia la casa a trompicones. Se le empañó la vista. Creyó que oía a alguien gritar, un gruñido amenazador, un golpe. Formas y sonidos se fundieron en un vacío oscuro.

La niebla seguía humeando en la terraza y se deslizó sobre la cama en la que Brad estaba durmiendo. Lo congeló. Lo atrapó. Él se giró en sueños y estiró una mano en busca de calor y sensaciones agradables. En busca de Zoe.

Sin embargo, estaba solo.

En medio de la oscuridad. El bosque, frío y húmedo, olía a descomposición y un viento helador lo recorría. Brad no podía ver el sendero, sólo las monstruosas formas de los árboles, nudosos y retorcidos como pesadillas. Las espinas del brezo silvestre le rasgaban la piel, se le hundían en las manos como colmillos hambrientos.

Podía oler su propia sangre, su propio sudor provocado por el pánico. Y algo más salvaje.

Algo que lo perseguía.

Percibió un movimiento malicioso entre la maleza y las sombras. «No sólo me persigue —pensó mientras luchaba por abrirse paso entre el brezo—. Además me hostiga.» Fuera lo que fuese, quería tanto que tuviese miedo como matarlo.

Tenía que salir de allí, alejarse antes de que aquello que lo estaba acechando se cansara del juego. Cuando eso ocurriera, saltaría sobre él y lo haría pedazos.

«Sálvate a ti mismo.» Cuando llegó tambaleándose a un claro del bosque, oyó una vocecita dulce y tranquilizadora que le hablaba dentro de la cabeza: «Ésta no es tu lucha. Vete a casa.»

Era cierto. De eso se trataba. Debería irse a casa. Aturdido, desorientado, fue dando traspiés hacia un débil resplandor. Finalmente empezó a correr en esa dirección cuando oyó el aullido del depredador a su espalda.

El resplandor lo producía una puerta. Brad, respirando aliviado, se abalanzó sobre ella. Lo haría. Tenía que hacerlo. Abrió la puerta de un tirón, justo cuando sentía en la nuca el aliento caliente del ser que lo perseguía.

Sobre la oscuridad se derramó la luz. Y color, y movimiento. Se hallaba en el umbral de sus oficinas de Nueva York. Sus manos heridas goteaban sangre sobre la tarima pulimentada de roble.

A través de las amplias ventanas de tres hojas, vio los rascacielos recortados contra el horizonte, todas aquellas resplandecientes torres que se elevaban en el cielo matinal.

Una joven rubia vestida con un traje negro se acercó a él y le dirigió una radiante sonrisa.

—Bienvenido de nuevo, señor Vane.

—Sí. —Sentía los labios entumecidos. ¿Por qué haría tanto frío allí?—. Gracias.

Michael, su ayudante, llegó corriendo. Vestía unos tirantes rojos sobre una camisa azul y sujetaba en la mano una gruesa agenda.

—Aquí tengo su programa para el día de hoy, señor Vane. Tiene el café sobre su escritorio. Será mejor que empecemos.

—Debería… —Brad podía oler el café, y la loción para después del afeitado de Michael. Oyó sonar un teléfono. Confundido, alzó el brazo y observó como la sangre goteaba de su mano herida—. Estoy sangrando.

—Oh, nos ocuparemos de eso. Lo único que tiene que hacer es entrar hasta el fondo de la oficina.

—No. —Se tambaleó. Las náuseas retorcieron su estómago y el rostro se le cubrió de sudor por el esfuerzo realizado—. ¡No! —Se aferró a la jamba de la puerta para conservar el equilibrio y volvió la vista hacia la oscuridad—. Esto no es real. Sólo son más chorrad…

Se interrumpió al oír gritar a Zoe.

Giró sobre sí mismo y se separó de la puerta.

—Ahí fuera morirá —exclamó Michael a sus espaldas segundos antes de que la puerta se cerrara con un estruendo como el de un disparo.

Brad se internó en la oscuridad llamando a Zoe. Aunque se abrió paso desesperadamente entre el brezo, no podía ver, no podía ver nada aparte de un continuo velo negro.

No podía encontrar a Zoe, jamás la encontraría. Y lo que habitaba en la penumbra los mataría a los dos porque él no se había mantenido junto a ella.

«Ella sólo quiere tu dinero. Un padre rico para su hijo bastardo.»

—¡Menuda mierda!

Exhausto, mareado, Brad cayó de rodillas. Se estaba dejando liar, se estaba permitiendo creer aquellas mentiras.

Aquello tenía que parar.

Echó atrás la cabeza y cerró los puños con rabia.

—Esto no es real. Esto no está ocurriendo. Maldita sea, estoy en casa. Y Zoe también.

Despertó boqueando para tragar aire, rodeado por los últimos jirones de niebla y con *Moe* a los pies de la cama gruñendo como un lobo.

—Vale, muchacho. ¡Joder! —Un poco agitado todavía, estiró el brazo para acariciar al perro, pero notó que el dolor le recorría la mano. La giró y vio la sangre que cubría su palma y que seguía brotando de numerosas heridas—. Bueno, algo sí que era real.

Respirando profundamente, se pasó la mano ensangrentada por el pelo. Un instante después saltó de la cama. ¡Zoe! Si la sangre era real, los gritos de Zoe también podían serlo.

Corrió hasta su habitación y abrió la puerta de par en par. A la suave luz de la aurora, pudo ver que ella no había dormido en su cama. Impulsado por el pánico, se dirigió al cuarto de Simon, donde se estremeció de alivio cuando lo encontró ovillado junto al perrito.

—Quédate con él —le ordenó a *Moe*—. Tú quédate con Simon —repitió, y luego se precipitó escaleras abajo en busca de Zoe.

Llamándola a gritos, irrumpió en el salón principal justo a tiempo para verla entrar a trompicones desde la terraza.

Cuando abrió los ojos, Zoe vio el rostro de Brad, pálido y con el cabello alborotado.

—Necesitas un corte de pelo —musitó.

—¡Santo Dios, Zoe! —Le agarró la mano con bastante fuerza para sentir sus huesos—. ¿Qué cojones estabas haciendo ahí fuera? ¿Qué ha ocurrido? No, tranquila. —Se obligó a no dejarse llevar por el terror—. Sigue tumbada. Te traeré un poco de agua.

Corrió hasta la cocina, llenó un vaso y después se agarró a la encimera para recuperar un pulso regular.

Se ordenó a sí mismo respirar despacio y hondo, se lavó las manos ensangrentadas y después cogió el vaso de agua para regresar junto a Zoe.

La encontró sentada, y de nuevo con color en las mejillas. Brad nunca había visto a nadie tan blanco como Zoe cuando entró por la puerta de la terraza.

—Tómatelo con calma —le indicó—. Bebe despacio.

Ella asintió, aunque era difícil obedecer con la garganta al rojo vivo.

—Estoy bien.

—No estás bien. —No lo dijo levantando la voz, pero su tono era tajante y frío—. Te has desmayado. Tienes un moretón en la cara y sangre en las manos. ¡Y una mierda estás tú bien!

«Es asombroso cómo hace eso», pensó Zoe. Brad jamás alzaba la voz, pero lograba transmitir su mal humor y su autoridad con la mayor efectividad.

—Esta sangre no es mía. Es de Kane. —Volver a ver la sangre, saber lo que había hecho, le ayudó a recuperarse—. Le he arañado su maldita cara. Tengo unas uñas largas y duras, y le he rajado las mejillas a ese cabrón. Me ha sentado muy bien. —Devolvió a Brad el vaso vacío y, como pensaba que a los dos les iría bien, le dio un beso—. Siento haberte asustado. Estaba… ¡Oh! —Con un gemido angustiado, le cogió la mano—. Estás lleno de rasguños y heridas.

—He tenido una pequeña aventura en el bosque mientras tú hacías… lo que estuvieras haciendo.

—Kane ha actuado sobre los dos a la vez —concluyó Zoe en voz baja—. A pesar de ello, aquí estamos, aquí mismo, ¿no es cierto? —Se llevó la mano herida de Brad a los labios—. Vamos a limpiarte estos cortes y me dices qué te ha ocurrido. Yo te contaré lo que me ha pasado a mí, pero primero quiero que sepas algo. —Le tomó la cara entre las manos y lo miró a los ojos—. Quiero que sepas que todo va a salir bien. Vayamos a la cocina. Quiero lavarme las manos, vendar las tuyas y preparar café. —Soltó un resoplido y se puso en pie. Advirtió, con cierto orgullo, que sus piernas estaban firmes y su mente, centrada—. Hablaremos del resto mientras trabajo.

—¿Mientras trabajas?

—Tengo que rellenar un pavo.

19

—No entiendo cómo puedes estar tan tranquila —afirmó Malory mientras lavaba unos arándanos recién cogidos en el fregadero de la cocina.

—Oh, no es la primera vez que aso un pavo. —Zoe le dedicó una mueca por encima del hombro y continuó preparando los boniatos.

—Lo que no entiendo yo es cómo Zoe puede ser tan listilla —replicó Dana mientras torcía la boca delante de la montaña de patatas que aún le quedaba por pelar—. Cualquiera pensaría que un jodido enfrentamiento con un malvado dios hechicero, un conjuro escalofriante y cocinar para un ejército hundirían su estado de ánimo. En cambio, ¡oh, no!, nuestra Zoe está en buena forma esta mañana.

—Es el día de Acción de Gracias.

—Eso me obliga a abordar la cuestión. —Dana observó su cuchillo de mondar con el entrecejo fruncido—. ¿Por qué estamos aquí nosotras tres haciendo todo el trabajo mientras los hombres holgazanean como marqueses?

—Quería que estuviésemos solas un rato —explicó Zoe—, y ésta era la forma más sencilla.

Dana acabó de pelar otra patata.

—Si tú lo dices…

—Y que Bradley me esté vigilando como un halcón me pone nerviosa.

—Un hombre tiene derecho a eso si te has desmayado en sus brazos —señaló Malory.

—No lo culpo. También es interesante que él estuviese allí para recogerme, ¿no te parece? Romántico, supongo, pero además interesante. Brad estaba arriba durmiendo, mientras yo estaba fuera durante… no sé cuánto. Horas. Se me antojaron minutos, pero en realidad fueron horas. —Volvió la vista hacia la puerta para asegurarse de que no hubiera nadie rondando—. Y después Brad ya no estaba durmiendo…, sino corriendo en la oscuridad y cortándose la manos. Kane intentó conseguir que regresara a Nueva York mentalmente, donde todo está ordenado, todo es normal.

—Sin embargo no lo logró. —Malory dejó el escurridor con los arándanos en el fregadero—. En el umbral… Era un momento decisivo, y Brad hizo su elección.

—Sí, la hizo, y también yo cuando le clavé las uñas a Kane. Ésas son decisiones por las que hoy ambos podemos sentirnos de maravilla.

—Me encantaría haber visto cómo lo arañabas. —Dana atacó de nuevo las patatas—. Es lo único que lamento.

—Fue fantástico —admitió Zoe—. No recuerdo otra vez que haya hecho algo que me proporcionara tanta sensación de poder. A pesar de eso, después de todo, Brad bajó justo a tiempo para evitar que yo cayese al suelo de bruces. —El cuchillo descendió con un golpe seco—. Kane trató de mantenerlo lejos, atrapado en una ilusión.

—No quería que un hombre se interpusiera mientras él intimidaba a una damisela —dijo Malory agriamente.

—No, y creo que no quería que estuviésemos juntos mientras intentaba hacer que yo me sintiese como una perdedora.

—No hablas como si te sintieses una perdedora.

—Kane pulsó todos los botones adecuados, eso debo reconocérselo; pero no es el primero que los pulsa, y yo ya he aprendido a contrarrestarlos. Lo hizo porque está asustado. Porque estoy cerca. Porque sabe que puedo vencerlo. De modo que se centró en mis inseguridades y mis sentimientos, y luego trató de sobornarme. Y cuando nada de eso surtió efecto, se mosqueó.

—¿Se mosqueó? —Malory fue hasta ella y le rozó con suavidad los moretones de la mejilla—. Cielo, te agredió.

—Sí, tal vez, pero te prometo que él se ha quedado con un aspecto mucho peor. —Echó atrás la cabeza y soltó una carcajada—. Si yo hubiera estado en condiciones de pensar con claridad, habría continuado con una buena patada en las pelotas. Si es que tiene pelotas. Yo le he hecho daño, y Brad lo ha vencido. Juntos hemos logrado que huyera atemorizado. Y eso me alegra aún más el día. —Vio parpadear a Malory y suspiró—. Lo sé. Sé que no me queda mucho tiempo. Una parte de mí desea recorrer esta casa como una enferma mental para intentar encontrar la llave. En cambio ésa no es la respuesta. No sé cuál es, sólo sé que no es ésa. De modo que voy a preparar la comida de Acción de Gracias, una comida de Acción de Gracias fabulosa. Porque soy parte de todos vosotros, y me siento muy agradecida por eso.

Dana dejó el cuchillo de mondar.

—Kane te ha hecho algo.

—Quizá sí —admitió Zoe—. Me ha atacado donde vivo. La pobrecita Zoe McCourt, que perdió la cabeza ante el primer chico que le sonrió. La que no acabó los estudios y se dedicó a gorronear peniques para poder comprar pañales para el bebé que tuvo que criar ella sola. ¿Por qué razón se cree que puede hacer algo que valga la pena? —Puso los boniatos en una fuente de horno con ayuda de una cuchara—. Pues porque puedo, y ya está. Vamos a tomar un vaso de vino.

—Bueno, ahora hablas con sentido común. —Aunque intercambió una mirada con Malory a espaldas de Zoe, Dana sacó una botella de Pinot Grigio.

—Hay cosas que voy a hacer hoy —dijo Zoe mientras cogía tres copas del armario—. Además de cocinar esto con vosotras y comérnoslo. Cosas que voy a hacer, cosas que voy a decir. Sólo que primero he de organizarlas en mi cerebro. —Dejó las copas en la encimera y ladeó la cabeza mientras miraba por la ventana; vio a Simon y Brad recorriendo uno de los senderos del jardín que serpenteaban entre los arbustos, en dirección a los árboles—. ¿Qué diantres están haciendo?

Dana le puso una mano sobre el hombro mientras se inclinaba para servir el vino.

—Yo puedo decirte lo que no están haciendo: no están pelando patatas.

412

—¿Qué es lo que lleva Brad en la mano? —Zoe alzó su copa distraídamente y se desplazó un poco para tener mejor visión. Simon bailoteaba en torno a Brad, y los perros corrían de un lado a otro con la esperanza de iniciar un juego—. Se parece a... ¡Bueno, por todos los santos!

Se quedó contemplando, atónita, cómo Brad colgaba el comedero de pájaros de una rama, de modo que se balanceara sobre sus encantadores setos ornamentales. Después aupó a Simon para que pudiese meter comida por la abertura.

—Por todos los santos —repitió. Como en un sueño, dejó la copa de vino, fue hacia la puerta y salió al jardín.

—¿De qué coño va esto? —preguntó Dana.

—Ya me gustaría saberlo. —Con la nariz casi pegada al cristal de la ventana, Malory sonrió—. ¿Qué es eso? ¿Por qué han colgado una bota de un árbol?

A Zoe no se le había ocurrido coger una chaqueta, pero no le importó el penetrante viento, que llevaba hasta ella la risa de Simon mientras se alejaba corriendo para jugar con los perros. Además, su corazón estaba demasiado lleno de calor para que el frío pudiese tocarlo.

Brad continuaba en el sendero, con las manos en los bolsillos mientras observaba risueño el comedero. Al oír las pisadas de Zoe, se giró para saludarla y le preguntó:

—¿Qué opinas de esto?

Ella había ayudado a Simon a hacerlo, guiándolo en los pasos necesarios para transformar la bota de vaquero de un chillón color rojo en un comedero para pájaros, sujetándole las manos mientras abría un agujero en el cuero, viéndolo medir las tiras de madera para el techo puntiagudo.

Recordó que el niño se había sentido muy orgulloso, muy complacido de que nadie más de su clase hubiese realizado un proyecto como el suyo.

Simon le había dicho que podrían colgarlo en casa, en el patio trasero, después de que lo puntuasen y se lo devolvieran.

«En casa», pensó Zoe.

—¿Simon te lo ha dado? —preguntó con precaución.

—Sí. Le han puesto un sobresaliente por él, ya sabes.

—Sí, lo sé.

—Hemos pensado… ¿Qué demonios estás haciendo aquí fuera sin abrigo?

Con un resoplido de impaciencia, Brad se quitó la chaqueta. Zoe permaneció en silencio mientras él le metía los brazos por las suaves mangas de piel color mantequilla.

—Os estaba viendo desde la cocina. Y me he fijado en que tú colgabas esto en tu precioso jardín, detrás de tu preciosa casa.

—Ajá. —Obviamente confundido, Brad alzó un hombro—. ¿Y?

—Simon te ha dado su comedero para pájaros, y tú lo has colgado. —En la base de la garganta le escocían las lágrimas—. Bradley, esto debe de ser lo más ridículo que has visto en tu vida. Es una bota vieja con un agujero. Vas a verla cada vez que mires por la ventana, y lo mismo todos los demás.

—Ésa es la idea. —Retrocedió y miró la bota con una sonrisa radiante—. Es genial.

—Bradley, tengo que pedirte algo. Estaba pensando esta mañana, después de lo ocurrido…, estaba buscando la manera de pedírtelo. Aunque también pensaba que antes

debería hablar con Simon, explicárselo y ver cómo él…
—Se giró hacia el comedero y sonrió—. En cambio ahora veo que no tengo que hablar con él ni explicarle nada. Él ya ha elegido.

—¿Pedirme qué? —Alargó una mano para darle a la bota un empujoncito, sólo por el placer de verla columpiarse.

—Quería pedirte que te cases conmigo. —Zoe sintió que todo su valor se evaporaba cuando Brad dejó caer la mano de golpe y se quedó mirándola sin pestañear, pero se esforzó por recuperarlo—. Pensaba que debía esperar hasta que todo lo demás hubiese terminado y yo hubiese mantenido una larga conversación con Simon y…, y toda esa clase de cosas. Hasta que no estuviese tan asustada por lo que pudiera pasar si te lo pedía. En cambio ahora pienso que ha sido una equivocación esperar y no haberte dicho que te quiero muchísimo, tanto que eso aún me asustaba más y por eso temía confiar en mí misma y en ti. Incluso en Simon. Además, ¡Dios!, me encantaría que dijeses algo y me cerraras la boca.

—Bueno, esto es bastante repentino. Espera un minuto.

Entre todas las posibilidades que Zoe se había imaginado —las mejores y las peores— no se encontraba que Brad se alejara para llamar a Simon. Notó que el calor le subía al rostro y a la vez se le formaba una bola de hielo en el estómago. No estaba segura de si era el resultado de la vergüenza, el dolor o la rabia. Se ciñó más la chaqueta mientras Brad se inclinaba para hablar con Simon.

No pudo oír lo que le decía, pero su hijo asintió rápidamente, lanzó un breve grito de guerra y se precipitó al interior de la casa a todo correr.

Con los pulgares metidos en los bolsillos delanteros del pantalón, Brad regresó al lado de Zoe. Su expresión era cortés y alegre.

—Veamos, ¿dónde nos habíamos quedado? Tú estabas pidiéndome que me casara contigo porque he colgado en el jardín el comedero para pájaros que me ha dado Simon.

—Sí. No. Maldita sea, Bradley, dicho así suena como si yo fuera idiota. A las únicas personas a las que Simon ha regalado cosas hechas por él mismo, aparte de a mí, es a los Hanson, y eso porque los considera como si fueran sus abuelos. Si te ha regalado esto es porque te quiere, y yo pensaba… ¡Lo has colgado!

—Resulta que me gusta. —No pudo evitar sonreír como un bobo cuando golpeó de nuevo con un dedo la bota de cuero rojo—. Me temo que quizá se te escape la originalidad artística del diseño; pero, aunque sea así…

—No me hables de originalidad artística. Déjame decirte algo, Bradley Charles Vane IV: si no estás preparado para mantener toda esa palabrería sobre estar enamorado de mí, entonces no sabes con quién has de vértelas.

Brad la miró con la misma sonrisa.

—¿Ah, no?

—Para mí, el matrimonio no es una broma, sino lo que espero del hombre al que amo y que asegura amarme. Mi hijo se merece un padre, no alguien que sólo busque juguetear con las relaciones. Ninguno de nosotros lo aceptará.

Brad asintió.

—Supongo que eso está claro.

—¡Lo tengo! ¡Lo tengo! —Simon salió de la casa como una bala—. Estaba justo donde... —Se interrumpió ante la mirada de advertencia de Brad, pero, aunque bajó la cabeza, los hombros le temblaban de la risa.

—Me gustaría saber qué es tan divertido —dijo Zoe.

—Un pequeño asunto de hombres entre Simon y yo —explicó Brad al tiempo que sustraía con destreza la caja que Simon escondía en la mano—. ¿Sabes? Resulta que Simon y yo debatimos cierto tema hace un tiempo, y...

—Dijiste que tenías que esperar hasta que... —El niño encorvó los hombros al ver la mirada de Brad, y escarbó en el sendero con un pie—. Vale, vale, pero date prisa.

—Él y yo llegamos a un acuerdo —continuó Brad—. Y cuando se aclararon las dudas por ambos lados, me pareció adecuado enseñarle esto para que pudiese estar seguro de cuáles eran mis intenciones. —Alzó la cajita y la abrió.

—Era de su abuela y... ¡Jolín! ¿Es que no puedo decir nada? —protestó Simon cuando Brad lo hizo callar.

—Veamos primero qué tiene que decir tu madre.

Mirar el anillo era como mirar a las estrellas: delicado, brillante y bellísimo. Zoe sólo pudo mover la cabeza con impotencia.

—Hace un minuto tenías muchas cosas que decir —señaló Brad—. Algo sobre que yo mantuviese mi palabra y lo que tú esperabas. En cualquier caso, a lo mejor yo debería responder a tu pregunta inicial. Sí. —Sacó el anillo del estuche—. Absolutamente sí. Seré tu marido y te amaré todos los días durante el resto de mi vida.

—Pónselo en el dedo —pidió Simon—. Se supone que tienes que ponérselo en el dedo, y después tienes que darle un beso.

—Conozco las instrucciones.

—¿Vosotros…, vosotros dos ya habíais hablado de esto? —logró preguntar Zoe.

—Así es. Cuando un chico acepta un padre, hay cosas que necesita saber. —Intercambió una mirada con Simon, una mirada que hizo que el corazón de Zoe centelleíase tan profusamente como el anillo—. Y cuando un hombre recibe un hijo, hay cosas que necesita decir.

—Son asuntos de hombre a hombre —afirmó Simon—. Tú no lo entenderías.

—¡Oh! —Ella sintió que en la garganta la risa se abría paso entre las lágrimas—. Entonces vale.

—Zoe, dame tu mano.

Ella lo miró primero a los ojos.

—Simon es lo más valioso del mundo para mí. —Posó la mano derecha sobre el hombro de su hijo y le tendió la izquierda a Brad—. Ahora los dos somos tuyos.

—Somos todos de todos.

A Zoe la embargó una sensación de calidez cuando el anillo se deslizó en su dedo y notó una deliciosa sacudida cuando le rodeó la piel.

—Encaja. Es precioso. Jamás he visto nada más hermoso.

—Pues yo sí. —Brad no separó los ojos de los de ella mientras la besaba.

—¿Ahora ya puedo llamarte papá? —Simon tiró a Brad de la manga—. ¿Puedo o tengo que esperar?

Cuando Brad cogió en brazos al niño, el corazón de Zoe ya estaba desbordado.

—No tienes que esperar. Ninguno de nosotros debe esperar. —Con la mano libre atrajo a Zoe, y los tres se convirtieron en una unidad—. No tenemos que esperar a nada.

Cuando oyó ovaciones procedentes de la casa, Zoe se giró y miró hacia allí. Todos sus amigos estaban en la terraza aplaudiendo.

—Les he contado algo —confesó Simon—. Cuando he entrado a por el anillo.

—¡Volved aquí! —les gritó Dana haciendo bocina con las manos—. Necesitamos champán, y lo necesitamos ya.

—Quiero ver cómo destapan las botellas. —Simon se liberó del abrazo y corrió hacia la casa.

A Zoe se le antojó que todo resplandecía como si lo hubiesen rociado con oro. Apretando con fuerza la mano de Brad, dio el primer paso por el sendero que llevaba a la casa.

Simon saltaba en la terraza. El perrito *Homer* trastabilló y acabó cayéndose, y *Moe* corrió en círculos en torno a él. Zoe vio cómo Flynn le propinaba a Jordan un puñetazo amistoso en el brazo, y vio como Malory cogía a Dana por la cintura.

Sintió la mano de Brad cálida contra la suya cuando sus dedos se entrelazaron.

Entonces lo supo.

—¡Oh! ¡Oh, por supuesto! ¡Qué sencillo! —La certeza la invadió como la luz, como aquella deliciosa luz dorada. Entonces saltó sobre Brad y se apretó contra él, riendo de pura alegría—. Qué perfecto y qué sencillo. ¡Deprisa!

Tirando de él, recorrió el sendero. «Un sendero que yo he elegido —se dijo—, y que mi hijo ha elegido también.» El que lo cambiaba todo y conducía a su hogar.

—¡La llave! —En sus pestañas brillaban las lágrimas, pero aun así reía cuando llegaba a la terraza con el hombre que amaba, con su hijo, con su familia—. Sé dónde está la llave.

Fue hasta la puerta sin soltar la mano de Brad.

«La puerta de la cocina», pensó. La que utilizaban la familia, los amigos, los que vivían allí. La puerta de la vida diaria que jamás estaría cerrada para ella.

Se agachó y levantó el felpudo. Debajo de él, la llave era un resplandor dorado sobre la madera.

—Bienvenida a casa —dijo Zoe con dulzura, y la recogió—. Ahora es mi hogar, ¿lo ves? —Con la llave en la palma de la mano, se giró hacia Brad—. Tenía que creérmelo, desearlo, aceptarlo. Todo eso. Anoche me enfrenté a Kane aquí, cuando estaba tan baja de moral, tan asustada, tan cansada… De todas formas, me enfrenté a él y no logró que me rindiera. He encontrado la llave porque he peleado por ella. Y por ti, y por mí misma. —Cerró los dedos sobre la pieza de metal—. Lo hemos derrotado.

El viento llegó con un único y prolongado aullido. Rugió a través de la terraza con la suficiente violencia para empujarla hacia atrás y derribarla. A través de su bramido, Zoe oyó gritos y ruido de cristales rotos.

Rodó sobre sí misma y vio a sus amigos tirados por la terraza; vio a Brad protegiendo a Simon con su propio cuerpo de los cristales y objetos que volaban por el aire, y vio la niebla azul que reptaba por el suelo hacia ellos.

La llave latía dentro de su puño con un pulso frenético.

Zoe sabía que Kane mataría por conseguirla, los destruiría a todos ellos para detener aquel latido. Arrastrándose, se acercó a Brad y Simon.

—¿Está herido? Hijo, ¿estás herido?

—¡Mamá!

—¡Está bien! —contestó Brad a gritos—. Ve dentro. Entra en casa.

«Mi hogar», recordó ella sombríamente. Aquel cabrón no volvería a entrar en su hogar, nunca jamás pondría las manos sobre lo que era suyo. Deslizó la llave en la mano de Brad y se la cerró con fuerza.

—Protégelos. Llama a Rowena. Malory y Dana pueden convocarla.

«Si yo les doy la oportunidad», pensó, y tras reunir valor, fue rodando hasta el borde de la terraza. Mantuvo el puño apretado como si sujetara algo valiosísimo. Haciendo oídos sordos a los gritos que la llamaban a su espalda, se puso en pie. Encorvada contra la furia del viento, se dirigió a los árboles dando bandazos.

Kane iría tras ella, y eso les daría tiempo a los suyos. Mientras el hechicero creyese que la llave estaba en su poder, se centraría en ella. Los otros ya no significaban nada para él. «Insectos», se recordó a sí misma mientras se aferraba al tronco de un árbol para recuperar el equilibrio. En ese momento Kane no desperdiciaría su tiempo aplastando insectos.

Hasta que la llave se introdujese en la cerradura correspondiente, la guerra no habría concluido, de modo que Zoe se llevaría la batalla con ella.

La bruma le rodeó los tobillos, y pareció atraparla y tirar de ella, tanto que la invadió el pánico y comenzó a dar patadas y a chillar. Acabó cayendo de rodillas, y la pestilencia de la niebla le llenó la boca y los pulmones. Ahogándose, se levantó a duras penas y echó a correr.

El viento ya no era tan intenso, pero el frío…, oh, el frío era cortante, atravesaba el cuero de la chaqueta de Brad y el jersey y se le clavaba en la piel. Empezó a nevar con copos gruesos y sucios.

Kane estaba introduciéndola de nuevo en aquella primera ilusión. Zoe se presionó el vientre casi esperando notar la hinchazón del embarazo. Sin embargo, sólo sintió el temblor de sus músculos tensos.

Llegó a la conclusión de que Kane estaba jugando con ella. Su ego se lo exigiría, para disfrutar de cierto entretenimiento. Desde luego, él podía atacarla en cuanto lo desease, arrebatarle la llave y vencer.

Desorientada, fue dando tumbos a través de la nevada, rezando para no estar dibujando un círculo que la llevase de nuevo a la casa. Su gente necesitaba tiempo. Ella había encontrado la llave. Si ellos podían llegar hasta la Urna de las Almas, Simon la abriría. Tenía que ser cierto. Él era parte de ella. Parte de su sangre y sus huesos. Su alma.

Una vez que se abriese la cerradura, todos estarían a salvo. Ella debía ocuparse de mantener a los suyos fuera de los pensamientos de Kane hasta que eso se llevara a cabo.

Un rayo negro rasgó el cielo y aterrizó a sus pies. Zoe chilló y se apartó del fuego, asfixiada por el nauseabundo olor del humo.

Cuando logró incorporarse de nuevo, Kane se interponía en su camino; su vestimenta negra ondeaba unos centímetros por encima de la nieve sucia.

—Una cobarde, después de todo. —En las mejillas aún se veían las señales dejadas por las uñas de Zoe—. Abandonas a tu propio hijo, a tus amigos, a tu amante, y echas a correr como un conejo para salvarte.

Ella dejó correr las lágrimas, deseosa de que él las viese y las tomara por una súplica. Se llevó la mano cerrada a la espalda, como si ocultara algo.

—No me hagas daño.

—Hace sólo unas horas te he ofrecido hacer realidad tu mayor deseo. ¿Y cómo me lo has agradecido?

—Me asustaste. —Necesitaba un arma, pero temía despegar los ojos de él para buscar una.

—Deberías tener miedo. Deberías implorar. Si lo haces, quizá te perdone.

—Haré todo lo que tú quieras a cambio de que me dejes libre.

—Dame la llave por tu propia voluntad. Ven aquí, pónmela en la palma de la mano.

«Por propia voluntad», pensó Zoe. Ésa era la trampa. Kane no podía cogerla por sí mismo, ni siquiera en esos momentos.

—Si te la doy, me matarás.

—Y si no... —la amenazó tácitamente—. En cambio, si me la entregas, si la trasvasas de tu mano a la mía, prescindiré de quedarme con tu alma. ¿Sabes lo que es vivir sin alma? ¿Sabes lo que es yacer inmóvil y vacía durante milenios, mientras tu… esencia está viva, aprisionada e indefensa? ¿Te arriesgarás a eso por algo que no tiene nada que ver contigo?

Zoe dio un paso adelante, como si la hubiese convencido.

—Rowena y Pitte nos dijeron que tú no podías derramar sangre humana, pero lo hiciste.

—Mi poder crece por encima del suyo. Más allá que el de cualquiera. —Al ver que ella avanzaba otro paso, sus pupilas parecieron cobrar color y dar vueltas—. El rey es débil y estúpido, casi más que un mortal en su dolor y sufrimiento. La guerra está prácticamente ganada. Cuando el día de hoy toque a su fin, yo reinaré. Todos los que han luchado contra mí, todos los que han pretendido detenerme, lo pagarán muy caro. Mi mundo volverá a estar unido de nuevo.

—Es el dolor lo que te proporciona el poder. Y el sufrimiento. ¿Es eso tu alma?

—Eres lista para ser mortal —reconoció—. La oscuridad siempre dominará a la luz. Yo escojo su fuerza. Mientras otros tratan por todos los medios de preservar esa luz y se distraen en batallas, política, diplomacia y normas de combate, yo utilizo la oscuridad. De modo que aquí estoy, y actúo a mi antojo hasta que todo haya terminado. Lo que hagáis vosotros o ellos para frenarme no es más que un retraso. Ahora, la llave.

—No puedes tenerla.

Kane estalló en cólera. Cuando alzó la mano, Zoe se agazapó, preparada para intentar esquivar el golpe.

Brad saltó a través de la cortina de nieve. Zoe vio el destello de un cuchillo, y lo vio hundirse, pero no pudo ver dónde. Se abalanzó hacia delante, pero volvió a retroceder cuando Brad chocó contra ella, arrojado hacia atrás.

—¡Cómo te atreves! —bramó el hechicero.

Zoe vio sangre en Kane, de un rojo brillante sobre el fondo negro. Entonces Brad la obligó a ponerse detrás de él.

—¿Y tú —replicó mientras giraba el cuchillo entre sus dedos— te atreves a pelear con un hombre o sólo sabes enfrentarte a mujeres?

—¿O sólo a mortales? —preguntó Pitte avanzando entre la nieve—. ¿Combatirás con alguien de tu misma condición, Kane? Poder contra poder, dios contra dios.

—Con mucho gusto.

—Mantente al margen, mujer —le ordenó Pitte a Rowena cuando ésta se colocó a su lado.

—Sí. —Kane levantó el brazo—. Al margen.

Una sacudida estremeció el aire. Zoe salió volando y aterrizó violentamente de espaldas, junto a la ribera del río. Temblorosa, se dio la vuelta a duras penas. Vio a Brad a unos palmos de distancia, sangrando por la boca mientras se arrastraba hacia el cuchillo, que había saltado por los aires.

Sujetándose el brazo malherido, Zoe se puso de rodillas. Descubrió a Rowena tirada en el suelo, inmóvil, quizá muerta sobre la nieve sucia. Zoe comprendió que fuera la que fuese la fuerza que había empleado Kane, la había dirigido contra la diosa.

Pitte seguía en pie, sangrando, luchando. El aire chispeaba y humeaba de energía y poder, chisporroteaba de luz, rayos de oscuridad y un terrible sonido de desgarramiento.

—No te levantes —le ordenó Brad; luego escupió sangre y aferró el cuchillo.

Se abalanzó contra Kane, pero la muralla de bruma y nieve lo repelió.

—¡Ve al Risco! —le gritó a Zoe—. ¡Haz lo que has de hacer!

—No hay tiempo —respondió ella.

«La oscuridad domina a la luz», pensó mientras gateaba hacia Rowena. Podía sentir cómo la oscuridad ganaba peso, iba venciendo. Le temblaban los dedos cuando cogió la mano de Rowena. Estaba muy fría, pero percibió el pulso en la muñeca.

«Un dios puede respirar —se dijo—. Un dios puede morir.»

Agarró la mano con angustia, y se giró hacia Pitte: lo vio caer sobre una rodilla, rotar y evitar un golpe mortal por unos centímetros.

—Ayúdame —pidió Zoe—. Ayúdame a detenerlo.

Levantó la cabeza de Rowena de la nieve y la sacudió mientras Brad daba puñetazos contra el muro.

Si pudiese reanimar a Rowena y Rowena añadiera su poder al de Pitte, aún podrían ganar. No queriendo emplear la nieve que Kane había creado, se arrastró hasta el río y metió las manos en el agua.

Vio el reflejo en la superficie, la joven diosa guerrera con su mismo rostro.

—Ayúdame —dijo de nuevo mientras sumergía un brazo en el agua.

Y sacó una espada.

Relucía como la plata en la luz mortecina, y el viento que silbaba a su alrededor entonó un canto. El poder, tan claro como el agua, recorría toda su longitud.

Sujetando la empuñadura con ambas manos, Zoe hizo un esfuerzo para ponerse en pie y, tras alzar el arma por encima de la cabeza, arremetió. Un grito guerrero brotó de su garganta —un sonido que no era completamente suyo—. En cuanto lo oyó, Kane se dio la vuelta hacia ella.

Hubo un choque, una especie de descarga eléctrica cuando ella atravesó la pared. Del impacto surgieron chispas. En la cabeza de Zoe había miles de gritos; en su piel, la sensación de un incendio. Cuando Kane elevó los brazos para atacarla, ella le clavó la hoja de la espada en medio del corazón.

El suelo osciló bajo sus pies, y los brazos le temblaron por el repentino impacto del frío. Vio como el rostro de Kane cambiaba: la furia, la conmoción, incluso el miedo se desvanecieron mientras los ojos se le teñían de rojo. Se le alargó la mandíbula y se le hundieron las mejillas cuando la ilusión de la belleza murió.

El pelo se tornó canoso y se transformó en finas volutas, y cuando despegó los labios quedaron a la vista unos colmillos afilados como sables.

Aunque se tambaleaba por la tensión, Zoe mantuvo firmemente asida la espada cuando él cayó. Jadeando, se irguió ante él y vio morir a un dios.

Kane se desvaneció en la bruma, o la bruma en él, hasta que no hubo nada más que su sombra en la nieve. Después la sombra se esfumó, y Zoe se quedó sosteniendo una espada con la punta hundida en la tierra.

—Has luchado muy bien, joven madre. —Con la voz tamizada por el dolor, Pitte se arrodilló ante ella, le tomó la mano y le besó los dedos—. Te debo más que mi vida.

—Rowena… está herida.

—Yo me ocuparé de ella. —Con un esfuerzo evidente, Pitte se puso en pie y le sonrió cuando ella le tendió la espada—. Ahora te pertenece a ti —dijo, y fue a cuidar de su mujer.

—Zoe. —Con el rostro manchado de sangre y humo, Brad le tocó el pelo, la mejilla, y después, con un sonido estrangulado, la estrechó fuerte entre sus brazos—. Zoe.

—Estoy bien. Estás herido. ¿Estás herido? Simon…

Él la mantuvo bien cogida cuando ella trató de separarse.

—Está a salvo, te lo prometo. Me he asegurado de que estuviese a salvo antes de venir a buscarte. Confía en mí.

Zoe soltó la espada y se abrazó a él.

—Sí, con todo lo que tengo.

20

Aquélla no era la forma en que Zoe había planeado pasar la gran fiesta norteamericana, pero parecía lo apropiado celebrarla en el Risco del Guerrero.

Los detalles de transportarlo todo y encargarse de la comida y los preparativos la tranquilizaron. Aun así, había supuesto que la llave sería el primer punto en el orden del día, pero Rowena tenía otras ideas.

—Esta festividad es un ritual importante para ti y para tus amigos. —Rowena iba poniendo platos en la enorme mesa del espacioso comedor—. Debemos respetarla.

—Es una celebración para atiborrarse de comida —le explicó Zoe e, incapaz de reprimirse, se acercó a acariciarle el pelo—. No tienes por qué hacer esto. Todavía estás un poco pálida. Contamos con muchísimas manos. ¿Por qué no vas a acostarte un rato?

—Quiero participar. —Pensativa, deslizó un dedo por el borde de una fuente—. Necesito tiempo para sosegarme, y hacer algo hasta que mi mente vuelva a estar en calma. Tú lo entiendes.

—Sí, lo entiendo. —Sorprendida y conmovida, Zoe le frotó el brazo cuando se inclinó hacia ella.

—He llegado a pensar…, durante un momento he pensado que todo estaba perdido. El poder de Kane estaba tan cargado de odio y cólera… Yo no estaba preparada para eso. A lo mejor no podría haberlo estado. Todo lo que sé, todo lo que soy… Pero no he podido detenerlo. Incluso Pitte habría caído.

—Pero no ha sido así. Ninguno de nosotros ha caído.

—Cierto. He aprendido una lección de humildad.

—Rowena, Kyna me ha dado su espada. ¿Cómo es posible eso?

—Al igual que yo había calculado mal el poder de Kane, Kane había calculado mal el poder del rey; su poder, su paciencia, su determinación. Él te ha dado la espada de Kyna a través de la imagen de ésta. —Continuó poniendo la mesa—. Ahora se me permite verlo. Se me permite ver que la batalla entablada en mi mundo, por mi mundo, nunca ha llegado a su fin. Kane fue ganando potencia mientras nosotros buscábamos aquí a las elegidas. Él negoció con las fuerzas de la oscuridad, canjeó su propia alma a cambio de poder, mientras sus seguidores utilizaban la violencia, la intriga o el sabotaje para mantener al rey y sus leales concentrados en conservar el equilibrio detrás de la Cortina de los Sueños. —Con movimientos todavía algo rígidos, Rowena se desplazó alrededor de la mesa—. Se ha perdido muchísimo desde que nos enviaron a este lado, pero no se ha producido una derrota. Eso era lo que yo temía —confesó mirando a Zoe—. Tal vez ese temor me haya vuelto débil cuando por fin he debido enfrentarme a Kane. Sin embargo mi rey no es débil. Kane confundió su capacidad de amar, su afabilidad y su compasión con debilidad, y olvidó su sabiduría y su tremendo poder.

—Yo lo vi —dijo Zoe en voz baja—. Lo vi bajo la apariencia de un ciervo dorado con un collar de piedras preciosas. Anoche, fuera de la casa, observándome.

—Él ha estado observándonos, a todos nosotros, mucho más atentamente de lo que yo creía. Ha esperado, sufrido, luchado y planeado, durante tres mil años, por las que podrían liberar a sus hijas. Vosotras erais las únicas que podían lograrlo. No me lo han revelado hasta ahora. Todos estos años, los fracasos, los preparativos, estaban encaminados a vosotras tres. —Alisó una servilleta con delicadeza—. Si tú o cualquiera de tus amigas hubierais abandonado, no habría habido otras. Si yo lo hubiese sabido… Si lo hubiese sabido, no estoy segura de haber podido soportarlo. Por eso me escamotearon esa información.

Zoe sintió que las piernas se le aflojaban de repente, y alargó una mano para agarrarse al respaldo de una silla.

—Entonces era un riesgo muy grande confiar tal misión a tres mujeres de Pensilvania.

Los labios de Rowena se curvaron, pero la sonrisa no le alcanzó a los ojos.

—Yo diría que los dioses escogen muy bien.

—La espada… Yo ya había encontrado la llave. Había completado mi búsqueda. Entiendo que Kane tratara de impedirnos utilizarla, que lo que había crecido en su interior, o la fuerza que él había decidido usar, lo empujara a tratar de impedirnos utilizarla. Sin embargo, una vez que yo la había encontrado, en realidad el resto era algo entre dioses, ¿no?

—Tú ya habías hecho aquello para lo que se te había elegido —concedió Rowena.

—Entonces, ¿por qué el rey me ha dado la espada? ¿Por qué no te la ha dado a ti o a Pitte? ¿O por qué no ha eliminado él mismo a Kane?

—Él no lucharía con Kane en este campo de batalla, en este lugar. Para esos asuntos debe escoger a un paladín.

— Entonces Pitte, o tú.

—No.

—¿Por qué?

En los ojos de Rowena brillaron las lágrimas un instante, y después desaparecieron. Cuando habló, su voz era muy firme:

—Porque no nos han perdonado. —Colocó en su sitio la última pieza de cubertería y retrocedió para examinar la mesa—. Éste no es un momento para lamentarse. Tenemos mucho por lo que sentirnos agradecidos. Dime..., ¿qué viene ahora? Lo cierto es que he entrado en las cocinas lo menos posible…

Zoe pensó que habría que hacer algo, pero sonrió, porque sabía que eso era lo que deseaba Rowena.

—¿Ni siquiera sabes preparar puré de patatas?

—No.

—Vamos, te enseñaré.

Se reunieron alrededor de la mesa, con el fuego crepitando y las velas resplandeciendo. Fuera cual fuese la pena, Rowena sabía que quedaba bien encubierta tras la risa y la charla. El champán burbujeaba en copas que nunca estaban vacías. Las bandejas y los cuencos pasaban de mano en mano en un interminable carrusel de abundancia.

—Seguro que quieres mucho de esto —dijo Zoe a Pitte mientras le ofrecía el puré de patatas—. Lo ha preparado Rowena.

Él alzó las cejas impresionado.

—¿Cómo?

—Del mismo modo que llevan preparándolo las mujeres desde hace años.

En el extremo opuesto de la mesa, Rowena ladeó la cabeza.

—Ahora Pitte está pensando si arriesgarse o no a probarlo. Mi valiente guerrero se pregunta si se verá obligado a comer engrudo y fingir que es ambrosía.

Como si quisiera demostrar su valentía, o su amor, Pitte se sirvió una pequeña montaña de puré.

—Llevas el anillo de tu hombre —le dijo a Zoe al tiempo que señalaba con la cabeza los diamantes que lucía en el dedo.

—Sí. —Sólo por gusto, ella agitó los dedos y se deleitó con las llamaradas de luz que despedía la sortija.

Pitte le dijo a Brad:

—Eres un hombre afortunado.

—Lo soy. Junto con Zoe he de cargar con ese enano tan feo —añadió guiñándole un ojo a Simon—, pero me imagino que ella merece el sacrificio.

—¡Cuántas bodas! —exclamó Rowena—. ¡Cuántos planes! ¿Ya habéis fijado alguna fecha?

—Hemos estado bastante ocupados —empezó Flynn.

Malory lo miró batiendo las pestañas.

—Pues ahora ya no estamos tan ocupados.

—Oh. —Flynn palideció un poco—. Supongo que no. Bueno…, no sé. Hum… —Cuando se dio cuenta de que había atraído toda la atención, no supo dónde meterse—. ¿Desde cuándo es responsabilidad mía? Somos tres en este barco.

—Pues parece que eres tú el que está al timón, colega —intervino Jordan, y siguió comiendo pavo.

—Caramba. La Navidad está a la vuelta de la esquina. Podríamos hacerlo entonces.

—Demasiado pronto. —Malory negó con la cabeza—. En ConSentidos tendremos que lidiar…, al menos eso esperamos, con la avalancha navideña. Y yo aún no he elegido mi traje de novia. Luego están las flores, el lugar de la ceremonia, la música, los…

—Eso no debería llevarte más de tres o cuatro años, una vez que hayas empezado. El puré está buenísimo —añadió Flynn mirando a Rowena.

—Gracias.

—Por supuesto que no me llevará ni tres ni cuatro años —replicó Malory—. Soy una mujer muy organizada que se concentra en sus objetivos. Que quiera celebrar una gran boda y quiera que sea perfecta no significa que no pueda tenerlo todo listo en un plazo razonable. Ya puedes ir olvidándote de ganar tiempo, Hennessy.

—El día de San Valentín.

—¿Qué?

Fue algo fantástico ver cómo los enormes ojos azules de Malory se abrían por la perplejidad.

—El 14 de febrero. —Lleno de inspiración, Flynn le cogió la mano y se la besó—. Cásate conmigo, Malory. Sé mi enamorada el día de los enamorados.

—Creo que voy a vomitar —rezongó Jordan para el cuello de su camisa, y se ganó un codazo en las costillas por parte de Dana.

—El día de San Valentín. —Malory se derritió por dentro—. Oh, eso es perfecto. Es precioso. ¡Sí! —Saltó de la silla a Flynn y le echó los brazos al cuello—. Así jamás tendrás una excusa para olvidarte de nuestro aniversario.

—Todo tiene su lado bueno.

—Vale, chicarrón —dijo Dana mientras le propinaba otro codazo a Jordan—, supera eso.

—¿Qué tiene de malo lo que ha dicho Flynn? —replicó él—. Excepto las partes sensibleras.

—¡Sí! —Malory estalló de nuevo con el rostro resplandeciente—. Celebrémoslo juntos. Todos nosotros. Una boda triple el día de San Valentín. Es perfecto. Es… lo apropiado.

—A mí me parece bien. —Brad miró a Zoe—. ¿Qué opinas tú?

—Que es una bonita manera de cerrar el círculo.

—¿Tendré que llevar traje? —preguntó Simon.

—Sí —respondió su madre categóricamente.

—Ya me lo imaginaba —refunfuñó el niño mientras en la mesa se cruzaban planes de boda.

Cuando terminaron de comer, pasaron todos a la sala presidida por el retrato de las Hijas de Cristal. El fuego ardía en la chimenea con llamas rojas y doradas. El resplandor de un centenar de velas iluminaba la estancia.

—Estoy nerviosa —susurró Zoe mientras buscaba a tientas la mano de Brad—. Aunque es un poco ridículo estar nerviosa ahora.

Él le levantó la mano y se la llevó a los labios.

—Todo en un día de mucho trabajo para ti, campeona.

Ella se rió, pero el estómago le dio un salto cuando Pitte sacó la Urna de las Almas.

—Una artista, una erudita y una guerrera. —Depositó la caja en su pedestal mientras las luces azules de su interior latían—. Dentro y fuera. Espejo y eco. A través de sus corazones, sus almas, su valor, la última cerradura puede ser abierta.

Se situó a un lado, como un guardián, y Rowena fue hasta su sitio para flanquear la urna.

—Por favor —le dijo a Zoe—, envíalas de nuevo a casa.

A Zoe se le calmó el estómago, y el corazón le latió con ritmo acompasado mientras atravesaba la habitación. Mirando hacia la última cerradura, sintió la forma de la llave en la mano, y su calidez. Observó las luces que revoloteaban tras el cristal como alas.

Tomó aire profundamente, contuvo la respiración, introdujo la llave en la cerradura y la giró.

Una oleada de calor le recorrió los dedos, y hubo un estallido de luz, blanca, pura y brillante. Maravillada, Zoe vio que se alzaba la tapa de la caja y que ésta parecía estallar sin hacer ruido en miles de cristales que serpentearon en el aire.

Las tres luces azules alzaron el vuelo, libres, girando y girando en un círculo dibujado por la estela que dejaban, como la cola de un cometa. El aire centelleaba, blanco y azul.

Aturdida, Zoe oyó que Simon gritaba: «¡Qué guay!», y alargó la mano, fascinada, hacia una de aquellas luces danzantes.

Durante un momento, la luz permaneció en su palma. Su belleza y su dicha la atravesaron con tal fuerza e intimidad que se tambaleó.

Se quedó atónita al ver a Dana y Malory con el brazo extendido y una luz que latía posada en la palma de sus manos.

«Estamos tocando almas», se dijo asombrada.

Luego las luces parecieron saltar, correteando en una especie de loca alegría de mano en mano, dando vueltas alrededor de los hombres con coquetería, girando juguetonas en torno a Simon y sobre las cabezas de los perros antes de dirigirse hacia Pitte y Rowena y quedarse suspendidas sobre ellos, que se habían arrodillado respetuosamente.

—¡Qué hermoso! —Malory cogió la mano de Zoe y la de Dana—. Nunca había visto nada tan hermoso.

Una vez más, las tres luces se elevaron en el aire y formaron un círculo perfecto; después se separaron y se abalanzaron sobre el cuadro. Y desaparecieron en él.

La pintura resplandeció, y sus ya vivos colores se tornaron más vivos aún. Zoe juraría que, durante un breve instante, había oído cómo tres corazones volvían a latir de nuevo.

Después todo quedó en silencio.

—Son libres. —La voz de Rowena temblaba a causa de las lágrimas—. Están en casa. —Fue hacia las tres amigas—. Esto supone una deuda que jamás podrá ser saldada. Lo que os damos no es más que un pequeño obsequio de agradecimiento. —Se acercó más para darles un beso en la mejilla por turnos—. Por favor, sentaos. Sé que tenéis mucho que hacer para mañana, pero aún hemos de hablar de un par de asuntos.

—Yo no estoy segura de poder hablar con sensatez ahora mismo. —Zoe se llevó una mano a la boca mientras se sentaba, y miró el cuadro—. Y quizá no pueda nunca.

—Champán. —Rowena echó atrás la cabeza y soltó una carcajada—. Necesitamos champán para celebrar este gran día. Para festejar nuestra dicha y nuestra fortuna. —Se giró para recoger las copas que Pitte ya estaba sirviendo—. Acción de Gracias. —Se le iluminó el rostro mientras repartía las copas—. Oh, es un día para eso. La vida encuentra su propio camino, ¿no es cierto? Y vosotros habéis encontrado el vuestro.

—Concluyamos la parte económica del contrato —comenzó Pitte—. Los fondos serán transferidos a vuestras cuentas corrientes, tal como estaba estipulado.

—No. —Dana se sentó, bebió un sorbo de champán, y advirtió por el rabillo del ojo la sonrisita de Zoe al ver a Pitte parpadear.

—¿Perdón?

—¿Queréis más? —Con un gesto de aceptación, Rowena alzó una mano—. No me vengas con que un trato es un trato —le soltó a Pitte antes de que él pudiese hablar—. Si quieren una cantidad mayor de la acordada, la tendrán.

—No —repitió Dana—. No queremos más. —Señaló a Brad con un dedo—. ¿Señor Negocios?

—Las partes renuncian al pago previsto —empezó Brad. Disfrutaba con aquello, y sintió un gran afecto por aquellas tres mujeres—. Tras debatir los términos contractuales, las partes han alcanzado, unánimemente, el acuerdo de rechazar cualquier remuneración económica. —Sacó un papel que él mismo había redactado de forma apresurada según las instrucciones de las amigas, y que ellas habían firmado. Luego él, Jordan, Flynn y Simon habían actuado de testigos—. Este documento, aunque informal, es fácil de entender y válido. —Alargó el brazo y esperó a que Pitte se acercase a recoger el papel.

—Se acordó un pago…

—Eso fue antes. —Malory levantó la vista hacia el cuadro—. Antes de que os conociéramos, antes de que las conociéramos a ellas. Cuando era una especie de juego, un desafío. No podemos cobrar dinero por esto.

—Ya aceptamos la compensación inicial —terció Dana—. Y no vamos a devolverla porque, bueno, ya se ha esfumado. —Se encogió de hombros de manera despreocupada—. Sin embargo no vamos a enriquecernos a costa de tres almas.

—El dinero no significa nada para nosotros —afirmó Rowena.

—No. —Zoe sacudió la cabeza—. Pero para nosotras sí que significa algo, por eso no podemos cogerlo. Vayamos a donde vayamos a partir de ahora, hagamos lo que hagamos, lo haremos por nosotras mismas, y juntas. Ésa es nuestra decisión, y… esperamos que nos hagáis el honor de aceptarla —concluyó.

—El honor —repuso Pitte despacio— no tiene precio, y el vuestro me ha dado una lección de humildad.

—Entonces, bebamos. —Con una gran sonrisa, Dana alzó su copa—. Será la primera vez que beba por desdeñar un millón de dólares.

Rowena se acercó a Zoe.

—Si pudiera tener un momento contigo a solas…

Zoe estaba esperándolo, pero, aunque se puso en pie, se quedó donde estaba.

—Vas a ofrecerme un obsequio, al igual que hiciste con Malory y Dana cuando encontraron sus respectivas llaves. ¿Me equivoco?

—No. —Rowena arqueó las cejas—. ¿Aquí, entonces?

—Sí, por favor.

—Muy bien. Sabes que la deuda es enorme. Al haber sido la última, sabes mejor que nadie que es imposible saldarla. Así que, sea lo que sea lo que desees, si puedo concedértelo, será tuyo.

—Malory y Dana no pidieron nada.

—No. Aun así…

—Pero yo sí que voy a pedir algo.

—Ah. —Complacida, Rowena la cogió de la mano—. ¿Y qué es?

—Yo creo que, como hemos logrado abrir la Urna de las Almas, si te pido algo que sobrepasa tus capacidades…

—Mis capacidades dan para mucho —replicó Rowena con una carcajada—. Te lo aseguro.

—Pero si no pudieras, en las circunstancias actuales hay otros que conocen lo ocurrido aquí, lo que he hecho, y que podrían concederme lo que deseo.

—Me tienes intrigada. —Rowena ladeó la cabeza—. Creo que puedes tener lo que quieras. Como te he explicado, nuestro rey adora a sus hijas y seguro que te recompensará por todo lo que has hecho. ¿Qué es lo que deseas, Zoe?

—Que se os permita a ti y a Pitte regresar a casa.

Los dedos de Rowena se aflojaron sobre los de Zoe, y la soltaron.

—No te comprendo.

—Eso es lo que quiero. Es lo que había decidido pedir incluso antes de saber que era lo que ellas querían. —Hizo un gesto hacia el cuadro—. Ellas nos han tocado, y nosotras seis hemos sido como una unidad durante un momento. Es lo que todas nosotras deseamos.

Pitte se acercó para posar una mano en el hombro de Rowena.

—Nosotros somos los responsables de nuestra propia prisión.

—No; el responsable es Kane —lo interrumpió Dana—. Y me gusta pensar que ahora está retorciéndose en el infierno. Fuera cual fuese vuestro papel en esto, ya habéis pagado de sobra. Las hermanas lo entienden así.

—Rowena, tú me has dicho que no se os había perdonado —continuó Zoe—, pero aquellas a las que hicisteis más daño jamás os han culpado. Y vosotros habéis mantenido el trato, vuestra palabra y vuestro honor durante tres mil años. Si habéis quebrantado algunas normas, ha sido sólo para salvar vidas después de que Kane se saltara los límites. Estoy pidiendo que no se os castigue por esa razón.

—Eso no es algo que... —Mirando con impotencia a Pitte, Rowena sacudió la cabeza.

—Yo no discutiría con ella. —Alborotando el pelo de Simon, Brad le dedicó una cálida mirada a Zoe—. Es una mujer muy resuelta.

—Y también generosa. —Conmovida de manera desbordante, Rowena se apretó el corazón con una mano—. Pero nosotros no tenemos ningún poder para eso que nos pides.

—El rey sí. ¿Me dirá que no? ¿Les dirá a ellas que no? —Con la mente preparada, Zoe apuntó al cuadro—. Si nos lo niega, quizá sea un dios, pero no tiene ni idea de lo que es la justicia.

—Ten cuidado. —Débilmente, Pitte levantó una mano a modo de advertencia—. Incluso una guerrera tan eficaz debería ser prudente cuando habla de un rey.

Zoe recordó que había momentos para bajar la espada. Y había otros para pelear. Se irguió.

—Él me ha entregado una espada, y yo la he utilizado. He luchado por sus hijas, y he ayudado a rescatarlas. —Giró en un círculo y observó el rostro de sus amigos, su familia—. Todos los que estamos en esta habitación hemos trabajado, nos hemos arriesgado y nos hemos esforzado por liberarlas, por devolverlas a casa. Esto es lo que yo quiero a cambio. Ésas son mis cuentas. Si él es un auténtico rey, un auténtico padre, me lo concederá.

Retumbó un trueno, no sólo en el exterior, sino al parecer también dentro de la misma sala. La enorme casa se estremeció, y las llamas saltaron en la chimenea.

—Vaya. —Dana tragó saliva a duras penas y agarró disimuladamente la mano de Jordan—. Espero que eso haya sido un sí.

Con un sollozo, Rowena se apretó contra Pitte y pronunció algo en una lengua extranjera. Sus palabras estaban cargadas de emoción, al igual que las de Pitte cuando éste le respondió en un susurro.

—Yo diría que eso ha sido un grandísimo sí —afirmó Jordan—. Eres una mujer audaz, Zoe.

—Bueno. —Ella alzó su vaso, y le hizo gracia ver como le temblaban los dedos—. ¡Uf!

—En todos los años transcurridos desde que llegué aquí —dijo Pitte en voz baja—, a lo largo de los días y las horas interminables de añorar mi hogar, jamás había creído que pudiese echar de menos algo de este mundo. Te echaré de menos a ti. —Con Rowena pegada a su costado, se inclinó para besar a Zoe—. Os echaré de menos a todos vosotros.

—Nunca os olvidaremos. —Rowena se separó de Pitte para dedicarles una profunda reverencia, y rió entre dientes cuando *Moe* dio un brinco para lamerle la cara—. En mi caso, hay muchas cosas que echaré de menos. Cuida de ellos, mi noble guerrero. —Besó a *Moe* en el hocico—. Cuidad unos de otros. Los dioses os están muy agradecidos. —Se incorporó y esbozó una hermosa sonrisa—. Hermanas, hermanos. Amigos. Tenéis nuestra gratitud y nuestras bendiciones.

Alargó la mano hacia Pitte.

Sus dedos se entrelazaron, y los dos se desvanecieron.

Al día siguiente, a las 18.45, Dana cerró la puerta de ConSentidos, corrió el pestillo y se dejó caer sobre el suelo.

—¿Seguro que ésa era la última persona? ¿Seguro que sólo quedamos aquí nosotras tres? —preguntó Zoe.

—Estamos sólo nosotras —le garantizó Malory.

—¡Santo Dios bendito! —gritó, y dio un salto en el aire—. ¡Hemos arrasado!

—Hemos arrasado, hemos triunfado y somos la sensación del mundo del comercio —añadió Dana desde el suelo—. Jamás había estado tan cansada en toda mi vida. Podría quedarme dormida aquí mismo hasta que abramos de nuevo mañana por la mañana.

—Somos todo un éxito. ¿Habéis visto? ¿Habéis visto lo bien que ha marchado todo? —Malory habló atropelladamente mientras giraba sobre sí misma—. Ha sido justo como esperábamos. Zoe, una de las mujeres que han venido a hacerse la manicura ha comprado mi vasija de cristal marrón.

—Y dos de tus clientas han subido a reservar una sesión completa de spa.

—Yo he vendido libros a todo bicho viviente —proclamó Dana, y recostó la cabeza en las manos.

—Y yo creo que todos ellos han entrado en mi tienda de camino al salón de Zoe. Y les ha encantado. ¿Cuántas veces habéis oído decir a la gente lo precioso y divertido que era todo, y que esto era lo mejor que podía pasarle al valle?

—He perdido la cuenta. —Dana levantó la cabeza—. Voy a necesitar otra dependienta. Joanne y yo apenas dábamos abasto.

—Yo tendré que encargar más suministros. —Zoe miró hacia arriba—. Tal vez debería subir ahora a hacer el inventario.

—A la porra con eso. —Malory la agarró de la mano—. Estamos de celebración. Hay champán en la cocina.

—He tomado más champán en los tres últimos meses del que había tomado en toda mi vida. —Dana soltó un resoplido—. Pero ¡qué coño! ¿Quién va a llevarme hasta la cocina?

Zoe la cogió de un brazo, Malory del otro, y tiraron de ella hasta ponerla de pie.

—Gracias a Dios que no tenemos que cocinar al llegar a casa. Nos quedan sobras suficientes para todos —dijo Zoe—. Estoy deseando contarles a Brad y Simon lo de hoy. Lo que han visto esta mañana no era nada.

—Yo espero poder engatusar a Jordan para que me masajee los pies durante una hora. —Ya en la cocina, Dana metió la cabeza en el frigorífico para buscar el champán.

—Pero no os olvidéis de que el domingo hemos de empezar a ponernos de acuerdo con los planes de boda. Febrero está más cerca de lo que parece.

—Negrera. —Dana sacó una botella—. ¿Qué tienes ahí, Zoe?

—Estaba en la encimera. —La caja que llevaba en las manos iba envuelta con un papel plateado y atada con una cinta dorada. Del lazo colgaban tres llaves de color dorado—. Éste no es ninguno de tus papeles de regalo, ¿verdad, Malory?

—No. Aunque es divino; debería averiguar de dónde ha salido. Pero no es nada que haya olvidado ninguno de mis clientes.

—Quizá alguno de los chicos se ha colado aquí a hurtadillas y lo ha dejado para nosotras —sugirió Dana. Dio un golpecito al paquete antes de sacar las copas—. Eso sería un detalle encantador.

—Sólo hay un modo de saberlo. —Zoe tocó con delicadeza los extremos del papel—. No puedo desgarrarlo, es demasiado bonito.

—Tómate tu tiempo. Eso aumenta la expectación. —Malory se inclinó sobre la encimera mientras Dana destapaba la botella de champán—. Dios, estoy agotada, pero en el mejor sentido posible. Es casi como haber disfrutado de una sesión de sexo del bueno. —Miró hacia Zoe cuando ésta retiró la tapa—. ¿Qué es lo que tenemos?

—Dentro hay tres cajitas. Y una nota. —Sacó primero las cajas—. Son para nosotras. Cada una lleva uno de nuestros nombres. Caramba, parecen de oro auténtico.

Dana alzó la suya y soltó un gritito cuando Malory le dio una palmada en la mano.

—No la abras todavía. Leamos antes la nota.

—Joder —protestó Dana—, qué estricta eres. ¿Qué dice, Zoe?

—Oh. ¡Oh! Es de Rowena. —Levantó el papel para que pudieran leerlo las tres a la vez.

Mis queridísimas amigas,

Sé que estáis bien y felices, y eso me alegra. Pitte y yo os transmitimos todo nuestro afecto y agradecimiento. En nuestro mundo aún hay mucho trabajo por hacer, pero se está recuperando el equilibrio. Ya han empezado las celebraciones. Aunque las sombras nunca llegan a disiparse por completo, ellas son la causa de que la luz brille con mayor intensidad.

Os estoy escribiendo sentada en el jardín, mientras oigo las voces que han estado en silencio durante tanto tiempo. Hay dicha en ellas, y también en mí.

Estos tres regalos son de las hermanas, que desean que tengáis una prenda que revalorice y honre el vínculo que compartís con ellas.

Sabed que el día de vuestras bodas estaremos festejándolo aquí, en este lado de la Cortina de los Sueños, y que los dioses os bendicen a vosotras y a los vuestros.

Todo mi cariño para vosotras, vuestros hombres y todos vuestros seres queridos.

Rowena

—Suena… llena de paz. —Malory suspiró—. Me alegro mucho por ella.

Zoe dejó la nota y la rozó con los dedos.

—Deberíamos abrir las cajas todas a la vez.

Cada una cogió la suya; luego asintieron y levantaron las tapas de bisagras.

—Oh. —Al igual que sus amigas, Zoe sacó la larga cadena de oro—. Son los colgantes que llevaban las hermanas en el cuadro. Los que dijo Rowena que les había regalado su padre. —Tocó con delicadeza el cabujón de esmeralda, de un profundo color verde.

—Son exquisitos. —Conmocionada, Malory se quedó mirando su resplandeciente zafiro.

—Y muy personales —concluyó Dana alzando su rubí—. Una especie de reliquia familiar. ¿Sabéis? A lo mejor resulta un poco cursi todo eso de que las novias lleven algo usado y algo viejo, pero desde luego que esto puede calificarse de viejo. Creo que las tres deberíamos ponérnoslos el día de la boda.

—Ésa es una idea maravillosa. ¿Zoe?

—Es una idea perfecta. —Se pasó su colgante por la cabeza y cerró la mano alrededor de la piedra, sin apretar—. Me parece que tendríamos que hacer un brindis. Que alguien piense en algo.

—Por la belleza —exclamó Malory levantando su copa—, por la verdad y por el coraje.

—Por las Hijas de Cristal —añadió Dana.

—Y, ¡qué caray!, por nosotras. —Zoe alzó su copa.

Mientras el cristal entrechocaba, la bruma plateada de la Cortina de los Sueños se cerró suavemente.

De momento.

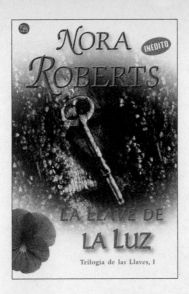

«Solicitamos el placer de contar con tu compañía para tomar un cóctel y conversar el 4 de septiembre a las 20.00 en el Risco del Guerrero. Tú eres la llave. La cerradura te aguarda.»

Tres llaves. Tres mujeres. El destino las reúne y les brinda la posibilidad de liberar sus más profundos deseos. Malory —la protagonista de este primer volumen de una trilogía llena de magia, misterio, fuerza y amor— tiene alma de artista y un magnífico ojo para la belleza. Ella debe encontrar la Llave de la Luz, para lo cual se embarca en una búsqueda que puede satisfacer sus sueños... o destrozar su vida para siempre.

Nora Roberts, una de las autoras más leídas del mundo, vuelve a construir una historia apasionante que hará las delicias de su público.

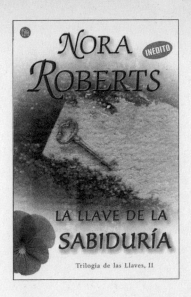

NORA ROBERTS

INÉDITO

LA LLAVE DE LA

SABIDURÍA

Trilogía de las Llaves, II

Tres mujeres atraviesan una situación laboral adversa. Ellas no se conocen entre sí, pero una misteriosa pareja las invita a su mansión en la montaña y les propone un extraño encargo: encontrar tres llaves mágicas. Cada una de las mujeres dispondrá de un plazo de 28 días, un ciclo lunar. La recompensa es una buena cantidad de dinero con la que poder iniciar una nueva vida, pero si una sola de las tres fracasa todo se habrá perdido. Tendrán que poner en juego su inteligencia y su fuerza de voluntad para vencer el peligro y las dificultades, aunque eso no será suficiente: también deberán abrir sus mentes y sus corazones a lo desconocido, si es que quieren tener alguna posibilidad de éxito.

En el primer libro de esta trilogía, Malory ya ha conseguido la llave de la belleza. Ahora es el turno de Dana. La sabiduría se aproxima a su contrario, la ignorancia. Dana debe encontrar la «verdad en sus mentiras, y lo que es real dentro de la fantasía». Esta experiencia cambiará su vida por completo.

Otros títulos de Nora Roberts
en Punto de Lectura

Arrastrado por el mar

Cuando sube la marea

Un puerto de abrigo

La bahía azul

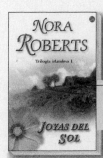

**Joyas
del Sol**

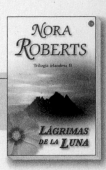

**Lágrimas
de la Luna**

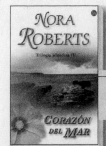

**Corazón
del Mar**

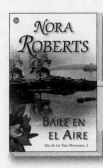

**Baile
en el Aire**

**Cielo y
Tierra**

**Afrontar
el Fuego**

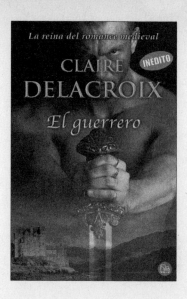

El caballero Michael Lammergeier lucha por recuperar tras una larga guerra el último reducto de su señorío de Inverfyre, feudo de sus antepasados y que en generaciones recientes fue usurpado por el clan MacLaren. Al conocer a Aileen Urquhart, hija del señor de Abernye, siente una súbita y misteriosa atracción y la rapta. Poco a poco, van descubriendo que el mero contacto físico les proporciona visiones en las que ambos coinciden en épocas distintas, encarnados en diferentes personas; así comprenden que su historia de amor se ha repetido generación tras generación, viéndose siempre truncada al final. Juntos se plantean el reto de mantenerse unidos para romper el mito y poder con ello recuperar el señorío de Inverfyre, pero una emboscada pone en peligro dicho proyecto.

«Una novela absorbente, de lectura rica y compulsiva, un tesoro para los lectores.» *Publishers Weekly*

«Delacroix da vida al romance y la caballería de antaño con su extraordinario talento de narradora.» *The Literary Times*